一泓清泉

王宝娣/著

文匯出版社

春节作者（前排左一）随上海市市长朱镕基乘车前往慰问市劳模

作者（左一）采访上海市政协主席、复旦大学校长谢希德

上海市委副书记陈至立
为作者（左一）审稿

1995年7月作者（后
排左一）随上海市
市长徐匡迪在美国
采访旧金山"上海
周"活动

"五一"劳动节
作者（前排右一）
采访上海市市长
徐匡迪慰问节日
加班工人

上左 / 作者和丈夫邱万里在新加坡

上右 / 作者在农村采风

中 / 作者和女儿邱智泓、女婿韦坚忠、外孙女韦佳衍、韦馨衍在加拿大

下 / 作者和丈夫邱万里在上海

序

汪 澜

宝娣大姐把厚厚一摞待印的书稿交在我的手里——那是她耗费大半年时间，精心遴选编辑而成的《王宝娣新闻作品选》，希望我为这个集子写一篇序言，这让我十分惶恐。王宝娣是 1964 年 7 月进入文汇报工作的前辈记者，从事新闻工作先于我整整二十年。虽然我们做过同事，并近距离地在一个办公室共事多年，但要为一位前辈的集子作序，总觉得不是很合适，也缺了点底气。

就这样怀着忐忑不安的的心情捧读了收入集子的全部王宝娣新闻作品，坦白地说，我被王宝娣，以及与她同时代的文汇报老报人的职业素养、敬业精神、品格操守深深打动并震撼了，过去亲眼所见和耳闻的关于宝娣大姐的一些往事，也一幕一幕真切地浮现在眼前……

王宝娣进入文汇报工作是在"文革"前夕。当时文汇报根据刘少奇主席"两条腿办学"的方针，从应届高中生中选拔了 8 位优秀生，与复旦大学新闻系合作办班，学员在接受系统新闻理论学习的同时，由报社领导和有经验的名记者、名编辑带教，作为一个实验性的项目，希望籍此培养"对路"的新闻采编人才。王宝娣就是这 8 位学员之一。然而好景不长，"文革"开始后，大学停课，这个新闻小班在"四人帮"在沪爪牙的直接干预下被迫停办。直到"文革"结束，拨乱反正之后，她才得以重新进入复旦大学新闻系高级研修班深造，成为王中教授的关门弟子。一年后，她又考入北京广播学院（现更名为中国传媒大学)新闻采编专业,一边工作一边学习,最终获得了毕业文凭。这时的宝娣,已经在新闻战线摸爬滚打了十八九个年头。正因为专业学习的机会得来不易,她加倍珍惜这两次深造的机会,学习格外刻苦、格外努力。通过系统学习,她在新闻理论、新闻敏感、新闻采编能力上有了一个大的飞跃,写出了不少新闻佳作和产生较大社会影响的好稿。两次深造,也让她养成了终生学习、喜欢钻研的习惯,直到退休前,她都会根据新的工作特点和要求,自觉学习相关理论知识,用以提高专业水平和工作能力。

而早年新闻小班的独特教学模式,让这一拨记者编辑在职业生涯的起步阶段,就幸运地得到了老一辈名记者名编辑耳提面命的指导,得到文汇报历史文脉和优秀传统的浸润和滋养。王宝娣至今恋恋不忘进报社不久,当时的副总编辑唐海上的一堂新闻课《怎样做一个新闻记者》。唐海是解放前报道过"臧大咬子事件",并曾当面质问过蒋介石"何时释放政治犯"的名记者,这堂课在她心中留下难忘的印象。从那时起,她便暗下决心,做记者就要像老一辈新闻工作者那样,坚持真理,勇于担当,"铁肩担道义,妙笔著文章"。1977年,王宝娣接到闸北区朝阳中学老师关兰的一封来信,反映公安静安分局的一位干部纵容包庇儿子违法犯罪,成为一群小流氓的保护伞,在学校、社区造成恶劣影响。看了来信,王宝娣十分气愤,在征得报社领导的同意后,她深入下去做了认真的社会调查,掌握了大量第一手材料。最终发表了读者来信和记者的调查附记《纵容子女为非作歹者戒!》,伸张了正义,抨击了邪恶,这一组稿件产生了很好的社会反响。在王宝娣的新闻生涯中,这种不惧怕压力,敢于碰硬的例子很多,她的勇敢和正直因此得到报社同事和采访对象的钦佩。

在报社里,王宝娣的认真和严谨也是出了名的。每一个报道选题,她总是力求掌握第一手的新闻事实,从不道听途说。她在做教育记者时，有一次，一位教育部门的领导推荐她采访一位中学教师。接触下来，王宝娣发现这位教师非常能说，用今天的话来说，很善于"喂料"，几乎是你要什么，他就能给你什么，有些材料还很生动、很鲜活，非常适合典型宣传的标准。但他口若悬河、夸夸其谈的姿态，引起王宝娣的警觉，因此采访中她格外谨慎，不断追问他："这件事还有谁在场？""还有谁知道？"经过从旁核实，宝娣发现他在编故事。这位老师当时在教育界已经小有名气，作过几次大会交流，如果根据材料编个通讯并不难，但宝娣认为这是对报纸、对读者不负责任，于是毅然终止了采访。后来这位老师的弄虚作假行为被人揭穿，从此无声无息，幸亏王宝娣在采访中反复核实，没有上当，从而保护了报纸的声誉。

我们常说今天的新闻就是明天的历史，当重大新闻事件发生时，能否在第一时间得到线索，能否以最快的速度抵达现场，能否最大限度获知并传递事实真相，能否尽可能地接近、采访到事件的核心人物，都关系到历史记录的质量和准确性。在一轮又一轮的新闻竞争中，这些是决定新闻媒体能否获胜的关键环节，也是对记者素养和能力的巨大挑战。其中难度最大的，是对核心人物的独家采访，这需要长期的人脉积累，关键时刻还需要一些勇气和智慧。1992年12月中旬，中共上海第六次党代会上传出消息，会议期间将宣布撤销由老干部组成的市顾问委员会，在此之前，中央顾问委员会因完成特定时期的历史使命已宣布撤销。这无疑是一个将载入历史的重要新闻。18日上午，上海各大媒体都向市委提出了对上海市顾问委员会主任陈国栋做专访的请求，请他发表感言，但都遭到了谢绝。作为参加党代会报道的记者，王宝娣如果放弃做这个专访也无可厚非，根据会议提供的统发稿一样可以完成任务。但是她执着地认为，在这个历史关键节点上，缺了这位关键人物的表态，这段历史的记录就是不完整的，是留有遗憾的。于是她凭借平时与老同志交往中积累的友谊和信任关系，先是找了顾问委员会的其他老同志胡立教、夏征农、杨堤，又找了陈国栋的秘书小田，请他们帮助与陈国栋同志沟通。就这样，王宝娣被领到了国栋同志跟前，她开口就对国栋同志说："您忘了吗？我们还是老朋友呢！"见陈国栋一脸的疑惑，她接着说："上次在上海中学校庆典礼上，我就坐在您身边啊，我们聊得挺开心的。"陈国栋笑了起来："好吧，既然是老朋友了，那就请你和我们共进晚餐。"当晚，市顾问委员会全体老同志聚餐，国栋同志让王宝娣坐在自己身边，宝娣就在席间完成了对他的采访。第二天一早，文汇报在一版显著位置发表了对陈国栋等卸任的部分顾问委员会委员的独家专访《九十年代目标定能实现》，陈国栋、胡立教等老同志看了之后都非常满意。事后，胡立教不止一次对徐匡迪等市领导说起此事，说："文汇报的王宝娣厉害，真厉害！"

　　王宝娣在40多年的新闻生涯中，做过经济记者、卫生记者、教育记者、党政记者，还做过评论员，新闻经历不可谓不丰富。在激烈的新闻大战中，她的执着和敬业一次次为报社加分添彩。1985年11月29日，一篇由王宝娣采写的在文汇报头版头条刊出的报道《岱山县党政领导深入实际调查研究 切实为发展教育多办事实》，在全国教育界和新闻界引起很大的关注。此前，万里委员长在全国教育工作会议上表扬了浙江岱山县党政领导重视教育的做法，报社领导得知这一消息要求王宝娣立即赶赴岱山进行报道。当时浙江还没有通高速公路，也没有跨海大桥，王宝娣连夜搭乘上海到宁波的客船，第二天上午再从宁波换乘到岱山的船，中午抵达岱山后，在街头面摊吃了一碗面，就直奔岱山县教育局。到了那里王宝娣才知道，人民日报、光明日报、新华社以及浙江日报已经在她之前完成了采访，赶回各自单位了。如果换在今天，遇到这样的情况，没抢到"第一落点"也只能认命，转而做"第二落点"的新闻，但王宝娣不服输，只要其他媒体的稿子没见报就还有机会。不巧的是，岱山教育局的申图安局长下午要赶去一个偏远的中学，无法接待记者，宝娣二话不说跳上他的车，一路来回在车上做了采访。回到县城后，又拉住申图局长一直聊到凌晨二三点，然后连夜整理笔记、梳理素材。第二天一早，她又跑到县政府找了分管教育的女县长，从县委县政府支持教育的角度，做了进一步的采访。王宝娣的执着劲头感动了岱山的干部群众。采访结束，县委派人与她共进午餐，各种海鲜摆了满满一桌，陪同的同志不停地招呼她"吃呐吃呐莫客气"，可宝娣根本无心下咽。一是心里急，任务还没完成吃不下；二是两天没睡觉了，没有胃口。材料差不多了，晚上王宝娣把自己关在招待所里连夜赶写稿件。夜里11点，一篇3 000字的报道成型了。为了尽快将稿子发回去，她一咬牙豁出去了，半夜三更去敲女县长的家门。那时还没有互联网，记者从外地传稿子一般都是到当地邮局发电报。可夜里11点邮局早就关门了，宝娣建议女县长通过县委县政府的机要电话（红机）将稿件传回上海。又因为浙江和上海间没有直接的机要线，最后这篇稿子是经由"岱山县——定海专区——杭州市委——北京机要局——上海市委机要局——文汇报机要线"的路线，辗转千里传到了报社。第二天一早，辛苦了几天的王宝娣还在睡梦中，一阵急促的敲门声伴着"王记者……王记者……"的呼唤声把她吵醒，女县长冲进门来兴奋地说："你写我们岱山的报道今天文汇报头版头条登出来了，还配了编者按呢，中央人民广播电台刚刚作了全文转播。"听到这一消息，王宝娣的眼泪哗哗地落了下来，她采写的不是独家的"独家新闻"终于抢在中央媒体之前见报了，这些天的辛苦总算没有白费，"文汇报赢了，我赢了！"据说之后万里委员长曾多次表扬文汇报是一支特别能战斗的队伍，王宝娣以她的努力为报社争得了荣誉。

　　我们常说新闻是速朽的艺术，即便是一些曾经产生过巨大轰动效应的作品,时过境迁之后,如果你不了解其产生的特定背景,单单从文字上看,往往很难估量作品的价值。像王宝娣的《科技与经济联姻为何一头热》、《提高家庭教育水平至关重要》、《苏州河畔黄金地仓储何不变商场》、《上海应建人才"期货"市场》等作品,今天读来也许并无特别之处,有的也早已不再是新闻,但在八九十年代改革开放大潮初起、百业待兴的年代,这些报道都搭准了时代的脉搏,抓住了政府重视、人民关心的热点、难点问题,引起了各方的关注,报道中提供的一些意见和建议,也被相关方面所采纳,促进了问题的解决,推动了社会的进步完善。类似的报道案例在这一代新闻人身上都可列举出不少,这不正体现了一代代新闻人对我们时代的历史贡献吗。

我跟宝娣大姐近距离接触是在我调任总编办主任直到她退休这段时间。那时她已早我几年转岗到总编办工作,作为总编办的老大姐,从一开始她就给予我这个新兵巨大的精神支持和工作上的诸多帮助。当时宝娣主要负责报社的内参编辑工作。她把在新闻一线多年积累的新闻敏感、新闻判断以及捕捉选题的经验和能力带到了内参工作中,不仅成功实现了从新闻记者向内参编辑的转型,而且在新的岗位上发挥得异常出色。她所编写的内参,获得市领导、中央领导批示或被人民日报、新华社内参转载的竟达三分之一多,这一记录至今无人打破。

相对于采编一线,总编办的工作繁杂、细碎、头绪多、责任大,没有相当的责任心、服务意识和沟通协调能力,是很难胜任并做好这份工作的。除了协调新闻采编业务,总编办还承担了一部分与读者沟通的工作,总编办每天都会接到一些读者打来到的电话,有对报纸的差错进行投诉的,也有表达对报纸改进的意见和建议的,读者来信中有涉及这方面内容的,一般也都会转由总编办处理。在这项工作中,我们常会遇到一些比较"难缠"的读者,他们往往来电来信频率特别高，有一位河南的老先生，几乎每天一封 Email；有的还很执拗，不但提意见，还一定要讨个说法，常常很令人头疼。我们在对这些"老面孔"仔细梳理、分析后发现，他们有一个共同的特点，即通常是自费订阅文汇报多年的老读者，有一定的文化素养甚至某方面的专长，对报纸的忠诚度高，并怀有很深的感情，性格上相对比较执拗，喜欢较真。也许正因为爱之深，故而对报纸的品质相当敏感，要求也比较严苛。他们往往并非是要让报纸难堪，而是希望借这样的方式与编辑部建立一种联系，实现对所钟爱的报纸的一种参与。当然他们的许多意见和建议对改进、提高报纸工作也是十分有益的，处理好了，会转化为报社的宝贵资源；处理不好，则会对报社的形象和声誉带来损害。想明白这层道理之后，我们决定将现代企业"客户管理"的理念引进到与读者沟通服务的工作中来，并请王宝娣具体负责那些最"难缠"读者的沟通工作，宝娣大姐二话不说承担起这份艰巨的工作，以满腔的热诚、极大的耐心一次次与读者沟通，不厌其烦地一封封回复"老面孔"的回信。有时因为种种原因，读者的一些固执的要求报社一时难以做到，她除了耐心作解释外，还会寄去一本报社出版的书或其他小礼品表达歉意，读者被她的真诚深深打动了，原先的火气也烟消云散了。前面提到的那位河南的何姓读者，是一位精通几国文字的老专家，自费订阅文汇报数十年，王宝娣与他保持了多年的热线联系，在文汇报 70 年报庆的纪念活动中，又将何先生发展为报社的荣誉读者。直到今天，我还时常收到何先生的 Email，开头第一句话就是："自从王宝娣编辑退休，互动渠道多有不畅……"，每读到此，内心就生出一阵愧疚，同时更加怀念与宝娣大姐共事的那些岁月……

今天我们所处的环境与王宝娣那一代报人从业的年代有着非常大的不同，社会的进步、交通的便利、信息技术的发展为新闻工作提供了很多的便利，媒体更多了，从业人员的队伍也壮大了，年轻一代的记者编辑大都受过完备的专业教育,有较好的理论基础、知识储备,视野开阔,思维也更为活跃。但作为新闻工作者的基本素质、基本能力是否也同步增长了、同步提高了呢? 也许是要打个大大的问号的,以至于要通过"走、转、改"这样的方式来重拾传统。从这个意义上讲,《王宝娣新闻作品选》承载的,是她(他)们那一代报人的特有的素养、品格、气质、风骨、精神、理想和追求,其中不少是新闻工作基本的、本质的要求,也是文汇报传统的重要构成。无论时代如何发展,这些都不会过时,同时还应成为后来者躬身汲取、用心传承的宝贵精神财富。

2012 年 10 月 6 日

序　二

文汇报记者王宝娣，多年来一直倾心从事党政系统的采访工作，她的敬业精神，给人们留下了一段佳话。

新闻敏感性，是优秀记者必须具备的素质之一。作为党政记者，王宝娣以她独有的政治和新闻敏感性，写出了一条又一条独家新闻，不仅使同行刮目相看，连一向严谨不轻易表扬人的市领导也说她"写得好"！

1992年12月19日，文汇报一版发表了题为《九十年代目标定能实现——访参加市第六次党代会的老同志》专访。这篇专访不仅具有新闻价值且更有历史意义。原来，在市第六次党代会后，将撤销市顾问委员会。各家新闻单位都明白这是条有价值的新闻，于是纷纷要求采访市顾问委主任陈国栋同志，但均被婉言谢绝。王宝娣完全可以随大流写些大会侧记、花絮之类的文章交差，但她认为：今天的新闻，就是明天的历史。作为一名有责任感的记者，就是要记录历史。她固执地等在会场外，傍晚时分，当陈国栋等开完会走出来时，她再次迎上去。或许是精诚所至，陈国栋邀她共进晚餐并破例接受了采访。专访见报后，胡立教、夏征农、杨堤等老同志都说："文汇报记者王宝娣不得了，能干，抢了这条独家新闻。"陈国栋也点头称赞："她写的都是我的原话。"

王宝娣做了11年专职党政记者，很多时候，人们在电视中看见她紧随在市党政领导身后采访，以为她只报道上层的消息。殊不知，

1

她深入基层同样执著。

一年夏天，王宝娣随市领导慰问环卫工人，当天发了一条短消息。可是环卫工人为保持上海的清洁美丽付出的巨大艰辛，时常萦绕在她心头，挥不去赶不散。她决定跟踪采访。可是环卫局领导拒绝了，他们说，建国以来从没有记者上垃圾船，更没有女记者跟船采访。王宝娣使出了她的韧劲，结果，环卫局派一位工会女干部陪她上船。

随船采访，不能只呆在一条船上。七、八条船前后相连，在江中顶风破浪。那位女干部不敢过搭在两船之间的跳板，王宝娣咬着牙过去了。过了一关还有另一关。盛夏的垃圾船上苍蝇黑压压一片，赶也赶不走。为了迎接她，船老大的妻子把一个6平方米的船舱用药水喷打了一遍，结果扫出一斤多死苍蝇。王宝娣恶心地要吐，但还是忍住了，她和船工们一起就大蒜酱菜喝白酒。在船上4天，船工们起先称她"王记者"，到她下船时，都亲切地叫她"王大姐"。王宝娣被环卫工人在艰辛的工作环境下，仍任劳任怨的工作所感动，不仅写了通讯《敬礼！大上海的清洁卫士》，还写了《内参》。在市领导的关心过问下，环卫工人的水上津贴增加了，子女的读书问题也基本得到解决。王宝娣也有了一批水上环卫工人朋友。

34年的记者工作，锤炼了王宝娣一颗忠诚党的新闻事业之心，熟悉她的人，只要提起她，就会称赞她是一名受人欢迎的好记者。

（此文原载于1998年3月19日《组织人事报》时代人物版，标题为《王宝娣受人欢迎的记者》）

目　录

评 论 与 论 文

消　息

通讯与报告文学

评论与论文

抓好夏令卫生工作

盛暑将临，夏令卫生和防暑降温工作必须紧紧跟上。夏季是各种传染疾病最盛行的季节，为了保障人民身体健康，狠抓夏令卫生和防暑降温工作，是当务之急。

目前，夏令卫生和防暑降温工作还远远赶不上要求。有些干部积极性尚未完全调动起来，不敢发动群众，只有少数人冷冷清清地搞。有些单位的革命群众组织，至今没有实现大联合，忙于打"内战"，无人过问卫生工作。这种情况，必须迅速改变。一些正常有益的卫生管理制度被人为地破坏了，更应当立即重新恢复起来。

毛主席教导我们，要动员起来，讲究卫生，减少疾病，提高健康。毛主席和党中央一向十分关怀人民健康，十分重视卫生工作，把它当作移风易俗、改造世界的一件大事。历年来，在毛主席和党中央的亲切关怀下，发动全国人民，采取各种措施，有效地防止和抵制疾病传染，取得了很大成绩。

有些同志认为抓革命、促生产是头等重要的大事，而卫生工作是次要的，可抓可不抓。这种思想是片面的。群众性卫生运动是移风易俗，改造国家，改造世界，保护劳动力，促进社会主义革命和社会主义建设的重大战略措施。革命越忙，生产越紧，我们越要关心群众生活，关心人民健康。只有搞好卫生工作，才能保障人民身体健康，才能出色地抓革命、促生产。在今天，抓好夏令卫生工作更具有特别重大的意义。

今年的卫生工作比往年更艰巨，更繁重。各级领导都要充分发动群众，切切实实地把夏令卫生工作搞好。在许多工厂，已掌权的无产阶级革命派关心广大群众生活，重视夏令卫生工作，及早做好了防暑降温工作，其他工厂的无产阶级革命派要向他们学习，快快赶上去。

一切医务工作者和群众卫生骨干,都必须充分认识搞好夏令卫生工作的重要性,以最大的政治热情,带头投入这项政治运动,做好宣传、发动工作,落实各种医药卫生措施,预防各种疾病传染。

各行各业,各条战线上的无产阶级革命派、革命干部和革命群众,都必须充分重视夏令卫生工作,要立即行动起来,人人动手,用"只争朝夕"的精神进行突击大扫除,大力消灭蚊蝇,清除蚊蝇孳生地,加强环境卫生。一切饮食服务行业都必须加强饮食饮水卫生,保证人民身体健康。

(原载于《文汇报》1967 年 6 月 26 日"本报评论员")

医院也要大联合

盛暑降临,已是大战高温、消灭蚊蝇和防止疾病传染的关键时刻。本市各条战线的无产阶级革命派都必须坚决执行《上海市革命委员会关于大力开展夏秋季爱国卫生运动的通知》,在卫生战线上打好一场轰轰烈烈的人民战争。在这场人民战争中,革命的医务工作者担负着十分重要的任务。

为了担负起这项重大而光荣的任务,医院要赶快实现革命大联合。没有革命大联合,就会搞乱正常的医务工作秩序,严重地妨碍防病治病的工作。防病治病、保护劳动力是医院的神圣职责,万万不可等闲视之啊!

有些医院的革命群众组织至今没有实现革命的大联合,各自抱住小山头不放,互相攻击对方。我们希望那些"内战"不止的同志要看到自己担负的重要责任,一举一动都应该从大局出发。

我们的医务工作者,包括医生、护士、工人等之间的矛盾,一般都是人民内部矛盾,都应该而且必须坐下来,认认真真学习毛主席著作,以自我批评为主,"从团结的愿望出发,经过批评或者斗争,分清是非，在新的基础上达到新的团结。"只有用毛泽东思想统一我们的思想，才能实现革命的大联合，才能不折不扣地贯彻毛主席"抓革命，促生产"的指示。

医务界真正的无产阶级革命派，一定还要成为抓革命、促生产、促工作的模范，全心全意为人民服务。毛主席教导我们："白求恩同志毫不利己专门利人的精神，表现在他对工作的极端的负责任，对同志对人民的极端的热忱。每个共产党员都要学习他。"一切革命的医务工作者，都必须牢牢记住毛主席的伟大教导，向白求恩同志学习，全心全意地为人民服务。目前有些医院的一些规章制度和措施办法，是不利于群众的，需要逐步加以改革。这些改革要有利于群众。每个革命的医务人员都应该树立全心全意为人民服务的世界观，想人民所想，急人民所急，痛人民所痛，坚守工作岗位，不折不扣地贯彻执行毛主席"抓革命，促生产"的指示，调动一切积极因素，打好这场人民战争，夺取医院抓革命促生产的新胜利。

（原载于《文汇报》1967 年 7 月 10 日"本报评论员"）

社会各方面都要关心
青少年教育工作

毛主席高瞻远瞩地指出："为了保证我们的党和国家不改变颜色，我们不仅需要正确的路线和政策，而且需要培养和造就千百万无产阶级革命事业的接班人。"用马列主义、毛泽东思想武装青少年，用共产主义思想教育青少年，是无产阶级整个阶级的责任。各级党组织，社会各方面都要从这样的高度，热情关心青少年的成长，认真抓好青少年的教育工作。这是历史赋予我们的任务。

这几年来，我们在市委的领导下，发动社会各方面关心和教育青少年取得了很大的成绩，积累了丰富的经验。绝大多数单位和同志对这一工作是重视的、热心的。但是，也有些同志对这项关系我们党和国家命运的生死存亡的大事，认识不足，他们认为青少年教育工作是根"橡皮筋"，松一点紧一点都不要紧。表现在行动上往往是"讲起来重要，做起来次要，忙起来不要。"这显然是错误的。青少年是我们的未来和希望。广大青少年在各级党组织的领导下，在社会各方面力量的紧密配合下，认真看书学习，努力工作，经受了锻炼，正在健康地成长。但是，社会主义社会是从资本主义社会脱胎而来的，旧思想、旧习惯势力不可避免会影响青少年，被打倒的剥削阶级也绝不会因为我们的胜利而甘心他们的失败，他们利用青少年的幼稚单纯，缺乏政治经验和社会生活经验的弱点，以"关心"为名，用金钱、商品、物质刺激之类的东西来腐蚀青少年；他们宣扬腐朽没落的资产阶级意识形态和生活方式，毒害青少年，拚命地同我们争夺下一代。我们必须清醒地看到斗争的这种特点，要站得高一些，想得深一些，看得远一些，抓得紧一些，狠狠打击幕后教唆犯，击退他们的进攻，保证青少年一代沿着毛主席指引的方向前进。

还有一些同志把青少年教育工作看成是"份外事"，认为青少年教育主要是学校和工厂的事，而学校和工厂的一些同志又只管"八小时的教育"，认为学生放学后，青年工人下班后，对他们的教育管理主要是地区和家长的事了，这种看法，是一种狭隘观点，是缺乏大局意识的本位主义的表现。老一辈革命家前仆后继，为我们开创了社会主义和共产主义的前途，而共产主义美好理想要靠青少年一代去努力实现。列宁说，"从某种意义上可以说，真正建立共产主义社会的任务正是要由青年来担负。"加强青少年的教育，加强对青年工人、青年学生和上山下乡知识青年的思想教育，是全党的大事，它直接关系到今后我们党的建设和干部培养的战略措施。做好这一工作，每个革命者都有义不容辞的责任，是我们大家的"份内事"。毛主席早就指出，"思想政治工作，各个部门都要负责任。共产党应该管，青年团应该管，政府主管部门应该管，学校的校长教师更应该管。"整个社会都要做青少年教育工作，每一个革命的同志都要为培养革命事业接班人作出自己的贡献。

各级党组织要加强对青少年教育工作的领导,共青团、红卫兵组织应把抓好青少年教育当作自己的重点工作,主动承担更多的责任。各行各业,各条战线的同志都要密切配合,主动关心青少年的成长。已有的学校、社会、家庭"三结合"教育小组和由工厂、街道、学校、家庭各方面力量组织起来的"向阳院"式的联户教育小组,都要巩固下去,创造新的经验。全市动员起来,全社会动员起来,共同努力把培养革命接班人的工作做得好上加好。

(原载于《文汇报》1975 年 5 月 27 日"短评")

可敬的小将　闪光的青春

我们的时代,是英雄辈出的时代!

在阳光灿烂的六月,一个闪光的名字,从碧波万顷的东海之滨,传到沸腾的黄浦江畔!——

上海市杨浦区本溪中学学生孔宪凤在学农期间,为抢救落水的同学,英勇牺牲,她那崇高的共产主义精神,体现了我们时代青年的本质和主流。她是我们时代的骄傲。

孔宪凤,用她年轻的生命谱写了一曲共产主义的壮丽颂歌!

孔宪凤,用她火红的青春在英雄的群像中又描绘了光辉的一幅!

孔宪凤的英勇行为是马克思主义、列宁主义、毛泽东思想哺育的结果。她如饥似渴地学习马列著作和毛主席著作,努力改造世界观,写下了许多学习体会、诗歌和日记。"毫不利己专门利人"是她的座右铭和行动指南。在抢救战友的紧要关头,她慷慨地献出了自己的生命。

孔宪凤的英勇行为是她以实际行动学习英雄人物的结果。"在我的脑海里,无数英雄的光辉形象在闪光"。这是小将充满激情的诗句。她从小爱英雄人物,学英雄事迹,继英雄遗志。她做了无数好事,别人表扬她,她总是回答说:"向雷锋同志学习"。她曾对人说过:要向罗盛教烈士学习,如果有人掉在河里,为了抢救战友,我一定不惜牺牲自己。她用行动实践了自己的诺言。

孔宪凤牺牲了,但这棵"活生生的真正共产主义幼芽",将永远活在广大青少年的心里,成为激励人们前进的榜样。

向孔宪凤同志学习,根本的一条,就是要学习她认真看书学习,努力弄通马克思主义,刻苦改造世界观,用共产主义精神严格要求自己。

向孔宪凤同志学习,就是要学习她毫不利己,专门利人的共产主义精神,批判"人不为己,天诛地灭"的反动人生观,把自己培养成闪耀共产主义思想的一代新人。

向孔宪凤同志学习,就是要学习她一不怕苦,二不怕死的革命精神。批判享乐主义和活命哲学,树立革命人生观,生命不息,战斗不止,努力完成党交给我们的任务。在关键时刻敢于挺身而出,为党和人民的利益牺牲自己的一切。

革命的小将,可敬可爱!孔宪凤的青春闪闪发光,她的死,比泰山还重!一个小将牺牲了,无数个小将跟上来。让我们高举起火红的战旗,踏着英雄的足迹,奋勇前进吧!"一百多年来无数先烈所怀抱的宏大志愿,一定要由我们这一代人去实现"!

(原载于《文汇报》1975 年 6 月 21 日"短评")

党委要十分重视青少年教育工作

目前,青少年教育工作已经越来越引起社会各方面的关注。青少年教育工作学校要管,家庭要管,社会各方面都要管。然而,怎样才能把各方面的力量拧成一股绳,互相配合,互相支持呢? 关键在于地区、街道各级党委的重视。今天,本报发表了杨浦区委领导重视三结合教育的报道,为我们提供了很好的经验。

但是,我们有些地区、街道党委的领导同志总觉得日常工作千头万绪,搞四化都来不及,那有时间去管青少年。因此,有时候虽然也坐下来谈一谈这个问题,但工作一忙,就把它挤掉了。由于党委领导同志对这项工作重视不够,有些地方青少年的教育工作就出现了互相踢皮球,或者是孤军作战的情况,这就必然影响做具体工作的同志的积极性。

目前,无产阶级思想和资产阶级思想争夺青少年的斗争还是十分剧烈的。最近一段时间,由于受到社会上一股错误思潮的影响,一些后进青少年的违法行为有所抬头。这当然不是公安部门一家所能解决的。地区、街道各级党委应该像杨浦区委那样,认真地回顾、总结十多年来青少年教育工作正反两方面的经验教训,采取措施,切实做好这项工作。

列宁曾经说过:"从某种意义上可以说,真正建立共产主义社会的任务正是要由青年来担负。"我国建设四个现代化的重任,也必将历史地落在青年一代的肩上。因此,培养、教育好这一代青少年,决不是一项可有可无的工作,而是一项必须十分重视的工作。不少后进青少年,我们拉一拉,就成材;推一推,就成害。只要我们各级党委加强领导,把学校、家庭和社会各个方面的力量组织起来,互相配合,我们的青少年教育工作一定会出现新的面貌。

（原载于《文汇报》1979 年 5 月 18 日"短评"）

学习雷锋贵在坚持

本报今天发表的上海市建青中学坚持八年学雷锋的报道,给了我们一个深刻的启示,那就是学习雷锋,贵在坚持。建青中学之所以能够做到校容整洁、秩序井然、书声琅琅、朝气蓬勃,办成一所人民所希望的学校,就是因为它坚持了八年学习雷锋,整顿了校容、校纪和校风。

青少年处于成长时期,用什么样的典型引导他们,这对他们的成长关系甚大。林彪、"四人帮"曾经用"一个小学生的日记"和"白卷英雄"引诱、毒害过他们,使一些青少年误入歧途。今天,我们要进一步肃清林彪、"四人帮"的流毒,就要以正面教育为主,深入开展学雷锋、争三好、树新风的活动,发动青少年学习英雄人物,走英雄的道路。在学生中开展学雷锋活动,决不是一朝一夕的事,而是学校政治思想工作一个重要的、经常性的内容,不抓不行,抓抓放放也不行,必须列入学校的工作计划和议事日程,一抓到底,抓住不放。只要坚持抓下去,就一定会取得成效。

建青中学给我们的另一个启示,就是在学生中开展学雷锋、争三好、树新风的活动,必须从大处着眼,小处着手,从严要求,循循善诱,一点一滴地抓起。通过具体生动的事例帮助青少年提高辨别是与非、真与假、善与恶、美与丑的能力,把提高共产主义的道德品质的要求寓于生动具体的教育之中,使青少年学有榜样,健康成长。

我们有些同志有时埋怨社会上的某些不良风气影响了学生。这种情况确实是存在的。但是,学校和社会本来就是一个不可分割的整体,青少年的道德风尚往往是整个社会道德风尚的一个反映。学生在社会上犯了错误,往往也暴露了学校政治思想工作中的弱点。建青中学党支部领导同志说得好,学校不能只埋怨社会上的某些不良风气,而是要在学生中积极倡导优良的风气,教育学生自觉地维护社会公德,把学校中的好风气带到社会上去,促进整个社会风气的变化。如果全市所有的学校都能像建青中学一样,坚持开展学雷锋、争三好、树新风活动,在青少年中形成一代新的风尚,那么整个社会的道德风尚也就一定会大为改观。

(原载于《文汇报》1979 年 7 月 11 日"短评")

满腔热情地对待犯过错误的青年

闸北区中兴街道两名曾经被强制劳动过的青年,确实改正了错误后得到妥善安置,体现了我们党"惩前毖后,治病救人"的政策。

这篇报道说明,后进是可以转化的。在一定的条件下,后进可以转化为先进,这个道理人们都是比较容易接受的。但在实际生活中,正确看待确实改正了错误的后进青年,并不容易。有的同志总感到有点"不放心",以致在评"三好"、入团、招生、招工、招兵等一系列环节上,都还存在另眼相看的情况。如不彻底改变这种现象,对后进学生、青年的转变、成长,无疑是非常不利的。

古话说:"人非圣贤,孰能无过。"其实,圣贤也要犯错误,何况是涉世未深、幼稚无知的青少年。我们现在面对的某些后进青年,是在林彪、"四人帮"倒行逆施的复杂环境中长大的。他们本来也同其他孩子一样,要求上进,只是受了林彪、"四人帮"的毒害,受骗上当,才掉队落伍。这种在成长过程中出现的曲折现象,在某种程度上,对一个缺乏社会政治和生活经验的青年来说,是可以理解的。一个青年犯了错误,只要他认识并确实改正了错误,我们就要满腔热情地欢迎他,给以信任,量才使用,决不能因为人家犯过一点这样那样的错误,就老记住那笔账。有些犯过错误的青年还很年轻,生活刚刚开始,他们还要为党和国家工作几十年,如果因为在青年时代犯过一点错误就遗弃他,那显然是不符合我们党的政策的。

对于有过违法犯罪行为经过教育改造确实已经悔改的青年,应当与其他待业青年一样统筹安排,不要歧视。招收单位要积极配合劳动、公安部门,从促进安定团结,调动一切积极因素出发,克服困难,妥善安置。接受单位要对他们加强教育,在政治上继续关心和帮助他们。当然,对犯错误的青年来说,应该严格要求自己,决不能抱"破罐子破摔"、"横竖横"的错误态度,要同过去的错误划清界限,对前途要充满信心。因为党和人民对于青年一代满怀期望,有志气的青年应该在新长征的路上勇往直前,要为四化作出贡献。

(原载于《文汇报》1979 年 7 月 15 日"短评"。
1979 年 7 月 17 日《中国青年报》一版转载。)

领导者要善于识才用才

类似陈秀云那样"有胆识骏马,无畏护良才"的好干部,在我们的生活中是所在多有。上海闸北区牙防所党支部书记、所长刘仅琴,就是其中的一位。

邓小平同志曾指出:"我们不是没有人才,问题是能不能很好地使用起来。"当务之急是需要有千千万万个像刘仅琴这样的既懂政治、又懂业务的好干部去发现人才,使用人才。其实,刘仅琴也是难得的人才。她是善于开发人才资源的人才,是懂得"党的事业需要人才,千方百计聚集人才"的人才。要把一个单位的工作做好,我们非常需要各种各样的专门人才,而各种专门人才能否发挥作用,能否展其所长,关键在于有没有像刘仅琴这样善于识才、用才的领导干部。

党中央三令五申要坚决落实知识分子政策,要充分发挥知识分子的作用,为什么有些单位贯彻得很差? 问题就在于那里的领导干部长期不学习也不去正确理解党的知识分子政策。他们有的习惯于落后的陈旧的生产方式,对现代化的科学技术缺少浓厚的兴趣,不认识知识和知识分子对现代化建设的极端重要性。有的至今还对知识分子抱着"左"的偏见。还有少数人妒贤嫉能,生怕别人超过自己,从私心出发,宁可使用庸人,也不愿意让有才能的人有一席用武之地。这种情况,在今天再也不能再继续下去了。我们希望那些至今对落实党的知识分子政策还持错误态度的同志,认真学一学刘仅琴的先进事迹,从这个所的巨大变化中得到启发,摒弃各式各样的偏见,跟

12

上时代前进的步伐。对于那些拒不执行党的知识分子政策，以至坚持歧视、打击知识分子的干部，则要坚决调整他们的工作。

（原载于《文汇报》1984 年 5 月 10 日"本报评论员"）

智力竞赛与智力开发

智力竞赛，顾名思义就是要竞赛智力。而现在不少智力竞赛，不赛智力只赛背功，效果未必好。

前不久，上海市少年科技指导站的智力竞赛别开生面。竞赛内容分笔试和动手制作两项。笔试的题目很活，竞赛者可以充分发挥自己的想象能力和创造思维，试题没有标准答案。如有一道题要求参加竞赛的少年用两个三角形、两个矩形、两个圆和两条直线画出各种东西。一个小学生竟一口气画出了收录机、电视机、台灯等十一样物品，获得了高分。竞赛结束后，孩子在较长时间内还三三两两地在议论、琢磨着竞赛的题目。

学生高分低能的现象大家都觉得不好，殊不知，这与学校和社会的引导有关。有些知识只要了解，不一定要背，用时查一下就行了。重要的是要培养学生驾驭知识、综合使用知识的能力，运用所学的知识去创造和发现新的知识的能力。智力竞赛应该引导青少年向这个方向努力。

（原载于《文汇报》1985 年 3 月 10 日"虚实谈"）

红皮鞋与道德观

日前，听某校一位全国优秀班主任说，该校有个"三好"学生已经填写了入团志愿书，但因为她母亲给她买了一双红皮鞋，虽没有穿出来，团支部却因此而不批准她入团。无独有偶，在另一所中学里，一个原已上报为市"三好"的学生，也因穿了一双红皮鞋而"连降两级"，只能当校"三好"生。

学生的衣着需要朴素，这是对的。然而朴素与美观并不矛盾，衣冠楚楚并不等于资产阶级思想。在经济条件许可下，让青少年打扮得漂亮些，有什么不好！对影片中穿红衣服的少女，观众已经有了公正的评价；对生活中穿红衣服、红裙子、红皮鞋的少女，为什么要另眼相看呢？

想当年，搞什么"红海洋"，"红"是"革命"的象征；而今天，"红"皮鞋竟又成为思想境界低的标志。德育观念上的这种只讲形式、不重实质的现象，真令人啼笑皆非，而最感无所适从的还是青少年。在这些问题上能不能少一点形而上学呢?！

（原载于《文汇报》1985 年 5 月 13 日"虚实谈"）

"左"的做法何时休？

这是新近发生在教育界的一件真实的事情：一个星期天，有位中学教师带着录音机到学生家里去家访。开始，学生的家长很紧张，以为自己的孩子犯了什么大错误。后来，经过这位教师解释，学生家长才定下心来。原来是学校的领导要每位教师每月登记家访的次数，还要打分数，作为考核的内容之一。教师家访不像商店买东西可以开发票作凭据，有些教师便按领导的要求，每月在登记表中填上了自己家访次数，而一些人，包括某些校领导又表示怀疑，不相信他（她）一个月真的访问了那么多学生家庭，弄得教师无所适从。教师们既反感，又无可奈何，便采用了携带录音机家访的"措施"。

这件事真令人啼笑皆非！教师家访是了解学生、联系家长的好

14

办法。至于教师什么时候家访，与学生和家长谈些什么，都不是随心所欲的，而是有目的，有意义的。一个教师可以这个月家访的次数多些，下个月家访的次数少些，怎么可以用每月登记教师家访的次数来作为考核呢？为了教好一个学生，转变一个后进学生的思想，教师所花的精力往往是无法用时间和次数来计算的。很多教师中午放弃休息在辅导学生，待到万家灯火时还在进行家访，可谓一心扑在工作上，呕心沥血教书育人。这难道是一张登记表上的分数所能计算的!？

在一些中小学里，类似这种"左"的做法还不少。据闻，有些学校的领导至今还是不抓"课堂"，只抓"门房"，两只眼睛盯着教师的迟到早退，要教师早晨上班记时签到，下班记时签名，中间外出也要签名。对教师如此不放心、不信任、不尊重，怎能调动教师的积极性呢？因此有些学校虽有坐班制，看起来大家循规蹈矩，守在学校里，阵容十分整齐，但令人压抑的环境窒息了一些教师的聪明才智和主观能动性。相反，在不少学校经过管理改革已经取消了坐班制，但是教师的积极性却十分高涨，责任心也比以前更强了。因为他们摆脱了"左"的桎梏，真正成了学校的主人，自觉地、努力地为四化培养着人才。由此可见，采取卡和压的办法是不能调动教师的积极性的。

"左"的做法何时休？在全社会都致力于养成一种尊敬中小学教师，尊重知识，尊重人才的气氛、环境和条件的今天，希望某些爱好这一套的学校领导深思！

（原载于《知识分子问题漫谈》一书 P24—25 页）

劳模应聘之后

范 里

听说本市一位服务行业的市劳模退休后，仍被原单位聘用，这本是人之常情，无可非议。然而，最近情况有了变化，有一家宾馆，慕这位劳模优质服务之盛名，用比她原单位更丰厚的聘金聘用她前去传帮带一些青年同志，劳模应聘了，于是舆论哗然。有的说："她这个劳模是我们单位培养的，真忘恩负义。"也有的说："看来劳模也是爱钱的，这不往钱多的地方跑了吗？"还有的说："什么劳模，现在漏底了。"

这些议论，对一个劳模压力着实不小，最近，她又准备回原单位干了。

听了这些议论，笔者的态度是，现今在职人员已经允许流动，何况一个退休的劳动模范，他愿意应那个单位的聘请，完全是个人的自由，不能苛求。一切荣誉称号都是对获得者的品格以及一定时期、阶段工作的嘉奖，如果把诸多的先进工作者、劳动模范、优秀教师等荣誉称号当作"卖身契"，把这些先进人物束缚起来，甚至划地为牢，占为私有，那就错了。他们的先进思想和先进工作经验属于他们自己，同时也属于社会。这些同志受到社会的尊重和欢迎是理所当然的。输送单位及那里的群众应当感到高兴，而不该耿耿于怀，妄加非议。

（原载于《文汇报》1988 年 11 月 29 日"虚实谈"）
注：范里是王宝娣笔名。

"搭车"涨价奇闻

范 里

有客自黄山来说，原来合肥至黄山的普通汽车客票价为 11.20 元，但近来随着国家对铁路、航空和水运客票调价后，也"搭车"上涨了。现在从合肥到黄山的普通汽车客票从 1 张变成 7 张，实际收款 16.40 元。其中 1 张客票上面添盖一个红印："另加油差 2 元 1 角"，另外 6 张均为"客运杂费定额收据"，总共变相加价 5.20 元。

国家这次在对铁路、航空和水运客票调价时，曾明令禁止其他物价"搭车"涨价,但还是有人明知故犯,巧立名目,变相涨价。这种情况也不只是黄山至合肥的普通汽车一家,在其他方面也屡见不鲜。有的商品包装一改,马上涨价,有的将平价商品转议价出售,有的以次充好,变相提价。但像黄山这样盖上大红印章,明目张胆违反规定涨价的却不多。

不得擅自涨价已经三令五申,为什么仍然屡禁不止?这恐怕与我们有关法规条文不够缜密完善有关。涨价者说,我车票没有涨,还是 11.20 元,我多收的是客运杂费,似乎还振振有词。看来每项法规制定后,还要紧紧跟上贯彻执行的细则,方能防止钻空子。

另外,屡屡出现擅自涨价现象也与有关部门管理不善、检查不勤、执法不严有关。对于擅自涨价,扰乱市场,扰乱人心的单位与个人,应处以重罚,必要时绳之以法。

(原载于《文汇报》1989 年 11 月 2 日"虚实谈")

注:范里是王宝娣笔名。

包公·济公·愚公和纪检干部

在市纪委召开的一次党风建设经验交流会上,民航华东管理局纪委书记说,在进一步治理整顿、深化改革的过程中,纪检工作要发扬包公、济公、愚公的精神。

这位纪委书记发言伊始,人们尚未弄清楚"三公"之间有何必然联系,待她慢慢道来,方觉颇有道理。原来说的是纪检工作要发扬包公的铁面无私,弘扬济公的扬善除恶,学习愚公的挖山不止,下定决心,不怕牺牲,排除万难,去争取胜利。

目前,各级纪检机关任务十分繁重,不仅要查处经济大案要案,清查党员干部的问题,还要加强党风、党纪建设,整治分散主义,加强党的集中统一。然而,每每查处党内的一些重大案件,都会遇到阻力,打电话、递纸条说情的络绎不绝,有些说情者还来自某些领导部门,这就更需要纪检干部坚持党性原则,铁面无私,不徇私情了。恢复纪检工作的10年中,各级纪检干部是经得起考验的,他们顶住压力,办了不少案件,严肃党纪,伸张正义,受到党和人民的高度评价。朱镕基同志在前不久看望市纪检机关干部时,称赞广大纪检干部两袖清风,一身正气,刚直不阿。

济公和包公从外表上看,似乎是两个截然不同的人物。一个鞋儿破,帽儿破,身上的袈裟破,拖鞋曳脚,玩世不恭;一个蟒袍加身,衣冠楚楚,铁面无私。然而,人民对他们都很喜欢,因为他们都能匡扶正义,为民除害。但是济公和包公又都有他们的局限性,包公为民除害是为了维护皇帝的统治,是封建制度的忠实卫士;济公无力改变社会的黑暗,遁入佛门,寄托佛祖扬善除恶,劫富济贫。而我们今天的纪检干部,本身就是人民的公仆,更应该全心全意为人民服务,做一名纯洁党的队伍,端正党风,捍卫共产主义事业的忠诚卫士。因此,我们的纪检干部理应比包公、济公更高明,既有包公的铁面无私,不徇私情的一面,又像济公那样生活在人民之中,及时体察民情,主持正义,反对腐败,使我们党永远不脱离群众,立于不败之地。

愚公的精神早为我们熟悉,在今天整治党风、党纪的时候,更有它的现实意义。这几年,思想政治工作在一片加强声中削弱了,党组织的作用也淡化了,党风出现了不少不尽人意的地方,因此,我们不能对目前的党风估计过高,要有足够的认识,整党、端正党风是一项十分艰巨的、长期的任务。可以这样说,在整个社会主义历史时期,都存在着党风、党纪建设的问题,只要有阶级斗争存在,有腐败和反腐败的斗争存在,治理整顿工作就存在,党风、党纪的建设就一刻也不能停。因此,纪检工作必须发扬愚公挖山不止的精神,排除各种困难,去争取胜利,必要的时候还要经受惊涛骇浪的考验,作好不怕牺牲的准备。

俱往矣,数风流人物还看今朝。包公、济公、愚公都已成为历史,他们流芳百世,受到一代又一代人的传颂。我们的纪检干部就是新时代的包公、济公、愚公，而且集三者优秀品格于一身，我们也理应通过自己的实践，写下值得人们传颂的一章。

（原载于《上海纪检》1990年第一期"论坛"）

漫话学生营养午餐

今年暑假，本市举办"胖墩夏令营"，引起了人们的关注。瞧着这些胖墩娃娃，人们喜忧参半。喜的是，从这些胖娃娃身上体现出社会安定，人民生活富足；忧虑的是，上海中小学生身长、体重不断增加，体质却逐年下降。据兵役部门反映，上海青年兵役合格率每况愈下。静安区学生卫生保健所调查表明：1981年至1990年十年间，小学一年级学生完全健康率从77.8％下降到46％；初中生完全健康率从41.2％下降到21.6％；高中生完全健康率从30.3％下降到10.4％。因为健康原因，初高中毕业生影响报考中专、职校和高校有关专业的人数分别占毕业生总数的78％和89.4％。

学生卫生保健专家认为，上海青少年体质持续下降的原因，除学生课业负担过重和缺少必要的体育锻炼外，最根本的原因是营养不良。

在上海这样一个丰衣足食的大都市，青少年怎么会营养不良呢？这不是说家庭供给不起孩子必需的营养，而是指家长或伙食团工作人员不懂得膳食的营养搭配，以及青少年偏食和挑食。有些家长不懂营养学，以为价钱越贵的食品就越有营养，拼命给孩子吃巧克力、人参蜂皇浆等口服液，有些家长将巧克力与牛奶搭配起来给孩子吃，使巧克力中的草酸与牛奶中的钙混合，变成毫无营养的草酸钙。家长花钱不少，孩子却没有养好。另外，家长大多是双职工，即便懂得营养学，也没有时间为孩子烹饪营养膳食。他们希望学校能为孩子办营养午餐。

一些营养专家和学校保健医生认为，学校给学生办营养午餐是解决当前上海青少年营养不良、提高学生身体素质的好办法。据了解,在第二次世界大战以后,欧美许多国家和日本、印度都实行了学生营养午餐制度,几十年下来,这些国家的青少年体质有明显提高,健康水平均超过我国青少年。我们国内也有例证。一年多以前,本市静安区卫生、教育部门在一师附小和静安区第二中心小学的 200 名学生中试行在校营养午餐,一年半以来,也取得了明显成效,这些小学生身长、体重以及机能素质指标均有提高,贫血发病率已从 23% 下降到 5.8%,受到家长的欢迎。

由此看来,营养午餐应在学校大力推广,如能持之以恒,不仅能解决双职工子女吃午餐的难题,还将大大提高我国青少年一代的健康水平。有条件的学校可以自办学生营养午餐,条件还不具备的学校,可以由区里建立一个或几个学校营养配餐中心,统一制作营养盒饭送到各中小学,但愿这一建议能早日实施。

(原载于《文汇报》1991 年 10 月 19 日"文汇论坛")

注:本文发表后,学生营养午餐被广泛推广,静安区办了学生午餐配送中心,为中小学校分送营养午餐;梅龙镇酒家也为小学生办了营养午餐。

多"拔"年轻的"尖子"

去年,上海各区都选拔命名了一批专业技术拔尖人才,这无疑是件重视人才的大好事。然而,有些遗憾的是,这些拔尖人才平均年龄 55 岁以上,年轻的后起之秀极少。令人欣喜的是,近日长宁区新增补八位拔尖人才,平均年龄 44 岁,比去年下降了 11 岁;其中有一位年仅 28 岁,真可谓年轻有为。笔者为之叫好。

多年未选拔尖人才,首次选拔,多一些卓有成就的老前辈也在情理之中。但据有关方面调查,上海高级专家,70% 目前已年逾 50 岁,40 岁以下的高级专业技术人才,仅占全市高级专业技术人员的

0.79%，实在少得可怜。高级专业技术人员出现了严重的"断裂层"，将影响上海高新科技的发展。可见，重视培养、选拔中青年专业技术拔尖人才已经迫在眉睫，刻不容缓。

笔者以为，选拔拔尖人才的部门，应提倡像长宁区那样，注意更多地向年轻人倾斜，以激励更多的年轻人你追我赶，后来居上，冒尖成才。

让年轻人冒尖，需要多选拔，更需要多助"拔"，即更多地帮助他们在专业上"拔高"。要为他们的成长创造良好的环境、条件，要有计划地开展职业教育、继续教育。已经被选拔出来的中老年专业技术拔尖人才，除了在各行各业继续发挥专业特长，攻克科学技术难关外，也义不容辞地肩负着培养、培训青年专业技术人员的责任。老专家们要发挥工作母机的作用，做好传帮带，一个人带一批，使现有专业技术、包括某些绝技，在年轻人手中发扬光大。

（原载于《组织人事报》1991 年 11 月 21 日"干部论坛"）
注：文章发表后，市委组织部领导告诉作者："反响很好。"

也谈治一治"典型病"

读罢 2 月 20 日《组织人事报》"百家谭"栏《治一治"典型病"》一文，感到文章在不少提法上有些以偏概全了。故此，谨以陋见与周继忠同志商榷。

首先，典型人物"多患病"，究竟是客观存在，还是"秀才们""写"出来的？敝人是位记者，曾采写过许多先进人物。据我所知，许多先进人物确实因长年累月忘我工作，而积劳成疾。这是事实，并非杜撰。如焦裕禄，上海宝钢工程指挥部副总工程师曾乐，南浦大桥总指挥朱志豪，他们都患有重病。更有甚者，许多中年骨干，或未老先衰，或英年早逝，不也说明了这个事实吗？所以我同意周继忠同志所说的，典型之所以

21

成为典型，并不取决于他们病的多寡轻重，而是取决于他们对社会、对人民的贡献。但我又认为，这还不够，因为先进典型的培养、成长、树立，直到巩固，还离不开党和人民的教导、哺育和爱护。

其二，树立先进典型的目的，旨在推动全局，带动一般。典型一旦成为"典型"，本身的压力会更大，强烈的使命感会使他们更加努力地忘我工作。此时此刻，作为典型所在的党组织和各级领导，应该对他们更加爱护。如改善他们工作、学习、生活的条件；为他们定期进行健康检查，安排好他们的劳逸，使他们有病早治，无病也得到一定的休养和调节；还可以为他们配备助手，以减轻他们的工作量。对于有突出贡献的先进典型，还可以通过颁发奖金或津贴，补充他们因长期在艰苦环境中工作而造成的物质、精神生活的匮乏，使先进典型人物健康成长，在原有成绩的基础上更上一层楼，释放出更大的潜能。

这，或许才是治好"典型病"的真正良方吧。君以为然否？

（原载于《组织人事报》1992 年 3 月 12 日"百家谭"）

不能小视第一步

日前，本市"为了孩子儿童用品公司"开业，笔者却发现店堂东首有十来平方米的铺面空闲着，原来商店负责人在开张前夕检查商品时，发现里面的服装、童鞋，或无商标，或无厂名、厂址，有伪劣商品嫌疑，决定撤柜。商店经理说："新公司要迈好第一步，确保商品的质量，决不让伪劣商品上柜。"

此话有理。如果每家商店都能像他们一样，从开业第一天起就严格把住商品质量关，伪劣商品何能乘虚而入？也何愁生意不兴隆？

其实，各行各业争创一流水平、一流质量、一流效益，都应从头做起。比如虹口区凉城街道新建住宅小区，抓环境美化和精神文明建设；上海商检局抓青年干部的教育培养；以及许多"三资"企业抓厂纪厂风与质量意识教育等等,都是从第一天开始就抓严抓实,形成规范与制度的,因而也取得了可喜的效果。

俗话说得好,万事开头难。开头开得好,起步正,起点高,就为今后事业的发展,奠定了良好的基础,所以我们千万不能小视这第一步。现在大家都在讨论九十年代上海人的形象,畅谈上海精神,改革开放的大门敞得更开了,我们如能以敢为天下先的精神冲破荆棘与桎梏,迈好第一步,接下来的路就好走多了。

(原载于《文汇报》1992 年 4 月 3 日"虚实谈")

大力兴办科技企业

不久前,一家外商来沪洽谈合资生产探测器项目,本市有关接待人员找遍上海,没有找到生产探测器的工厂,便拒绝了外商。当有关领导知道此事后,说某某研究所不是在专门研究探测器吗?为什么不介绍与他们合资?当事人尴尬地回答:当时只想到在企业里找,没有想到科研单位。一个本来可以合资办的高新技术企业就这样流产了。这类事在上海已不止一次。

据高等院校、科研院所反映,他们的科研成果累累,但找到婆家的不多,不少成果三五年也找不到联姻的对象,迟迟不能转化为生产力。

这无疑是一种浪费。中国科学院已创出了自己的路子,成立了希望集团、四通公司等高新科技企业。通过自己的科技企业,将科技成果直接转化为现实的生产力,每年的经济效益十分可观。据悉,本市有一家千余人的科研单位,分流出二百五十人搞电脑公司,年创收一亿二千万元。又如长宁区目前已经创办的近七十家科技企业,每年也为国家创造数百万元的财政收入。

在高新科技迅猛发展的今天,把知识形态的成果迅速转化为物质形态的产品、商品,将潜在的生产力转化为现实的生产力,已经势在必行。而单靠科研部门按照传统的办法与现有的工业企业结合,实现成果转化已经远远不够,必须大力兴办科技企业来加速这种转化。

科技企业以科技人员为主体,智力密集度高,创新能力强,并实行技、工、贸一体化经营,以贸养技,以技促工,有利于科技成果迅速转化为产品和商品,而且这些产品和商品技术含量大、附加值高,竞争力强,经济效益明显,因此大力发展科技企业,能给企业和经济部门注入新的活力。

这里需要强调的是,深化科技体制改革,必须转变观念,克服那种唯有搞科研才是高层次工作的陈旧观念。科技企业是科技工作的一个重要组成部分,今后的科研院所、高等院校要有一批搞高科技企业产品开发、生产、销售的教授、研究员和专家。目前上海有五十所高校、近三百个独立的科研机构、近千家大中型企业,科技人员四十五万,其中直接从事科学研究和技术开发的有十五万。如能经过人才分流,有五万至十万的科技人员直接从事科技成果转化工作,或者直接兴办科技产业,将大大促进科技与经济结合,加速高新科技产业化。

(原载于《文汇报》1992 年 6 月 7 日"文汇论坛")

注:文章发表引起社会共鸣,受到好评。文汇报总编办要求作者在《文汇通讯》1992 年第 7 期写了采访札记《写新闻的记者也要有言论意识》心得体会。

大胆起用能人

前几日在闸北区采访,不时地听到人们谈论区委、区政府起用原区住宅办主任宋文平担任新客站"不夜城"开发办公室常务副主任的事。多数人认为该重用,他是个能人;也有些人颇有顾虑,说他去年曾因经济问题受到党内警告处分,政治上不强。

当笔者走访区委书记姚明宝和区委组织部长任艰时,他们不约而同地说：学习中央 2 号文件，要求我们思想更解放一点，胆子更大一点，步子更快一点，我们就觉得大胆起用能人是最为紧要的，所以起用了宋文平。

听了他们简扼的说明，觉得很有道理，如果不敢大胆起用能人，"三个一点"将全部落空。因为任何事情都是要人去做的。用了能人，事半功倍，用了庸人，事倍功半，甚至无功，还要添烦加乱。宋文平的经济问题并非贪污受贿，只是在改革开放的大潮中，对政策理解不够，用施工返回的收入给职工发了两次红包，自己拿了兼职奖金，然而这两款均放在明处，并未做在暗处。所以区委、区政府经再三分析研究，决定重新起用，让他在改革开放的新阶段为振兴闸北的建设再立新功。

大胆起用能人，人们一般都能接受，然大胆起用犯过错误的能人，就不一样了。有些人抓住能人犯过的某些过错作为把柄卡住他们，不再重用，这就使不少能人空有报国之心，效国之才，而无有报国之门了。能人者，有超出常人的智慧和能力，但他们毕竟是人不是神，孰能无过。如果一旦有过错就弃之不用，岂不太可惜了，因为他们毕竟还是能人。这使我想起宋人"未必人世间无好汉，谁与宽些尺度？"的至理名言。俗话说，金无足赤，人无完人。若要事事求全责备，那么人才也就所剩无几了。

所幸的是，学习中央 2 号文件和小平同志南巡谈话之后，不少领导干部思想开了窍。据闻，黄浦区财办起用了人立服装店一位犯过错误的原经理；上海远洋公司党委、纪委起用了一批因犯过错误调离远洋船的业务骨干；步鑫生又东山再起；年广九提前出狱，重操旧业，又甩开膀子大干起来……

在有十二、三亿人口的中华大地上，是不乏人才的，关键是各级领导要进一步解放思想，更新观念，大胆起用能人。各级领导不仅要慧眼识英才，尊重人才，更要大胆地使用人才，使好钢用在刀口上，还要有容才之量，护才之勇。当今时代，一切竞争，归根到底还是人才的竞争。爱惜人才，重用人才的领导是高明的领导，反之即是愚昧的领导，不合格的领导，至于那些打击、压制、埋没人才的领导，压根儿就不配当领导。

宋文平说，小平同志的讲话，使他倍感亲切、温暖，他最怕、最痛苦的是不让他干事业。一个犯过错误的能人的肺腑之言难道不值得我们某些当领导的深思吗？

（原载于《行政与人事》杂志 1992 年第 8 期"干部论语"）

多做些"雪中送炭"好事

去年岁末，我应邀参加"康大教育奖励基金会"成立仪式。会上，康大经济技术信息总汇总经理将 5 万元捐赠给办学条件困难的静安区万安中学，作为奖励该校教师的基金。这 5 万元，原本是"康大"开业时，宾客们要送的购买花篮费。总经理与同仁们商量，决定"康大"开业从简，将各祝贺单位准备购花篮的钱汇成 5 万元教育奖励基金。

据市教育部门透露，本市中小学管理体制改革启动资金需要 8 000 万元，但政府财力有限，只能拨给三分之一，缺口很大，还需全社会的关心与支持。其实，只要社会各界节俭一点，大家分一杯羹给中小学，就是一笔很大的数目。新年伊始，文汇报就披露一条信息：本市企事业单位一年购买花篮的费用近 2 000 万元，而且各类开张的"花篮大战"愈演愈烈，一次开张，花篮少则几十只，多则上百只，而且越做越大，越做越高，有的一只售价高达 1 500 元，这股风还有越刮越猛的趋势。若能将这笔钱节省下来，给教育雪中送炭，是十分可观的。

当然，铺张浪费、讲排场还不只是"花篮大战"一项。年关将近，形形色色的公费宴请、送礼又多了起来，也会增加许多不必要的开销。如果都能像"康大"那样注意开源节流，支持教育改革，那将是功德无量的好事。

（原载于《文汇报》1993 年 1 月 15 日"虚实谈"）

注：此文发表后，受到时任副市长谢丽娟表扬，之后《解放日报》也写了类似的言论。

赞 "流动商店"

目前，上海建设热气腾腾，不少地方在拆迁，在兴建。上海人民为振兴上海作出了贡献，承受着种种暂时的困难。拿开门七件事中的购买粮油盐酱醋来说，由于动迁，许多粮油店也拆了，有些居民需要走长长的一段路才能买到粮油，颇感不便。

静安区政府日前组织了十辆粮油车，在区内穿街走巷，卖粮油，送货上门，解决了居民购粮和买油盐酱醋的困难，受到居民群众的欢迎。大家称这是"流动粮油商店"。

在上海建设、改革和发展的过程中，上海市民遇到的其它麻烦事也不少。如市政工程和土地批租动迁户的过渡安置、就医，动迁户子女的入托、就读；企业下岗职工安置、解困以及医疗保险等等问题，只要各行各业真正提到议事日程上来认真研究，办法总比困难多，何况是前进中的暂时困难，总会找到适当的办法和途径解决的。

静安区的十辆粮油销售车不仅方便了群众，也做活了生意。据说一辆粮油销售车每天的销售额相当于 3 家粮油店销售总额。这也给了商业部门一个新的启示：商店拆迁，或重新装修，一时新的商厦还未竣工开业，职工闲着，能不能搞些"流动商店"，如小百货流动车，食品流动商店等，既方便群众，又可以使商店在动迁和改建过程中不至于完全歇业，获取一定的经济效益，何乐而不为呢？

（原载于《文汇报》1994 年 4 月 29 日"虚实谈"）

助 人 篇
——上海文明窗口建设述评之四

热情助人是我们中华民族的传统美德,它源远流长,同时也是国际社会通用的行为准则。在一个文明社会里,人们要努力做到急人所难,济人之困,救人之危,助人为乐。

也许有人会说,帮助别人,首先要付出,那不是亏了自己、累了自己、苦了自己,还有什么快乐可言? 然而,许许多多热情帮助过别人的人却认为苦和乐本是一对矛盾,没有苦,也就无所谓乐。一个永远不想付出的人,是永远也得不到快乐的。看看振华汽车服务公司杨其明的故事,定会得到一些启迪。

去年4月25日凌晨3时40分,张云芬驾驶的一辆客货两用车在开往无锡的途中发生车祸,她与另一名男乘客被撞得脾脏破裂,头颅骨折。正在此时,由无锡空车返沪的振华汽车服务公司驾驶员杨其明途经此地,见状立即主动停车,把两位重伤员抱进自己的轿车,直送苏州第三人民医院。

在医院,杨其明几次背着伤员上下楼,配合医生抢救,又打长途电话通知伤者家属。在苏州第三人民医院,当院方要收3 000元抢救预付金时,杨其明毫不犹豫地将身上1 000多元全部掏了出来,又将身份证、工作证交给院方作担保。由于医院条件有限,不能同时为两名重伤员做手术,为了赢得抢救时间,小杨又驾车将另一名伤员送到苏州第一人民医院救治。第一人民医院也提出要先付预付金。此时,杨其明身无分文,且无证件。他立即找院长,说明情况,愿以出租车暂作抵押。院长被他感动,当即签了"全力抢救"的指令。

这天,杨其明从早晨4点多一直忙到晚上8点钟,16小时没有吃上一口饭,没有喝过一口水。直到张云芬丈夫赶到医院,拿出200元酬谢杨其明被婉言谢绝时,在场的医务人员才知道他是上海振华汽车公司的司机,与这起车祸以及伤员毫不相干。人们一下子都向这位乐善好施的司机投去了尊敬的眼光,称赞他是个热心助人的好同志。此刻的杨其明感到无比的欣慰,忘却了一天的劳累。

事后,杨其明说:"那天我真苦、真累,非但没有分文的营业收入,还要掏出身上全部的钱。但是我毕竟救了两条人命,做了件大好事,因此,我又感到很高兴,很满足。如果我当时见死不救,我会一辈子受到良心的谴责,一辈子的痛苦无法解脱。"

热情助人,苦中有乐,乐在其中。这就是苦与乐的辩证法。正如一位名人所说的那样:"你想成为幸福的人吗?你首先要学会吃得起苦。"特别是当义利相悖的时候,更应该先取义。其实,你帮助了别人,必能得到许多乐趣,何来"吃亏"之说?

在这方面,居住在宝山区宝林三村 30 号的宝钢工人陈凤英和上海密丰绒线厂离休干部高洪海有着切身的体会。

陈凤英有一段时间患类风关和脑瘤,长期病休在家。但是一颗热心助人的心叫她闲不住。她先是在楼里搞搞清洁卫生,扫地、擦门窗和扶梯;后来又主动关心楼里的双职工,帮助他们接送上托儿所、幼儿园和小学的孩子,在自己家里办起"小小班",组织放学后的孩子做作业,做游戏,还留父母晚回来的孩子在自己家里吃饭、睡觉。她的真诚得到邻居们的信任,大家外出,都愿意把自家的钥匙留给她。她成了 30 号楼公认的"好阿婆"、业余楼组长。因此,她的事更多了,经常照顾楼里的病人、产妇,还和丈夫一起揽下了全楼 23 户人家收缴水、电、煤气费的事。她家装了私人电话,她又马上把电话号码告诉大家,谁家有事都可以使用,私人电话成了公用电话,她和老伴又成了义务传呼员,整天忙得不亦乐乎。

30 号楼的邻居都很感激这对老夫妻,陈凤英却朴实地说,"我身体有多种毛病,能为大家的事多跑跑,也有利于健康嘛。"

这是她的真心话。生命在于运动,陈凤英为群众的事热心奔走,现在身体确实比原来好多了,去年体检,脑瘤已经完全萎缩消失了。

陈凤英说:为人一世,要多做善事。我热情助人,生活充实,别人的困难解决了,我就觉得很开心,日长世久,我一直生活在快乐之中,病好了,身体也好了。

真是无独有偶,上海密丰绒线厂离休干部高洪海今年已经 71 岁,还每天义务在马路上巡逻,维持交通,为路人指路,维护新村的治安,修填马路,打扫环境,帮助邻居接送托儿所、幼儿园的孩子,还为地区福利事业捐款 3 000 元,浦东泾东地区一提起高洪海,大家都说:"他是个热情助人的好人!"

高洪海说,他原先患严重的高血压、心脏病,可是离休后,就一直热心于社会公益活动,曾多次被评为上海纺织局优秀党员,1992 年荣获市老有所为精英奖。现在他心脏病好多了,血压也正常了,他认为是助人为乐促进了身心健康。

世上的快乐各种各样,有独自快乐、自得其乐,也有合家欢乐、天伦之乐,更有助人为乐的共同快乐。助人为乐既可以给予别人快乐,又可以分享他人快乐。

热情助人直接体现出来的往往是社会效益,但是,当被你相助的人在经济工作中成绩卓著时,你会分享到他们成功的欢乐。

这是一种间接的经济效益。上海港服务总公司十六铺客运站的市劳模郑佩华对此感受尤深。

几年前,郑佩华先后救过两个来上海准备自杀的女青年的命,这两个姑娘在郑佩华无微不至的关心帮助和开导后,重新扬起了生活的风帆。现在一位在广东一家合资企业当了总经理,在市场竞争中大展宏图,时常来看她,如同亲姐妹一般。还有一位被救的姑娘已经成了湖北省一家纺织厂的先进工作者。当姑娘把荣获的奖状、奖章寄给郑佩华,并说这些成绩应归功于郑大姐时,郑佩华的心里比喝了蜜还要甜。她说,我的服务工作虽然没有创造什么直接的经济效益,但是被我帮助过的人在经济工作中做出了成绩,我为他们高兴,分享着他们成功的快乐。

(原载于《文汇报》1994 年 10 月 6 日)

注:此稿发表后受到时任市委副书记、市委宣传部长陈至立表扬,称赞文章很有哲理,要秘书剪贴做宣传资料,这篇述评被评为文

汇报好新闻特等奖;之后又被评为市委宣传部精神文明好新闻二等奖。

创建活动要加强中途管理

春节前,市文明委和各区县委办的文明委,对市委、市政府去年3月命名表彰的本市795家市文明单位进行中途管理检查。发现绝大多数单位无愧于"市文明单位"的光荣称号,在行业规范服务、实施"七不"规范中均起了排头兵作用,在两个文明建设中又取得了可喜的新成绩。

一年来,市文明单位在全市精神文明建设中产生了很强的辐射力,工业系统原有市文明单位200余家,最近要求申报的单位有360多家,是原来的1.5倍;外经贸系统原有市文明单位仅7家,这次提出争创的有90多家,出现了滚动竞争的态势。

但是,这次大检查中,也发现少数市文明单位"逆水行舟,不进则退",已不能在同行业中名列前茅,有的已做坍了牌子。有关区县委办的文明委已亮出红牌,撤销这些名不副实的"文明单位"的称号,摘下了金牌;有的被黄牌警告,限期整改。

文明单位摘牌或受到警告,究其原因主要有三:一是骄傲自满,放松管理。他们认为文明单位金牌到手,荣誉到头,疏于管理,或超计划生育,或服务质量下降,或发生重大伤亡事故。二是单位的主要领导人贪污受贿,走上犯罪道路,甚至领导班子出现"群蛀"现象,造成恶劣的社会影响。三是企业改革止步不前,经济效益严重滑坡,在同行中不再名列前茅,失去文明单位的示范性。

市文明单位是标志本市基层单位两个文明建设综合性成果的最高荣誉称号,但不是终身制的,而是两年一次择优汰劣。在文明单位中途管理检查中,一些单位被摘牌、受警告,更说明做得不好,连两年也保不住。文明单位必须坚持标准,不能降格以求。特别是市政府颁布的市文明单位,必须具有货真价实的"含金量"。许多外商之所以对市文明单位十分青睐,视为最合适的合作伙伴,是因为这些单位的员工素质好,产品质量好,企业信誉好。因此,文明单位更要自尊、自爱,从严要求,严格管理,决不能掉以轻心,在管理上发生一丝一毫的松懈。

对文明单位实施中途管理检查、猛敲警钟,给人们的启迪是:在两年一度的市文明单位评选中,不看你总结写得如何好,而是看争创活动中实绩有多少。文明单位的评选实行淘汰制,具有一票否决权,也警示人们:争创市文明单位要加强中途管理,迈好每一步,管理好每一个环节,不容含糊。好的单位要再接再厉,更上一层楼,在提高上下功夫;被黄牌警告的单位,要迅速整改,急起直追,保持荣誉;被摘牌的单位不要灰心气馁,而要总结教训,从零开始,制订争创的规划,落实措施,加强管理,堵漏建制,克服弱点和弊端,争取重新上榜。

(原载于《文汇报》1996 年 2 月 28 日)

不能把党务工作当摆设

最近,某市一个调查显示,有些非公有制企业的党务工作者十分苦恼:他们的地位得不到确认,工作难以开展,在单位里他们只是老板雇佣的打工者,工作要看老板的脸色做。老板把党务工作当作企业的摆设,需要的时候用一用,不需要的时候就扔在一边,不理不睬。

据了解,一些非公有制企业的业主同意企业建立党组织,一是"充门面"。客户来了,拉上书记出场,让人感觉企业是正规的、有信誉的;二是"守球门"。企业遇到难事、矛盾和问题,老板一推了之,让书记、党务工作者去处理;三是"当摆设"。业主平时对党务工作不闻不问、不支持,也没有明确的经费保证,使党务工作举足维艰,无法开展。更有甚者,每每遇到党务工作者坚持原则,维护职工合法权益,老板便会板起脸来开除你,党务工作者随时都面临丢饭碗的危险。

发生这种不幸，主要原因是这些非公有制企业的业主或管理者还没有弄明白，他们是在共产党执政的中国办企业，而不是在西方。在中国，一个企业只要有 3 名以上的共产党员，就要建立党组织，发挥党组织的战斗堡垒作用和党员的先锋模范作用。其实，如果企业主能正确认识这个问题，对企业的发展是十分有益的。譬如，上海市郊的一家日资企业，由于党组织和共产党员积极发挥先锋作用，不仅生产蒸蒸日上，产品远销世界，企业还被评为上海市文明单位，日方老板也受到了日本总公司的高度赞扬。日本老板在谈体会时坦言：在中国办企业，我们欢迎党支部，欢迎共产党员！

同是在中国，同是在非公有制企业，为什么党务工作者的待遇却有天壤之别？这里面还有个如何保证党组织和党务工作者开展工作的艺术问题。一方面，我们要进一步加强宣传力度，提高非公有制企业对加强党建的认识，进一步组织非公有制企业人员，尤其是业主学习党的十六大精神，营造有利于党建的舆论环境和社会环境，从实际出发，积极探索非公有制企业党建和开展党务工作的新途径、新方法。另一方面，我们亦可以借鉴西方发达国家的经验。在西方国家的企业中，一般没有政党组织，也没有党务工作者，但他们的企业都有工会，而且工会是受法律保护的。目前，我们在非公有制企业中一般也都成立了工会。工会受工会法的保护，而且有合法的工会活动经费。从这个角度上说，非公有制企业的工会与党组织有共同点。因此，我们完全可以发挥一个党员一面旗的作用，通过共产党员的先锋模范作用影响和团结企业的职工，通过竞争、竞选，使党务干部当选为非公有制企业工会干部，从而实现"一块牌子、两套班子"，双重身份，发挥双重作用，使党务工作通过工会工作体现出来，渗透下去。

如能做到这样，非公有制企业的党务工作就不再是摆设，而是可以扎扎实实地开展起来了。党务干部既然身为工会干部，受到工会法的保护，也用不着看老板的脸色行事，不会再冒随时可能丢掉饭碗的风险了。

（原载于《组织人事报》2004 年 12 月 9 日"先锋时评"）

注：此文最早载于《文汇报情况反映》，2004 年 10 月 14 日《人民日报》情况汇编转载，后又被《组织人事报》"先锋时评"刊用。

论真实是新闻的生命

【本文提要】　事实是新闻的本源,新闻是事实的报道。只有用事实说话的真实新闻才真真有力量。反之,违背事实的虚假新闻则贻害无穷。我们必须加强新闻从业人员队伍建设和职业道德教育,建立和完善新闻把关制度,并接受社会监督,人人抵制假新闻,为捍卫新闻的纯洁性而战斗,使新闻取信于民,成为促进稳定,团结人民,教育人民,批评谬误,打击敌人的有力武器。

【关键词】　用事实说话　队伍制度建设　抵制虚假新闻

在大学学习新闻学的时候,新闻的定义是很明确的:事实是新闻的本源,新闻是事实的报道①。然而近些年来,失实的新闻时有发生,假新闻愈演愈烈愈离奇。《新闻记者》杂志连续 4 年评选的年度"十大假新闻"就累计 40 篇了。假新闻对媒体的公信力带来了极大的伤害。据广电总局"宣传党的意志与反映人民呼声"课题组 2003年对六个省市听众和观众关于"您认为影响新闻效果的主要因素是什么"一项抽样调查显示,听众和观众将"新闻报道缺乏可信度"列为榜首,实在令人吃惊。

真实的新闻才有力量

早在 1948 年,毛泽东同志在《对晋绥日报编辑人员的谈话》中就指出:"同志们是办报的。你们的工作,就是教育群众,让群众知道自己的利益,自己的任务,和党的方针政策。办报和办别的事一样,都要认真地办,才能办好,才能有生气。"1950 年,邓小平同志《在西南区新闻工作会议上的报告》中指出党和政府办好报纸、广播的重要性:"出报纸、办广播、出刊物和小册子,而又做到密切联系实际,紧密结合中心任务,这在贯彻实现领导意图上,就比其他方法更有效、更广泛,作用大得多。"以后邓小平同志又多次告诫我们:"要拿事实说话","要拿事实给人民看,这样人民心里才会平静下来",他要求新闻工作依据实事求是的世界观,在任何情况下不能说假话,说假话就是背离马克思主义。

总而言之,实事求是,用事实说话的新闻才有价值,有力量。真实的新闻是经得起实践检验的。它是团结人民、教育人民、鼓舞人民的教材,是打击敌人、批判谬误的有力武器。解放战争中,毛泽东同志亲自写了《蒋介石在挑动内战》《敦促杜聿明等投降书》《南京政府向何处去?》等多篇真实有力的新闻,使全国人民看清了形势。虽然国民党反动派利用他们控制的新闻工具,不断地制造假新闻,鼓吹他们在战争中"连连获胜",但是纸是包不住火的,国民党军队在战场上"节节溃退"的事实,连长江天险都救不了他们,我军百万雄师过大江,人民看到蒋家王朝即将灭亡,就是国民党上层人物,也不相信他们的中央日报和电台的假新闻,纷纷通过短波收听解放区新华社消息,获得真实可靠的新闻,从而思考决定自己的进退。因此许多国民党高级军官,在共产党的积极工作下,在大量的新闻事实面前,纷纷率领部队起义、投诚,就连傅作义将军也弃暗投明,最终使北平得以和平解放,保护了北京这座古都城,使无数生灵免于涂炭,足见真实新闻具有多么巨大的力量。

在社会主义建设年代,这样的事更是不胜枚举。如媒体报道的《人民的好医生李月华》《县委书记的好榜样——焦裕禄》《为了六十一个阶级兄弟》《优秀公安干部任长霞》,以及上海改革开放大变样的一系列报道,都很真实感人,给人们以鼓舞和力量,这些新闻成了教育人民的生动教材,激励鼓舞着一代人乃至几代人。

假新闻贻害无穷

与用事实说话的新闻相反,假新闻给媒体的公信力带来了极大的伤害。因为真实是新闻的生命,也是媒体的立足之本。假新闻如果愈演愈烈,不仅危及媒体的声誉和记者的人格,严重的还将危害党和国家的安全。

1. 假新闻可能危及国家的安全。如今 45 岁的人还一定记得"大跃进年代新闻报道中写的:"人有多大胆,地有多高产"的虚假报道。那时的假新闻是不怕牛皮吹破的,粮食可以亩产万斤。为了炮制假新闻,可以把几亩地成熟的稻子移到一亩地上,去"创造"假照片、假新闻,而且大言不惭鼓吹虚假的丰收,鼓动人们敞开肚皮吃饭,吃饭不要钱,好像已经提前进入了共产主义。可是假的就是假的,这样的好景是不会长久的,不久就出现了全国性的三年"自然灾害",国家出现了严重的经济困难。好长一段时间,人们只能勒紧裤带,有的地方还饿死了人。

可是,由于没有真正吸取教训,"文革"中林彪、"四人帮"反党集团控制媒体,假新闻铺天盖地,"梁效"的新闻竭尽造谣污蔑之能事,以莫须有的罪名打倒一大批国家领导人,全国 9 亿人口,有 2 亿人受审查。在那指鹿为马的舆论导向下,就连共和国主席刘少奇、党中央总书记邓小平也不能幸免厄运。中国共产党优秀党员、工人运动的领袖、《论共产党员修养》的作者、国家主席刘少奇成了"大叛徒、大内奸、大工贼",全国人民不能接受。"文革"浩劫把国家拖到了即将崩溃的边缘。幸亏党中央及时粉碎了"四人帮",才挽救了国家,挽救了党。

2. 假新闻损害了媒体的公信度。当今社会,人们需要新闻,需要信息,但决不是需要假新闻、假信息。党报和主流媒体是党和政府的喉舌,理应传播党和政府的声音,做党和政府联系人民的桥梁。应该说,人民对党报、党刊和主流媒体是信赖的。但是,近年来一些媒体的虚假新闻接连不断,影响了人们对媒体的信任。有时我们在外面也听到一些人议论说:"你能相信报纸、广播? 都是瞎说的呀!"听到这样的议论,我们感到好心疼。媒介确实有虚假不实新闻,但毕竟是少数,真是几粒老鼠屎坏了一锅汤。

虽然是几粒老鼠屎,危害却不小,不能小看它。如 2004 年《新闻记者》杂志评出的十大假新闻《180 万买辆宝马车砸着玩》、《第二代身份证将由日本企业制造》、《女排姑娘 20 年奥运冠军梦惜未能圆》都在国内外造成了恶劣影响。还有《女记者与"狼"共穴 61 天》、《女警官为助学竟索贿》等新闻,也纯属捏造的假新闻,虽一时夺得了读者的眼球,但待真相大白时,这些报道假新闻的媒体声誉就必然一落千丈,不为人齿。就是具有 152 年历史,在全世界颇有影响的《纽约时报》,也经不起假新闻的摧残,当全世界知道《纽约时报》记者制造假新闻时,《纽约时报》本身就成了全世界的一大丑闻,报纸的公信力、影响力顿时大大下降,人们不禁愤怒,举报、谴责《纽约时报》,一致要《纽约时报》对此负起责任。为挽回报纸的声誉,《纽约时报》开除了造假事件的记者布莱尔,总编辑和执行总编辑为此引咎辞职,并在 2003 年 5 月 31 日《纽约时报》4 个版面上刊登了长达 15 000 字的文章,向读者认错道歉。

3. 虚假的新闻损害了记者的形象。记者是党和政府的耳目喉舌,是社会活动家,肩负着重要的社会责任。今天的新闻就是明天的历史。历史是不容弄虚作假的,一定要真实公允。如果有人伪造历史、篡改历史,我们一定认为其罪不可恕。然而我们有没有想过我们这些记者每天都在记录历史,如能这样警戒自己,我们还敢写虚假的新闻吗?

我们所写的新闻能经得起时间和历史的检验吗?虚假的新闻必然经不起实践的检验。因为假新闻即使能蒙得过一时,也蒙不过永远。《纽约时报》记者布莱尔制造假新闻混迹新闻界 4 年,终于东窗事发,身败名裂②。40 年前,文汇报有位记者采访宋庆龄副主席到上海的消息,他事先写了预发稿,但是当天却没有去机场采访核实,想当然地认为宋庆龄副主席来上海这样重大的事情是不会更改的,就将稿子发了。第二天"宋庆龄副主席昨抵沪"的消息见报了,但是那天宋庆龄副主席并没有抵沪,造成了很严重的错误。政治影响和社会影响都很坏,无法挽回。报社领导检查了,这位记者也检讨了,而且好长时间都抬不起头来。为了使这个教训成为全报社职工的共同财富,当时的总编辑陈虞孙决定将职工每月领工资的 9 日定为全报社上上下下检查错误日,面对每月的工资,检查自己的工作,是否负起了对社会的责任,是否负起了对报纸宣传的责任。

我们也曾耳闻,有的记者所发的新闻接连发生几次差错,报道失实,以后他再去这些系统或单位采访,就不受欢迎了。更有些记者在经济利益驱动下,出卖人格,丧失职业道德,有意写偏袒性失实报道,新闻见报后,对方或打官司,或举报,一经查实,记者的形象就蒙受了耻辱,受到纪律处分。从某个意义上说,真实是新闻的生命,是媒体的立足之本,也是记者的从业生命,切不可玩忽职守,掉以轻心。

假新闻屡禁不止的原因

从理论上说,人人都知道假新闻是不符合事实的,是违反新闻规律的,假新闻没有新闻价值,读者不需要假新闻,记者也不应该写假新闻。那么为什么每年都会有那么些假新闻公然在媒体上出笼呢?

分析起来,大概有以下几种原因:

1. 记者采访作风不深入,导致假新闻。有的记者主观上并不想写假新闻,只是采访没有深入第一线,掌握第一手材料,将未经核实的道听途说写成新闻,结果出了差错。也有的是一则新闻涉及多个方面,记者只采访了其中一个方面,忽略了其它方面,没有抓住事物的本质,根据表面现象,就事论事写新闻,结果出了差错,造成报道失实。

2. 轻信了通讯员来稿,未经核实就刊用,导致假新闻。早些年,有个海岛部队通讯员写来一个解放军战士放弃继承 500 万美元财产,坚守在海岛当兵的通讯。而且通讯员寄来的稿件还盖了海岛部队的大红公章,记者认为这个稿件的内容不会有假了,未经进一步核实,就发了稿。过后,反馈的信息证实这是个假新闻。

3. 有偿新闻腐蚀新闻从业人员,导致假新闻。在商品经济条件下,有些记者经不起金钱引诱、腐蚀,丧失职业道德,违反新闻纪律,与被采访对象进行钱稿交易,搞虚假的报道,获取金钱和物质。

4. 恶意的炒作,使新闻走向反面,失去真实。这在娱乐新闻中特别常见。如电影演员吴若甫被绑架后,一些“娱记”根本没有采访,闭门造车,凭空捏造新闻。有的报道吴若甫被绑架是他得罪了黑社会;有的新闻说他因为绯闻引来灾祸;也有的新闻说他平时人品不好,人缘欠佳所造成的。这些恶意炒作的假新闻引起了演艺界的公愤。吴若甫被解救后痛苦地说:"我觉得媒体诬蔑我的人格比伤及我的性命更严重。"③

5. 出于某种政治目的,故意制造假新闻,欺瞒群众。如"文革"中,林彪、"四人帮"反党集团出于篡党夺权的目的,颠倒黑白,炮制了一系列假新闻。

为捍卫新闻的纯洁性而战

现在,各行各业都在打假,看来新闻传媒也极需要打假,以维护新闻的真实,捍卫新闻的纯洁性,清除新闻传媒造假的祸害,增强媒体的公信度,取信于民。

首先,要加强新闻从业人员的队伍建设,特别要加强记者的资质管理。建议新闻媒体都要对记者队伍进行一次清理,将那些没有记者资质的挂名记者清理出来,取消其采访资格。同时根据新闻记者条例,对新闻从业人员加强新闻纪律和职业道德教育,而且这样的教育要警钟长鸣。通过正反两面的教育,不断提醒新闻从业人员担当起肩负的使命和社会责任。原文汇报副总编辑、著名记者唐海在对年轻新闻工作者上课时说:"一个新闻记者应该是一个不为环境所屈服的完美人。当记者提起笔的时候,他是对社会负责的,黑的应该写成黑的,白的也应该写成白的。"④新闻前辈留给我们很多好传统、好作风,他们铁肩担道义,不畏强暴,不怕牺牲,妙手著写了质问蒋介石、讴歌革命、讴歌社会主义建设和改革开放的大量优秀新闻,这样的优秀记者值得我们好好学习,薪火传承。

其次,要健全和完善新闻把关制度。

1. 重大新闻稿件必须送审,并有有关领导或权威人士的审稿意见和签名,才能见报。

2. 记者能够到第一线采访的应该尽量到第一线采访,实在不能到第一线采访的,对新闻所反映的内容一定要核实清楚。特别是通讯员和"报料人"来稿,以及网上新闻,如果要用,一定要按程序核实,保证准确无误,才能刊用。

3. 对广告新闻也要严格把关,不让假广告出笼。

4. 建立健全新闻奖惩制度。继续做好好新闻的评选奖励工作,同时对失实虚假的新闻进行曝光,教育、惩处采写刊发假新闻的相关人员。即便对个别的字、句、标点错误,也应严肃对待,养成严谨的工作作风。

最后,新闻媒体和从业人员接受社会监督。一旦媒体出现了假新闻,一定要公开检查、更正,挽回影响;同时按照情节轻重,给予相关人员必要的教育和处分。

胡锦涛总书记在 2004 年全国宣传工作会议上指出:"新闻工作要牢牢把握正确的舆论导向,坚持团结稳定鼓劲、正面宣传为主的方针,唱响时代主旋律,在社会形成和发展积极健康的舆论。"我们全体新闻从业人员都要认真学习领会这一精神,并以此指导我们的新闻工作实践。相信媒体的精品力作会不断涌现,虚假新闻必然会得到遏制,只要我们持之以恒地打假,新闻阵地就会不断净化,媒体的公信度就会提高。

结　　论

只有用事实说话的真实新闻才真正有力量,才能取信于民,成为促进稳定,团结人民,教育人民,批评谬误,打击敌人的有力武器。反之,就要损害党报党刊、其他媒体以及新闻工作者的形象,违背事实的虚假新闻贻害无穷。我们必须加强新闻从业人员队伍建设和职业道德教育,建立和完善新闻把关制度,并接受社会监督,人人抵制假新闻,为捍卫新闻的纯洁性而战斗。

注释:

① 何光先:《现代新闻学》第 260 页,重庆出版社 1991 年版

② 载于《纽约时报》2003 年 5 月 31 日

③ 俞亮鑫:《新闻造假为何愈演愈烈》,载于《新闻记者》2004 年第 3 期第

④ 张煦棠:《唐海之海》,载于《文汇报》2005 年 2 月 25 日第 11 版

注:此文 2005 年 12 月获华东九报工作论文二等奖,后载于 2006 年《新闻记者》增刊《新闻论文选》第八辑 P40—42 页。

新闻内参需增强前瞻性

【本文提要】 新闻内参是新闻的一种体裁,是新闻十八般武器中的一个重磅武器。它是不便公开发表,只供党和政府领导人内部参考的新闻报道。新闻内参反映的是领导关心、重视的重大问题;群众关注的热点问题;新的社会动向和思想动向等,具有政策的超前性和前瞻性,有利于领导和领导部门及时掌握情况,作政策和决策的参考。新闻工作者要增强内参意识,做好内参工作,当好党的耳目喉舌。

【关键词】 内部参考 重大问题 前瞻性

何为新闻内参? 大学新闻系教课书里没有作详细介绍,大学新闻系学生在实习期间也很少写新闻内参,因此,他们在踏上新闻工作岗位之初,对采写新闻内参很生疏,常常不得要领。

所谓新闻内参,顾名思义,它属于新闻体裁,但又是不宜公开发表,只供领导同志内部参考阅读的新闻报道①。早在 1946 年 10 月 4 日,中共中央发出《关于建立新华社特约记者给各地的通知》中就提到:"其不便公开发表只供内部参考者,可酌用新闻密码拍发(绝对秘密者……则仍须经内部密电发来)。②"这里所指的"供内部参考"的稿件其实就是新华社《内部参考》的前身。到 1948 年 8 月 10 日新华社向中央各部门负责同志介绍新华社出版刊物时指出:"其中内部刊物有刊登各国通讯社电讯的《参考消息》,采用各地新华分社发来的党

内材料、对各地党内材料的摘要等不定期编发的《党内资料》，专供领导同志参考。"③进一步明确了新闻内参的性质及其阅读范围。到1950年，中央人民政府新闻总署明确：新华社是我国的国家通讯社，是党中央、中央人民政府和我国人民的耳目喉舌，应深入群众、深入实际，发掘材料，发现问题，进行报道④。同时，也为中央人民政府提供拟定政策、检查政策的参考资料，进一步明确了新闻内参的性质和作用。

当前，我国正处于改革发展的重要阶段，经济建设快速发展，社会环境和各种社会关系发生急剧变化，在这社会转型过程中，出现了许多新的社会阶层，各种利益正在随着社会的变革、转型进行调整，因此新的情况、新的问题、新的社会矛盾层出不穷，许多新的课题需要我们去探索，去研究。其中有些内容不便公开发表，而各级领导又非常需要及时了解掌握这些新的情况，只能通过内参进行报道，及时提供给领导和领导部门参考。在社会大变革的时期，对领导和领导部门而言，有时新闻内参比公开的新闻报道显得更为重要。

既然内参是提供给领导和领导部门作政策、决策参考用的，它就必须具有超前性和前瞻性。由此看来，增强新闻内参的前瞻性是新的历史时期提高内参质量的一个重要课题。

怎样的内参才具有超前性和前瞻性呢？根据作者长期做内参工作的体会，超前性和前瞻性的内参应该具有以下三个特点：

1. 研究新情况、新问题，抓住事物的本质，及时反映新的社会动向和思想动向

内参的这一特点，要求记者具有很强的政治敏感和新闻敏感，努力学习有关政策，站在改革开放的高度，眼观六路，耳听八方，及时采写具有很强时效性的高质量的内参。如最近笔者结合党的十六届四中全会召开，及时采写了两份文汇报内参《上海非公企业党务干部的困惑与期望》、《农村基层组织遇到合法性困惑》，由于触及了时代的脉搏，提出了新时期加强党的建设，提高党的执政能力的重大问题，都引起了市有关方面的重视，被《宣传通讯》转载，其中内参《上海非公企业党务干部的困惑与期望》还被人民日报内参《情况汇编》转载。

在我国即将加入 WTO 前夕,各行各业都面临着新的挑战和机遇。如何迎接挑战?不仅是企业研究的问题,也是记者研究的新问题,此时此刻记者有责任超前为领导提供有前瞻性研究价值的内参。为此本报记者访问了中国人民银行上海分行副行长王华庆博士,写出了《我国金融业如何应对加入 WTO 的挑战》的内参,提出了在法制建设、提高监管能力、加快金融市场建设、金融人才培养等一系列前瞻性对策和建议,引起了有关领导的重视,很快被人民日报内参转载。又比如网络的兴起,网络犯罪也随之出现,这也是个前所未遇的新情况,本报记者通过跟踪调查研究,写出了《我国亟须建立防控网络犯罪的法制体系》内参,也引起了有关领导的重视,这份内参很快被《宣传通讯》转载。目前有关网络管理的法规已经陆续出台。再如文汇报内参《西部马术节投注式赛马见闻》反映西部马术节赛马中的赌博现象,引起了时任副总理李岚清同志的重视,他在这期文汇报内参上批示:"如有此事,请严肃查处。"经过严肃查处,及时遏制了这类赌博行为。有一段时间,社会上多次发生以"传销"为幌子非法诈骗钱财的案子,记者深入现场,及时对这种社会动向作了调研,写了内参,引起了市领导和公安部门的重视,及时打击,有效地遏制了这类犯罪活动,维护了社会的安定。

2. 领导关心、重视的关系全局的重大问题

① 能引起领导关心和重视的事往往十分重要,有些事还能牵一发而动全局。如本报记者接到中国交响乐团艺术总监陈佐湟来电,反映京城乐坛用高薪争夺人才,中国交响乐团将面临被拆散的危急情况。记者立即意识到这不仅仅是中国交响乐团的事,而是不正当人才竞争造成的恶果,将给我国交响乐艺术进一步发展以及与国际上艺术合作带来严重后果,于是本报记者赶写了《中国交响乐团将被拆散》的文汇报情况反映,果然引起了中央领导同志的重视,李岚清副总理、文化部部长孙家正等都在这份内参上作了批示。

② 领导关心、重视的事,往往带有全局性,因此记者在抓写内参时必须要有大局意识。只有立足于改革开放的大局,才能切中时弊,采写出领导关心、重视的重大情况内参。例如文汇报内参《浦东城市

化过程中出现的农民问题亟待引起重视》，就是本报记者站在浦东改革开放的最前沿，深入调研，倾听群众意见，提出了浦东新区深化改革中的一个深层次问题。能否妥善解决这个问题，一关系到浦东的投资环境和社会稳定的大局；二这个问题不仅浦东有，而且是全国各地农村城市化进程中一个带普遍性的问题。如果浦东新区能妥善解决好城市化过程中的农民问题，将为全国提供宝贵的经验。因此，这份内参刊出后，立即引起新华社和人民日报的重视，分别被新华社内参和人民日报内参转载。又如文汇报内参《陈俊愉院士发出警告：大城市绿化的生态失衡现象严重》刊出后，引起了朱镕基总理和国务院办公厅以及国家建设部领导的重视，朱总理还在这份内参上批示。后来，内参提出的问题在全国西部绿化工作会议上作了专题研究，使问题得到了解决。

3. 群众关注的热点问题

由于我们党是代表着最广大人民群众的最根本的利益的，因此领导关心、重视的重大问题，也必然是群众关注的热点问题。如改革开放以后，房产市场活跃起来，各地的商品房拔地而起，但房价过高，脱离了广大群众的实际消费水平。本报记者经过深入采访，和专家们一起分析研究房价过高的原因，写出了《市建科委组织专家调研提出降低房价7条对策》，立即引起市人大副主任孙贵璋和市建委的重视。孙贵璋在内参上批示："此调研十分有价值，值得我们今后在调研中学习。我们应努力促进降低房价。"又如文汇报内参《抗美援朝英雄生活困难》发表后也引起市领导和中央领导重视，在纪念抗美援朝50周年之际，抗美援朝英雄们的生活已经得到了改善。由于这两篇内参及时反映了群众的意见、建议和呼声，促进了问题的解决，因此这两篇内参都获得了全国优秀内参奖。

新闻内参是人写出来的，主要是靠记者、编辑深入群众，深入实际发掘出来的。这就需要培养一支政治强、业务精，能够把握好舆论导向，有较强内参意识的新闻工作者队伍。也就是说，要做好内参工作，当好党的耳目喉舌和参谋，必须提高新闻工作者采写内参的责任感。具体地说，要努力增强记者编辑三方面的意识：

1. 增强内参工作是党的新闻工作者的职责所在,内参是促进稳定、改革、发展的重要舆论手段的意识。

我们要在记者编辑中进一步重申党的新闻工作者必须担负办好报纸和采写内参的双重职能,提高担当党和政府喉舌的责任意识。党报的新闻工作者为稳定、改革、发展营造舆论氛围,决不仅仅停留在办好公开出版物上,从某种意义上说,内参的功能和作用更大。确立了这一意识,记者为服务大局采写内参的责任感就会明显增加。本报记者采写的《东西部联动　更新观念　政策配套　解决西部地区人才一多一少矛盾》、《上海献血办法亟需改革》、《应鼓励、引导创作　规范、拓展市场》、《城市发展不能以牺牲历史文化为代价》等一批内参及时反映稳定、改革、发展中的问题,对服务大局起到了积极作用。

2. 增强内参是舆论监督的重要手段的意识。

内参是舆论监督的重要手段,只是监督的方式与公开的新闻报道有所区别,两者的目的和效果是一致的。在记者中确立了这一意识,会有效地激活记者发现问题、研究问题的新闻敏感。如《西部马术节投注式赛马见闻》、《足球要出线　媒体毋干扰》、《酒店小姐泄密,新疆来客恼怒》、《重污染正在走向内蒙西部》、《我部分媒体报道过火　韩国极为不满》等舆论监督性内参,由于引起了中央领导和市领导的重视,促进了问题的及早妥善解决。

3. 增强内参是党和政府的参谋(为领导决策提供信息参考)的意识。

这一意识的确立能有力提高采编人员做好党的耳目喉舌,积极工作,为党和政府提供更多有价值的内参的自觉性。《第十四届莫斯科国际图书博览会引起的思考》、《"伟哥之父"可能与上海失之交臂》、《上海电视节何时举办更有利?》等一大批高质量的内参,引起了领导部门的重视,为领导决策提供了有价值的参考。如上海市委书记在收到文汇报内参《"伟哥之父"可能与上海失之交臂》的当天就作了重要批示:"急!急!急!"要求市政府热情关注此事,随后副市长严隽琪又及时召开有关人员会议,商讨解决方案,通过各方面积极运作,终于将"伟哥之父"——费里德·穆拉德博士的一个重要科研项目——生物技术研究中心落户在上海。再比如,由于《大城市绿化的生态失衡现象严重》内参引起了朱镕基等中央领导人的重视,朱总理在内参上批示:"请国务院领导同志阅。"国务院即将文汇报这个内参印送给副总理、国务委员、秘书长、副秘书长、建设部,并在当年召开的西部绿化工作会议上专题研究了文汇报内参提出的问题,使内参中提出的建议得到了落实。

结　论

新闻内参是新闻的重要武器和表现体裁,新闻工作者要认真采写、编辑好新闻内参,为领导和领导部门提供更多具有政策超前性和前瞻性的内参,当好党的耳目喉舌。

注释:

① 余家宏、宁树藩、徐培汀、谭启泰:《新闻学简明词典》第 131 页,浙江人民出版社 1984 年版

② 新华社《内部参考》2001 年 5 月 25 日第 39 期第 32 页

③ 新华社《内部参考》2001 年 5 月 28 日第 40 期第 32 页

④ 新华社《内部参考》2001 年 6 月 4 日第 42 期第 32 页

注:此文曾在华东九报获工作论文一等奖。后载于 2006 年《新闻记者》增刊《新闻论文选》第九辑 P120—122 页。

新闻内参的采访写作

什么是新闻内参? 大家在校时即使在理论上学到过,但也很抽象。因为大学的教科书里没有作详细的介绍,在实习期间也很少写内参,因此对采写新闻内参感到很生疏,常常会不得要领。今天我就这方面情况与青年记者、编辑同仁略作交流。

一、什么是新闻内参？

余家宏、宁树藩教授在《新闻学简明词典》中指出：新闻内参属于新闻体裁，但又是不宜公开发表，只供领导同志内部参考阅读的新闻报道。新闻内参是新闻十八般武器中的一个重磅武器。它反映的是领导关心、重视的重大问题；群众关注的热点问题；新的成果、新的社会动向和思想动向等，具有政策的超前性和前瞻性，有利于领导和领导部门及时掌握情况，作政策和决策的参考。

新闻内参是新闻的一个重要组成部分，从一开始就受到党中央的高度重视。早在 1946 年 10 月 4 日，中共中央发出《关于建立新华社特约记者给各地的通知》中就提到："其不便公开发表只供内部参考者，可酌用新闻密码拍发（绝对秘密者……则仍须经内部密电发来）。"这里所指的"供内部参考"的稿件就是新华社《内部参考》的前身。1948 年 8 月 10 日新华社向中央各部门负责同志介绍新华社出版的刊物时指出："其中内部刊物有刊登各国通讯社的《参考消息》，采用各地新华分社发来的党内材料，对各地党内材料的摘要等不定期编发的《党内资料》，专供领导同志参考。"进一步明确了新闻内参的性质和阅读范围。到了 1950 年，中央人民政府新闻总署又明确指出：新华社是我国的国家通讯社，是党中央、中央人民政府和我国人民的耳目喉舌，应深入群众、深入实际，发掘材料，发现问题，进行报道。同时，也为中央人民政府提供拟定政策、检查政策的参考资料。这进一步明确了新闻内参的性质和作用。

二、新闻内参的选题

新闻内参的选题与它的性质、阅读对象以及作用是分不开的，也就是说新闻内参的性质、作用决定了它的选题。

1. 首先是领导关心和重视的重大问题。

当前，我国正处在改革发展的重要阶段，经济建设快速发展，社会环境和各种社会关系发生急剧的变化，在这社会转型的过程中，新的情况、新的问题、新的社会矛盾层出不穷，许多新的课题需要我们去探索,去研究。其中有些内容是不便公开发表的,而各级领导又非常需要及时掌握这些新的情况,以便在工作中作出正确的判断和决策,因此我们只能通过内参报道,及时地将情况提供给领导和领导部门参考。

既然新闻内参是要提供给领导和领导部门作为政策和决策参考的,这就决定了新闻内参必须具有政策的前瞻性和超前性。

内参的这一特点,要求记者具有很强的政治敏感和新闻敏感。新闻敏感源自新闻工作者对新闻事业的忠诚、热爱,对党的路线、方针、政策的深刻理解,以及对所采访的情况全面正确的把握。这就要求党的新闻工作者努力学习有关政策;站在改革开放的高度,用马克思主义的发展观眼观六路、耳听八方,分析问题、研究问题。

例如去年,笔者结合党的十六届四中全会的召开,及时采写了两份文汇报内参《上海非公企业党务干部的困惑与期望》、《农村基层组织遇到合法性困惑》由于触及了时代的脉搏,提出了新时期加强党的建设,提高党的执政能力的重大问题,都引起了市有关方面的重视,两篇内参都被《宣传通讯》转载了,其中一篇《上海非公企业党务干部的困惑与期望》还被人民日报内参《情况汇编》所转载。

又比如,在我国即将加入WTO前夕,各行各业都面临着新的挑战和机遇。如何迎接挑战?这不仅仅是企业、市场研究的问题,也是新闻记者研究的问题。此时此刻记者有责任为领导提供有前瞻性研究价值的内参。为此本报记者史煦光专访了中国人民银行上海分行副行长王华庆博士。写出了《我国金融业如何应对加入WTO的挑战》的内参,提出了在法制建设、提高监管能力、加快金融市场建设、培养与世界金融市场接轨的金融人才、法律人才等一系列前瞻性对策和建议,引起了有关领导的高度重视,这篇内参很快被人民日报内参转载了。

史煦光同志是理论部的资深编辑,他虽然不是采访第一线的记者,但是他有很强的内参意识和新闻敏感,在香港回归一年以后,他在一次组稿中听法学专家浦增元说,我们现在有些新出版的有关香港的出版物中不是用特区的法规,还是用英国人统治时的法律来说事论事。他立即感到是个问题,便做有心人,深入地采访了浦增元,写了《法学专家浦增元呼吁有关香港出版物要严格把关》这样重大情况,这份内参于1998年7月15日发表后,引起时任中宣部部长丁关根的重视,7月28日他在内参上批示,要求有关部门检查出版物,并要有关出版社公开纠错。人民日报《情况汇编》于8月19日转载了这篇内参。

领导关心、重视的重要重大问题的内参往往是事关全局的题材。如一次笔者到浦东新区参加一个学校的校庆,听到有人谈浦东在城市化进程中,许多农民失去了土地,虽有发给每人一次性补偿款数万元,但是如何使用好土地的补偿金,使之能成为失去土地农民的长效投入,长期地解决他们的生活、生存问题,还有待探索研究。我觉得这是一个很重要、很重大的问题,这个问题不仅是浦东新区城市化建设过程中遇到的新问题,也是全国其它地方农村城市化过程中遇到的共同问题,可以说是事关大局的问题。于是我回来后,找了当时跑浦东新区的记者王奋,同她具体研究,指导她去采访浦东社会发展局以及有关的乡镇,当王奋写出初稿后,我又帮她补充、修改调整,最后发了题为《浦东城市化过程中出现的农民问题亟待引起重视》的内参。发表后,新华社和人民日报的内参都转载了。这篇内参后来还被评为全国优秀内参三等奖。

有时候有的问题看似一个单位、一个行业的事,但是它牵一发而动全局,也会引起领导的关心和重视。如文汇报记者周玉明接到中国交响乐团艺术总监陈佐湟来电说,京城乐坛用高薪争夺人才,中国交响乐团将面临被拆散的危险。记者立即意识到这不仅仅是中国交响乐团的事,而是不正当人才竞争的恶果,这将给我国交响乐艺术进一步发展以及与国际上的艺术合作带来严重的后果。于是周玉明赶写了《中国交响乐团将被拆散》的内参,内参发表后果然引起了中央领导的高度重视,副总理李岚清、文化部长孙家正等都在内参上作了批示,后来采取了措施,制止了这种人才的恶性竞争,最后成立了中国国家交响乐团。

2. 内参选题必须抓住人民群众关注的热点问题。

我们党代表最广大人民群众最根本的利益,因此人民群众关注的热点问题,也是领导关心的、重视的重大问题。例如改革开放以后,房地产市场十分活跃。但是房价过高,脱离了人民群众的购房承受能力,群众关注,群众有意见,从中央到市领导都很重视这件事,文汇报记者孙中连经过深入采访、调研,和专家们一起分析房价过高的原因,写出了《市建科委组织专家调研提出降低房价7条对策》的文汇报情况反映,引起了当时的市人大副主任孙贵璋的高度重视,他立即在这份"文汇情况"上批示:"此调研十分有价值,值得我们今后在调研中学习。我们应努力促进降低房价。"这份内参不仅引起市领导的重视,也引起了中央有关领导的重视,这份内参被评为当年度人民日报暨全国省市机关报优秀内参二等奖。此后的许多年,各级领导也一直关注着与人民利益息息相关的房价问题,制定了一系列政策遏制房价,并通过税收政策补贴购房群众,抑制房地产炒作。

还有解决下岗职工再就业,拓展就业门路,下岗职工技术培训等问题,既是领导关心的重点,又是群众关注的热点。记者们围绕"再就业工程"调研,写过多篇新闻内参,如分析下岗人员现状,其中1/3下岗人员因配偶和家庭其他成员收入较高并不困难;1/3下岗人员隐性就业,生活尚可;还有1/3确实是最困难的。记者通过调查分析最终写出《集中力量解决三分之一最困难的下岗职工问题》,引起黄菊同志重视,他在内参上作了批示:"要集中力量研究约三分之一困难下岗职工的问题。"之后,记者又写了一些内参,如《庄妈妈创办净菜社》,文汇报先发了内参,后来又在报纸上作了公开报道,引起社会强烈反响。

住房、交通、子女就读、污染、食品、传销等等都是人民群众关注关心的事,我们记者也应十分关心关注,从中源源不断地挖掘出新闻内参的题材来。如文汇报记者田玲翠去年写了十几篇内参,其中关于公共交通的就有4篇。她写的内参有多篇得到韩正、刘云耕、杨雄、周太彤等市领导的批示。又如记者陆伟强写的内参《上海能做到吗?——一位旅日读者的来信》,反映了上海火车站与上海长途汽车站交通不衔接,旅客拖着沉重的行李要走一、二百米路才能换乘,很不方便,尤其是雨天更困难。这篇内参发表后,韩正市长批示,要求有关交通部门研究解决。现在旅客下火车,公交的车子直达火车站里,旅客转车十分方便。再比如中年知识分子健康的问题,我们也多次发过内参,知识分子健康下降,令人担忧。前年记者施嘉奇从全国宏观的角度写了《中年知识分子"过劳死"亟需关注》的内参,引起了强烈反响,时任市委副书记王安顺批示:看了反映,令人惊醒,值得深思,应高度重视,逐步改善这一状况。请你们会同有关部门,采取切实可行的有效措施,来关注和保护知识分子的健康。新华社《内部参考》2004 年 1 月 5 日第 2 期作了转载。后来关于知识分子过劳死的问题在报上展开讨论,公开报道了。

3. 从科研的新成果、新的社会动向和思想动向等方面找内参选题。

上海是个科技、经济、文化、教育、医疗都比较发达的地方,科技成果层出不穷,但是许多科技成果通过鉴定,到投产、使用还有一段距离,期间公开见报还有些不适宜,通过内参宣传就很有必要。如记者姚诗煌写的《胡里清博士建议:大力发展上海氢燃料电池产业》,引起了市领导的重视。现在氢燃料电池已经投入生产,并用于汽车。这种新型的氢燃料电池汽车也已经面世,公开见报。

从社会动向和思想动向方面抓内参选题,那就更多了。如社会上出现"法轮功"时,文汇报记者顾佳赟早在 1998 年 5 月 19 日上海校园里出现有人练"法轮功"时就写了内参《本市一些高校出现"法轮功"热》。这可能是上海最早写关于"法轮功"问题的内参。到了"法轮功"练习者围攻中南海时,我们又连续发了 6 篇上海人民对"法轮功"练习者的反映,以及上海人民批判"法轮功"的内参。2001 年上海"两会"期间,几位政协委员发言时对如何与"法轮功"作斗争提出了不少看法,很有价值,于是文汇报又刊发了《与"法轮功"邪教组织的斗争不能就事论事》的"文汇情况反映",引起了有关方面的重视。人民日报《情况汇编》和上海《宣传通讯》分别作了转载。

还有在一项重大改革措施出台以及物价调整时,我们都十分关注市民的反映,及时地采写情况反映。如医保改革出台时,市民抢时间到医院看病配药,我们就发了一批各阶层对医保制度出台的反映,还发了图文并茂的内参。记者叶又红采写了"文汇情况反映"《医保对中医药的冲击》,这份内参刊出后即被人民日报《情况汇编》转载,并被评为当年全国内参三等奖。又如"非典"期间,我们发了"文汇情况反映"《公共卫生措施是目前控制 SARS 的主要手段》、《要避免"非典"带来的产业链危机》都被新华社内参转发了。我们发的内参《应及时检查完善非典应急预案》受到市委副书记殷一璀的表扬。

三、谈谈内参的写作技巧

新闻内参是新闻体裁的一种,它也具有新闻的 5 个 W,要写清楚何时何地,发生了何事,产生了何种结果。但是新闻内参与写消息、通讯又有些不同。不同的是消息只要报道一件事实,不一定要提什么建议,也不一定要做什么分析,而内参在拥有大量事实的情况下,要有分析,提出问题、分析问题、研究问题、提出对策供领导参考。新闻内参与通讯也不完全相同,通讯有大量的描述,以故事情节取胜,而新闻内参不必这样;通讯篇幅可以很长,而内参只须开门见山,文字简洁。

新闻内参的写作要开门见山,文字平实简洁,不必过多形容、比兴。有一说一,有二说二,把事实报道清楚即可。一般掌握在 1 000 字—1 500 字,只要能说明问题,500—600 字也可以。特别是一些反映社会动向、思想动向的内参,时效性很强,有的都来不及到印刷厂去印就直接电传领导部门了,所以只要能说明情况,越简洁、越快越好。

新闻内参的写作要条理清楚,结构严谨,说事说理明白,立论、论述、结论都要求精当、准确。有些内参就是一篇论文,所以记者要认真学习有关政策法规,在掌握充分的材料基础上去伪存真,做好党的耳目喉舌,坚持正确舆论导向,为领导提供准确的情况,切不可道听途说,误导领导。

为确保新闻内参的新闻真实和本质真实,记者必须深入实际,掌握第一手材料,写出内参初稿一定要送有关当事人和有关部门审稿。在这方面,我们许多老记者都是很明确的,即使是批评性的内参,也必须经过有关部门审核,不允许有一点点差错。因为内参一旦错了就要影响领导的决策判断。因此内参的发稿部门、单位都要写明已经审核,或已经某某人审核。

内参的语言要尽量用事实说话,用被采访对象的话,尽量不要出现"记者认为"、"笔者认为"的字样,以免产生不必要的麻烦。

新闻内参的问题切入口要小,但阐述的问题又要宏观,因此要以小见大。

四、怎样才能获得源源不断的内参选题呢?

这方面一是靠记者的积累和新闻敏感,二是要深入采访,拥有大量的第一手材料。即使是参加某个会议,也要当作富矿挖掘,有些会议里面有大量的材料,除了写公开报道外,还有许多未报道的内容可以好好地过滤挖掘,将其中有用的材料挖掘出来。特别是会议发言中前面讲了一大堆成绩、经验,往往在"但是"后面就有文章可做,就可以跟踪下去采写内参。如我抓住的《浦东城市化过程中出现的农民问题亟待引起重视》、《私营企业党务干部的困惑》,都是"但是"后面的文章。

此外,记者要广交朋友。特别是文汇报的记者要广交一批知识分子朋友,如专家、学者、教授等。史烜光同志是文汇报理论部的编辑,不是第一线的采访记者,但他在专家、学者、教授朋友中有一批作者队伍,或去采访,或去交谈,都会很有收获。他们很有见地的意见、思考很可能就是一篇高质量的新闻内参的内容。如他采写的《一些学者认为要重视经济学教学和研究中的倾向性问题》,就是和一批学者交流时获得的,他又作了些深入采访,写成了内参于 2005 年 11 月 23 日发表后,有多位中央领导曾作批示。

(此论文原分上、下两部分载于 2006 年 9 月 22 日《报刊业务探索》2006 年第 18 期(总第 196 期)P11—12 页和 2006 年 10 月 20 日《报刊业务探索》2006 年第 19—20 期(总第 197 期)P8—9 页)此论文原名《论新闻内参的采访写作》,曾获华东九报工作论文一等奖。

消　息

青少年爱科学讲科学用
科学风气逐步形成

本报讯 《中共中央关于召开全国科学大会的通知》像强劲的东风吹遍了上海市中小学校，有力地推动了青少年科技活动的蓬勃开展。许多中小学校的领导纷纷组织广大师生认真学习《通知》内容，落实《通知》精神，按照华主席关于三大革命运动一起抓的指示，在全市中小学掀起了一个爱科学、讲科学、用科学的高潮。

《通知》发表以后，许多区委领导、区教育部门和学校党支部，立即组织广大师生进行学习和讨论。很多战斗在教育第一线的教师深感责任重大，他们说：实现四个现代化，科技战线必须大干快上，我们教育战线就要源源不断地为他们培养和输送人才。广大学生喜读《通知》，纷纷表示要积极响应党中央的号召，从小学科学、讲科学、用科学，积极参加学校的各项科技活动，为将来实现四个现代化打下坚实的基础。通过谈意义，找差距，订措施，大家深受鼓舞，干劲倍增。闸北区教育局在《通知》下达以后，立即召集区教师红专学院、区少年宫有关的领导、教师学习、座谈，研究措施。会上，区教育局负责人当即表示：一定要下决心把全区中小学科技活动和电化教育搞上去，以实际行动贯彻落实《通知》精神。最近，他们还举办了小学科技教师脱产培训班，为学校科技活动培训骨干；在天目西路小学召开了电化教学现场会，进一步推动了全区电化教育和科技活动的开展。

徐汇区在区委领导的支持下，建立了青少年科技指导站。闸北区、卢湾区、南市区的青少年科技指导站也正在积极筹备中，许多区都配备了专职的科技工作人员，抓中小学科技活动的"四落实"（人员落实、组织落实、地点落实、经费落实）。不少学校的党支部和校革委会的领导还亲自挂帅，担任科技小组的辅导教师。如虹口区崇明路小学革委会成员亲自担任了科技活动辅导工作。由于领导的重视，这个学校有三分之一的教师积极投入了这项工作。广大师生说："领导带了头,群众有劲头,科技活动大有搞头。"

在《通知》精神的鼓舞下,许多区和学校都召开了向科学技术现代化进军的动员大会。徐汇、南市、卢湾等区和育才中学、上海师大二附中等校,都先后邀请科学家、教授和劳动模范来作报告。许多老教授、老科学家勉励青少年从小树雄心,立壮志,爱科学,认真学好文化科学知识,为将来攀登科学高峰打好基础。很多青少年学生听后深受感动,纷纷表示:决不辜负党的期望,胸怀大志,奋发图强,从小爱科学、讲科学、用科学,争做德、智、体全面发展的革命接班人,用自己火红的青春去谱写伟大祖国四个现代化的壮丽诗篇,用自己的双手去描绘共产主义的绚丽蓝图。与科学家们难忘的见面,以及他们亲切的勉励,成了鞭策青少年为革命刻苦学习的强大动力。现在,同学们努力学习已蔚然成风,爱科学、讲科学、用科学活动蓬勃开展。大境中学从十月六日起,举办了"响应《通知》号召,开展科学宣传活动周",学校举办了小型科技作品展览会,各班级召开了"爱科学、讲科学、用科学"的主题会。最近,这个学校的太阳能利用小组还在原有的基础上,进一步研究、试制自动跟踪向日器太阳灶;并利用课余时间为南市客车厂太阳能蒸汽灶提供了参考数据和改进意见。徐汇区闵行中学开展群众性防震活动,地震测试小组利用地热、水井等资料,分析地壳变化,积累了许多数据。上海市五十一中学师生试制成功的十通道两路无线电遥控设备,已经运用到工业生产上去。二十八通道四路无线电遥控设备也已试制成功。铁路中学师生最近已试制成功 500 型同心棱镜幻灯机,这种幻灯机用有机玻璃罗纹镜代替玻璃聚光镜,份量轻,放映面积可以扩大到一千二百平方厘米,能代替黑板进行教学,为电化教育提供了新的工具。这个学校还试制成功了 SF—25 型电视教学设备,只要在各教室配备电视接收机后,就能把中心教室教师的教学活动、图象、声音,稳定、清晰地传播到其他各教室中去,并能向各教室转播电影和电视台各项节目。经过普陀区少年宫培训的小朋友,已为长江航运局制作了我国自行设计、制造的第一艘大型客船"东方红十四号"的模型,为海军制作了教学上用的舰艇模型和民兵打靶时用的飞机模型。

爱科学、讲科学、用科学的新风气,正在本市青少年中逐步形成。华主席关于科技要捷报频传的指示和叶副主席《攻关》的诗篇,正激励着青少年一代刻苦学习,战胜前进道路上的各种艰难险阻,向着科学的高峰努力攀登!

(原载于《文汇报》1977 年 11 月 9 日)

采取有力措施　培训生物教师

本报讯　本市各中学从下学期起,将恢复开设已停开十年的生物课。闸北区教师红专学院在区教育局领导下,采取有力的措施,从基层学校抽调一批教师,举办脱产进修班,突击培训师资。

生物脱产进修班的四十三名学员,除了三人是文化大革命前本科毕业生外,多数是从政治、语文、外语等学科转来的,有一部分是调到中学来的小学教师,不熟悉生物学。进修班要求学员通过半年的进修,掌握动物学、植物生理学、正常人体学、遗传学等基础理论,掌握标本的采集、制作及演示实验等基本技能训练,能独立备课、上课。

由于师生的共同努力,他们出色地完成了前十周的教学计划。教师红专学院准备在半年脱产进修之后,让学员继续进行在职进修,争取在三年内,使他们达到所任学科大学专科或本科毕业的水平。

(原载于《文汇报》1978 年 7 月 20 日)

建襄小学恢复了

本报讯　徐汇区教育局于九月二十八日下午隆重召开大会,宣布了中共徐汇区委批准恢复徐汇区建襄小学的决定。

建襄小学是一九五八年大跃进年代里,吴佩芳、殷祖懿、江镜容三位家庭妇女响应毛主席的号召,依靠群众,白手起家创办起来的一所民办小学,是上海市教育战线的一面红旗。在林彪、"四人帮"横行时,建襄小学被诬为"修正主义黑样板",并被无端下令解散。

会上,当区委教卫领导小组的领导同志宣布重新恢复建襄小学的时候,广大革命师生心情十分激动,决心发扬建襄小学的光荣传统,发挥更大的革命干劲,为国家培养出更多能使卫星飞上天的人才。

上海市教卫办、市教育局的负责同志出席了大会。中共徐汇区委书记杨富珍同志给建襄小学授了"上海市徐汇区建襄小学"的校牌。

(原载于《文汇报》1978 年 9 月 30 日)

向明中学抓纲治校整顿教风

——教学研究面貌一新,教师业务水平不断提高

本报讯 上海市向明中学党支部在抓纲治校的工作中,带领全校师生深入揭批林彪、"四人帮"破坏教育的罪行,狠抓教风的整顿,学校教学研究工作出现了新的局面。

向明中学原是一所重点中学,各方面工作井然有序,教学质量较高,为国家培养输送了一大批又红又专的人才。可是在林彪、"四人帮"横行的时候,这所中学被打成了"黑重点"、"黑典型",全校一百余名教师中,就有四十人先后被下放劳动,二十名年级组长、教研组长等骨干教师一度全部被赶到农村和车间,教学质量严重下降。广大教师对"四人帮"的倒行逆施看在眼里,恨在心中。物理组一位老教师愤慨地说,前几年,"四人帮"及其余党把向明的好传统都砍光了,

谁钻研教材，落实"双基"（基础理论知识和基本技能训练）教学，谁就成了批"智育第一"的活靶子。不少教师被迫把用多年心血写成的教案当作"废品"卖掉。当时学校无制度，教学无计划，领导无检查，学生无纪律，无政府主义泛滥。学生年年买新书，却是年年教旧课。回顾校史，目睹学校现状，更激起了广大教师对林彪、"四人帮"的满腔愤恨。

在深入揭批林彪、"四人帮"的斗争中，党支部召开了各种类型的教师座谈会，听取对抓纲治校、整顿教学的意见，参照向明中学过去的教学制度，加以补充修改，从备课、讲课、批改作业和教学研究诸方面，提出了教学常规十八条。在整顿教风中，向明中学党支部着重做了三个方面的工作：

落实教学计划。他们着重抓了"双基"教学的分析和排队。前几年政治课根本不讲"双基"，教师常常临时拿着一张报纸进课堂，结果去年高考后，全区抽样分析中，只有百分之三十九的学生及格，许多学生连一些基本政治概念都搞不清。面对这种状况，党支部要求每个教师必须明确自己应该教什么，学生应该掌握什么，每堂课重点、难点和关键又是什么，应该如何选择和处理，都要心中有数，克服教学中的盲目性。物理学科胡老师根据"双基"排队的情况，给提高班学生做了"知识病历卡"，学生缺少什么，需要补上什么，心中一清二楚。数学教师发现教材缺乏系统性、科学性，就对症下药地补充了有关"双基"教学的内容，并通过练习，提高学生综合解题能力。过去，体育课经常是一堂课，两只球，学生高兴上课就跑来玩玩，不高兴就跑到校外吃点心。自从整顿教风，抓了教学计划之后，体育教师认真备课、讲课，对学生进行严格的规范训练，并讲解了体育运动的基础理论知识，使学生在基本技能训练时，质量大大提高。上学期，已有百分之五十七点四的学生通过了国家体锻标准。

认真备课，认真写教案。这是上好课、提高教学质量的一个重要环节。"四人帮"一伙把教师的教案污蔑为"变天账"，备课笔记竟成了迫害教师的"罪证"。现在强调要认真备课，认真写教案，一些老教师依然心有余悸；一些新教师没有写过教案，则觉得不习惯。党支部组织教师座谈,请老教师回顾本校教师认真备课,认真写教案的好传统,使大家认识到认真备课,认真写教案是教师必须掌握的基本功,也是教师进行创造性劳动的过程。党支部提出了写好教案的标准,还给写教案有困难的教师,配备有经验的老教师进行传帮带。初二数学备课组青年教师多,有的从小学和农场调来不久,不熟悉中学教材。党支部就请教学经验丰富的于老师同他们一起备课,帮助他们写教案,使这些教师不同程度地提高了教学水平。学校还规定每周有两个下午集体备课,统一教学要求和进度,集中大家的智慧,发扬各人的所长,互帮互学,共同搞好教学研究活动。

开展听课和评议活动。互相听课是互相学习,取长补短,共同提高的好方法,也是教学基本建设的一个重要内容。党支部要求每个教师每周至少听一节课,并在听课纪录表上填写听课后的收获体会、评论和建议。原来很少去听课的同志,从别人的教学中吸取了养料,越听越爱听。原来怕别人听自己课的同志,也从大家的评议中得到启示,改进和提高了自己的教学。有位语文教师不钻研教学业务,在"四害"横行的时候,得过且过;自从学校整顿教风,开展听课活动以来,她刻苦钻研教材,对教学精益求精,业务水平提高较快,现在她的课堂堂都有人去听。学校还经常请一些有经验的老教师给大家讲解一些难度较大的课题,或者介绍一些国外教育资料,扩大教师的知识视野。

通过整顿教风,教师钻研教材、研究教学已经蔚然成风。为了进一步提高教师的业务水平,党支部把五十八位中老年教师组织起来,按照"补己所短,展其所长,切其所用"的原则,自选了五十二个教学研究题目。物理学科吴老师研究如何在几何光学中运用自然辩证法规律的问题;外语学科徐老师摸索怎样使同学牢记外语单词的问题,总结了一套记词的方法;七七届语文备课组的老师通过实践,探讨了写作教学的规律。上学期,这五十八位中老年教师的教学研究课题在全校范围进行了两次大型交流,教师们反映:"这样的交流真解渴!"

(原载于《文汇报》1978 年 9 月 23 日)

充分发挥非党业务骨干的作用

本报讯　徐汇区教育局党委为了适应学校工作重点转移的需要，最近积极安排一批有业务专长的同志担任教育战线的领导工作，特别重视起用了一些长期从事教育工作，既有丰富的教学经验，又有一定的管理能力，作风正派的非党业务骨干。

在"四害"横行时，党的干部政策和知识分子政策遭到肆意践踏，一大批懂教育、会管理的业务干部被打入冷宫。年迈的区教育局副局长骆泽民被赶出教育战线，被迫去工厂"战高温"；教学经验丰富的特级教师赵宪初只能干些排课表之类的事；五十四中学的原副教导主任刘懋锦，具有丰富的教学经验，在群众中享有较高的威信，就是不被重用。恰恰相反，一些不懂教育的人却占据了主要领导岗位。

粉碎"四人帮"后，徐汇区教育局党委对文化大革命中被错误审查的对象进行认真复查，推翻了强加在干部、教师身上的污蔑不实之词，大胆地落实了党的干部政策和知识分子政策。骆泽民同志被请了回来，担任了徐汇区教育局副局长兼教师进修学院院长，抓全区的教学科研工作。赵宪初同志被重新任命为南洋模范中学副校长。不久前，该校还专门开了"赵宪初执教五十年庆功会"。七十多岁的赵老先生心情舒畅，高兴地说："谁说我老了？我还要为快出人才、多出人才大干一番！"刘懋锦同志也很快恢复了副教导主任的职务。不久前，区教育局根据工作需要，经过反复研究，又让她担任副校长，群众都很拥护。据了解，徐汇区教育局已经把三十多位同志安排到了不同的领导岗位上。

对这些同志落实政策，大胆使用，进一步调动了广大干部和教师的积极性。被落实政策的同志，心情舒畅，积极性空前高涨。五十四中学初二几何教学一度曾发生了困难，刘懋锦同志深入备课组，和教师一起研究、备课，解决教学中的疑难，帮助青年教师提高课堂教学质量。整个寒假,老刘几乎没有休息,一心扑在教学工作上,被大家一致评选为徐汇区先进教师。最近,她又向党支部提出了入党申请。

(原载于《文汇报》1979年3月4日)

纵容子女为非作歹者戒!

编辑同志:

　　我们怀着沉重的心情,向你们反映一件值得引起重视的事情。

　　前不久,我校学生黄建强——上海市公安局静安分局政保科干部黄金成之子,被市公安局闸北分局拘留审查,在全校引起了很大的震动。领导和教师在痛心之余,都感到这件事值得我们深思:为什么一个公安干部的子女没有成为一个有利于人民的人,反而成为一个流氓分子呢?是教师没尽到责任吗?不,教导处和班主任老师做了大量的思想工作。我们认为,从黄建强走上犯罪道路的过程来看,主要是家庭不配合学校教育,这样不但抵消了教师的教育,而且助长了孩子的犯罪气焰,使之一步步堕落下去。

　　黄建强的父母都是共产党员。这样的家庭本应有利于青少年健康成长的,但实际情况并不如此。黄建强是黄金成最小的儿子,从小娇生惯养,进市北中学后,轧上了坏道,学会了打群架、抽烟、吃酒、调戏女学生等。班主任金老师多次进行家访,要求家长配合。但其父亲不仅不教育孩子,相反一味偏袒儿子,指责教师有偏见,教育方法不当等,使黄建强感到有在公安局工作的老子撑腰,做坏事的胆子越来越大。一九七六年,因黄建强多次参加打群架,学校给予批评教育。当市北中学要处理他时,他父亲又开后门,把他转入朝阳中学,避免了处分。这样,黄建强觉得有父亲作靠山,更肆无忌惮,什么都不放在眼里。他经常纠集一伙不三不四的男女青年在房间里酗酒、赌博,搞得乌烟瘴气,甚至在他家门口聚众闹事,调戏过路妇女。班主任曹老师向他父亲反映情况，指出黄建强活动不正常，要他严加管教，他父亲却说："我看他现在比过去好多了。"里弄干部也向他反映上述情况，都被他一一顶了回来。

黄建强是否比过去好多了呢？完全不是这样。这一点黄金成同志是非常清楚的。据黄建强交代说："我父亲有时下班回来，也看到我同不三不四的女青年关在房间里，没有说什么，我胆子就更大了。"家长的纵容，使黄建强在犯罪道路上越走越远。去年以来，黄建强不仅自己在房间里多次与女学生搞腐化，而且还把亭子间借给流飞分子搞腐化，使一个党员公安干部的家成了流飞分子作案的场所。黄建强不仅自己犯罪，还带坏了一批同学，唆使他们打架、赌博、污辱女学生。他的同伙认为同黄建强一起作案不算犯罪，即使进公安局也不要紧，因为黄建强的父亲可以出来帮忙。

黄建强的堕落，难道不足以说明教育青少年的工作各方面都有责任吗？身为公安人员、共产党员的黄金成，难道不感到这是一种严重的失职行为吗？

上海朝阳中学　关兰

调查附记：朝阳中学关兰同志来信反映的情况，经调查属实。

在调查过程中，记者所到之处，包括市北中学、朝阳中学以及黄建强居住的里弄和派出所等单位的有关同志都反映：黄建强的堕落与其父亲黄金成的纵容是分不开的。有的同志又痛心又气愤地说："是他父亲害了他呀！"正如来信中批评的那样，市北中学的教师上门家访，指出黄建强的错误，黄金成却说教师对他的孩子有偏见。朝阳中学的教师上门反映情况，要求家长配合教育，黄金成又说"我看他现在比过去好多了。"里弄干部向他反映黄建强的不良行为，并要求他参加地区教育青少年的会议和学习班，黄金成竟说，"这种事最噜苏了"，拒绝参加。派出所的民警反映，黄建强为非作歹，黄金成来到派出所，一不教育儿子，二不感到痛心，却大言不惭地问民警："你关人要有证据，我儿子犯了什么罪，证据拿来给我看看。"当他儿子向他面述了犯罪行为后，他又对民警说："看在我的面上，宽大他吧！"

正是黄金成的一再纵容，黄建强的胆子才越来越大，他觉得有这样一个做公安工作的爸爸做靠山，什么党纪国法都无所谓。他在拘留后交代说："导致自己犯罪的一个重要原因是：认为自己家庭出身好，父亲又做公安工作，背了红色保险箱的包袱。认为出了事，父亲可以出来保，所以自己整天飘飘然，认为犯点错误无所谓。"他的同伙也认为，和黄建强一起干坏事不要紧，出了事情，他父亲会出来帮忙的。因此，不仅黄建强堕落了，同时还带坏了一批青年人。这是一个痛心的教训。

这个痛心的教训使我们看到，家长必须对子女加强政治思想教育，切不可溺爱，更不能纵容包庇他们的错误，否则是害了他们。教育青少年不仅仅是学校的事，每一个家长都有不可推卸的责任。学校、社会、家庭应该密切配合，共同来教育好我们的青少年一代。

本报记者　王宝娣

（原载于《文汇报》1979 年 4 月 23 日）

注：1979 年 4 月 28 日香港文汇报第六版转载了这封"读者来信"与记者调查附记。

控江街道三结合教育
青少年卓有成效

本报讯　控江街道党委坚决依靠社会各方面的力量，坚持对青少年进行三结合教育，取得了良好的效果。

他们的做法是：

领导重视，建立制度。去年夏天，杨浦区控江地区发案率上升，街道干部、派出所民警穷于应付，到处"救火"，仍无济于事。街道党委及时将情况向区委作了汇报，引起了区委领导的重视。区委副书记、区教育局副局长、区公安局局长亲自深入控江街道，和街道党委一起研究情况，分析原因，认为问题的关键是学校、家庭和社会没有紧紧地拧成一股绳,没有密切地配合起来对青少年进行思想政治教育,甚至有些地方互相扯皮,抵消了教育的作用。怎样改变这种状况呢?控江街道党委和杨浦区教育局联合召开了控江地区六所中学的党支部书记会议,分析、研究了学生的思想状况,建立了街道办事处、派出所和学校三结合教育领导小组。各中学派出热爱教育事业,作风正派,工作负责,有一定教育经验的教师专职参加三结合教育工作。由街道党委领导、派出所所长亲自抓,每周举行一次三结合教育联席会议,交流、研究有关青少年教育工作。

街道党委坚决依靠学校、家庭、派出所、里弄干部和地区共青团组织,调动各方面的力量,共同关心青少年的成长,形成了一个三结合教育网。经过一个多月的努力,控江街道建立了八十五个帮教小组,积极开展工作,促使控江地区的犯罪率下降了,破案率提高了,社会治安出现了比较稳定的局面。

满怀深情,挽救违法青年。由于受到林彪、"四人帮"的毒害,控江街道有些青少年犯有这样那样的错误和违法犯罪行为。如果不加强教育,这些人就成了害群之马,势必扰乱社会治安。这些违法青少年,绝大多数是工人和干部的子女,也有少数出身不好,但都是生在新社会、长在红旗下的年轻人。为什么他们会在歧途上越滑越远呢?经过分析研究,三结合教育小组的同志清楚地看到,这些青少年是林彪、"四人帮"的受害者。除了极少数触犯刑律、屡教不改、必须坚决惩办的以外,对绝大多数的违法青少年,都要满腔热情地帮教,将他们从错误的泥坑里挽救出来。三结合教育小组提出了"爱"字当头、"争"字着手的口号,积极地开展了对后进青少年的帮教工作。

三结合教育小组成立之初,有些违法青少年看到有民警参加,情绪很对立。有些家长也产生了误解。三结合教育小组多次召开违法青年的家长会,向家长们反映孩子的情况,争取家长们配合教育。现在许多家长都尝到了三结合教育的甜头,纷纷主动配合小组进行教育。控江二村有一个青年小吴过去经多次教育都未收效,家里的人恨他,父母说愿出饭钱,送他去坐牢。三结合教育小组成立以后,里弄干部、退休工人多次上门家访,和家长一起分析孩子由好变坏的过程,同家长一起配合帮教。特别是退休工人王伯伯前前后后和小吴谈心一百余次,还和他的家长一起回忆家史,忆苦思甜,启发他与父母比童年,帮助他提高觉悟,找出犯错误的原因,认识危害性,终于使小吴有了转变。但是久"病"初愈的孩子缺乏抵抗力,受到外界的拉拢,往往会出现反复。为了巩固小吴的进步,王伯伯十分注意小吴的一举一动,凡是行迹可疑的人来找他,王伯伯都要加以提防;有时小吴外出,王伯伯如果发现有不好的苗子,就及时帮助他,现在小吴终于改邪归正了。

巩固教育成果,举办夜读班。青少年的可塑性很大,只要教育得法,绝大多数的青少年是能够转变过来的。这些由后进转变过来的青年,和其他青年一样,正是长知识、长身体的时候,精力十分旺盛。对于他们旺盛的精力,必须加以很好引导,要不然,他们有劲没处使,又会惹出许多是非来。街道三结合领导小组总结了以往三结合教育的经验和教训,认为必须把他们组织起来,开展一些健康有益的活动,使他们充沛的精力用在有用的地方。三结合小组总结推广了永吉中学夜读班的经验。到目前为止,控江中学、双阳中学、新宾中学和靖南中学都办起了夜读班,共收了二百八十五个违法青少年,利用每星期一、三、五的晚上给他们上政治课、语文课和数学课,既进行思想政治教育,又进行文化补习。有的里弄帮教小组还利用每周二、四、六的晚上,组织青年开展读报和文体活动。自从举办夜读班以来,这个地区的社会治安进一步稳定,百分之九十以上的违法青少年停止了犯罪活动,思想品德和文化学习上都有了不同程度的进步。家长们也高兴地说:"孩子们走上了正路,我们就放心了。"

开展奖评鼓励,使犯错误的青年看到光明的前途。控江街道三结合教育小组的同志还十分注意对后进青年的奖评鼓励工作,把法制教育与正面的表扬鼓励结合起来。他们一方面对违法青少年进行严肃的法制教育,提高他们辨明是非的能力;另一方面组织他们学习青年英雄人物,进行正面引导,鼓励他们学英雄,促转化,争上游。一旦这些青年有了点滴进步,就在学校、里弄及时进行表扬鼓励,使他们看到了前途,增强克服缺点、战胜错误的勇气。这个街道在五所中学的八个夜读班里开展了出勤、课堂纪律和学习成绩的流动红旗竞赛,培养同学们的集体荣誉感和上进心。他们还定期在夜读班开展学习竞赛,对学习优秀的同学发给奖状和奖品。一些从读书开始只听见批评,从未受过表扬的同学,当拿到了奖状和奖品时,激动得热泪盈眶。

由于这个街道的三结合领导小组坚持以正面教育为主,开展了积极的奖评鼓励工作,使犯错误的青少年有了奔头,纷纷争取进步。许多违法青年,停止了犯罪活动,而且反戈一击,检举揭发坏人坏事,协助专政机关侦破了重大案件,使这个地区的破案率不断提高,进一步维护了社会治安。一些原来受过学校处分的同学也都积极行动起来,为学校和地区做好人好事,创造条件争取早日撤销处分。每当撤销一个或一批同学的处分,都能极大地教育大批犯过这样那样错误和违法犯罪行为的青年。他们表示要积极创造条件,放下包袱,轻装上阵。其中有些同学已经参加了团课小组的学习,有的正在积极争取入团。老师、家长和里弄干部看到他们可喜的转变,都有说不出的高兴,他们感动地说:这些被"四人帮"坑害的孩子终于得救了!

(原载于《文汇报》1979 年 5 月 8 日)

注:消息在文汇报一版发表后,引起杨浦区委重视,将此经验在全区十六个街道推广。5 月 18 日作者又在文汇报一版头条报道了《控江街道三结合教育经验在全区开花》,并配发短评《党委要十分重视青少年教育工作》。

控江街道三结合教育经验在全区开花

本报讯 由于中共杨浦区委领导的重视,控江街道三结合教育青少年的经验已经在全区十六个街道普遍推广。

有段时间，控江地区发案率有所上升，学校、街道党委和派出所都很着急，向区委汇报了情况。杨浦区委领导同志十分重视，立即进行了讨论、研究，认为必须迅速采取措施，把防范工作做在发案之前。接着，区委领导又召集了区教育局、区公安局、团区委和区委办公室分管地区的领导同志开会商量，都觉得必须把家庭、学校和社会各方面的力量拧成一股绳，共同配合，加强对青少年的教育。区委决定从上到下建立三结合教育领导机构，由一名区委副书记和区公安局局长挂帅，有区教育局、区法院、区团委、区委办公室、区劳动局、民政局、区工会、区妇联等有关部门领导同志参加。去年夏天，区委副书记、区公安局长和区教育局副局长亲自到控江街道抓点调查，多次和街道党委一起分析青少年政治思想状况，研究青少年教育工作，并帮助他们成立了三结合教育领导小组，建立三结合联席会议制度。这个街道在区委的直接领导下，狠抓了三结合教育青少年的工作，收到明显效果：发案率下降了，破案率提高了，社会治安出现了比较稳定的局面。

为了进一步促进全区三结合教育工作的开展，杨浦区委及时总结了控江街道的经验，并在全区范围内推广和交流。此外，区委领导除了在各条条、各系统的领导人会议上反复强调三结合教育工作的意义外，还分别从本区教育局、团区委、公安分局和法院抽调了四位同志组成一个办事小组，专门负责全区在学学生的三结合教育工作，推广控江街道的经验，协助各街道建立和健全三结合教育联席会议制度；定期分析倾向性的问题，提出有步骤地开展三结合教育工作的建议；检查督促街道三结合教育和学校夜读班的情况；总结、交流各街道三结合教育的经验。

由于杨浦区委的重视，现在控江街道的三结合教育青少年的经验，已经在全区开花，十六个街道都建立和健全了三结合联席会议制度，定期研究本地区、本街道青少年教育工作；全区的一百八十九个里弄成立了几百个对双差生的关心小组；六十八所中学都配备了忠诚党的教育事业，责任心强，有一定工作能力的专职干部；五十四所中学办起了七十五个夜读班，给后进违法学生补政治、补文化。经过各方面的共同努力,收到明显效果,夜读班中百分之九十以上的违法青少年停止了违法犯罪活动,政治思想和文化水平有了不同程度的提高。

一年来,在区委的直接领导下,杨浦区召开了三次全区性的三结合教育经验交流会,从区委领导到基层的干部、教师、民警和家长都尝到了三结合教育的甜头。他们一致认为,三结合教育方向对头,必须坚持下去。他们相信只要党委重视,社会各方面紧密配合,加强教育,绝大多数的后进青少年是能够转变的,一代革命风尚是能够树立起来的。

(原载于《文汇报》1979 年 5 月 18 日)

斜桥街道和大同中学等联合举办工读学校

通过教育和劳动手段挽救违法青少年

编者按: 学校举办工读班和街道举办工读学校,是对违法青少年进行教育的一种好形式。这些青少年,由于受林彪、"四人帮"的毒害和沾染不良习气,走上了邪路,我们学校、街道里弄等党组织,要通过教育和组织劳动的手段,把他们挽救过来,使他们得到关怀,改过自新。我们希望,凡有条件的学校和街道里弄都来举办这种工读班和工读学校,使一切误入歧途的青少年,在我们全社会的关怀、教育下,重新走上健康成长的道路,成为四化建设中的有用之才。

本报讯 为了加强青少年政治思想工作,促进违法犯罪的青少年向好的方向转化,南市区斜桥街道办事处、斜桥派出所和街道范围内的大同中学、江南中学、建南中学、闽新中学联合开办了一所工读学校,吸收了四所中学的三十一名违法犯罪的后进学生入学。经过半年多的实践,效果很好。

斜桥街道工读学校现有的三十一名学生,原来都是家庭管不住,学校管不了的违法青少年。他们进了工读学校后，全部住宿，学校建立了一整套学习、劳动、生活制度。每天早晨学生集体开展体育锻炼，上午上三节文化课，下午劳动，每周四个晚上自修，两个晚上开展文娱活动，每月组织学生看两次电影，星期天放假。

半年多来，这所工读学校采取各种措施，针对各个学生的不同情况，做了大量的思想教育工作。老师们通过政治课进行政治常识、法制和纪律、时事形势、前途理想和革命英雄主义教育；通过个别谈心，做深入细致的思想工作，一把钥匙开一把锁，促使他们转化；通过每周讲评和每月评比，鼓励他们上进。经过半年的教育，这些学生在思想品德和文化知识方面都有了不同程度的提高。其中十三人进步较大，十六人有所进步，十四人被评为先进，受到奖励。这些学生在进工读学校的第一次考试时，政治、语文、数学全部及格的只有三人，期中考试时，全部及格的就有十六人，各科平均成绩八十分以上的有十人。如建南中学高二学生小夏，家庭出身不好，受到一些人的歧视，他自己也很自卑，抱着破罐子破摔的想法，多次违法犯罪。进入工读学校后，老师耐心教育他，热情关怀他。他生了病，老师让他休息，还自己花钱买鸡蛋、豆浆给他吃，使小夏十分感动，他深刻地认识了自己过去的错误，痛改前非，政治上要求进步，学习上刻苦钻研，劳动也很积极，期中考试，他数学、语文、政治成绩都是优良，被评为学习和劳动先进。江南中学一个学生进工读学校之初，经常逃跑，老师不厌其烦地帮助他，同他前后谈心三十余次，使他思想稳定下来，以后他在老师的帮助下，积极要求进步，不仅自己学习、劳动好，还认真带好一个小组，使这个小组成为标兵小组。

自从街道办了工读学校以后，这个街道的治安情况大为好转，青少年犯罪率比去年同期下降三分之一。大家认为街道办工读学校有四个好处：一是情况熟悉，便于开展三结合教育；二是违法学生住宿工读，有利于切断他们和社会上一些坏人的联系，有利于他们的转化和巩固他们的进步；三是街道办工读，自力更生少花钱，多办事。学生劳动收入可以解决学校日常开支，还可以给学生补贴一点伙食费和学习、生活费用；四是可以减轻区办工读学校的压力，有利于社会治安的稳定,有利于工读学生原来所在学校的教学工作正常开展,也有利于这些学生的家长安心工作。

(原载于《文汇报》1979 年 8 月 11 日)

育才中学举办工读班教育学生明辨事非
使失足青少年转化为有用之才

本报讯 今年上半年,上海市育才中学举办工读班,先后吸收十九名后进学生参加。学生在工读班一边学文化,一边在校办工厂劳动。经过一个学期的努力,他们的思想觉悟和文化水平都有了显著提高。

这十九名学生,原来都是深受"四人帮"毒害的品德、文化双差的学生。育才中学的领导对他们的情况作了分析,决定试办工读班,采用行之有效的方法对他们进行教育。

学校决定由一名副教导主任、团委书记和高一年级组长担任工读班领导,并选派热心青少年教育,又有丰富经验的特级教师、先进教师和教研组骨干教师任课。同学们激动地说:学校派这么好的教师教我们,这是真心挽救我们呀! 他们急起直追,奋发上进。

在工读班里,教师对学生坚持正面教育,帮助他们辨明是非,逐步树立革命的人生观。他们通过观看、讨论电影《流浪者》,引导同学们认清资本主义害死人,社会主义挽救人的本质区别。教师又组织他们搞三比调查:比解放前后我国经济变化和劳动人民生活、地位的变化;比六一、六二年国家困难时期父母为国分忧的精神和自己现在的精神状态;比对越自卫还击作战中的英雄们的事迹和自己的表现,把同学的言行逐步引导到正确的轨道上来。一些同学听了英雄的报告后,说:英雄们不为名,不为利,为国家,为人民,比比英雄的业绩,想想自己过去的行为,实在太惭愧了。他们表示今后要向英雄学习，做一个对党、对人民有用的人。以后，他们自己不打群架，看见别人打架还主动做工作；一些同学拾到东西主动上交，一些同学主动帮助菜农推车，受到校外群众和学校老师的表扬。

育才中学在办工读班的过程中，始终坚持全面贯彻党的教育方针，贯彻以学为主的方针。这些学生进工读班的时候，只有小学二、三年级文化水平，工读班就从实际出发进行教学。他们采用读读议议的方法，提倡相互讨论，使同学学得生动活泼，也便于老师发现问题，因才施教，提高教学质量。四个多月来，学生学习热情高涨，决心争分夺秒把过去的损失夺回来，使自己成为一个有社会主义觉悟的有文化的劳动者。经过师生的共同努力，工读甲班的同学的文化程度已经提高到初二年级或小学毕业的水平。这次期终考试，甲班学生政治、语文、数理化等六门功课平均成绩达到六十六分，最好的同学各科平均成绩九十三分，其中一位学生被评为校三好积极分子，并光荣地被邀请出席了市"学雷锋、争三好"大会，另外有三位同学被撤销了处分。

学校办工读班确实挽救了一批犯错误的青少年，降低了中学生犯罪率，稳定了整个学校正常的教学秩序。四个多月来，这十九个工读学生日见进步，全校也没有发现学生违法犯罪，学校教师、家长和地区群众都比较满意。育才中学准备在新学期进一步办好工读班，继续摸索教育后进青少年的经验，让更多受到"四人帮"毒害的青少年成为社会主义建设的有用之才。

（原载于《文汇报》1979 年 8 月 11 日）

特级教师张景新有难言之苦

本报讯　最近，上海市第十二中学特级教师张景新为兼职多、会议多、各种社会活动多而影响教学活动一事，写信给学校党支部，希望引起有关方面的注意。

张景新除了本身的教学工作以外，还兼有中国地理学会教育工作委员会委员、上海地理学会理事、市教育局地理中心教研组顾问等十个职务。由于兼职多，社会活动十分频繁。仅全国性会议，去年他就出席了四次。据统计，他曾在两周内接到十五个会议通知，五个晚上为文科班学生补习。他仅仅参加了其中的十个会议，就挤掉了全部备课时间。他说，他原来希望能在培养青年教师和提高教学质量方面多作一些贡献，但现在全落了空。

张景新老师今年已经六十岁了，原来身体就不好，患有高血压、脑血管硬化症，切除了一只肾脏，加上整天疲于奔命，健康状况越来越差。一天，他上午在学校上了两节课，下午到市地理中心教研组开会，晚上又到区文化馆为知青补习了三节课，回到家里就病倒了。经诊断，是因疲劳过度引起冠心病发作。他无可奈何地说："兼职和各种社会活动占去了我绝大部分时间，不去吧，人家说你架子大，去吧，就没有时间备课，更没有时间研究教学新课题，真是令人心焦！"

市十二中学党支部曾采取过一些措施使他摆脱一些活动，但效果不大。党支部领导认为这种情况不止是张老师一个人，希望市、区（县）教育行政部门和教育工会，对这个问题进行一次调查，改变他们兼职过多的状况。学校党支部要对来自各方面的会议、活动适当加以控制，保证他们把六分之五的工作时间用于教学和培养青年教师。对一些教学水平很高、年老体弱的特级教师，有关方面要给他们配备助手，帮助他们收集资料，总结经验，处理一些具体事务。对于有著书立说能力的特级教师，要为他们创造条件，把他们的宝贵经验留下来。

（原载于《文汇报》1980 年 7 月 3 日）

辍学务农青少年争学一技之长

本报讯 南汇县泥城公社最近举办的一所学文化兼学技艺的业

余中心学校,吸引了因社员分配水平提高而辍学务农的流生。该校153名学生中就有136人是历届中、小学流生。

这所业余中心学校开设一个电子技术班和一个裁缝班,分别学习政治、语文、数学和电子技术、裁缝手艺。这样的学校很受一部分农村青年的欢迎,招考时,有几百名青年应考。许多流生过去在中、小学学习成绩均属中差,对学习不感兴趣。到了业余中心学校,感到学了技艺将来有奔头,学习积极性十分高涨,90%以上的学生都风雨无阻地坚持每周三个晚上来校上课。

最近,这个业余中心学校从裁缝班里择优选拔了8名学员送公社服装厂工作,使校内、校外青年更受鼓舞。许多学生学习更勤奋了,校外青年每天上门要求入学人数与日俱增。他们说,虽然学校不负责工作分配,但年轻人学了技术、手艺总是有用的。尤其是现在国家允许从事个体劳动,青年要求学文化、学技术、掌握一技之长的要求更迫切了。

编后 为了制止流生,郊区不少公社采取了免除优秀学生学杂费,学龄学生没有证明不得参加生产队劳动,社队招工实行文化考核等措施,收到了一定效果。南汇县泥城公社业余中心学校的做法,又为制止流生开拓了一条新的有效途径。希望有条件的县、社都来办这样的职业学校和技艺班,以提高郊区青年的文化水平和技术水平。

(原载于《文汇报》1980年7月6日)

上海师大举行英语研究生毕业论文答辩会
戴天佑、李谷城用英语对答如流

本报讯 上海师范大学外语系现代英语专业研究生毕业论文答辩会于昨天顺利结束。半个月来,十二名研究生分别对自己所写论文进行答辩,取得了较好成绩。其中研究生戴天佑、李谷城等的论文和答辩成绩更佳。

上海师范大学(原华东师大)外语研究生举行论文答辩是建国以来的第一次。这 12 名研究生都是粉碎"四人帮"后 1978 年夏择优录取的。其中 10 名研究生在本校老师组成的答辩委员会主持下先后进行了答辩。研究生戴天佑、李谷城的答辩委员会由校内外外语教授、专家组成,分别在 7 月 3 日上午和下午顺利进行。

7 月 8 日上午,戴天佑宣读了就当代美国两部战争小说《战争风云》和《第五号屠场》的比较、研究所写的论文进行答辩。答辩委员会的教授、专家先后用英语提出了近 20 个有一定深度和广度的问题,戴天佑用英语一一对答如流。答辩委员会认为他的英文论文观点精辟、有说服力、行文流畅,是一篇有份量的研究论文,回答也令人满意,评定答辩总分为"优"。下午,李谷城宣读了自己关于英语语法研究方面的论文之后,答辩委员会的教授、专家们用英语向他提出了一系列英语语法问题和复杂的句型,李谷城都沉着、冷静地作了较好的回答,答辩委员会一致评定为"优"。

这次研究生论文答辩充分反映了粉碎"四人帮"后,上海师范大学外语教学水平迅速得到恢复和提高。参加答辩会的教授、专家都为这一可喜的成绩欢欣鼓舞,纷纷夸奖这些研究生"了不起"。他们高兴地说:"看到这些后生的茁壮成长,感到我们的事业大有希望,我们后继有人了。"

（原载于《文汇报》1980 年 7 月 4 日）

民主选举带来新气象

建江中学新领导班子不负众望

本报讯　本市第一所民主选举校长、教导主任和总务主任的建江中学,新领导班子从今年六月就职以来,为改变学校面貌做出了成绩。

在新当选的领导人员就职典礼上，校长严文娟曾向全校教职工立下军令状：

"大家这么信任我，我要全力把工作搞好，同大家一起，三年改变学校面貌。如果做不好，请领导和群众罢免我。"从这一天开始，新领导班子就带领师生为改变学校的面貌努力工作。

长期来，建江中学分校校舍破烂不堪，门窗多处损坏，群众很有意见。新领导人上任后，总务处倾听群众意见，发动全体同志和工务员，自己动手修理坏门、坏窗。经过整修，分校面貌焕然一新。接着，在领导干部的带动下，全校教工在暑假中用了四天时间，把总校的教学大楼也粉刷、油漆一新。

新领导上任后，主要是把精力用在提高教学质量上。建江中学是一所普通中学，有相当数量的差生。新领导人认真听取群众意见，作出每个领导成员联系一名差生的决定，做好抓典型、促转化工作。许多中、差班的教师看到领导有决心，也振奋精神，表示要把班级工作抓好。暑假中，许多教师对自己班级学生挨家挨户进行访问。高二(5)班原来比较散漫，这个班的班主任从实际出发，安排了许多丰富多采的活动，把学生吸引到班级活动中来。这学期，严文娟又趁热打铁，到这个班级蹲点。现在这个班级的班风大有转变，开学以来的几次班会都是同学自己主持，开得很成功。班主任说，过去我一个人唱独脚戏，现在有帮手了。

这个学校的新领导人还十分注意抓好教学研究工作。他们规定，校领导每周至少听三节课。在领导和师生的共同努力下，教学质量有了提高。过去，这个学校一直背着文科落后的包袱，在前不久的一次全区中学政治测验中，该校由原来的第三十五名，前进到先进的行列。

该校新领导人还十分注意关心教师的生活福利，他们买了洗衣机，办起了理发室，方便了教师生活，减轻了教师家务负担。教师们充满信心地说："我们虽然是普通中学，但是我们要争取把学校办得像重点中学一样好。"

（原载于《文汇报》1980 年 10 月 19 日）

南丹路小学讲文明懂礼貌蔚为风气

本报讯 每天早晨，徐汇区南丹路小学的学生跨进校门时，总要向值勤教师行个礼，叫一声"老师早!"过往行人看了都说他们懂礼貌。这是该校开展文明礼貌教育后出现的新气象。

一天，我们来到南丹路小学，只见教学大楼前的绿化园地上冬青树修得整整齐齐，教室里、走廊上以及操场上，都看不见纸屑和痰迹。每个教室都窗明几净，课桌排列整齐，给人以整洁、美观、舒适的感觉。陪同我们一起参观的焦佩榴校长说：前几年，这个学校的风气还很差，许多学生满口粗言秽语，随地吐痰、乱抛果壳纸屑习以为常，有些学生还打架骂人。自从进行文明礼貌教育以后，风气才一天比一天好起来。

学校领导说，粗言秽语大都夹杂于方言中，学生常讲方言，粗话便随口而出。学校通过大力推广普通话，要求师生在教学、广播、会议和一切对话中都讲普通话，并开展评比，这样讲粗话的现象就日见少了。接着，学校又要求学生做到语言美，讲话要文明礼貌。现在，这个学校的学生都会用"您、早、好、请、谢谢、对不起、不要紧、再见"等礼貌词语了。二年级学生小王原来经常打人、骂人，欺负同学，被少先队中队部摘下了红领巾。开展文明礼貌教育活动以后，他努力改正缺点，有时不小心碰痛了同学，也总礼貌地说声"对不起"。他还主动关心集体，代替缺席的同学做值日生。同学们都说他进步了，中队部经过讨论，重新给他戴上了红领巾。

在进行讲文明懂礼貌的教育中，学校还开展了语言美、行为美、环境美、仪表美的评比，这样又培养了学生热爱集体的观念。现在如果有谁违反了"四美"，班上的同学就会批评帮助他。三年级(2)班一直是全校讲文明、懂礼貌、守纪律最好的班级，每次评比都获一等奖。可是上学期第十八周，班上一位男同学用毛笔涂了墙壁，影响了环境美,后来在全班同学的帮助下,这位同学认识了自己的缺点,第十九周,这个班又夺回了一等奖的红旗。

现在,南丹路小学的学生不仅在校内讲文明,懂礼貌,在校外也能严格要求自己。有一次,一个学生刚走出校门,就吐了一口痰,他随即感到自己错了,赶忙掏出手帕把地上的痰擦去。有的同学在看电影时将自己的好位置让给老大娘,自己坐在加座上。就连过去那些专爱给别人叫浑名、绰号的孩子也变得彬彬有礼了,见了老人必称"老爷爷、老奶奶",还主动帮助邻居的老人提水、洗菜、买东西,受到居民的赞扬。

通过文明礼貌教育,这个学校已经初步形成了良好的校风,学生尊敬师长,同学之间友爱互助,讲究卫生,关心集体,勤奋学习。一九八〇年,这个学校被评为上海市卫生先进单位和推广普通话先进单位。

(原载于《文汇报》1981 年 2 月 16 日)

注:消息发表后,在国内外产生很好的影响。因为文革的原因,焦佩榴校长与侨居海外的父母、哥哥失去联系。消息见报后,在美国的哥哥看到焦佩榴任南丹路小学校长,她的母亲、哥哥以及海外亲人与她恢复了联系,并感谢文汇报为他们找到了亲人。

师院附中校园一派文明新气象

本报讯 上海师范学院附中对学生进行美育教育,使学生养成懂礼貌讲文明的好习惯,学校形成了好校风。

由于十年浩劫中学校中断了美育教育,许多学生分不清什么是美,什么是丑;日常生活中也不懂得文明礼貌,如随地吐痰,乱抛纸屑,乱涂乱刻课桌,看电影吃瓜子等。过去学校领导多次提出批评,但收效不大。他们经过认真分析,认为学生的这些不文明的行为主要是由于缺乏美的知识造成的,于是决定在全校开展美育教育。

这个学校先后举办了四次美学讲座,向学生较系统地讲解了美的知识,帮助学生树立起正确的审美观。有的班级还结合社会现象和学生的思想实际,组织了"什么是真正的美?"的讨论会。学校也把现实生活中的二十种美丑现象编成四字歌诀对同学们进行宣传教育。

美育的内容很丰富,上海师院附中从外在美入手,对学生进行环境美、行为美、仪表美和语言美教育。他们从上学期开始,发动学生美化环境。许多班级将教室、宿舍粉刷一新,经常保持窗明几净,地板光亮。男、女生宿舍里也很整洁、美观,还经常进行评比。在这个基础上,学校要求学生做到行为美、仪表美和语言美。以前,有些学生经常敞着衣襟跑来跑去,或穿着睡衣、拖鞋就往教室、操场跑,自从开展美育教育以后,这种现象没有了。还有一些学生过去养成了懒懒散散的习惯。学校就要求他们讲究仪表风度,使他们懂得青春自然的健美是可贵的,矫揉造作之态是丑的。初二(3)班的学生原先上课时,有的前俯,有的后仰,还有的翘着二郎腿。班主任就让学生轮流到教室前面看,大家都觉得不像样子,从此学生上课时都坐得端端正正了。

师院附中的学生骂人、讲粗话的现象虽不严重,但谈吐中也常有一些不健康的口头禅和不规范的词语,学校要求学生用普通话提问、回答问题和进行交谈,克服不文明、不规范的语言。现在学生在日常生活中都能用:早、您好、谢谢、对不起、请等礼貌用语了。初一有个学生过去到别的宿舍去从不打招呼,总是用脚踢开门,现在他懂得了这是不文明的行为,进门时总要先轻轻敲门,问声:"可以进来吗?"得到同意后,才开门进去。

师院附中十分强调共产主义道德风尚教育,通过美育来培养学生高尚的理想、道德、情操。现在这个学校的许多班级尊师爱友、遵守纪律、助人为乐已经蔚然成风。初一(1)班的小何每次分发水果、点心,总是把最小,最差的留给自己。班上谁有困难,大家都会主动相帮。去年国庆节后,该班的小程右脚骨折,同宿舍的小周等同学在一个多月中热情照料她,每天把小程从宿舍楼背到教室上课,替她领菜端饭、洗衣,使小程十分感动。高一(1)班有几位学生学习较差,班上成绩好的学生就与他们结为互帮互学的对子,主动帮助他们,使他们都有不同程度的进步。

经过一个学期的美学教育,美育之花已经在师院附中开放。现在,该校正在上学期取得成效的基础上,进一步结合形势教育,组织学生向家庭作调查,向社会作调查,激励广大学生热爱社会主义社会,热爱伟大的祖国,为四化建设好学深思,奋发向上。

(原载于《文汇报》1981 年 2 月 26 日)

大家都来推选"优秀的人民教师"

本报讯 粉碎"四人帮"后,特别是党的三中全会以来,上海广大教育工作者贯彻党的教育方针,为培养四化建设人才,作出了重大贡献,涌现了一批特级教师、模范班主任和劳动模范、先进工作者。为了发扬先进,增强教育工作者的光荣感和责任感,更自觉地贯彻党的路线、方针、政策,进一步提高教育质量,文汇报、上海市教育局和上海市教育工会特发起开展"优秀的人民教师"推选活动。

被推选的"优秀的人民教师"应具备:一、积极拥护和贯彻执行三中全会以来的路线、方针和政策;二、坚决贯彻党的教育方针,促进学生德、智、体全面发展;三、在工作岗位上(教学工作,班主任工作,团、队工作或后勤工作等方面)作出突出贡献。

推选的范围是本市中小学、幼儿园、中等专业学校、技工学校、职业中学、工读学校、业余中学以及特殊教育的教师(包括政工人员和后勤人员)。已被评为特级教师、模范班主任的同志不再推选。

推选的时间从今天见报日开始,到六月三十日结束。采取群众推选的办法,各学校领导、教师、学生和家长均可提名推荐。推荐信件或材料可寄文汇报或上海市教育局、上海市教育工会(上面请写明推荐"优秀的人民教师"），材料汇总后，分别征求有关区、县和学校的意见，经过协商推选产生"优秀的人民教师"的初步名单（名额视具体情况确定）。最后，由文汇报、市教育局和市教育工会会同各区、县有关方面组成评选委员会，经过磋商，确定人选并选择适当时间召开全市大会进行表彰发奖，授予"优秀的人民教师"称号。

在推选过程中，本报将选择部分"优秀的人民教师"事迹在报上发表。

（原载于《文汇报》1981 年 4 月 13 日）

隆重表彰优秀人民教师和先进教师

本报讯 文汇报、市教育局、市教育工会联合发起的推选"优秀人民教师"活动已经胜利结束。八月三十一日下午，三个发起单位在市人民政府大礼堂隆重举行"上海市教育战线优秀人民教师、先进教师表彰授奖大会"。

出席大会的有：中共上海市委第一书记陈国栋，市委书记夏征农，市委副书记陈沂、杨士法，市人大常委会副主任吴若安，副市长杨恺等。

会议由上海市教育局局长杭苇主持。大会一开始，少先队员们排着整齐的队伍，高擎队旗，敲着队鼓，鸣号入场。少先队员热情向大会献词，赞颂老师们辛勤培育祖国的花朵。少先队员胡晓舟、吴叠峰、邱雁、应晓笛、费宏毅向大会献上自己创作的中国画《献给我们心爱的好老师》。

副市长、市"优秀人民教师"评选委员会主任杨恺汇报了这次推选"优秀人民教师"活动的情况和经过。他说，粉碎"四人帮"后，教师的社会地位大大提高了，全党、全社会都重视教育，尊敬教师。这次推选"优秀人民教师"的活动，共收到了十一万五千多封推选信，有三万余名教师受到推荐和表扬。在推选活动中，有的家长开家庭会讨论，有的老工人叫子女代笔写推荐信，有的毕业生回顾自己成长史，热情地介绍辛勤培育自己的好教师,还有的赋诗谱曲,赞扬优秀教师的先进事迹,涌现出许多动人事例。这一切充分说明广大教师工作成绩是很大的,他们是忠诚于党的事业的,理应受到全社会的尊重。杨恺同志希望这次表彰授奖大会以后,在全市教育战线上继续发扬先进,在新的学年里,进一步发挥广大中小学教师的积极性,加强对学生的思想政治教育,按照德智体全面发展、面向全体学生的要求,提高教育质量,做好体育卫生工作,使普通教育迈出更大、更扎实的步伐。

市教卫办副主任刘芳宣读了一百零七名优秀人民教师和四百二十一名先进教师的名单。市委、市政府、市人大常委会,以及市教卫办、文汇报、市教育局、市教育工会等单位的领导同志向优秀人民教师和先进教师分别授予"优秀人民教师"证书和"先进教师"证书。

上海市第五十一中学教师赵家镐和闸北区第一中心小学教师李静艳代表全体受奖教师发言。赵家镐老师说,这些年来,我们看到自己的学生一批又一批展翅高飞,更懂得了教师工作的重要性,更感到做人民教师的光荣和责任的重大。每个教师所教的学科各不相同,但关心学生的全面发展、健康成长是全体教师的共同任务。李静艳老师说:今天,党和人民给了我们这么高的荣誉,这是党和人民对我们教师的期望和鼓励。党把一个班级交给我培养,而且要培养好,我一定要忠诚于党的事业,把每一堂课教好。

夏征农代表市委向优秀人民教师和先进教师表示热烈祝贺。他提到本市还有六十位教师在西藏、四十三位教师在宁夏,最近又有八位教师去云南支教。对他们不怕艰苦、勇挑重担的革命精神,表示慰问和敬意! 他说,中小学教育是基础教育,是建设社会主义精神文明的一项重要工作。中小学教育质量提高了,才能培养出有一定文化科技知识和社会主义觉悟的劳动者。上海的中小学教师队伍,是一支忠诚党的事业的好队伍,我们要把广大教师的积极性充分调动起来,把中小学办好。

夏征农说,中小学教育涉及到千家万户,涉及到社会的各个方面,要求整个社会都加以重视、关心和支持。他希望优秀人民教师和先进教师,同广大教师一起,共同努力,使我们的青少年从小就热爱祖国,拥护共产党,坚持四项基本原则,具有社会主义、共产主义道德品质,努力学习,有一颗准备为社会主义事业贡献力量的热忱的心。夏征农最后说:我们相信,在党和政府的领导下,依靠大家的努力,上海的教育工作一定能够提高到一个崭新的水平。

(原载于《文汇报》1981 年 9 月 1 日)

市少儿图书馆成了孩子们第二课堂

本报讯 在上海市少年儿童图书馆文学辅导班老师收到的厚厚一叠表扬信、感谢信中,好几位家长不约而同地写着:文学辅导班成了孩子的第二课堂。少年儿童们在这里受到文学熏陶,接受了思想品德教育。

上海市少儿图书馆坐落在繁华的南京西路上,每天都有五、六百名小读者从四面八方到这里阅读、外借各种书籍,或参加各种辅导活动。暑假中,少儿图书馆组织二百五十名文学辅导班学员和五百五十名旁听生开展读书心得比赛和讲故事比赛,对少年儿童进行生动形象的思想品德教育。

图书馆老师根据少年儿童不同的年龄特点,采取讲故事、朗诵、绘画、唱歌等形式介绍图书,指导阅读。孩子们在听故事、看图书中接受思想品德教育。三年级学生王嫌青讲《爱听故事的陶陶》,对许多小朋友很有启发。有的小朋友听到故事里的孩子“走路咚咚响,开门用脚踢”的时候,脸红了;也有的听到故事里的孩子不爱剪指甲,不讲卫生时,难为情地低下了头。之后,他们都努力争做文明礼貌的好孩子。四年级小朋友翁欣露的叔叔、姑母都在国外,常给她寄一些衣服、文具用品和电子娃娃,她有些羡慕外国了。看了少儿图书馆推荐的长篇童话《绿野仙踪》后受到教育,她在读书心得中写道:“我被书中的小女孩多萝茜热爱祖国、热爱家乡的精神感动了。”她说,我们不能嫌自己的祖国落后贫穷,要用我们的智慧和双手把祖国建设好,才是我们的骄傲。

学生们读了少儿图书馆推荐的《英雄少年时》一书,纷纷向英雄人物学习。学生王振宇一次在西郊公园玩，发现一个小偷扒游客的钱包，就盯住扒手，在大人的协助下，机智勇敢地抓住了小偷。事后，老师问他怎么这样勇敢？他说，因为这是向坏人坏事作斗争，书里的英雄都是这样做的。

最近，少儿图书馆又给小朋友办了"中国历史故事讲座"，并结合讲座组织他们游览黄浦江，对小朋友进行爱国主义教育。孩子们听了我国古代四大发明的故事后都很振奋，表示长大要为祖国争光；听到了鸦片战争到五四运动的历史，懂得落后就要挨打的道理，表示要发愤图强，振兴中华。

（原载于《文汇报》1982 年 8 月 21 日）

注：消息发表当天，文汇报评论部为消息配发短评《值得提倡的第二课堂》

计算机普及要从娃娃做起

本报讯 为了迎接今年五月举行的全国首届青少年计算机程序设计竞赛，上海广大中、小学生积极准备，踊跃报名，到昨天为止，报名人数已近二千人。其中超过二百人的区有闸北、杨浦、徐汇、虹口；普陀区曹杨新村第九小学还专门组织了一个有二十名学生参加的娃娃代表队。上海市竞赛组织委员会决定，三月中旬进行初赛，获得初赛合格证者再参加全国竞赛。

本市自去年举行第一届青少年计算机程序设计竞赛以来，电子计算机教育在中、小学生课外活动中已经广泛开展，目前已出现了一个为迎接新的世界技术革命，努力学习计算机知识的热潮。去年竞赛时，本市只有二百六十名学生报名参加，许多区、县的中小学还没有电子计算机，学生只能到市少年科技站、市少年宫和大学上机培训。竞赛活动激发了广大青少年探索计算机奥秘的兴趣，少科站和少年宫也积极组织培训。目前,上海已有三千多名中、小学生参加市、区、县二十六个计算机活动组活动,有三十五位专职教师指导。电子计算机已经发展到一百八十四台,为普及活动创造了条件。

最近,邓小平同志指出,计算机普及要从娃娃做起。上海市教育局遵照这个指示,研究决定:今年将拨给每个区、县教育局八万元经费,发展中、小学电子计算机教育和其它电化教育。目前,已有十个区、县得到第一批拨款。根据预算,今年本市中、小学的计算机数量可以再增加一倍,使更多的青少年得到上机学习操作的机会。本市今后五年可望在中、小学生中普及计算机基础知识。

(原载于《文汇报》1984 年 2 月 23 日)

小学生谭引编成北站问路程序

本报讯 昨天下午,获得上海市青少年电子计算机程序竞赛小学组第一名的少先队员谭引表演了她自己设计、编排的电子计算机程序《上海北站问路》,在北站吸引了众多旅客和行人。

在蒙蒙细雨中,一批批旅客走出火车站,许多人是第一次到上海,人地生疏,辨不清东西南北。正在他们翘首张望的时候,车站的广播响了:"旅客同志请注意,如果您要问路,请到软席候车室门口,有电子计算机为您指路。"

旅客们接踵来到计算机"向导"面前。一位从贵州远道而来的旅客问:"长宁区武宁路二百弄五号怎么走?"十二岁的小姑娘谭引熟练地按动电键,不一会儿,就告诉这位旅客说:"武宁路不在长宁区,在普陀区。"随着她的操作,计算机屏幕上显示出:"普陀区武宁路二百弄乘 63 路车到达"。旅客正要用笔记下来,小谭已经将计算机打印出来的汉字小纸条撕下来递给他。

旅客一个接一个地问讯,都得到满意的回答。打印的小纸条上不仅有问讯者要去的单位名称,乘什么车,还有地址和电话。旅客们满意地说:"这玩意儿太好了。"

小谭平时勤学苦练,肯动脑筋,还有为人民服务的好思想。她是和田路小学六年级学生,家住闸北,常和父母到北站买东西,几乎每次都遇到问路的外地旅客。每当回答"不知道"的时候,小谭总感到很不安。去年十二月她到区少科站学习计算机知识后,就自选了《上海北站问路》程序设计课题。

(原载于《文汇报》1984 年 5 月 27 日)

培养少先队员自主自动能力

本报讯 一个联合调查组曾对上海一师附小小五甲班进行了一次"突然袭击":要求少先队员们在二十分钟内独立准备好"向您介绍有趣的书"主题队会。结果三个小队在一小时内演出了十五个节目,介绍了十五本书,其中有十个节目是当场编排的。校长倪谷音在"六一"节前夕对记者介绍说,队员们的自主、自动和创造能力是在少先队活动中培养起来的。

这个学校的辅导员注意在实践中培养少先队员的自主和自动能力。几年来,他们先后指导少先队开展"当我一个人的时候"、"红领巾告诉我"、"预备队在八十年代"、"向海迪姐姐学习"、"最佳中、小队活动比赛"、"绿化工程"等活动。如在《金山之行——漫游现代化石油城》活动中,对孩子们提出了"做大街上的第一批行人"、"当列车上的一员文明小乘客"、"看天灯"、"观大海"等十项要求。那天,各科教师人人当辅导员。图画教师每当看到美景就启发学生作画;数学老师要孩子们思考:堤坝为什么不是等腰梯形? 油塔为什么是圆柱体? 科学常识老师让队员们思考:"石油公公有几岁,它的祖先是谁?"语文老师要他们在海边看、听、闻、触、玩、细细体会和观赏,回来后又让孩子们自己出有趣的作文题，还召开口述会，让他们描绘所看到的一切，抒发热爱祖国，热爱生活，热爱四化的感情。孩子们兴奋地说，这是一堂综合知识教育课，又是培养我们自主、自动精神的实践课。经过锻炼，该校有十二个中、小队，被评为市、区自动化中小队。

这个学校的辅导员注意结合教学活动积极发展队员的智力。在"爱科学月"里，他们提出"要让红领巾的理想插上科学的翅膀"，激发了全体队员爱科学的热情。全校五百多名队员在一个月中做了二千二百八十七件小制作，进行了一千六百二十五次小实验，提出和解答了三千二百四十九个问题，看了三千三百九十九本科技书，写出三千五百四十三篇实验报告。

辅导员还很注意通过一个个具体的队活动培养队员的创造能力。他们带领队员到少儿出版社作客，回来后，设立"全知道信箱"，一些解答问题有创见的队员可以得奖。大队部还组织各种兴趣小组活动，培养队员动脑动手能力。低年级辅导员发动队员做"空气在工作"的各种小实验，认识无形、无色、无味的空气。在最近的"动手做"活动中，队员们又做了九百九十九件作品，其中有五十六件"小发明创造"作品。

一师附小辅导员由于工作出色，今年"五四"青年节被光荣授予"上海市辅导员先进集体标兵"称号。据悉，团中央将表彰他们的优秀事迹。

（原载于《文汇报》1984 年 5 月 31 日）

注：此消息被评为文汇报好稿。文汇报评论部为消息配短评《为新世纪培育新人才》

高桥中学通过管理改革调动教工积极性

定编——不吃大锅饭 定岗——加强责任心

本报讯 一年多来，上海市高桥中学狠抓管理改革，调动了广大教工的积极性,显著提高了教育质量。

高桥中学是川沙县一所非重点完全中学。两年前,这里还是干多干少、干好干坏一个样,影响教学质量的提高,学生和家长都有意见。为了改变这种状况,学校决定大胆试行管理改革。

通过定编、定工作量、制订岗位责任制和教师工作规范,人浮于事的状况有所改变。原来,学校设正副班主任六十六人。大多数副班主任只挂名领津贴,基本上不管班级的事。在改革中,学校取消了副班主任,一班设一个班主任,工作有成效的,可获原来正副班主任两份津贴。班风校风很快有了好转,去年该校被评为上海市文明学校。

管理改革极大地调动了教师的工作积极性。初中部有两位老教师,教学经验丰富,但原来每人只教一个班级。在改革中,他们都主动要求担任两个班的教学。还有一位女教师在家里病休十几年,现在主动回校上课。改革前,教师请病假、事假的较多,现在教师出勤率高,不仅满足了本校教学的需要,还抽出一部分力量承包外单位的教学任务,为社会服务,增加了学校收入。

在管理改革的基础上,高桥中学实行了一系列教学改革措施。他们在教学上实行初中、高中分阶段小循环制。初一、高一新生入学编班后就配好班主任和任课教师,一般情况下任期三年,跟班带教。教师加强了责任心,大家认真钻研教材,教学有的放矢,加强连贯性。学校还建立了教学质量验收制度,每学期对教师的教学不定期地进行一至两次抽查,检查教学质量,分析问题,交流经验,发扬先进。上学期教师之间互相听课九百多节。青年教师纷纷拜老教师为师,挤时间参加业余进修,全校已有百分之八十的教师达到大学本科和专科水平。

去年该校初三毕业生参加全市统一升学考试,优秀率达百分之五十四,在川沙县名列前茅,校办工厂实行承包后,去年利润达七十万元。学校利用校办厂的收益购买教工住房,改善教工福利,新建了教学大楼和实验楼,更新教学设备,建立了计算机房,添置了二十一台电子计算机。

（原载于《文汇报》1984年7月4日,消息被评为文汇报好稿。）

从小培养学生强烈创造欲望

本报讯 在今年六月举办的上海市中小学"智多星"成果展览会上，和田路小学展出十三件小创造、小发明作品，是入选最多的学校。该校学生发明的四用防触电插座获得一等奖，被选送到日本展出。为什么这所普通小学有这么多小发明成果？上海市科技协会的同志研究后认为，这是该校坚持教改，开展创造教育的结果。

创造学是一门研究人类创造发明活动规律的新学科。创造教育与传统教育的不同之处在于，它不仅传授知识，而且通过教育活动，开发高智力和高创造力相结合的人才。和田路小学把创造教育列入课表，每两周给全体学生上一次创造发明知识课，从小开发创造才能。

和田路小学的教师根据儿童特点，一方面积极开展各种活动，丰富学生的知识，开阔视野；另一方面又从"创造学"、"创造技法"等有关资料中吸取"缺点列举法"、"联想法"、"愿望实现法"等内容，编成理论联系实际，适合儿童特点的通俗教材，进行讲解。他们向孩子们讲科学家创造发明的故事，激发孩子创造欲望；介绍"加一加"、"减一减"、"变一变"、"改一改"等十二种创造技法，打开学生的思路。小朋友根据"不合理、不方便、不习惯、不顺手、不科学"五条原则，列举身边事物的缺点，一下子提出了三百多条意见。在老师的引导下，很快就搞出四十七件小发明。方黎同学想到学校只有一副篮球架，同学们上体育课要排着长队投篮，便发明了多用升降篮球架。一个篮球架上有四个篮圈，四个同学可以同时投篮。在她的启发下，别的同学又进行改革，发明了智力篮球架、如意篮球架。这些小发明成果都已投产，并投放市场。

创造教育开发了学生的智能，使他们变得聪明起来了。许多孩子走路在观察，吃饭在想，甚至做梦也在想，他们把自己设想的一张张草图交给老师，全校七百名学生提出了八百六十四条设想。校长孔德容说,每天都有学生向她汇报自己的设想,她常常被兴奋的孩子们包围住。科技老师夏钟的家在学校附近,孩子什么时候想到了好点子,就到夏老师家去汇报。孩子们希望发明,渴望成功到了入迷的程度。就在这块创造教育的沃土中,孕育了一个又一个小发明的成果。有一个小队十个队员在一个暑假中搞出了十八件小发明成果,被评为全国最佳少先队小队,上北京受到陈云同志和邓颖超同志的接见。

创造教育还使一些后进的学生有了明显的进步。贝明刚同学原来学习成绩很差,自从开设创造教育课,他被小创造、小发明吸引了,不仅学习成绩提高了,还搞出了多项小发明,这次在全市中小学生"智多星"竞赛活动中,他一个人获得了四个奖。

三年来,和田路小学的学生共搞出科技小发明作品一百六十多件,小制作三千六百多件,小设想八百四十多条,写出小论文四十余篇。其中有二十五件小发明作品在全国比赛中获奖,二十件作品在上海市比赛中获奖,已有四项小发明投产,投放市场,还有七件创造发明即将投产。这个学校的师生尝到了创造发明的甜头,现在该校每个班级都配备了创造教育辅导员。全校先后成立了二十八个课外兴趣小组,每个学生每天保证有一小时以上的时间参加小创造、小发明、小制作活动。

(原载于《文汇报》1984 年 7 月 13 日)

注:此稿被评为文汇报好稿。报道后,和田路小学创造教育在全国推广,又在日本产生影响,进行国际间交流,被国家教委评为先进集体。

上海植物园成了青少年第二课堂

本报讯 盛夏,是上海公园游客稀少的季节,而上海植物园却吸引着成批成批中、小学生,他们到这里来开展各种科普活动。自一九七九年以来,上海植物园已经接待了近十万青少年,成了中、小学生学习生物学的第二课堂。

"文化大革命"以后,中学恢复生物课,生物教师纷纷要求植物园为教学服务。一九七九年,植物园成立科普室,利用植物园这个绿色世界博物馆,向学生普及植物学知识。

植物园的同志举办各种展览会,布置松柏园、牡丹园、杜鹃园等七个专类园,举办趣味性、知识性科普讲座。他们先后向学生讲解过"趣味植物学"、"植物与人类的关系"、"生态平衡"等知识,激发学生学习植物学的兴趣。

为了配合学校上好植物课,他们把讲座与游园结合起来,开展"科普导游",把植物园现有的近五千种植物进行分类介绍,带领学生边参观,边讲解,学生听了印象深刻。学生们原来以为香蕉是长在树上的,分不清菠萝和菠萝蜜有什么不同。青少年到了植物园高架温室,看到热带雨林景观,他们看到香蕉虽然高大,但没有木质部,仍然属于草本植物;而菠萝是草本植物,菠萝蜜却是木本植物。在教室里,学生很难理解植物的光合作用和运动,而在植物园的大课堂里,作一些简单的实验,就很容易弄懂。这种理论结合实际的直观教学,大大激发了学生学习植物学的兴趣。他们有的回去在自己的学校里成立了植物兴趣小组,有的开辟了百花园、百草园,建立了生物角,有的通过各种途径借阅《植物生理学》、《细胞学》、《遗传学》等专业书籍进行自学,立志报考大学生物系。上海一师附小还在植物园科普室同志的帮助下,建立了"儿童植物园",成立绿化近卫军,全校师生进行了一项绿化工程建设。少先队还举行了"有趣的植物"、"种子王国"等主题会。

上海植物园还与市少科站联合成立上海市青少年植物兴趣小组,三十四名学生在园内考察,学习育苗、扦插等栽培技术,到野外采集标本,写出了三十多篇小论文。闸北区少科站生物组在生物老师和植物园科普室同志的指导下,写出了《上海抗污染植物标本、切片介绍(部分)》的研究报告,受到有关专家好评。

植物园科普室的同志还充分运用祖国丰富的植物资源,奇树名花,以及稀世珍宝、活化石等对学生进行爱国主义教育;用祖国的花卉和盆景艺术对学生进行美育教育,陶冶性情,培养青少年高尚的情操。

近两年,植物园又与有关方面联合举办中小学生林学夏令营,受到师生欢迎和中国林学会的重视。今年暑假,植物园科普室的同志又带领中小学生到浙江西天目山自然保护区进行林业考察。

编后 上海植物园在接待游客的同时,积极挖掘潜力,为学校教育改革提供活动内容和场所,在短短几年中,已发展成为中、小学生学习生物学的"第二课堂"。这种热情关心、支持教育工作的精神值得发扬。

教育要实现"三个面向",离不开社会各方面的支持、帮助。开辟"第二课堂",让学生获取各种信息,扩大视野,活跃思维,培养能力,就不能局限于学校之内,而必须与社会取得广泛的联系。各行各业应在人力、物力、场所以及教育内容等方面,帮助和支持教育改革。

我们希望有更多的单位能像上海植物园那样,从培养下一代的高度责任感出发,满腔热情地向学校敞开"第二课堂"的大门,为教育改革贡献一份力量。

(原载于《文汇报》1984年9月3日,此稿被评为文汇报好稿。)

过去单位挑学生　如今学生挑单位

本报讯 本市职业学校(班)毕业生"供"不应"求",过去用人单位挑选学生,今年出现了学生自己挑选去向的情景。

职业学校(班)的学生原是不包分配的,毕业后由用人单位择优录用。由于上届职业班毕业生在社会上得到了好评。今年各用人单位都希望能多招一些毕业生。向阳中学半导体器件专业的八三届毕业生到了元件五厂后,被安排到引进的大规模集成电路的引导线上,学生的适应性强,经过短期实习,都能独立工作。这次该厂的上级公司积极向有关职业学校招工,要求越多越好。由于职业班毕业生供不应求,毕业生就不单满足于就业,而要挑选自己较理想的单位了。华山中学包装装潢职业班学生今年在上海玩具九厂实习期间,为该厂设计的九套六面体玩具,有六套在广交会成交,外商当场订货数千打,很多同行十分羡慕。现在,这个班有三十几位学生毕业,一些单位闻讯后,纷纷向劳动局要这些毕业生。华山中学只好把各单位招工简章发给毕业生,然后由学生自己挑选去向,再由招工单位同学生面谈,对口录用,做到双方满意。

随着第三产业的崛起,商业服务、财会、饮食、缝纫等职业班毕业生更成为各单位争夺的对象。商业一局看到上届天津中学百货专业的毕业生和卢湾区职业中学商业专业的毕业生在工作岗位上能独当一面,今年把这两个学校有关专业毕业生几乎全部录用了。上海郊区青浦县三中、宝山县风光中学、奉贤县南桥中学的三个财会职业班一百余名毕业生,也被用人单位一"抢"而空。到目前为止,今年市区和郊县城镇户口的二千八百六十六名毕业生已有百分之九十被招工录用。一些与学校联办的工业局、公司和企业单位,按规定享受优先选用毕业生的权利,他们都招到了大批满意的新技工。

(原载《文汇报》1984 年 11 月 10 日,此稿被评为文汇报好稿。)

本市许多中小学教师著书立说

本报讯　本市许多中小学教师利用业余时间,总结经验,著书立说。仅据上海教育、少年儿童、文艺三家出版社不完全的统计,本市有上千名中小学教师是他们的固定作者。中小学教师写的书越来越引起社会注目。

近两年,上海教育出版社出版的书中有近半数是中小学教师写的,其中有《段力佩教育文集》、《于漪教案选》、毛蓓蕾著的《班主任工作》等,反映了他们的教育思想和丰富的教育经验。

由于中小学教师在教学第一线,生活在学生中间,他们写的书切合实际,十分畅销。上海教育出版社出版的《中学语文教师手册》等六本教师手册,《长江万里行》、《文言文助读》等都是热销书,有的已远销香港以及马来西亚和日本。有的书年年再版,已经印了几百万册,仍供不应求。上海少儿出版社出版的《小学生一日一题》一套六本,第一次印刷了一千二百万册,被抢购一空,最近又加印了六百万册。上海卢湾区中小学教师编著的《中小学第二课堂活动丛书》,在福建少年儿童出版社出版后,全国各地中小学纷纷订购,一再加印。去年在香港举行的书展中,教师参加编著的上海教育出版社出版的教学挂图、有声读物、中学生文库和少儿出版社出版的《上下五千年》以及繁体字儿童读物普遍受到欢迎,有的书在书展开门的第一个早上就被抢购一空。市西中学吕登来写的《人民英雄纪念碑史话》还获得了全国史学会和出版学会的优胜奖。

中小学教师不仅写教育方面的书,也写文艺书籍。原上海惠民中学教师程乃珊、原十六中学教师孙树棻已经是大家熟悉的作家了。上海少儿出版社编辑的《教师小说选》也即将出版。

为了迎接第一个教师节的到来,广大中小学教师利用业余时间奋发写作,将在节前出版《教师的修养》、《教师日记》,出齐中小学教师各科手册。还将在已经出版的九十多种中学生文库书籍的基础上,再出二十多种中学生文库书籍,向自己的节日献礼。

（原载于《文汇报》1985 年 3 月 27 日,此稿被评为
文汇报好稿,当天被人民日报"要目"摘载。）

茅嘉凌获日内瓦展览大奖

本报讯 茅嘉凌发明的"穿绳器"在日内瓦世界新发明展览会

上获得世界产权组织颁发的"青年奖"（大奖）和展览会银奖的消息昨天传到他的母校——上海重庆北路小学，师生们感到十分光荣、自豪。

穿绳器是茅嘉凌三年前发明的。茅嘉凌爱动脑筋，常常动手做些小玩具。他看到邻居晾晒衣服，要用梯子爬到很高的地方穿绳子，又难又危险，就想发明一个穿绳器。在陈老师和应老师的指导下，茅嘉凌利用杠杆支点转换的原理，终于制成了简易灵巧的"穿绳器"。

小茅发明的"穿绳器"不仅可以穿绳，也可用于高处穿电线，经试验效果很好。他的这项小发明在第一届全国青少年创造发明比赛中获得一等奖，并选送日本参加比赛。在日本获奖后，又被选送参加日内瓦世界新发明展览，终于获得大奖，为国家争了光。

现在茅嘉凌已经回到江西父母身边，读初中二年级了。

（原载于《文汇报》1985 年 4 月 28 日）

岱山县党政领导深入实际调查研究

切实为发展教育多办实事

本报浙江岱山十一月二十八日专电 不久前，在浙江省召开的教育工作会议上，中共岱山县委和岱山县人民政府介绍了他们为振兴海岛经济努力抓好教育工作的经验，得到了浙江省委和中央的肯定。在这个由四百零八个岛和三百二十六个礁组成的总陆地面积为二百七十二平方公里的岱山县内，已经普及了小学教育，初中教育也基本上满足了小学毕业生的要求，教育质量在舟山地区名列前茅。

新县委和县政府班子是一九八四年初开始工作的。他们一上任，首先抓经济工作，但在抓经济的过程中越来越感到人才的重要，教育工作的重要。该县长涂岛拥有六十余对大型机帆船和不少现代化捕鱼设备。但是由于缺乏人才,没有人能操作定位仪和雷达,不会修理鱼群探测仪,船老大看不懂海图,只得用火柴梗测量海里,又因为缺乏航海知识,还时常发生海难、海损事故,严重影响渔业生产,造成经济损失。通过实地调查,新县委和县政府领导更感到肩负的责任重大。他们说,如果今天岱山缺少人才是过去教育不发达的必然结果,那么今天再不重视教育,到本世纪末和二十一世纪初仍然缺乏人才,我们就要负历史的责任。

县委书记朱松年和县长黄庆明原来都是搞经济工作的,对教育不很熟悉。他们就迈开双脚深入到学校去了解情况。两年来,他们的足迹几乎遍布海岛各乡镇的中小学,掌握了许多第一手材料。他们找到了影响教育发展的主要矛盾是教育经费不足,办学条件差;教师待遇低,住房困难,入党难。县委、县政府领导多次研究,决定少讲空话,多办实事,逐一解决这些矛盾。现在这些矛盾有的已经解决,有的得到了缓解。

教育经费不足,他们就发动群众筹措。今年二月初,老朱听说岱山中学计划建造的科教大楼,因资金不足,校长愁眉不展。他就在岱山中学召开了"和衷共济,为振兴岱山经济及教育作贡献"的恳谈会,请来了县计经委、财政局、银行、二轻总公司、物资公司等单位负责同志四十三人,说明科教大楼不能下马,关系到人才培养的重大意义,希望大家助一臂之力。当天各方面就筹措了包括实物在内的资金十八万元。现在岱山中学的科教大楼已经动工,大家说,这是县委县政府重视抓教育的见证。

像这样的事例很多。一九八四年以来,各方共投资了二百八十多万元,扩建和修建校舍三万二千多平方米,占全县校舍总面积的百分之三十。现在全县基本达到校校无危房,班班有教室,学生人人有课桌凳的要求。海岛上山多平地少,可谓一寸土地一寸金,原来许多学校没有操场。两年来,全县花了十几万元扩大中小学运动场地八十亩,现在所有的学校都有了操场,百分之八十的中学有了一百五十米至三百米的环形跑道,保证了学生的体育活动。去年岱山县学校学生体锻达标率在舟山地区和全省成为先进,小学的篮球、排球在省里都获得名次。从县镇到教育区的道路原是一条羊肠小道，每逢下雨，泥泞难行，师生常常连人带车跌在水沟里。新县委上任后，与有关方面六次协商，并发动企业集资十二万五千元，修筑了一条长四百七十米，宽十米的"育才路"，解除了师生的苦恼。

为解决教师住房难的矛盾，两年来，县地方财政拨款四十二万元，为教师建造了四千五百平方米宿舍。目前，中教五级以上的教师家庭居住面积已经达到四十八平方米，其他教师住房也不同程度有了改善。为了使教师集中精力搞好教学工作，县委在八四年十一月作出的决定中，规定从每年规定的"农转非"指标中对教师家属作特殊照顾。目前全县已有五十六位教师在农村的配偶或子女九十四人转入城镇户口。县里还给全县教师发放海岛生活津贴。现在，在岱山县教师已经成为最光荣最受人尊敬的职业。

县委、县政府领导认为，尊师重教，最重要的是要在政治上信任教师，重用他们。岱山中学是县里的最高学府，有一百多个教工，但从一九六三年至一九八三年的二十年间只发展了七个党员，教师党员仅二人。为了解决教师入党难问题，县委副书记亲自带领三位同志到岱山中学调查了半个月，召开了十多次座谈会，与教师们促膝谈心，倾听意见，还亲自给教师上党课。经过过细的思想工作，现在已有十一位教师入了党。县委还及时批转了教育局党组《关于加强教师队伍建党工作的报告》，多次召开乡、镇党委书记会议，研究教师队伍建党工作。去年九月至今年十月，全县共发展了一百四十名教师入党。目前，全县党员教师占教师总数百分之十九点二。

（原载于《文汇报》1985 年 11 月 29 日一版头条，加编者按，系文汇报独家新闻。消息刊出当天，中央人民广播电台早新闻全文广播。被评为《文汇报》好稿，消息受到全国人大委员长万里多次表扬，并督促《光明日报》、《人民日报》尽快报道岱山县重视教育的新闻。）

引导学生为成才而学　不片面追求升学率

重点中学务必摆正"重点"

——市西中学提供了可供参考的经验

编者按　重点中学到底重在哪里？市西中学的实践为我们提供了一份可供参考的答卷。现在有些重点中学还热衷于加班加点搞补课，甚至违反规定，任意更改教育计划和教学要求，增加升学考试学科课程，造成严重的偏科现象。这种片面追求升学率的做法，大大加重了学生的负担，不利于学生德智体全面发展，应该尽快纠正。我们要按照《中共中央关于教育体制改革的决定》，进一步端正教育思想，根据四化建设的要求，制订评估学校的科学标准，真正把学校办成育人的基地。

本报讯　上海市市西中学摆脱了高考的束缚，他们向全校学生提出"为成才而学，不为应考而学"的要求，在培养学生全面发展的基础上，充分发展个性特长，在学好基础知识的同时，注重培养学生的各种能力，促进了教育质量的全面提高。

端正教育思想　鼓励全面发展

市西中学是市重点中学，师资力量强，学生来源好，教学设施也较完善。过去，该校不少师生一度也把提高升学率作为唯一的奋斗目标，结果学生体质下降，每次军训，总有几个人昏倒。这些现象引起了大家的思索：重点中学到底应重在哪里？

经过学习讨论，教师们逐步认识到重点中学应该为高一级学校输送合格人才，但决不能片面追求升学率。于是，学校一连出了十六期黑板报宣传新时期的人才观、质量观，鼓励学生全面发展，坚决纠正片面追求升学率的倾向。教师们不断提高四十五分钟课堂教学质量，把课余时间还给学生支配，同时开设各种选修课，丰富课外活动。学校把早自修改为早锻炼，增强学生体质。经过几年的努力，现在学生的身体形态、机能、体质等方面都已超过上海市和全国平均值要求,并连续四年获得上海市"健康杯"优秀奖。

全面理解三好　明确培养目标

为了进一步端正教育思想,学校领导在师生中开展了三好学生标准的讨论,从而改变了过去在培养目标上的形而上学观点。他们以各方面发展较好的张东、李昱文两位同学为例,进行具体分析。张东曾任校科技学会主席,在计算机程序设计竞赛中多次得奖,曾给学生开课讲授计算机知识,仅因一门学科成绩七十多分,而未能评上三好学生;李昱文同学是我国选送美国考察的五位中学生之一,英语已被批准免修,却因体重九十公斤,未通过体锻标准中千米长跑一项,而不能当三好学生。经过讨论,这两位学生破例地被评上了三好学生,对全校师生鼓舞极大。现在,这个学校的学生不再认为平平庸庸、高分低能的学生是三好学生了。

通过整体改革　提高教育质量

教育思想的不断端正,为学校的整体改革奠定了基础。一九八四年,该校对课程设置、教材教法、考试制度以及升留级、跳级制度进行了一系列改革。他们从学生实际出发,精简了基础知识课教学内容,在不增加总课时的前提下,初一、初二年级开设了英语口语、计算机、打字、美育等必修课;高一年级开设计算机、阅览等必修课;高二年级开设人口教育必修课。此外,学校还从初一到高一年级全部开设音乐课,全校百分之八十五的学生已经普及了计算机知识。近两年,市西中学加强了对学生的平时考查和系统知识整理,取消了期中考试,对优秀学生实行单科免试、免修和跳级制度,减轻了学生的负担,受到广大学生欢迎。

改革促进了教育质量的全面提高。去年,该校初中毕业生合格率达百分之一百,基本上都升入了市重点中学;高中毕业生的升学考试成绩和免试直升重点高校的人数在全区均名列前茅。学生的能力有了显著提高。初一大多数学生能用英语演讲五十句话短文,高二学生在接待外宾时,能用英语与外宾座谈,不少学生还选学了第二外语。去年,全国青少年计算机程序设计竞赛中,该校获得全国高中组优胜奖一名,多人在上海市的竞赛中获奖。两位学生设计的人口教育辅助软件,获得全国青少年科技教育软件优秀奖。在第三十六届美国中学生数学竞赛上海赛区的比赛中,该校获得了团体总分第四名。

(原载于《文汇报》1986 年 3 月 23 日)

静安区中小学生有了保健所

本报讯 上海第一个学校卫生保健所——静安区学校卫生保健所成立半年来,已为该区七千三百名中小学生进行了一次详尽体检,及时发现了一些学生早期疾患。他们的做法得到了国家教委和卫生部的重视,得到了师生和家长的好评。

学校卫生保健所成立之前,该区学生的卫生保健工作是与地段医院挂钩的。地段医院对学生的体检比较简单,对学生的健康状况缺乏全面了解,对影响学生健康的环境因素、学生疾病的防治,也缺少调查研究。学校卫生保健所成立以后,改变了这种状况。保健所花了四十天时间对该区五所中学和五所小学的学生作了五官科、形态机能发育、外科、内科以及血、尿、粪便、胸透等六十八个项目的检查。第一次为学校提供了较完整的保健资料。

学生近视眼发病率高是学校卫生保健工作的一个老大难问题。这次,他们不仅给学生检查了视力,还对六百度以上近视的学生进行了眼底检查,发现有相当多的学生眼底发生了病变,高中学生尤为突出。根据这一发现,他们及时推广了该区七一中学和北京路第五小学多年来做好预防近视工作的经验。

他们还发现学生中患脊柱侧弯的情况较严重。在研究了发病的原因后,保健所注意纠正学生的坐、立、卧的不良姿势,并指导体育锻炼;同时还给每位体检的学生立卡,为典型病例拍片留档,定期随访,复查矫正。检查中还发现有些男生包茎,家长和学生本人均不知道,保健所及时请经验丰富的医师为学生作了手术。家长们说：现在大多生一个孩子，孩子身体健康与否关系重大。市政府和市教育局都很重视静安区学校保健所的工作，将总结推广他们的做法。

（原载于《文汇报》1986 年 5 月 13 日）

上海第一个中学生业余电台开台

本报讯 本市第一个中学生业余电台——By4Ay 昨天上午 9 时在上海市少科站正式开台，同国内外朋友通话。

简单的剪彩开台仪式之后，8 位中学生和他们的指导教师分别戴上耳机，调试好机器后，首先向我国现有的 18 个兄弟业余电台发出呼号，不一会，中国无线电运动协会业余电台，上海、福州、新疆等业余电台纷纷和 By4Ay 电台通话，表示热情祝贺。

上午 10 时 30 分之后，8 位中学生的代表——华东师大二附中高二学生郑戟用流畅悦耳的英语开始向国外业余电台发出呼号。日本 JA4AQR 业余电台的 yOO 首先收到上海中学生发出的信号。下午，By4Ay 业余电台的中学生又同苏联、蒙古人民共和国、联邦德国和美国的共 40 多个业余电台通了话。

（原载于《文汇报》1987 年 5 月 5 日）

社会需要哪种人才
学校就办哪种专业

本报讯 闸北区业余大学树立"为服务社会"的办学思想，努力追踪人才需求流向，按需办学，赢得了社会信誉，在近两年成人高校生源不足的情况下，该校去年超额招生 18.5％，今年又超额招生 55％。

闸北区业余大学 1978 年创办后，第二年就开设了工业企业管理大专班，接着又开设了工业会计、统计专业，1984 年和 1985 年又先后新设电脑信息管理专业和经济法专业，1987 年又开了公共关系专业。由于该校开设的专业都是社会需要的热门，因而求学者络绎不绝。该校还与中央电视台、上海工业大学等单位联合举办全国性的彩电维修技术函授班，在函授的基础上，学校教师又赴辽宁、河北、云南、四川、福建、江苏、浙江、广西、湖北等地举办面授班，很受各地欢迎。

闸北区业余大学按需办学的思想在办学形式上也得到很好体现。该校有全脱产的班、基本业余的班、全业余的班，也有自学考试辅导班；有委托办班、也有联合办班；有面授，也有函授；有在校内开班的，也有送学上门的班。据统计，这所学校从开办以来，举办的短训班已有 60 多种。近两年，学校为了适应三班制职工学习，又在同一年级的同一专业开设了上午班和晚上班。学习会计、公共关系和电脑信息专业的学员，如果上日班，可在晚上听课；如果上中班，可以在上午听课。很多外区学员因此流向了闸北区业余大学。

该校副校长王鸿业对记者说，同一年级的同一专业一天开两个班，学校的开支就增加了一倍，但办学的宗旨是培养四化需要的人才，而不是只为了赚钱。

为了适应社会需要，该校教师淡化了"专业对口"意识，不断调整自己的知识结构。例如，原先从事大学语文教学的教师冯志坚现在已改教公共关系学。教师朱德炎从化学教学转到教法学，已创办了第五律师事务所第六接待站。还有一些青年教师从历史专业转到档案专业，从数学专业转为企业管理专业和电脑信息专业。

（原载于《文汇报》1988 年 11 月 21 日）

彭浦新村告别"乱脏差"

本报讯 闸北区区政府向彭浦新村街道下放环卫、绿化、建筑等管理权,使昔日乱、脏、差的彭浦新村变为优美新村。去年,这个街道荣获市、区 8 项文明、先进称号。

在 1986 年 3 月的闸北区人民代表大会上,北片代表议论最集中的是如何尽快改变彭浦新村乱、脏、差的现状。有位代表的调查表明:新村有 88 处粪便漫溢;每逢雨季,新村里往往"水漫金山";生活垃圾无人运输,堆积如山;绿化很差,违章搭建严重。

出现上述问题的主要原因是区有关部门有权无力管,街道有力却无权管。为了解决这一矛盾,闸北区政府决定向街道办事处下放环卫、绿化、建筑等管理权,探索城市管理体制改革的新路。

根据区政府的决定,区城建部门确定一名副主任分管这项工作,派专人指导业务、技术,在设备上给予支持,并拨出一定的经费归街道办事处管理使用。街道办事处则建立了市政建设办公室、环卫所、沟管养护队、绿化养护队和道路清扫队。

这项改革实施之后,充分显示了它的优越性,三支养护队的队员就居住在本新村,新村面貌的改变和他们息息相关。临汾路、平顺路口的 30 多吨垃圾,过去因工商所、环卫所扯皮三年未能清运,道路清扫队成立后,经街道办事处出面协调,终于搬走了这座垃圾山,周围居民感激不尽。

街道市政建设办公室还拆除了新村内几百处违章搭建物,集资共建了 161 户底楼围墙,既安全,又整洁美观,一改过去新村中乱七八糟的状况。绿化养护队定期锄草、松土和打药水,使新村中花木繁盛,还新建绿化面积 42800 平方米。养护队将闻喜路两侧封闭式的花台改建成开放式花台,植上四季相宜的花木。江泽民同志 1987 年底前往视察时高兴地说:"在这样优美的环境中生活,可以多活十年。"去年闻喜路一条街被评为上海市创文明街第一名,整个街道获得上海市卫生街道称号和闸北区文明单位称号,被评为市"两禁三包"先进集体。

(原载于《文汇报》1989 年 2 月 28 日)

吸引外资数额何以领先各区?

静安区的经验是:以诚取胜

本报讯 本市区域最小的静安区去年吸收外资 1976 万美元。目前,该区已经批准的合资合作项目有 35 个,总投资额 4642 万美元,已与美国、日本、西德等 14 个国家和地区建立了经济联系,居本市 12 个区之首。

静安区为何在发展外向型经济中能够领先?该区对外经济办公室主任祝世寅认为:秘密只有一个"诚"字。稚嫩的区属企业与市属企业竞争,只有积极主动,以诚取胜。有一次,一位日本客户同时与本市几家企业洽谈生产运动鞋鞋帮项目,兄弟区的洽谈单位的厂房设备都比静安区凯达电子电器厂好,洽谈中客户流露出凯达厂的厂房太破旧,厂长就发动职工改造厂房,然后再请这位日本客户来厂参观,日商佩服地说:"你们的厂房是差了点,但你们诚心想办事。"终于与该厂签订了生产合同。

这个区的恺丰电子有限公司的合资过程也十分典型,起初,外商并没有和凯乐无线电厂洽谈合资,只是请凯乐厂厂长尤文基陪他到市属的无线电厂洽谈。老尤认为"生意不成友情在",就挤时间陪同外商到市里几家有名的无线电厂去洽谈,但外商都不满意,老尤又邀外商到自己厂去参观,尤文基的诚意打动了这位外商,最后外商与该厂签订合资合同。

静安区不仅对外商至诚相待,对一切支持帮助他们的人都奉行一个"诚"字。去年区政府专门发了鼓励介绍"合资合作"、"三来一补"、"出口贸易创汇"项目奖励办法的文件规定,凡成功的"合资合作"项目,都给牵线搭桥者一定的经济以奖励并颁发"为静安作贡献"的荣誉证书。

(原载《文汇报》1989 年 3 月 17 日)

市长对区长明责放权
区长腰杆硬大有作为

本报讯 改革使区长们变得大有作为。特别是从 1988 年开始,市长对区长"明责放权"后,有效地加强了本市 12 个区政府的职能,区长们干出了前所未有的政绩,使各区在上海的整体改革和社会主义建设事业中发挥了更大的作用。

在放权之前,区虽然是一级政府,但实际上没有什么权,连造个厕所都要向上面打报告,批准了才能办。市政府及各委、办、局包揽一切行政事务有权,但常常鞭长莫及,办事效益不高,而各区因为无权,却有力使不上。朱镕基市长说,上海这个拥有 1200 万人口的大城市,工作千头万绪,什么事都要靠市里管,肯定管不好。让 12 个区长都当"小市长",让他们来干,肯定比我们干得好!

市长这次明责放权,包括财政、计划、外经贸、商业、劳动人事、城建等方面,特别是市政府对各区实行财政承包,区长有了财权,促使区财政收入大幅度上升。闸北区区长童永歆说,1984 年他接任区长时,区政府几乎没有什么积余,全年只有市政府拨给的 93 万元机动财力,全区 64 万人口,平均每人一年还不足 1.5 元,能办什么事?!明责放权以后,各区向市政府实行财政承包,大大调动了区政府的积极性。过去区长一年到区财政局不过一两次,现在每个月都要去一两次。财政承包的第一年(1988 年),12 个区的财政大幅度上升,共收入 27.91 亿元,比 1987 年增长 10.4%。1989 年各区财政收入35.29 亿元,又比 1988 年大幅度上升;今年 1 月至 9 月,虽然经济大环境不佳,但区属工业和区财政仍然继续上升。过去区里总是靠市里拨款支持,现在也有能力支持市里了。

这两年仅新增副食品补贴一项,各区就支持市里 8000 多万元,各区自己还在"黑白绿"、"菜篮子"工程、教育、卫生、体育、文化、城建等方面投入了大量的资金。去年,财政收入最多的黄浦区支出了 1.6 亿多万元;收入最少的闵行区也支出了 4000 多万元。何全刚、陈良宇、童永歉、吴光裕等区长都说,现在区长有责有权,腰杆子硬了,想做的事情能做了。

据市政府区政处统计,这几年,12 个区每年都要为人民办 150 件左右的实事,有些老大难问题得到了解决,受到群众的赞扬。如杨浦区,新村不断扩建,居民不断迁入,但商业网点跟不上,群众意见较大,1988 年,区政府经过努力,在全区新增商业点 400 多个。长宁区近几年新建、扩建校舍 5 万平方米,保证了适龄儿童入园入学。徐汇区一年花在教育上的经费达 1 000 万元,使全区 40 多所中学的实验室都达到了国家标准。宝山区在城乡结合部修了一批危桥,把实事做到群众家门口。这些在过去市政府财政"统收统支"的体制下是很难办到的。

明责放权以后,各区政府综合协调功能增强,工作出现了高效。区管集体工业连续两年产值都达到 31 亿元,比放权前增长 12%;各区商业出现了空前的繁荣。1988 年,区级外贸创汇比上一年猛增 28.9%,利用外资项目比历史总和高 2.8 倍。有不少多年想办而未办成的事,通过区政府综合协调办成了。普陀区原来交通矛盾突出,通往桃浦工业区的真北路交通特别繁忙,几届政府想架立交桥都未办成,这两年却在岚皋路、中山北路、真北路铁路道口建起了三座立交桥。铁路新客站动迁工作能迅速完成,老北站商业经过一年调整后复兴,新客站商业开发繁荣,都给上海人民留下了深刻的印象。在本市发生几次"争购风"时,静安、卢湾、黄浦等区政府采取果断措施,自行采购商品,调度粮、煤、油、盐、棉纺织品,保证了人民生活和社会安定。所有这些,都是区政府发挥综合协调能力，促使工作效率提高的生动体现。

明责放权，也促进了各区的精神文明建设。目前全市 12 个区的社区教育、社区文化、社区服务都已形成网络。杨浦区以绿治脏、治乱、治差取得成效，目前已建立 8 条文明街道和 108 个"优美新村"以及"洁美里弄"。因为有了经济权，虹口、南市、普陀、杨浦、闸北、卢湾等区在老城区的街坊铺设了水泥小道，拆除了一些违章建筑，自来水接进屋，初步改变了棚户简屋地区的脏、乱、差。

市、区两级干部都尝到了上海市区管理体制改革的甜头，看到了改革的显著成效。区长们既感到欣慰，充满信心，但也有压力。明责放权以后，区长们的责任一年比一年重，而改革尚未完全配套，部分改革措施未能及时落实，区的收入虽有较大增长，但支出也逐年扩大，客观上也给区政府工作带来一些困难。大家普遍评价是：明责放权的改革是成功的，还需要在实践中不断完善，不断深化，不断提高。

（原载于《文汇报》1990 年 10 月 5 日）

注：此稿系文汇报独家新闻，作为庆祝中华人民共和国成立四十一周年专稿刊用。读者评价："新闻详实，有说服力。"朱镕基市长对当时市府区政处领导说："这篇文章写得好，反映了上海改革放权的情形。

"闸北精神"激发凝聚力战斗力

本报讯 去年下半年以来，中共闸北区委发动全区人民开展关于"闸北精神"的讨论，增强了凝聚力和战斗力。目前该区呈现"开闸扬波，奋勇前进"的形势。

长期来，社会上对闸北区存在某些偏见，认为它是"下只角"、"赤膊区"（闸北区谐音）。改革开放以后，闸北区在经济、文化、教育、体育以及城市建设、市容环境方面都发生了深刻变化。但因基础差，与兄弟区相比，还有不少差距，工业不如杨浦，商业不如黄浦、静安，科技不如徐汇，全区还有90万平方米简屋棚户，5万平方米危房。为了迎头赶上去，中共闸北区委决定，在全区开展"闸北精神"讨论，鼓舞人心，振兴闸北。

该区组织干部、群众观看《血与火的见证》、《闸北四十年》两部录像片，及有关材料，使大家了解闸北的过去，认识闸北的今天。讨论中，大家说，闸北在中国现代革命史上有着光辉的一页，闸北解放后的变化也是巨大的，我们没有理由自卑消沉，应该发扬革命传统，继往开来，振兴、繁荣闸北。

什么是闸北精神？经过讨论，大家形成的共识是：因为闸北基础差，更需要奋发图强；因为闸北贫穷落后，更需要拼搏进取。闸北精神就是"开闸扬波，奋勇前进"。

在闸北精神的鼓舞下，71万闸北人民决心为振兴、繁荣闸北而拼搏。有些原来不安心在闸北工作的干部安心了，一些想跳出闸北区的知识分子承担了科研项目，并主动带起了学生和徒弟。市北中学青年教师周家祺在加拿大学习，去年9月按期回国。有人不理解地问他：你一家三代住房只有十二三个平方，为什么还要回来。他说闸北需要我，祖国需要我，我要为振兴闸北出份力。举重运动员韩长美双膝伤痛无法蹲下，为了闸北，为了祖国，咬着牙苦练，赛前要打封闭针投入比赛，在亚运会上，一举夺得金牌。在去年的"三迎"工作中，闸北区71万人民不怕棚户多，卫生工作难搞的困难，采取"家家扫一扫，户户清一清"等办法，搞好清洁卫生工作，受到全国城市卫生检查团负责同志和市委、市政府领导的多次表扬。

各行各业在"闸北精神"的鼓舞下，积极争先创优。彭浦新村街道办事处和房管、公安、司法、环卫等部门坚持每月5日联合现场办公，为民解忧，到目前为止，已为居民解除各种困难近千件。宝山房管所实行便民修房回访复核验收办法，加强对维修质量监督，受到居民称赞。闸北的少年儿童也在为闸北争荣誉。在日前举办的市"爱祖国、爱科学"机灵儿童智力赛中，闸北的儿童夺得了全市5个一等奖中的 3 个。

目前,全区人民都在为建设闸北献计献策,区委已经收到四五百条良策,集群众的智慧建设闸北,创造闸北美好的明天。

(原载于《文汇报》1991 年 1 月 14 日)

注:这是篇用大量事实报道闸北区精神文明建设虚功实做的报道。作者曾以此稿的写作,在 1992 年第 6 期《文汇通讯》上写了《新闻要用生动活泼的事实说话》的体会文章。

长宁区拍录像片介绍
16 位拔尖知识分子

本报讯 长宁区昨天举行电视录像片《拔尖人才》首映式暨中青年专业技术人员拜师会。

录像片《拔尖人才》以真实的形象再现了长宁区 16 位拔尖知识分子在改革开放中锐意进取,无私奉献的感人事迹。他们是长宁区 7 万多名大专以上知识分子的代表,分布在科研、教育、卫生和工程技术各个领域,这 16 名拔尖知识分子是:蒋人杰、朱杰士、刘玉梅、顾乃强、杨茂德、陈之才、赵赫、倪冰如、张国维、董金瀚、严重威、倪立青、刘正贤、马竹卿、何明焕、董为光。在昨天的拜师会上,他们当众收了 16 位中青年专业技术人员为学生。

市委组织部副部长黄耀文与拔尖知识分子进行了座谈。中组部知识分子工作办公室负责人出席了昨天的活动。

(原载于《文汇报》1991 年 5 月 3 日)

注:这是篇全文 300 字的短消息,作者抓住这个新闻以小见大反映了改革开放后尊重知识、尊重人才的重大主题。报道后受到好评。

上海人才交流洽谈会盛况空前

本报讯 昨天,上海展览中心人如潮涌。市人事局、市人才开发调节中心在这里举办"九二"上海春季人才交流洽谈会。原计划招聘三千零十八人,却吸引三、四万人参加交流洽谈,盛况空前。

在这次人才市场上,应聘招干的人特别多。上午九时,设在展览馆东大厅的财政局、税务局的招干点已挤得水泄不通,无法开展验证、报名、填表工作了。主办单位不得不采取紧急措施疏散,将验证和报名的"摊头"移到大厅外的广场上去办理。不一会,那里又排起了三条长龙。中午,人们顶着太阳,啃着面包,喝着饮料,坚持排队报名应聘。据统计,昨天有三千多人填了招干登记表。

在这次人才市场上还首次出现了外省市人事局和企业设摊招聘人才。昨天,河南商丘、浙江余姚、宁波镇海、广东东莞和深圳等地的人事局和企业设了八个招聘点,仅河南商丘就计划在上海招收二百名专业技术人员。广东东莞的同志说,"企业竞争关键在人才,上海人才有优势,我们就赶来了。"面对这样的人才交流盛况,上海市人事局副局长陈勇福感慨地说:上海人才交流的春天到来了。仅今年四月份以来,本市市、区、县已举办了七次大型人才交流,参加交流洽谈的逾十万人,说明人才竞争激烈。

昨天,人才市场首次设立了"离退休专业技术人员交流登记处"和"学成回国留学人员择业咨询处",有三百多位离退休专家前往登记,希望为高新科技发展再作贡献。有些从国外学成回来的博士、博士后和硕士前来洽谈就业安置意向。

昨天,上钢三厂、上海异型钢管厂、上海柴油机厂、上海无线电二十七厂四家国营大中型企业还首次向社会推荐企业富裕人员。前往他们摊位洽谈意向的单位也不少,但大多要年轻的专业人员。

（原载于《文汇报》1992 年 5 月 4 日）

火树银花"不夜城"
行见"陆上大门"前

本报讯 昨天下午,上海市土地局局长谭企坤与港沪发展有限公司郭鹤年先生签署了上海天目西路南侧,汉中路以北,东起华盛路、西至恒丰路,面积5.7万平方米的土地出让合同;紧接着,郭鹤年先生又与闸北区区长童永歙签署了这块土地的动迁和市政基础设施配套合同,上海这块最大的旧区改造地块正式批租给了港沪发展有限公司,从而使这项投资上百亿元的"不夜城"建设工程开始了实质性的启动。

"不夜城"规划得到了中央领导和市委、市政府领导的亲切关怀。市委书记吴邦国前天晚上在兴国宾馆宴请了郭鹤年先生。

铁路上海站地区是上海的陆上大门,又是建设中的地铁一号线的两个站口和上海长途汽车客运中心。但是该地区棚户简屋集中,旧区改造难度大。闸北区委、区政府决定化地理优势为经济优势,把城市建设和经济建设结合起来,经过专家反复论证,最后确定在此建设一座气势恢宏、高楼林立、功能齐全、昼夜流光溢彩、繁华喧闹的"不夜城"。

昨天首批签约批租的5.7万平方米地块是"不夜城"规划的重要组成部分。港沪发展有限公司以1.31亿美元获得了这块土地50年的使用权。该公司将在这片土地上建造总面积32.4万平方米的商业、贸易、金融、娱乐、公寓等大型建筑群。1998年底建成使用。签约仪式上,郭鹤年先生说:该公司将以国际设计水准设计、建设这块土地,使之成为上海最繁荣最有希望的地方。副市长赵启正代表市政府和黄菊市长出席了签约仪式。他说,这项批租签约工作只用了10天时间,是很高效的。他希望这项批租签约工作成为上海批租签约工作的样板和先锋。

113

据悉,闸北区计划用 5 年至 7 年时间,建设这座"不夜城"。整个"不夜城"占地 1.24 平方公里,规划建筑面积 256 万平方米,预计总投资上百亿元。建成后的不夜城,将成为集购物、娱乐、餐旅、办公于一体的多功能、外服型、综合型、全天候的市级公共活动中心、市级经贸中心和交通枢纽,形成人流、物流、信息流和资金流的集散地。

为了加快"不夜城"规划的实施,闸北区成立了不夜城开发办公室,在昨天的土地批租签约仪式之后,举行了"闸北区不夜城开发办公室"的揭牌仪式。一个半月来,闸北区推出了 10.52 公顷的土地进行批租,共接待了 53 批外商。目前,上述土地均有了得主,所有的地块将在近日内连续签约。不夜城开发股份有限公司也在积极筹建之中。

(原载于《文汇报》1992 年 6 月 26 日)

市红旗集体、先进标兵花香果硕

本报讯 去年 3 月 9 日,市委市政府召开社会主义精神文明建设工作动员大会,命名上海第二纺织机械厂等 10 个上海市红旗集体和曾乐等 10 位上海市先进标兵。一年来,市红旗集体、先进标兵市内开花市内香,形成了强大的规模效应、群体效应和滚动效应,有力地推动了本市的两个文明建设。

市红旗集体和先进标兵命名后,本市各条战线、各行各业掀起了学先进、创文明的热潮。普遍举行了红旗单位经验和先进标兵事迹报告会,有的还将他们的经验和事迹编成书,拍成录像片,广为宣传。王立章班组被命名红旗集体后,将所获奖金建立了全厂班组建设基金,用于奖励班组建设。王立章班组还和其他班组签约,在全厂开展创建红旗班组的活动,在党内人学王立章,组学运输队,促进了党的建设。工业党委在全系统推广王立章班组思想工作"十字"工作法，并在工业系统推广邵学明班组 4 种精神，形成班组升级的激励机制；建立了刘海珊奖励基金，奖励系统内学习刘海珊的有为青年。据悉，工业系统将于本月内表彰奖励 10 位学习刘海珊的先进青年和 100 名学习积极分子。

市教育局充分发挥了一师附小这面红旗的示范作用，在市里命名后组织了一个大型的特色督导团，督导该校的"愉快教育"。现在"愉快教育"已在全市 60 多个学校试点、开花、结果，为减轻学生负担，提高教育质量探索了新路。外经贸系统广泛开展了学习许元堂的人生观、价值观活动，在全系统掀起了为祖国的未来，为自己的未来，学习科学、学习文化、学习技能的热潮，涌现了一批许元堂式的先进人物。

黄关从从二纺机调到中纺机后，带去了他的改革的新思想，新观念，加速了厂里中层干部思想观念转变，大大推进了企业改革，去年中纺机的经济效益比前年增长了 204%。朱志豪被树立为先进标兵后，在 6000 名大桥建设者中形成了滚动效应，大桥工地涌现了无数可歌可泣的感人事例。

在学先进热潮中，市红旗集体、先进标兵既感到压力又从中获得了强大的动力。他们把荣誉当作新的起点，纷纷对自己提出了更高的要求和奋斗目标。二纺机在获得红旗集体称号之后，又被评为企业转轨标兵，去年企业利润、出口创汇和人均收入都创造了历史最高水平。邵学明为了进一步提高自己，进大学深造，王立章担任第二石油机械厂党委书记，他们离开了原来的工作岗位，但这两个班组继承了 4 种精神和"十字"工作法，工作有了深化和提高，被一致认为是先进集体和模范人物中的优秀代表。陕北菜场不仅自己进一步深化改革搞好优质服务，还带动静安区菜场副食品行业改革，生意越做越活，经济效益越来越好，群众调查满意率 100%。徐虎和郏芬芬、马桂宁都在平凡的岗位上努力带徒弟，默默无闻地做优质服务的示范者，受到越来越多的人尊敬，大家一致选举他们当党代会代表和人民代表。

上海市十面红旗和十位先进标兵是上海的巨大精神财富,他们的潜能正在不断开发释放出来,产生更加强大的滚动效应。现在全市各行各业在他们的带动下,已经评出了一大批区、县、局和系统的红旗集体和标兵,奏出一支支高昂的社会主义精神文明建设和物质文明建设的凯歌。

(原载于《文汇报》1993年3月2日,此文
被编入《上海市精神文明建设文集》。)

一百十位博士表示回沪工作意向

本报讯 记者在市人事局昨天举行的信息发布会上获悉:近一个多月来,《上海市鼓励出国留学人员来上海工作的若干规定》在海外引起了强烈反响,仅美国就有一千五百余名留学人员表示回沪工作意向。在英、法、澳大利亚的许多留学人员也纷纷要求回来工作或投资办实业。市人事局在会上向与会者提供了一百十位博士近期回国联系工作和投资办企业的情况资料。

市人事局副局长王绍昌在信息发布会上介绍说,留学人员中绝大多数人非常思念祖国,希望回来报效国家。王绍昌读了留美学者杨传铮写给市人事局领导的信:"我已收到上海科技大学人事处接收我回国服务的公函,决定提前回国,以表示对伟大祖国和中国共产党的热爱。"

市人事局有关同志告诉我们,近一二个月中,已有二百五十人次的留学人员前来咨询投资办企业的事,其中已有二十家咨询、高科技开发和实业公司在申办之中,市对外人才交流服务中心和市回国留学人员服务中心已经受理六家,这六位前来投资办实业的留学人员均为硕士和博士,而且都已取得在外国的永久居留权。

市人事局领导在会上说,上海有十万留学人员在国外,这是我们的宝贵人才资源,上海要进一步做好服务工作,鼓励更多的留学人员来沪一展抱负。

(原载于《文汇报》1993 年 5 月 28 日,1993 年 6 月 1 日被《人民日报》海外版转载,题目改为《海外学子愿在上海一展抱负》。)

业余、自愿、基本自费
上海掀起"三学"新潮

本报讯 上海各行各业响应市委号召,掀起了"学知识、学科学、学技术"的热潮。据全国有关成人教育调查表明,目前上海成人教育业余学习率是 98.8%,其中自费学习的占 93.5%,已形成职工业余、自愿、基本自费投入"三学"的新潮头。

据上海外语学院领导反映,每年在该校接受成人教育的约有 5 万人次,基本上都是业余、自愿、自费的。有个专科班女学员,尽管怀孕,仍坚持每课必到,直到临产的那天晚上,还坚持上完了课,孩子满月后又来上课。

职工投入"三学",多数是工作需要,或想换个更理想的工作。上海外语学院成人教育部的学员中,有的已有大学本科文凭,还在继续学习,上海大学、复旦大学、财经大学的一些毕业生在工作中感到社会在召唤"复合型"人才,于是又利用业余时间自费学习。

必须终身接受教育的观念,已被越来越多的干部职工所接受。锦江集团已提出处以上的干部必须懂外语,部门经理如三次外语考核不及格就必须下岗,学习已经成为一种自我需要。友谊车队的职工提出了"为了今天和明天,必须学习"的口号,公司开设技能学习班,职工踊跃报名学习,并参加技能竞赛。永生金笔厂中外合资后,对 1 800 多名职工实行全业余培训,一些取得上岗证书的工人,又自费接受管理干部岗位培训,目前,已有 30 多名工人编制的人员通过业余自费学习,走上了管理干部的岗位。

（原载于《文汇报》1993 年 8 月 7 日,获上海市委宣传部嘉宝杯"三学"新闻大赛二等奖）

五企业破格命名为市文明单位

本报讯 经市委、市人民政府批准,日前本市破格增补命名上海市建设系统的上海隧道工程股份有限公司、上海市第一市政工程公司道路机械施工分公司、上海市建筑工程材料公司预拌混凝土分公司、上海市机械施工公司第一分公司、上海市自来水公司 5 家企业为 1991－1992 年度市文明单位。昨天,举行中途破格命名授牌仪式。这在本市评选命名市文明单位的历史上还是第一次。

自 1984 年上海开展市文明单位评选命名以来,已历 6 届,共评选命名表彰 2 000 多家单位。通常 2 年评选命名表彰一次。这次破格中途命名 5 家市文明单位,是因为他们在上海的城市建设一年变个样、3 年大变样中作出了卓越的贡献。上海隧道工程股份有限公司是国家一级企业,近两年出色地完成了市政、交通、能源等一批国家和市重点工程施工任务,为上海的改革开放和经济腾飞作出了贡献。公司先后荣获全国"五一"劳动奖状、全国优秀施工企业、全国思想政治工作优秀企业、局文明单位等荣誉称号。去年公司又在市重点工程实事立功竞赛活动中荣获优秀公司"七连冠",被命名为"隧道英豪"。市政一公司道路机械施工分公司仅去年就快速优质地完成了杨浦大桥、罗山路立交桥、龙阳路立交桥、外高桥一期港区堆场、内环线一期高架等重点工程,工程一次验收合格率和优良率均达 100%,各项经济指标都达到历史最好水平,分公司连续 3 次被评为上海市优秀科队、连续两次被命名为市政局文明单位,分公司党支部连续两次被评为局先进党支部。上海市建筑工程材料公司预拌混凝土分公司创造了全市、全国商品混凝土生产施工六个之最,连续 4 年被评为市重点实事工程立功竞赛活动优秀科队。上海市机械施工公司第一分公司先后出色地完成了浦东煤气厂、南浦大桥、杨浦大桥等 140 余项重点实事工程,并多次在文明施工和突发事故的抢险排难中作出突出贡献。上海市自来水公司目前供水能力居全国城市供水行业之首,居世界大城市第 5 位。今年 7 月又创造了日供水 538.3 万立方米的历史新纪录,在心系市民创特色、塑造形象促文明中作出显著成绩。

昨天的会上,5 家新命名的市文明单位领导胸戴大红花,喜气洋洋,他们一致表示,要把这崇高的殊荣作为再接再厉的新起点,作为鞭策本单位创文明单位上新台阶的新动力。他们决心认真贯彻黄菊市长最近提出的要把重大工程建成爱民工程,积极加强职工队伍建设和职业道德建设,开展文明施工,在今后的两个文明建设中再立新功。

中共上海市委常委、市委宣传部部长、市文明委副主任金炳华代表市委副书记、市文明委主任陈至立,向获得市文明单位的 5 个单位表示热烈祝贺,向建设系统职工表示亲切慰问和崇高敬意。他说:建设系统 50 万干部职工发扬了无私奉献、严格要求、勇于拚搏的精神,日夜奋战在施工第一线,为上海城市面貌一年一个样、三年大变样作出了重大贡献。这次中途破格命名,体现了市委、市政府对在重点工程建设中创建一流工程、培养一流人才、实践江泽民同志提出的新时期 64 字艰苦创业精神的第一线单位给予的充分肯定。他希望各单位深入开展创建文明单位活动,进一步塑造良好的企业形象,提高职业道德水平,把全市今年"抓窗口、抓环境"的任务落到实处,在市政建设实践中,采取各种为民、便民、利民措施,努力创建更多的爱民工程和文明工地。

(原载于《文汇报》1994 年 8 月 4 日)

透明度大 双向满意 成功率高
上海举办首届人才竞聘会

本刊讯 为了探索人才交流的新形式,9 月 11 日,上海市举办了首届人才竞聘会。

这种人才竞聘会是一种别开生面的人才交流洽谈活动。它与以往的人才洽谈活动不同之处是,需求单位不仅挂牌设摊招人,还在市统战部大礼堂摆上 20 多张铺着白桌布的小圆桌,供需人才双方可围着圆桌坐下细细洽谈。洽谈大厅内放着话筒,供需双方都可以通过演讲自我推荐、自我介绍,互相可以当场提问、当场答辩,双方通过竞争、商聘,还可以当场洽谈,当场拍板招聘。

这种竞聘会规模不大,不似以往人才交流数以千计或数以万计的人盲目来应聘,而是事先根据用人单位的需要,从人才库中经过初步筛选,有目的、有准备地前来竞聘。昨天的竞聘会有 28 家单位前来招人,300 多人参加竞聘,由于竞聘性强,事先准备工作充分,且有深度,所以成功率较高,竟有一半以上的应聘者与用人单位达成了协议,达成招聘协议率超过以往本市任何一次人才市场交流洽谈的比例。如康联科技开发有限公司总经理周秉达在演讲中介绍了该公司系民营高科技企业,公司仅 20 个职工,但生产、销售生机勃勃,效益很好。他演讲后,就有复旦大学研究生、市"星火杯"创造发明竞赛获奖者多人前往应聘,午餐后,该公司已经招到了自己要招的 3 名职工,满意而归。被招的 3 人也感到自己特别幸运。他们说:"现在择业不管国营、民营,只要有用武之地,发挥自己的智能就行。"

有一位看来较稚嫩的姑娘,年仅 21 岁,刚刚从上海师范大学国际商务专修班大专毕业,她实事求是地自报家门,也受到多家单位的青睐;还有一位从加拿大和美国学习回来渡假的硕士毕业生,他表示自己已经 40 多岁,家小都在上海,如这次竞聘有合适的单位聘用他,他将留下工作,或者短期服务,他持有加拿大和美国居住证,可以常来常往,既为祖国、也为外商双重服务。对他这样的人才也受到颇多单位的欢迎,大家纷纷与之洽谈。还有一位竞聘者在演讲时说,只要能为他解决上海长住户口问题,他将为这家企业融资一亿人民币。引起了不少单位的兴趣。现场就有 3 家企业不约而同地与他洽谈。人们认为这种竞聘会透明度高,充分体现了公平、公开、公正的竞争,因此成功率也高,值得推广。

(原载于 1994 年 10 月《行政与人事》杂志)

回国留学人员纷纷来沪定居
尽情施展才华取得可喜成果

本报讯 早些年出国留学的海外赤子,如今纷纷来沪报效祖国。据不完全统计,仅上海市人事局回国留学人员服务中心近两年就安置了二百多名回国留学人员来沪定居并工作。倘若加上短期来沪讲学、作学术交流、经商、投资办企业的则数以千计。

一些回国留学人员将在国外学习的理论与中国的实际结合,在学术上实现了飞跃,涌现了一批成果。如留美回国的博士后左学金,现在已经担任上海社科院副院长、研究员、市政协委员。在短短的回国几年来,他承担了多项全国和上海地区的重点科研项目。他的《中国人口问题:人口作为生产者和消费者(一般均衡型法)》论文,提出了科学而又精辟的论点,有较高的学术价值和实际应用意义,获得国内外专家的高度评价。他的《论人口与经济发展关系》一文荣获 1994 年上海市哲学社会科学优秀论文一等奖。回国几年来,他撰写论文、译著 30 余篇,约 35 万字。1993 年,他被评为上海市劳动模范。

一些引进安置在企事业单位的回国留学人员,也在工作中理论联系实际,出了许多成果。博士后孟卫东 1993 年 3 月经回国留学人员人才交流中心引进安置在上海中西药业股份有限公司后,积极开发新产品,在研制国家级二类新药噻氯匹啶中,孟卫东努力攻关,采用代用试剂,仅用六个月时间,就攻克难关,拿出了噻氯匹啶样品,经科学测定分析,与进口样品结构一致,质量相当,填补了国内空白。英国留学归来的 30 岁的年轻博士单旭沂,1993 年到宝钢工作后,因成绩显著,去年破格晋升为高级工程师,并由他担任宝钢三期工程1580MM 热轧项目的中方项目组长,与日方专家共同主持轧机系统的计算机设计工作。

由于留学人员看到了上海有他们的用武之地,可以一展才华,因此纷纷前来,仅宝钢(集团)公司 1993 年以来已经引进了 15 位回国留学人员,据了解还有 72 位在境外的留学人员表示完成学业即来宝钢工作。上海医科大学中山医院、音乐学院也都引进了一批博士,并已成为学科的带头人。医学博士崔尧元来到中山医院,创建了神经外科及其实验室,获得了教学、科研、培养人才的多方面丰收。陈统一副教授 1992 年 10 月来到中山医院后,在国内首先成功地完成了第二颈椎齿状骨折内固定和先天性半椎体畸形、全椎体摘除等高难度手术。

(原载于《文汇报》1995 年 5 月 16 日)

围绕市场经济抓"三学"

——南汇县委针对不同情况进行分类指导

本报讯 社会主义市场经济给人们带来了许多新情况、新问题和新机遇。南汇县委为了使干部群众尽快掌握新技术,驾驭市场经济规律,决定从抓"三学"入手,进行分类指导。

南汇县委要求各级党政领导班子和机关干部学习邓小平同志建设有中国特色社会主义理论、社会主义市场经济知识、现代科学知识、有关改革开放的方针政策、法律知识、行政管理专业知识和技能，并层层制定学习培训计划。县机关和一些乡镇还举办了外语和电脑培训班，据统计，去年以来，已有一万三千多人次的党员干部参加了各类培训。对企业厂长(经理)，该县与上海的一些大专院校、科研部门联合办班，进行市场经济基础理论、现代企业管理知识的系统培训，还选送一批企业经营管理干部到大专院校进修涉外知识。南汇县还利用党校、成人教育学校、技校等，组织技术人员和职工学习经济、会计、统计、化工、纺织、建工、机械、农艺等知识。目前，全县已有4.2万职工投入了立足本职、更新知识、岗位成才的学习。

南汇县提出"学一门技术，找一条致富门路"的口号，举办了130多期瓜果、蔬菜、花卉、药材、食用菌、特种养殖讲座，受到农民欢迎。有6万多人学习新技术，推广新技术。目前，南汇县的西瓜、甜瓜品种新、质量优、产量高。"三学"给农民带来了可观的经济效益。

去年，县委表彰百名"三学"状元，进一步推动了全县的"三学"活动。县总工会组织三万多名职工投入"五能手"学习竞赛，涌现技术能手1 430人，其中16人被聘为技师。县妇联组织妇女"三学"，300多名妇女获得"绿色证书"。县团委开展竞赛，还涌现了一大批青年技术能手。

（原载于《文汇报》1995年7月12日，获上航杯"三学"在上海新闻大赛三等奖）

旧金山"上海周"活动进展顺利

本报旧金山7月20日电 （特派记者王宝娣） 上海和旧金山两市共同举办的旧金山"上海周"活动，自7月16日开幕以来，在上海市代表团全体成员的努力和致力于发展中美友好事业的旧金山上海友好城市委员会以及旧金山各界人士的支持下,进展顺利并取得可喜成果。

7月17日上午,上海市对外经济贸易委员会主办的'95上海经济贸易洽谈会在旧金山梅森堡隆重开幕,揭开了集商业、经贸、文化艺术为一体的"上海周"活动的帷幕。上海市市长徐匡迪和旧金山市市长乔丹出席了'95上海经济贸易洽谈会开幕仪式,并为洽谈会致词、剪彩。徐匡迪市长在致词中热忱欢迎美国各界朋友前来参观、洽谈,希望通过洽谈会增进美国人民和工商界朋友对上海的了解,推动上海与美国之间的经济贸易、技术合作的进一步发展。当晚,徐匡迪市长和上海代表团部分成员出席了旧金山上海友好城市委员会举行的盛大欢迎宴会,与美国朋友一起共庆上海——旧金山建立友好城市15周年和"上海周"活动正式开幕。席间,徐匡迪市长带领上海代表团成员高歌一曲《歌唱祖国》,"歌唱我们伟大的祖国,重新走向繁荣富强"的歌声激起全场热烈掌声。

连日来,上海代表团在旧金山举行情况介绍会。7月18日,徐匡迪市长在旧金山希尔顿酒店向美国商业、企业界人士作了《上海:迎着亚太世纪的曙光崛起》、《上海的发展前景与友城合作的期望》报告,介绍了上海经济和社会发展情况、面临的机遇和挑战,上海正在发生的历史性的巨大变化和面向新世纪的战略构想。他说,上海已经确定了迈向21世纪的长远发展战略目标,具体有六个方面:基本形成世界大都市的经济规模和综合实力;城市空间布局合理优化;城市基础设施基本实现现代化;全面参与国际分工和国际经济循环;形成社会主义市场经济运行机制;经济、社会与环境协调发展。这些情况引起与会美国朋友的极大兴趣。徐匡迪市长还回答了美国朋友的关于与上海合作的有关问题,欢迎旧金山和美国的朋友们到上海共享振兴上海和开发浦东所带来的巨大利益。7月20日,徐匡迪市长出席了"浦东研讨会"。徐匡迪市长等上海代表团成员还在旧金山参加经济学家CEO圆桌会议,会见旧金山商业、企业界人士,参观硅谷等,进一步推进上海与美国企业界之间的经济合作与交流。

上海的文化艺术团在"上海周"活动中也纷纷大显身手,为增进上海与旧金山两市人民的交流,推进人民间的友谊作出贡献。上海民族乐团艺术家的精彩演出和上海杂技团的精彩节目倾倒了旧金山观众。东方国际(集团)有限公司的时装表演队的演出也在旧金山获得好评。

(原载于《文汇报》1995 年 7 月 22 日)

上海应借鉴硅谷经验
依靠科技进步求发展

本报讯 旧金山"上海周"活动已经胜利闭幕,获得圆满成功。昨天徐匡迪市长率领上海代表团满载着上海——旧金山两座姐妹城市人民的友谊凯旋归来。副市长沙麟、市府秘书长冯国勤等前往虹桥国际机场欢迎。

"上海周"活动虽然降下了帷幕,但是上海代表团通过在旧金山一周的参观访问、研讨会、文艺演出、图片展、商品展、招商和"浦东一日"等活动,与旧金山各界人士进行了广泛的接触,会晤了老朋友,结识了新朋友,增进了两市的相互了解和友谊。徐匡迪市长在虹桥机场对记者说,这次旧金山上海周的活动,成功主要表现在三个方面:第一是旧金山友城委员会、企业界、商界和各方面的友好人士都热情地支持我们这个活动,许多志愿者在自己的单位请了假,免费无偿地为中国上海的经济发展作宣传;第二是我们介绍了上海最近几年的发展和浦东的发展,在旧金山产生较大反响,所有见到我们的人都认为,我们这次把上海三年大变样的风貌带来了,他们对上海有了个比较全面的认识;第三,我们带了杂技、民乐和时装表演队,赴旧金山演出,特别是这些演出都是免费为老人和儿童演出的,他们深受感动,感到旧金山与上海,美国人民与上海人民的友谊是牢不可破的。当前中美关系虽然由于美方允许李登辉访问带来了若干问题,但是中国人民和美国人民的友好关系,旧金山和上海友好城市的关系将一直不断地向前发展。

作为"上海周"活动的重头戏经贸洽谈会和招商活动也取得了圆满成功。洽谈会一周成交6 500万美元,签定合资合作项目意向书金额达5 000多万美元。这次经贸招商的特点是,吸引了不少美国富有实力的跨国大公司,来自旧金山和美国其他各地的企业界人士都表示,今后将进一步探索和扩大双方的经贸合作。这次活动周中中小企业成交的不少。还有许多美方企业邀请参展的经贸单位在"上海周"结束后继续前往美国中部和东部洽谈项目,估计总成交额将超过1亿美元。

徐匡迪市长及上海代表团成员在参观硅谷之后,感触颇深地说,硅谷资本投入不大,主要是以高新技术投入,并把研究成果很快地产业化,形成生产规模转移到其他大公司里去。上海也没有什么自然资源,而且土地有限,劳动力比较昂贵,所以上海的发展前景不是一般的加工业,而应借鉴硅谷的经验,依托上海800多个科研单位和50多所大学,依靠科学技术进步,提高生产,提高素质,提高产出的附加值,使上海真正起到龙头作用,带动长江三角洲和整个长江流域的经济发展。

徐市长在"上海周"活动中还向旧金山各界人士作了题为《上海:迎着亚太世纪的曙光崛起》报告,并出席了由《经济学家》杂志主持的美国各大公司高级管理人员参加的圆桌会议。在上述两次活动中,徐市长介绍了中国的改革开放和上海在中国现代化建设总格局中的战略地位和发展前景,回答了大家所关心的问题。与会者对了解中国了解上海,以及继续保持和发展与上海的经贸交往,表现出浓厚的兴趣。此外,徐市长还会见了国际商业机器、可口可乐、福特汽车、通用电器、美国电话电报、大陆谷物、全美人寿保险、天腾电脑公司等企业负责人,与他们商谈如何加强未来的合作。

(原载于《文汇报》1995 年 7 月 29 日)

遵守"七不"规范家喻户晓
文明新风遍吹浦江两岸

本报记者综述 为了提高城市文明程度,提高市民素质,今年4月市文明委提出了:"不随地吐痰,不乱扔垃圾,不损坏公物,不破坏绿化,不乱穿马路,不在公共场所吸烟,不说粗话脏话"的"七不"规范。经过5个月的深入宣传、教育,"从我做起,遵守'七不'规范",已经深入人心。特别是文明单位、"窗口"行业和文明标志区域的干部群众积极带头,引导全市市民参与,注重实践,讲求实效,形成了遵守"七不"的良好社会氛围,有力地推动了上海"两提高"工程建设。

"七不"规范一提出,就得到了上海人民的热烈响应。全市各级领导都十分重视,全力做好组织协调工作,而且身体力行,与群众一道,投入宣传、整治交通和环境的活动。市文明委的负责人几次到市文明标志区,参加"七不"宣传教育和整治环境劳动。各区、县的党政领导也带头上街宣传。全市数万青少年学生利用暑假走上街头,走上社会,宣传"七不",遵守"七不"。部队官兵和各级文明单位的职工为全体市民作出了表率。武警部队提出"军容不整不出门,话不文明不出口,事不文明不动手"的口号,得到全市人民的赞赏。市、区两级新闻媒介也纷纷行动起来,开展各种生动形象的"七不"宣传活动,"七不"内容已基本上做到家喻户晓。

7月5日,市文明委召开"大家从我做起,遵守'七不'规范"会议,明确提出了今年开展"七不"活动的目标和重点:要以抓"七不"为突破口,加强社会公德、职业道德和家庭伦理道德建设,到年底力争全市10个文明标志区域、100个文明小区、1 000个文明单位和10 000个文明窗口率先做到"七不"规范。全市各行各业在抓"七不"重实效,力争实现阶段性成果上狠下功夫。交通邮电系统提出下半年实现虹桥机场等"窗口"地区基本达标,把几条市轮渡线的禁烟问题作为重点突破,抓出成效。市财办提出在抓好南京路、淮海路、四川北路、豫园商城、徐家汇商城"三街两城"商业"窗口"年底规范服务达标的同时,要求抓好员工"七不"规范达标。市建委年内着重抓好煤气行业职工"七不"达标,为此该公司建立了5个量化指标,即培训率、知晓率、执行率、达标率和满意率。卫生系统506家医院要求年内规范服务和"七不"达标。

各区在开展"七不"活动时,加强了执法力度,并划出区级文明标志区域,要求年底也要实现"七不",以推动地区的精神文明建设。静安区自8月份开始抓南京西路(静安寺至常德路段)"七不"达标示范活动,区里四套领导班子轮流带队,每天都有交警、巡警、市政市容、环卫、绿化等50人的队伍联合宣传执法,收到了很好的实效。闸北公安分局巡警大队将"七不"宣传执法与创建国家卫生城市结合起来,开展巡访突击整治周活动,先后组织突击整治行动32次,取缔无证设摊1121个,纠正乱停车辆1421辆次,拆除违章建筑209处,明显地净化了区内市容环境和卫生面貌。闸北区范围内的市长途汽车站在抓"七不"抓规范服务中取得显著成绩,被命名为区公交文明集散点;南市区成立了万名青少年市容监察总队,由副区长挂帅,集中在9、10月间上街宣传"七不",加强执法。卢湾区和黄浦区、长宁区文明委都请来了"啄木鸟"帮助检查,自我检查,自我曝光,自我整改。闵行区将"七不"纳入文明单位、文明小区评比标准,作为区建功立业"新风杯"考核条件,争取在元旦前区内三分之一单位达到"七不"规范。

目前,一个以遵守"七不"规范为中心和抓手的精神文明建设活动,正如火如荼地在浦江两岸展开。

(原载于《文汇报》1995年9月14日)

留日归来　报效乡梓

本报讯　日前,从留学生冯坤范创办的上海玉垒环境生态技术有限公司传出佳音：他们采用微生物技术，完全不用化肥和农药，在沙石上成功地种植出无毒、无臭、无污染的小白菜。

一段时间以来，一些农民为了消灭虫害，提高蔬菜产量，过量地使用了化肥和农药，以致造成食用鸡毛菜中毒事件。赴日本攻读环境生态博士学位的冯坤范及其丈夫钱小明看到后心里很着急，决定将在日本所学的治理环境的科技知识应用于祖国现代化建设，遂于今年6月假上海农学院成立了这家"玉垒"公司。他们从日本引进微生物菌母料，与中国的配料结合，制造出多种性能优良的微生物菌产品，用于草地、旱田、水田除虫，用于农作物和花草施肥，都达到很好的效果。他们制造的有机肥AI可以在无土沙石上种植蔬菜。这样生产的蔬菜不仅无毒、无臭、无污染，而且可以在大棚内用沙石多层生产，解决上海人多地少的矛盾，增加无污染蔬菜的产量。经实验对照，用工程菌肥生产的小白菜产量比用化肥农药种植的产量高160%；如果按产品销售价700元/亩茬计算，用工程菌除虫的小白菜成本与用化肥、农药除虫的成本相仿。目前，这项实验已经得到市政府和市农委、市环保和有关科研部门和高校的重视和支持。

（原载于《文汇报》1995年11月6日）

注：消息发表引起各方重视，市人大副主任孙贵璋、胡传治11月8日即赴玉垒公司视察。

中青年干部跨系统挂职锻炼

本报讯　为了更好地实施市委的"三个一"跨世纪育人工程，去年下半年，市委组织部从条块中各选择一批中青年干部，让他们进行为期半年的跨系统挂职锻炼，收到了令人满意的效果。这些干部不仅增强了党性，也拓宽了视野，增长了才干，向多功能、复合型的方向迈进了一大步。

接受中青年干部挂职锻炼的单位对这项战略性任务高度重视。他们一般选择两个文明建设较好的单位或者是重点工程项目，以及与人民群众关系密切的窗口单位，让中青年干部去挂职锻炼，并选派党性强、作风正、经验丰富的同志作带教老师。如南市区干部吕民元到市规划局当局长助理，工作跨度变化大。市规划局局长夏丽卿亲自带教，并为他制定学习、工作计划。经过半年的锻炼，小吕熟悉了规划设计、规划审批、监督检查、市政建设、政策法规等业务，努力用求实的方法，科学的手段研究认识问题、分析问题、解决问题。由他带领规划处的同志走访七区一县写出的外环线绿带实施规划现状调查，受到局领导充分肯定，这项成果现已报市政府。

条块交流，跨系统挂职锻炼，对帮助干部树立党的观念、全局观念、群众观念很有好处。青年干部顾长浩、沈立群、吕勇、肖宏振、黄融、杨端明、周文彪挂职期间分别担任虹口、宝山、杨浦等区的区长助理，增强了综合协调、处理问题的能力。他们磨练了意志，增强了党性，坚定了执政党的干部必须全心全意为人民服务的思想。

通过跨系统的挂职锻炼，中青年干部学到了自己原岗位学不到的知识和本领，增长了才干。南京东路街道办事处副主任应大伟这次被安排在大型企业上海市金陵股份有限公司任总经理助理，他带着问题剖析了有些国有企业由小变大、又由盛而衰的原因，同时也调查了有些中外合资企业的科学经营管理，学到了许多新知识，从而深切体会到中央决定在"九五"期间"将国营企业改革作为经济体制改革中心环节"的重要性、及时性和准确性。

条块交流、跨系统的挂职锻炼，使中青年干部自身以及他们今后的工作达到了优势互补的目的。同济大学教师、设备管理处副处长周文彪挂职南市区区长助理，半年中，不仅学到了许多地区工作的方法、经验，还利用挂职工作的有利条件，为区和学校搭桥，促进双方全面合作，优势互补，共同发展。

（原载于《文汇报》1996 年 4 月 28 日）

上海隆重举行庆祝香港回归祖国大会

本报讯 经历了百年沧桑的香港终于回到了祖国的怀抱,申城万众欢腾。昨天下午,上海各界庆祝香港回归祖国大会在上海展览中心友谊会堂隆重举行。中共中央政治局委员、上海市委书记黄菊发表了热情洋溢的讲话。

昨天的上展中心友谊会堂披上了节日的盛装。会堂外的广场上,"热烈庆祝香港回归祖国"、"洗雪百年国耻,喜迎香港回归"、"庆祝香港回归,共创美好未来"的巨型横幅和标语,在凌空高悬的大红灯笼的烘托下格外引人注目;宝钢、上柴公司和上海电焊机厂的职工开来彩车,敲起喜庆的锣鼓,尽情抒发着上海人民欢庆香港回归的喜悦之情;来自静安区的两百名中小学生手持鲜花和五星红旗、紫荆花区旗欢呼雀跃,欢迎与会各界人士的到来。会场内张灯结彩,鲜花怒放,辉映着庄严的国徽和缀有紫荆花图案的巨型香港回归标志。乐队奏响《永远跟着共产党》、《奔向 21 世纪》等欢快的乐曲。

黄菊在讲话中说,在香港回归祖国这一举世瞩目、激动人心的历史时刻,1 300 万上海人民同全国人民一样,沉浸在无比的激动和喜悦之中。此时此刻,我们无比怀念敬爱的邓小平同志。邓小平同志创造性地提出了"一国两制"的伟大构想,为和平解决历史遗留问题、实现祖国统一,指出了切实可行的途径,为香港回归建立了不朽的功勋。香港政权的顺利交接和香港的稳定繁荣,不仅充分证明了"一国两制"是顺应历史潮流、有益民族和人民的好办法,而且充分证明了有中国特色社会主义的强大生命力,充分证明了中国人民在中国共产党领导下用"一国两制"方式实现祖国和平统一的不可动摇的决心和能力。

黄菊说,此时此刻,我们难以忘记近代以来中华民族所蒙受的屈辱。历史的教训沉痛地告诉人们,落后就要挨打。今天,社会主义的中国日益繁荣强盛。忆百年沧桑,话今日辉煌,我们深切地体会到,国力的强弱维系着民族的兴衰,我们一定要坚持走建设有中国特色的社会主义道路,坚持以经济建设为中心不动摇,抓住机遇,奋发图强,把我们的国家建设得更加繁荣昌盛。

黄菊说,此时此刻,我们深深感受到中华民族凝聚力的可贵和重要。一百多年来,面对列强的入侵,无数仁人志士为了维护民族尊严,实现祖国统一,进行了不屈不挠的斗争,谱写了无数可歌可泣的篇章。我们相信,香港回归祖国后将会大大促进民族凝聚力的增强,祖国统一的大业将是任何力量也阻挡不了的。

黄菊最后说,香港回归这一具有划时代意义的历史盛事,将永载史册。我们遥祝香港这颗东方明珠今后更加璀璨夺目。

庆祝大会由市委副书记、市长徐匡迪主持。市委副书记陈至立、王力平、孟建柱出席大会。

各界代表在会上先后发言。市总工会主席包信宝说,上海的广大职工和各界群众决心以香港回归祖国为巨大动力,更勇敢地肩负起历史的重任,以更扎实的工作和出色的成绩,来庆祝香港的回归和迎接党的十五大的召开。民进上海市委主委刘恒椽代表全市 3 万多民主党派成员表示,要在中国共产党的领导下,为促进香港的繁荣稳定,为完成祖国的统一大业,作出参政党应有的贡献。年逾古稀的中科院院士谢希德,为能亲眼看到五星红旗在香港上空高高飘扬而欢欣不已,大声欢呼"祖国万岁!""中国共产党万岁!"浦东新区党工委书记周禹鹏说,150 万浦东人民决心同全市人民一起,在市委、市政府的领导下,为进一步推动沪港经济合作、促进香港繁荣稳定发挥更加重要的作用。

庆祝大会结束时,全场齐声高唱《歌唱祖国》,雄壮的歌声在会场上久久回荡。

出席庆祝大会并在主席台就坐的还有:市领导叶公琦、陈铁迪、罗世谦、金炳华、张惠新、朱达人、王文惠、孙贵璋、谈家桢、胡正昌、吴肇光、漆世贵、夏克强、蒋以任、龚学平、左焕琛、冯国勤、王生洪、赵定玉、谢丽娟、郭秀珍、陈正兴;市老领导胡立教、汪道涵、王一平、严佑民、夏征农、赵行志、陈沂、杨士法。

上海各个历史时期参加革命的老同志代表和各界人士近千人出席了庆祝大会。

（原载于《文汇报》1997 年 7 月 2 日）

七百博士后在沪显身手

本报讯 记者日前从市人事局获悉：自 1985 年上海设立博士后科研流动站以来，目前已有流动站 57 个，覆盖了理、工、医、经、文、教育 31 个一级学科的 214 个博士点，并在宝钢集团和金山石化设立了 2 个企业博士后工作站。这些流动站和工作站已先后招收 712 名博士后，目前已出站留上海工作的 226 名博士后，均已成为单位领导、主要科研骨干和学科带头人，仅 1993 年以来，在上海工作的博士后就荣获了 15 项国家级奖，为上海的经济建设和科研作出了显著贡献。

博士后们在站期间，平均每人承担一个国家级或省部级的科研项目，为在国际同学科的前沿领域取得开创性成果或填补国内空白努力工作。如优秀的留学博士彭实戈在复旦大学从事博士后研究期间，成功地获得了扩散项系数含控制变量的一般随机最大值原理，解决了此领域内一个长期未解决的问题。国际同行专家给予很高评价，称这项成果为"近十年来随机最优控制领域中两个重要成就之一"。又如留学博士袁志刚回国后在复旦大学经济学博士后流动站从事中国宏观经济问题及其调控的研究，成为把西方经济学中非均衡理论引进中国的开拓者之一。他著的《非瓦尔拉均衡理论及其在中国经济中的应用》一书，集中反映了他的研究成果，此书获 1996 年度国内经济学最高奖——"孙冶方经济学奖"。他最近完成的《失业经济学》理论新著，为当前广泛开展的再就业工程提供了有指导意义的政策思路，具有实践意义。

宝钢集团博士后工作站,是全国第一个企业博士后科研工作站。它从诞生之时起就充分显示了博士后事业直接面向经济建设主战场服务的广阔前景。首批进站的刘玉文是宝钢与上海交大联合招收的博士后,从事宝钢钢管公司课题——钢管螺纹加工数控机床的故障诊断专家系统的研究。不到两年时间,他完成了这一课题的研究工作。刘玉文博士出站后留在宝钢工作,负责钢管公司"特殊螺纹丝扣"新产品开发。此项目共有9个子课题,关系到填补国内油井管产品空白,对拓宽宝钢油井管市场具有关键意义,目前这项科研项目已取得阶段性成果。另外,刘玉文博士在短短的一年多时间里,还组织开发了一种非 API 标准套管,解决了油井管"粘扣"问题,为此申请了两项国家专利。

(原载于《文汇报》1997 年 11 月 6 日)

通讯与报告文学

人老心红育新苗

夜深了，一老一少还坐在灯下，认真地学习毛主席语录："世界是你们的，也是我们的，但是归根结底是你们的。你们青年人朝气蓬勃，正在兴旺时期，好像早晨八、九点钟的太阳。希望寄托在你们身上。"

"小张，今天就学到这里吧，我走了。"老人说着站起身来。

青年人也站了起来，激动地拉着老人的手说："蒋伯伯，我明白了。我一定不辜负党和毛主席的教导，不辜负工人阶级的期望，决心痛改前非，做无产阶级革命事业的接班人。"

这个老人是谁呢？他就是闸北区新疆街道复兴里委的退休工人蒋贻永同志，今年六十五岁。

社会上阶级斗争的事实，使蒋贻永进一步懂得：青少年是无产阶级和资产阶级争夺的对象，我们一定要做好他们的思想教育工作，帮助他们抵制资产阶级思想的侵蚀。于是，蒋伯伯就主动去接近和关心里弄里后进的和犯了错误的青年，同他们谈心，帮助他们进步。蒋伯伯知道小张犯过错误，原因在于他的父母教育方法不对头，不是放任就是打骂，使小张感到在家里得不到温暖，因而经常不回家，被坏人拉拢。他第一次找小张谈心的时候，小张先是沉默不语，后来干脆说："劳改我去，不要你管！"面对这种情况，蒋伯伯没有灰心，强烈的责任感促使他知难而进，继续帮教小张。他对小张作了全面的分析：小张出身于工人家庭，由于放松了世界观改造，沾染了资产阶级思想，犯了错误。针对他的情况，蒋伯伯在小张的家里办起了家庭学习班，请小张的父亲进行回忆对比教育。小张的父亲出身在贫农家庭，十三岁那年，地主逼债，走投无路，逃到上海做童工。吃人不吐骨头的资本家同样残酷地剥削他，一天十几小时的繁重劳动，换来两顿吃不饱的薄粥汤，还常遭到资本家的毒打。一直到解放了，党和毛主席才把他从苦海中救了出来。现在,他一家人过着不愁吃、不愁穿的幸福生活,他自己也光荣地退休了,过着幸福的晚年。父亲的忆苦思甜,字字句句都打在小张的心上,感到又难过,又悔恨,难过的是自己忘了本,完全不像工人的儿子,悔恨的是自己不该和那些不三不四的人混在一起干坏事。从此以后,小张除了上学读书就呆在家里。

可是好景不长。一天,小张被一群人扭送到里委来。原因是他又同人家打架了。这时,有的同志就认为小张不可救药了。但是蒋伯伯觉得,小张的反复说明争夺青少年的斗争尖锐复杂,我们的工作做得还不够深入细致。打这以后,蒋伯伯更关心小张了,他经常到小张家里去,和他一起学习毛主席的有关教导,帮助开导他。蒋伯伯觉得自己一个人的作用有限,就发动小张家周围的邻居,一起关心小张的进步。有一次,有个邻居向蒋伯伯反映小张家里又来了一群流里流气的人。蒋伯伯得知这个消息,及时找小张谈心,问那些人来找他做什么?小张如实地告诉了蒋伯伯,那些人叫他出去玩,说是不要忘了老朋友。小张没有跟他们出去,反而对他们说,我过去同你们一起出去干坏事,对不起党,对不起人民,也对不起养育我的亲人,我决心改正错误,也希望你们能改邪归正。蒋伯伯听到小张能顶住那些坏家伙的拉拢,心里有说不出的高兴,及时鼓励了他的进步,并希望他继续努力。

为了更好地帮助小张进步,蒋伯伯又动员里委团支部的同志和在学的红卫兵去接近他,同他交朋友,有时还带他和其他青年一起去看有教育意义的电影,丰富他们的文化生活。在里委党支部、民兵小分队、学校和家庭的配合下,小张终于有了明显的转变。里弄居民们看到小张和其他一些青少年的进步,都纷纷夸奖蒋伯伯"人老心红育新苗,继续革命觉悟高"。

（原载于《文汇报》1973 年 10 月 13 日）

好事做满楼　新风扬四方

——记优秀红卫兵孔宪凤生前为人民服务的事迹

孔宪凤同志英勇牺牲的消息,传到她生活战斗过的杨浦区凤城三村一百四十五号,满楼的群众无不悲痛万分。正在吃饭的人放下了饭碗,正在做事的人放下了手中的活计,很多大妈、阿姨泣不成声。当晚,全楼二十一户人家几乎都没有安睡,他们怀念着我们的英雄,慰问了她的家属。第二天,又召开了座谈会,回忆了孔宪凤生前做过的好事。他们难过地说:"宪凤这孩子处处毫不利己,专门利人,她的脚迹跑遍了全楼的每家每户,她的好事做满楼,三天三夜说不完。"

确实,群众的评价一点也不过分,小孔生前在楼里做的好事,还历历在目:

一九七三年二月的一天,二〇三室的小周不幸被一辆车子撞伤,送进医院。小孔闻讯赶到小周家中,只见屋里空无一人,东西凌乱,她就不声不响地把房间打扫干净,收拾整齐。接着,又帮忙烧饭做菜,忙了半晌,自己也没有顾上吃喝,就拿着饭菜奔到医院,在急诊室里,她找到了小周的家长,拿出热饭热菜叫叔叔阿姨吃。小周的家长感动地拉着小孔的手连声说:"谢谢你!谢谢你!"小孔说:"不用谢,这是我应该做的!"后来,小孔看到他们连续几天陪夜,非常疲劳,又自告奋勇地去陪夜。小孔当时才十四岁,老周夫妇舍不得让她熬夜,她却像大人一样地说:"你们放心好了,我会照顾好的。"老周说:"你还小,熬夜不行。"她却说:"我人小,精神好,不吃力。"好几次大人缠不过她,只好让她陪了。小孔陪了一夜,第二天又精神抖擞地上学去了。开始,同病房的人还以为小孔和小周是一家人,当他们知道小孔是小周的邻居时,都称赞说:"这个孩子好,真是毛主席教育的好学生!"

几年来,凤城三村一百四十五号,年年都有知识青年响应毛主席的号召,上山下乡。大哥哥、大姐姐们的行动给了小孔极大的鼓舞和教育,她决心像他们一样,毕业后到祖国西北的戈壁沙滩去放马,做一颗闪闪发光的铺路石子。每次,楼里的知识青年要走了,她都满腔热情地去帮助准备。她说:"我要以实际行动支持他们走上山下乡的道路。"一九六九年冬天,一〇四室有一个知识青年被批准上山下乡了。小孔就主动上门关心,当她知道顾大妈还有几双鞋来不及上的时候,就毫不犹豫地说:"我来替你上。"数九寒天,塑料底硬得针扎不进,小孔把鞋底放在烧热的钢精锅上,烘软了再上。夜深了,只听见小孔拉鞋底线"呼呼"的声音。才上了两双鞋,小孔白嫩的手已经红肿起来,大妈不忍地说:"宪凤,你放着吧,让我慢慢来上。"她怎么也不肯放手。就这样,小孔利用放学回家和晚上的时间替顾大妈的儿子赶上了三双新鞋。顾大妈儿子十分感动,再三说:"谢谢你,谢谢你!"去年春天,一〇三室的小王分配在崇明农场,出发的前一天,不巧他母亲生病,小王的一件毛衣还剩一只袖子没有编织好,真急人。小孔知道了,就连夜帮着赶织,直到深夜才织完。几年来,小孔给楼里邻居做了多少件衣服,补了多少个补钉,织了多少件毛衣,上了多少双鞋子,大家记不清,这一针针、一线线,紧连着小孔为人民服务的好思想。

二〇六室刘大妈是个退休工人,患有高血压、气喘病,上下楼梯不方便,小孔就经常替她去买菜、倒垃圾。三楼用水不方便,小孔就替刘大妈把米和菜拿到楼下去洗,又用水壶把水提上楼来。不仅如此,小孔还经常替刘大妈洗衣服、做饭、拖地板。有一回,小孔在刘大妈家里干了半天家务活,看看天色晚了,大妈催她回家烧饭,小孔却说:"先替你做好,我家烧饭迟点没什么。"如今刘大妈想起这话,又是感动,又是难过,她噙着眼泪说:"宪凤这孩子实在太好了!"

还记得,暑假里,小孔热心辅导楼里小小班的小朋友学习,开展有益的活动。有个时期,社会上流传一些坏儿歌和坏书,小孔敏锐地看到这是坏人在腐蚀青少年,就把小朋友组织起来,给他们讲革命故事,一字一句地教他们唱革命样板戏,用毛泽东思想占领里弄文化阵地。

平时，小孔在厨房里不管看到谁家的水烧开了，就主动把开水送上门；谁家来了客人，她就帮助洗菜淘米；她经常帮助邻居扫地、拖地板、抱小孩。挖防空洞，她跟着大人干，做战备砖，她往往超额完成任务。居民组长问她为什么做这么多，她说："楼里双职工多，他们忙，没有空做，我们多做几块，不就完成了。"夏天，她替邻居的小孩洗澡；雨天，帮助邻居关好窗门；刮风了，谁家的衣服掉在地上，她捡起来，脏了洗干净，晚上交给主人……

这一件件、一桩桩实在数不清，说不尽，写不完；这一件件、一桩桩平凡伟大，闪闪发光；这一件件、一桩桩，永远激励着人们向英雄学习，像英雄那样生活和战斗！

"孔宪凤没有死，她永远活在人们的心里！"她的共产主义精神鼓舞着人们，激励着大楼里的每一个人，这些天来，楼里的群众怀念她，学习她，新人新事不断涌现：

在孔宪凤生前和大家一起出过墙报的地方，人们办起了"学英雄，见行动"的宣传栏。从小学一年级的学生到六十多岁的老人，都写了文章，表示要向孔宪凤学习；

孔宪凤的妹妹继承了姐姐的遗志，做姐姐没有做完的好事，每天早晨起来打扫公共卫生；

楼上调皮的小徐，过去把垃圾从窗子里朝楼下扔，现在变了，不仅把自己家里的垃圾倒进垃圾箱，还抢着帮邻居去倒垃圾；

小孔牺牲后，楼里进行了一次大扫除，公共地方的卫生工作，大家抢着干，连年近七旬的老阿婆也赤着脚同大家一起拎水冲地板；

二〇六室的老江，下班回来忙着替楼里的小孩剃头；

一〇四室的老唐伯伯，已经六十开外，这几天，他学了孔宪凤的事迹，激发了革命干劲。大家看他年纪大，劝他保重身体，他却说："宪凤死都不怕，我们还能怕苦怕累，一想起宪凤，我就有使不完的劲啊！"

共产主义的精神在孔宪凤生前战斗过的楼里闪闪发光！

（原载于《文汇报》1975年6月22日）

他心里装着共产主义大目标

——记静安区委副书记马文根的事迹

在繁华的南京西路上，静安区第六油粮商店的柜台里，站着一个四十开外的中年人。他长方面庞，黑里透红，穿着一件军上装和一条打了补钉的裤子，围着一条蓝饭单，正在热情地接待顾客……

这位站柜台的中年人就是静安区委副书记马文根同志。

马文根原是静安区第六油粮商店的党支部书记，后来被推上了区委领导岗位，一九七四年，又被提拔为区委副书记。他当了区委副书记之后，事情多了，但他仍然自觉地坚持参加集体生产劳动，保持普通劳动者的本色。他除了星期四干部劳动以外，还常利用开会前后的点滴时间和中午、假日的休息时间参加劳动。

在长寿支路菜场，他和菜场的同志一起扛菜、削菜、配菜，一包一包地装好。然后，他又和营业员同志一起推着三轮车，挨家挨户地去送菜了。

在六店，他和大家一样扫地、抹桌子、倒垃圾、做营业，样样都干。

在万航街道，他和同志们一起清理马路仓库，一起搬机器零件，抬砖头，扛钢板，弄得浑身泥土，满身大汗。

即使在星期天，人们也时常看到他一大早就和饲料组的阿姨一起，推着饲料车到里弄收集泔脚。通过劳动，马文根同群众的心贴得更紧了。

一次劳动时，有同志告诉他附近茂北里委的军烈属陈妈妈病了，他就抽空和其他同志一起去探望，并把米面油酱给送上门去。陈妈妈激动地说："老马真是身不离劳动，心不离群众的好干部啊。"又一次，六店的一位老工人胃开刀，住在医院里。马文根知道后，几次到医院去探望。这位老工人十分感动，逢人就说："老马比亲兄弟还亲，真是我们工人阶级自己的书记！"

当了区委副书记，地位高了，担子重了，如何为人民掌好权，这正是老马经常考虑的问题。他说："我们的权力是人民给的，只能用来为人民服务。"他还为自己"约法三章"：不符合毛主席革命路线的事不做；违反政策的事不做；损害群众利益的事不做，全心全意为大多数人谋利益。

老马的家在川沙县乡下，一家六口，住房条件差，老马当了区委副书记后，不搞特殊，一家人仍然住在简陋的房子里。至今，他爱人和几个孩子都坚持在农业生产第一线。他总觉得，许多贫下中农还没有住上新房子、好房子，我们干部为什么就不能艰苦一些呢？干部不能忘记根本，不然就会脱离群众。

有一回，老马的爱人到上海来治病，住在老马宿舍里。一天晚上，老马回到宿舍，一进门就看见桌子上放着一只蹄膀，便问："这蹄膀是谁买的？"爱人说："是一个熟人送的。"老马就说："这蹄膀我们坚决不能收！我们干部是人民的勤务员，必须拒腐蚀，永不沾。'吃了人家的嘴软，拿了人家的手短'，我们要提高警惕啊！"第二天一清早，老马就赶到那个熟人家里，退还了蹄膀。

当了区委副书记之后，来找他帮助解决房子、子女分配等问题的人也多了。有一次，老马正在食堂吃饭，一个过去很熟悉的老朋友匆匆忙忙来找他，说是要请他帮个忙，把分配到市郊农场去的儿子留在市区。老马听了之后，就一面向这位朋友解释党的政策，一面向他宣传知识青年上山下乡的伟大意义。过了几天，老马又特地抽空到这位朋友的家里，和他们一起学习毛主席关于"知识青年到农村去，接受贫下中农的再教育，很有必要"和"农村是一个广阔的天地，在那里是可以大有作为的"教导，谈了知识青年上山下乡对于建设新农村，缩小三大差别的意义。经过学习和谈心，使这位老朋友提高了认识，感动地说："你的思想境界很高，我要向你学习。"不久，这位老朋友的儿子愉快地奔赴市郊农场干革命了。

马文根当了区委副书记之后，共产主义的远大理想更成了鞭策他前进的强大动力。他只念过五年小学，在工作中遇到了不少困难。

怎么办？打退堂鼓吗？不行！誓为共产主义奋斗终身的中国共产党党员，要下定决心，不怕牺牲，排除万难，去争取胜利！

两年多来，他坚持早起一点，晚睡一点，中午少休息一点，星期天抓紧多学一点。日积月累，他结合工作，攻读了《共产党宣言》、《国家与革命》、《哥达纲领批判》、《雇佣劳动与资本》、《共产主义运动中的"左派"幼稚病》、《矛盾论》、《实践论》等二十几本马列和毛主席著作。理论联系实际，克服了工作中一个又一个困难。

因为马文根心里装着共产主义大目标，行动上就满腔热情地支持具有共产主义因素的社会主义新生事物。去年，他的大女儿高中毕业了，女儿身体比较弱，本想毕业后搞刺绣。但老马觉得，孩子读了书，就不想当农民种田了，这种思想要不得。他积极做女儿的思想工作，说明建设现代化的新农村需要有觉悟、有文化的年轻人。如果年轻人读了书就脱离农村，农村的落后面貌将无法改变，他鼓励女儿扎根农村，做一个有社会主义觉悟、有文化的新农民。在他的积极支持和鼓励下，女儿回生产队当了农民。

马文根入党二十多年来，"为共产主义奋斗终身"的钢铁誓言，一直激励着他，鼓舞着他。他不仅自己一个劲地奔共产主义，还带领群众朝着这个大目标走。

一次，他又到菜场去劳动。早晨营业高峰过了之后，他便和青年小顾谈了起来。问她刚到菜场，有些什么想法？小顾答道：自己倒不怎么嫌弃菜场工作，就是社会上的风言风语压力很大，总觉得在小菜场工作低人一等。

老马关切地说："我们这一代人就是要破除千年旧习，树立一代新风。要立足小菜场，胸怀全世界，树立共产主义的远大理想。心中有了这个大目标，干哪一行，青春都能闪闪发光。"

小顾听了这些道理，觉得很受教育，再看看和自己一起劳动了半晌的面熟陌生人，情不自禁地问了一声："师傅，你姓啥？"

老马很平淡地说："我姓马"。同老马一起来参加劳动的同志告诉小顾，他是区委副书记。

老马的身教言传，使刚刚踏上工作岗位的小顾明确了干菜场这一行的意义。从此,她时刻把平凡的工作和共产主义事业紧紧相连,努力学习,积极工作,光荣地加入了中国共产党。

(原载于《文汇报》1976 年 8 月 2 日)

为革命卖好菜

——记西康菜场营业员
戴月珍为人民服务事迹

大年三十深夜十二点多钟，人们还看见普陀区西康菜场的蔬菜摊上一位五十开外的女营业员正在热情地接待顾客，把一份份肉糜称给大家。这位女营业员就是附近居民熟悉和夸奖的市先进工作者、"六好职工"、"三八"红旗手戴月珍同志。

提起戴阿姨，很多顾客都能滔滔不绝地向你介绍她十几年如一日，全心全意为人民服务的动人事迹。可是，文化大革命初期，社会上刮起一股"怀疑一切，打倒一切"的妖风。一些别有用心的人污蔑戴阿姨坚守岗位，关心群众生活，送货上门是"修正主义"，攻击戴月珍是"假先进"、"黑标兵"。面对压力，戴阿姨没有吓倒，没有屈服，她一遍又一遍地认真学习毛主席著作，张思德的光辉形象浮现在眼前，毛主席关于"为人民的利益坚持好的，为人民的利益改正错的"教导，如明灯照亮了她的心田。她坚信按毛主席教导办事没有错，为人民服务有理，干社会主义光荣！她豪迈地说：菜场是我们的战斗岗位，决不能后退半步！当这伙别有用心的人把大字报糊在菜摊进出口，戴阿姨和组里的同志就从摊架上翻进去营业；当这伙人拉上菜场的大门，妄图制造停市事件时，她们又从菜场铁门的缝档里把菜供应给顾客。她们的革命行动得到了广大群众的热情支持和鼓励。许多顾客说："我们一定要像你们一样坚持抓革命、促生产，共同捍卫毛主席的革命路线。"

当"四人帮"鼓吹的无政府主义妖风愈演愈烈的时候，蔬菜一组的个别同志受了毒害，不来上班了，戴阿姨就主动地顶班，常常一天工作十几个小时，回头再到那些同志家里去访问、谈心，和他们一起学习毛主席教导："加强纪律性，革命无不胜"，带领全组同志抵制无政府主义歪风。在最困难的时候，戴阿姨带领全组同志坚持了"班前会"制度，坚持接班前搞好卫生，陈列好样品，商品明码标价，把好规格质量关，票证结清等岗位责任制度，提高了服务质量。

戴月珍不仅带领大家在菜场卖好菜，为人民服务，还和同志们一起下里弄调查研究，掌握许多第一手的材料。有的军烈属年老多病需要照顾，有的支内职工家属老的老，小的小，都要关心；有的双职工买菜有困难……这些事一件件一桩桩都挂在戴阿姨的心上。戴阿姨和小组的同志坚持为有困难的军烈属和支内职工家属送菜，数年如一日，不管刮风下雨，结冰落雪，从不间断。合利坊的一户军属老妈妈瘫痪在家里，老伴是瞎子，戴阿姨十几年如一日为他家送菜，还时常下班去给他们洗菜、烧饭、扫地、洗被单，份内份外的事样样干。军属老伯伯、老妈妈常常对人说："月珍真比亲生女儿还要好啊！真是毛主席教育出来的优秀营业员！"

在旧社会，牛马不如的生活给戴阿姨留下了心脏病、关节炎等多种疾病。但是她总是同疾病作顽强斗争，坚持工作。她说："只要我的心脏还在跳动，为人民服务就不能停。"

粉碎了"四人帮"，戴月珍同志更增添了战斗的豪情，好像一下子年轻了很多，有使不完的劲。为了做好今年的春节供应工作，戴阿姨和全组同志面对时间紧、货源少、任务重的情况，进一步提出要更自觉地做到"分配更合理，供应更方便，买卖更公平，态度更热情"，以实际行动批判"四人帮"。春节前，戴阿姨两天两夜不休息，熬红了眼睛，但还是精神抖擞，乐哈哈地说："只要让大家高高兴兴地过年，我越苦越累心越甜！"

（原载于《文汇报》1977 年 3 月 8 日）

一个德智体全面发展的好学生

——记上海市第六十四中学
双手残废的红卫兵郑塏平

这一天,上海市第六十四中学教学大楼里传来了阵阵热烈的掌声。只见中四(4)班红卫兵郑塏平正在为兄弟班级的同学作书法表演。他用双臂夹住一支大毛笔,灵活地运用按、顿、提、收、转折等方法写了"学雷锋争'三好'"六个大字。当这六个刚劲有力的大字展现在全班同学面前时,那掌声犹如春雷般地迸发出来。

伴随着这阵阵掌声,教室里顿时活跃起来。有的同学啧啧称赞:"写得这么一手好字,可了不起!"

有的表示惊讶:"哎呀,写得这么一手好字的竟是一个没有双手的人!"

有的无限钦佩:"像他这样能写出这么一手好字,得付出多大的代价呀!"

称赞、惊讶、钦佩……,师生们激动地谈论着郑塏平。

郑塏平,今年十七岁。他在三岁时,因不慎被高压电击倒,双臂严重灼伤,自肘关节以下全部被截除,从此失去了双手。

手,对一个人来说是多么重要呵!

没有手,日常生活不能自理;

没有手,提笔写字难以设想;

没有手,很多活动很难参加……

可是,小郑用他顽强的意志和惊人的毅力,克服了双手残废给他带来的一个又一个困难,干出了人们难以置信的奇迹。

奇迹是这样创造出来的

失去双手,学习上遇到的困难是可以想象的,小郑是如何克服的呢?

学文化首先就得练写字。小郑没有手,不能用手指握笔,他就用两臂夹住铅笔往纸上写。第一次,劲使大了,笔一划,纸就被戳破了。第二次,他轻轻地夹住铅笔,慢慢地划,纸上却只留下一道淡淡的痕迹。第三次,铅笔没有夹紧,又骨碌碌地滚到地上去了。他趴到地上,好不容易捡起了铅笔,再继续练……。一次又一次,豆大的汗珠不时地从额角上淌下来。能坚持吗?当小郑头脑中刚露出一点畏难苗子的时候,他一抬头看见了墙上挂着的毛主席像,又鼓起了勇气,坚持练下去。不知失败了多少次,他终于写出了表达自己激动心情的五个大字:"毛主席万岁!"

接着,小郑又练毛笔字。这回困难更大了。毛笔的笔尖是软的,写起来笔直发抖,还得用嘴咬住笔杆,歪着头,侧转身去蘸墨舔笔。多少回,笔不随人意,"啪"地一下,墨汁四溅,溅得他满嘴、满脸、满衣衫。有时笔上蘸的墨汁太多了,刚把笔移到纸上,又是一个墨团团。这样几个回合下来,他的断臂伤口缝合处被笔杆磨得又红又肿。母亲见了,心疼地劝他说:"歇一会吧!"可倔强的小郑说什么也不歇手。他回答母亲:"毛笔字是学习的工具。要掌握它,必须苦练!"夜晚,小郑躺在床上,断臂和肩关节又酸又痛,说不出的难受,但一想到欧阳海为革命苦练打锤的本领,练到胳膊红肿不歇手的情景,决心更坚强:"我要为革命练好毛笔字!"

大冷天,人家都穿上了棉衣,可小郑却脱下了棉袄,光着手肘夹着笔还在练,手肘上生起了冻疮,疼痛难忍,他咬咬牙,继续一笔一划地认真写着,写着……

就这样,小郑不仅用一双断臂写出了隽秀的铅笔字和钢笔字,还写得一手很好的毛笔字。他的毛笔字已在徐汇区美术书法展览会上展出,并被选为市中学生书法展览会的展览作品。

对小郑来说,学数学又是一个严重的障碍。学数学离不开画线、画图。什么平行线啦,抛物线啦,展开图啦,三视图啦……,小郑看了直瞪眼。画根直线,对于一个双手健全的人,是很简单的事情,可是对于小郑,却就作难了。他按住了直尺,铅笔就照顾不上;夹住了铅笔,直尺又不听他的使唤。他试一次,失败了;再试一次,又失败了……累得他满头大汗。

真急人! 难道就这样后退了吗?

"不! 愚公能移两座大山,我为什么不能战胜学习中的困难?!"他不断地摸索着,努力找窍门,终于依靠下巴的配合,一条直线被画出来了。当数学老师收到他的作业本时,十分惊讶,简直想象不出这是一个没有双手的学生做的。

有一次,数学老师在课堂上要求大家根据二次函数画出图象。这是一条抛物线。即便是有手的人,第一次也很难画得光滑。小郑开始画,不够理想,老师走到他身边随意说了一句:"要画得再光滑些。"几个学生听了都为小郑抱不平:"老师,你不要忘记他是没有双手的呀!"老师意识到自己对小郑的要求,是太苛刻了,歉意地笑了笑。小郑的脑海里却翻腾起来:白求恩同志对技术精益求精,雷锋并不因为自己个头小而降低扔手榴弹的标准。"我也决不能因为没有双手而降低对自己的要求。"经过反复练习,他终于画出了一条又一条光滑的抛物线。

小郑就凭他这股韧劲,这股异乎寻常的革命毅力,扫除了学习征途上一个又一个障碍。他还学会了打算盘,学会了画画……

按理,小郑体育课可以免修。可是,每次体育课练长跑时,人们都可以看到,他喘着粗气在学校的操场上一摇一晃地跑着。同学们见他没有双手,跑起来身体不平衡,太累了,就关切地对他说:"算了吧,你就别跑了。"

"不行! 没有一个好身体,怎么能接革命的班? 毛主席教导我们要德智体全面发展,我要听毛主席的话。"小郑的回答十分坚决。他一口气在操场上跑了六圈半。

功夫不负有心人。他年年跑完了象征性长跑规定的路程。

六十米短跑也取得了八秒八的成绩。

小郑还积极参加了游泳、跳高、跳远、打乒乓球等体育锻炼的项目。他可以仰游一百米,他的跳远、跳高成绩都超过了规定的《国家体育锻练标准》。他乒乓球打得不错,有抽有削,甚至还会拉弧圈球。

去年,小郑的学习成绩除了体育获得"良"以外,其他各门功课的总评全都是"优"。人们都清楚,这些"优"意味着什么?这是他用意志和毅力,用一颗为革命的赤诚之心换来的代价啊!

"不管他们那一套。他说他的,我做我的"

在前进的道路上,小郑不仅战胜了自己失去双手带来的严重困难,还同"四人帮"的干扰、破坏作了坚决的斗争。

一九七三年夏天,报上发了《一份发人深省的答卷》。小郑看了,很想不通。这份"答卷"在他脑海里打上了一个大问号:如果大家都交白卷,四个现代化还能实现吗?

一时间,阴云笼罩着学校,一些怪现象出现了:有些学生不来上课了;考试时,一张张白卷交给了老师。但郑埝平不受干扰,遇到考试,依然用双臂夹着一枝笔认真地解答每一道试题,直到自己认为满意了,才愉快地离开教室。

小郑看到同座的一位同学交了白卷走出教室,十分痛心。过后,他问这位同学为什么交白卷?

这同学满不在乎地说:"交白卷怎么啦! 报上还宣传呢!"

小郑的心一阵紧缩。当时,他还不知道这份"白卷"的政治背景,只是觉得不符合毛主席的教导,不符合党的教育方针。他耐心地对这位同学说:"毛主席教导我们,学生'以学为主,兼学别样',列宁也指出,要有效地投身于革命,'就必须学习'。我们怎么能不努力学习,交白卷呢?"

这位同学不耐烦地说:"读书有什么用,反正我以后分工矿,凭力气。"

小郑思索着,难道当一个普通劳动者就可以不要学文化了吗?不对! 但是小郑一时说不出个道道来。

小郑的心里很纳闷。他带着问题反复学习了毛主席的教导:"我们的教育方针,应该使受教育者在德育、智育、体育几方面都得到发展,成为有社会主义觉悟的有文化的劳动者。"毛主席的话如太阳的光辉驱散了密布在他心头的乌云,使他心明眼亮,豁然开朗。他坚信毛主席的指示是青年学生坚定不移的政治方向，按毛主席的指示做，决不会错。他坚定地表示："不管他们那一套。他说他的，我做我的。"从此，他争"三好"的决心更大了。

一次外语课，老师要他背诵课文，他从座位上站起来响亮而流利地全部背诵出来，教师给他评了个"优"，但同时指出了他有几个词音读得不够准确。小郑坐下了，但他总感到有点儿内疚，觉得自己没有完成党交给的任务。

离下课只有几分钟了，小郑举起了断臂，向老师请求再重新背一遍课文。经老师允许，小郑又流利地背了一遍，纠正了读音上的错误。

下课后，有一位同学跑到小郑面前对他说："郑堵平，你家已经有两个兄姐务农了，你又是残缺，肯定分工矿了，何必那么认真卖力地学习啊？"小郑严肃地指出："你错了，干哪一行，都要有为人民服务的真本领。中国靠我们来建设，我们必须努力学习。"

锤炼一颗为人民服务的红心

小郑在智育、体育方面下苦功夫磨练，已经使人们惊叹不止，但是，更加值得赞美的是，他还在思想上严格要求自己，朝着确立无产阶级世界观这个崇高的目标，努力登攀。

他，前进的步伐跨得多大！

"一个人能力有大小，但只要有这点精神，就是一个高尚的人，一个纯粹的人，一个有道德的人，一个脱离了低级趣味的人，一个有益于人民的人。"毛主席这一教导，他不知学习了多少遍。每当他读到这些金光闪闪的字句的时候，心情总是按捺不住的激动。毛主席的教导多么亲切，多么实际，多么鼓舞人啊！他决心要锤炼一颗为人民服务的红心。

一天，大雨滂沱，阴沟堵塞了，马路上积起了齐腿肚的水。小郑见到了，就不声不响地卷起裤腿，来到阴沟边，俯下身子，用断臂一点一点把堵在阴沟里的垃圾钳出来，污水沾染了他的全身，他毫不在意。终于，阴沟疏通了，水哗哗地退了下去。

去年冬天，有一次下大雪，马路上雪白一片，路滑难行，小郑怕行人滑倒，清晨五点钟就起床，用断臂抱着一把大扫帚，顶着寒风扫雪。

一次，他乘坐在一辆电车里，发现有位中年妇女抱着小孩上车，他立即站起来让座。电车一启动，小郑摇摇晃晃站不稳，这时那位妇女才发现小郑没有双手。她感到过意不去，急忙站了起来，要把座位让给小郑，小郑说什么也不肯，回答说："你抱孩子，应该让给你坐。"

学工，小郑本来可以不去，可是他要求去了；而且他利用学工的机会，为工厂抄写大批判专栏和黑板报的稿件，写大幅标语。

学农，小郑又争着去。他为贫下中农写革命对联，打扫卫生。

在向阳院里，他又为居民读报，给红小兵讲故事，搞宣传。

人们赞美小郑，说他比有些双手健全的人还能干呐！可是，我们的小郑是怎么想，怎么回答的呢？"毛主席给了我第二次生命。我要永远听毛主席的话，做毛主席的好学生！"

这钢铁般的誓言，凝聚着他对伟大领袖和导师毛主席的无限热爱，无限忠诚！

他永远不会忘记，是毛主席和共产党把他从死亡的边缘抢救过来。那一年，当他被高压电击伤的时候，生命危在旦夕，手指全部焦烂，全身浮肿，细菌感染，……就在这危急的时刻，当地党组织把他从山东枣庄千里迢迢送来上海，不惜代价，全力抢救，才使他转危为安，重新获得了新生。真是"爹亲，娘亲，不如毛主席亲啊！"

他永远不会忘记，当他遇到困难，遇到挫折，遇到痛苦的时候，又是毛主席的教导，战无不胜的毛泽东思想，给了他无穷无尽的力量，使他重新振作了精神，鼓起了勇气，增添了信心。

"我没有手，还是要苦练为人民服务的真本领！"

"我没有手，还是要学雷锋，争'三好'！"

"我没有手，还是要做一个有益于人民的人！"

现在，他正按照毛主席的教导，向着这个目标努力攀登。

世上无难事，只要肯登攀。

（原载于《文汇报》1977年7月11日）

注：此稿与徐子煜、饶第扬合作。稿件发表后，在全国教育界产生强烈反响，各地学生纷纷来信，表示要向郑垲平学习。1977 年 8 月 14 日《文汇报》选登了湖南湘潭八中学生何日郎、新疆石河子第一中学小学部学生贺海涛、大庆油田采油一部奋勇中学部分红卫兵的来信以及郑垲平写给上海市第九中学四(7)班学生徐月华的复信。同日《文汇报》还登了《以郑垲平为榜样争做"三好"学生》的消息，报道了六十四中学在郑垲平事迹激励下，积极开展比学赶帮活动。此后，徐汇区发出了"向郑垲平同学学习的通知"，郑垲平先后被评为徐汇区"三好"学生和上海市"三好"学生。

忠诚的园丁

——记徐汇区第一中心小学教师吴瑞莲

语文课开始了,女教师用流利的普通话说:"这节课,我们复习第五课《马克思学习的故事》。"接着,由同学们朗读了课文。女教师提问:"同学们,马克思学习的两个特点是什么?"

女教师的话音刚落,课堂里一下子举起了几十只小手,争着要求回答。

一位男同学得到了老师的同意,站起来答道:"马克思学习的第一个特点是善于独立思考;第二个特点是认真向别人学习。"

"对!"女教师满意地点了点头,热情地肯定了这位同学的回答。

接着,她又问:"作者在写马克思学习的两个特点时,采用了什么样的句型啊?"一位女同学说:"用了比喻句和排比句。"

教师请同学们找出了课文中的比喻句和排比句,然后又问全班同学:"排比句的特点是什么?"

全班同学齐声回答:"结构相同,语气一致,连成一串。"

"对!"女教师显得十分高兴。

随后,她又结合课文详细地阐述了叙事排比句的好处。随着她深入浅出的讲解,黑板上陆续出现了:"全面"、"细致"、"生动"等字样,同学们对排比句有了进一步的理解。

这位女教师,就是徐汇区第一中心小学的吴瑞莲。这堂课,是她抓好学生基础知识和基本技能训练的一个缩影。

吴老师今年四十岁,是个有二十年教龄的老教师。二十年来,她怀着深厚的感情,认真负责地教了一批又一批学生,得到了全校师生的一致好评。

就是在"四害"横行的日子里,她也从来没有放松过自己的教学工作。曾记得,一九七二年,她身患重病在家休养,坐在床上认认真真地备完了一整册教材的课,接着又抱病上班,投入了教学工作。那时,她还顶着"四人帮"的压力,配合外语教师,狠抓了外语课基础知识和基本技能训练的落实,学生的外语知识质量有了明显的上升。当时,一些熟悉她的同志悄悄地对她说:"你这样没日没夜地拚命干,倒头来还要受批判,何苦呢?"她却理直气壮地说:"这些孩子长大了,要为建设社会主义祖国出大力,没有文化科学知识怎么行?我们要尽到一个人民教师应尽的责任,只能把他们教好,不能有半点马虎!"

粉碎了"四人帮",吴老师更增添了战斗豪情。去年一月,她担任了三(1)班的班主任,兼教政治和语文。她为了搞好语文教学,采取了一系列措施。她在字、词、句、篇的教学上狠下功夫,布置全班每个学生每天积累十二个已经学过的词汇和两句句子。半年来,学生们不仅巩固了三个学期课文里学过的词汇,掌握了近二百句句子,而且养成了勤奋学习的好习惯。

现有的语文教材,在"四人帮"一伙的破坏下,基本上没有基础知识和基本技能教学的内容,吴老师又根据四年级学生应该掌握的基础知识和基本技能,认真钻研教材,认真备课,有机地补充了这方面的内容。到上学期结束,四(1)班的学生已经初步掌握了这个年级段学生应该掌握的各种句式和句子的结构。

吴老师又选择了《一心为集体的"老坚决"》作为范文,详细讲解了文章的篇章结构,然后带领学生到上海自行车零件二厂参观访问,让学生写一篇记叙文。学生们草稿写成后,吴老师又根据各人不同的程度对他们的作文草稿一一进行批阅指正,指导他们改写第二稿、第三稿。现在许多学生已能写上七、八百字以上的语句通顺的小作文了。看到学生们的点滴进步,吴老师的心里真比吃了蜜糖还要甜呢!

在吴老师和课任老师以及全班同学的共同努力下,上学期期末考查,四(1)班学生各科平均成绩名列前茅,全班被光荣地评为全区学雷锋、争"三好"的先进集体。

(原载于《文汇报》1977 年 10 月 7 日)

为党的教育事业忘我战斗的人

——记徐汇区浦江小学教师谢素珍

在徐汇区浦江小学五年级(1)班的教室里,数学教师谢素珍正在精神抖擞地给同学们讲解着梯形面积公式。她怕同学们不能理解,事先用硬纸板做了一个梯形的模型。此刻,她变换了一下模型的形状,问同学"这是一个什么形状?"

同学们抢着回答:"长方形。"

谢素珍又问同学:"这个长方形的面积同刚才那个梯形的面积一样吗?"

同学们齐声说:"一样。"

紧接着,谢素珍又通过长方形的面积公式一步一步地在黑板上边讲解,边推导出了梯形的面积公式。

她所讲解的每一个步骤都是那样的清晰、详细;她的声音是那样的响亮,精神是那样的饱满,口齿又是那样的清楚,给人留下了深刻的印象。可是每当她在黑板上写字的时候,手总是有些颤抖,甚至连画一根普通的直线也画不直,这是怎么一回事,难道她的手有病吗?

岂但是手有病,她的皮肤癌已经蔓延到了全身。

七年前,她皮肤上患了病,并很快发展起来了。去年上半年经医生切片检查,确诊为"蕈样肉芽肿",即皮肤癌。这不幸的消息对谢素珍和她的亲人是个沉重的打击。当时,她自己的思想斗争也十分激烈,应该如何对待这个致命的疾病呢? 今后的岁月又应该如何度过呢? 她带着这一连串的问题向毛主席著作请教,向英雄人物学习。毛主席关于"我们为人民而死,就是死得其所","为人民利益而死,就比泰山还重"的教导,给了谢素珍无穷的力量,使她懂得人活着为什么,活着就要像焦裕禄、雷锋那样完全彻底地为人民服务。她永远也不会忘记是党和毛主席把她这个贫农的女儿救出火海,培养成人民教师;她更不会忘记一九六一年她患腰椎结核,生命奄奄一息,是党全力抢救,给了她第二次生命。想到这些,她毅然批判了自己消极悲观的错误思想,决心把自己有限的生命,把自己的一切贡献给党的教育事业。粉碎"四人帮"后,谢素珍精神更加振奋,干劲更大了,她到处对人说:"只要我还活着,我就要战斗!"

谢素珍确实用行动实践着自己的誓言。当她的皮肤癌被确诊后,学校的领导和同志们都很关心她,不让她再当班主任了,改做科任教师,教数学和自然常识课。谢素珍一心想把这些课上好,可是癌症使她整天感到疲劳,精力不济。蕈样肉芽肿已经蔓延到她的全身,发出奇痒,每天只能睡二、三个小时。医生要她全休、半休,可她常常上全班。上学期,她坚持上完了她所担任的每一节课。她总是那样乐观,甚至熬着难以忍受的病痛,装出镇定自若的神态来安慰大家。

一天,她上完了数学课和常识课回家,连路也走不动了,好容易才拖着沉重的身子到了家,一下子就睡到床上。她爱人看她吃力得这个样子,就劝她:"你反正是应该全休的,就向领导提出,把常识课辞了。"本来已经累得懒于讲话的谢素珍一听要叫她辞去常识课,就马上说:"那怎么行,我能坚持!"

"你能坚持,看你已经累成这个样子了。"

"我累别人就不累吗?我如果少上课,同志们就要多上课,这不是又要加重别人的负担吗?"

"话是这么说,但也要从实际出发呀。"

"从实际出发,那就是我还活着,我就要干!我决不辞课!"

她爱人见说服不了她,又想让她休息一会儿,就暂时不作声了。

星期二,当谢素珍走进六(3)班教室上常识课的时候,班主任吴老师也走进了教室。谢素珍奇怪地对吴老师说:"吴老师,这是我的课,你搞错了吧?"吴老师说:"没有错,领导决定从今天起你担任的常识课由班主任兼上了。"

"那怎么行!我的课无论如何也不能让你们代上。"谢素珍坚决地说。

"领导考虑你的身体,才这样决定的。"吴老师也不肯离开教室。

这下子谢素珍急坏了,她一边说,一边推,把吴老师推出了教室,上完了这节课。

接着,在她教常识课的其他五个班级都发生了类似的情况,班主任都抢着要上她的常识课。这可又把谢老师急坏了,她急不可待地去找校领导说理了。

庄老师耐心地对她解释说:"你身体不好,所以常识课决定让班主任上了。"

谢素珍强振精神,说:"我这不是很好吗?谁同你们说我吃不消,累啦?"

庄老师忍不住地笑出了声说:"还瞒着我们呢,你爱人都来'检举'过你了。"

这下子谢素珍更急了,她顾不得说更多的道理了,坚决地说:"不管怎么样,抓纲治校,我要出一份力,我不能辞课!"在谢素珍的再三坚持下,上学期,她坚持上完了六个班级的常识课。

在"四人帮"的干扰破坏下,五(1)班的一些同学曾放松了科学文化知识的学习,成绩比较差,有的甚至连乘除法和小数加减法都不会。谢素珍看在眼里,急在心里,她决心利用课余时间帮助他们补习,把"四人帮"造成的损失夺回来。她对那些成绩较差的同学进行排队,然后再根据各人的不同情况在放学后进行辅导。由于学生的水平参差不齐,因此她每天备课的时间和给同学们补课的时间远远超出她上课的时间。在谢素珍耐心的帮助下,五(1)班原来一些成绩差的同学都不同程度地有了提高,有的已经跟上了班级的教学进度。

同学们进步了,知识水平提高了,可是谢素珍的健康却一天比一天差了。由于过度的劳累,她的腋下淋巴迅速肿大了,又酸又痛;原来静止的腰椎结核又开始复发了,腰也疼起来了。但是每当她看到同学们的进步,就把自己的病痛和生死忘得一干二净了。学校的老师和同学都称赞她是个"忘我战斗的人"。

（原载于《文汇报》1977 年 10 月 27 日）

有培养前途的外语人才成批涌现

高校招生发榜了！复旦大学、上海外国语学院和上海师范大学参加外语招考工作的同志不约而同地说：这批新生基础知识扎实，起点较高，十分喜人。在评阅上海石油化工总厂考生盛健的试卷时，老师们争相传阅，一致认为他在翻译中对试题理解正确，文笔流畅，附加题英语作文《我喜爱的一本书——读〈阿 Q 正传〉的感受》层次清楚，语言丰富，得了满分。这是多年招生中未曾见到的优秀成绩。在口试考核时，老师发现考生何晓勤的语音语调特别悦耳动听，按捺不住内心的激动，给她打了个满分。他们啧啧称赞道："她的语音语调很好，年纪轻，才二十二岁，很有培养前途！"

录取的新生来自祖国的四面八方，他们中有的是战斗在三大革命运动第一线的先进人物；有的是归国华侨；有的是曾经在几个国家担任过翻译工作的援外人员；有的早已给科研单位和出版部门翻译过大量外文资料；有的参加了新英汉词典的编写工作……真是人才济济，群花芬芳。

考生的的优秀成绩，是他们坚持刻苦学习的结晶。录取在上海外国语学院英语系的新生吴建惠，是个华侨。她六六届初中毕业后，被分配在上棉二厂当工人，是全厂的先进生产者。她六岁回国，英语口语有些基础，但英文还是在国内从头学起的。十年来，她坚持不懈，刻苦自学。虽然纺织厂三班轮翻，但是她听外语广播却从不间断。做夜班时，早、晚不能收听，她就克服困难，坚持中午收听，几年如一日，坚持学习了英文、法文和日文，同时还坚持参加厂里的七·二一大学和区里举办的业余工专的学习。同志们称赞小吴是个又红又专的青年，但小吴谦虚地说："外语是实现四个现代化的一个重要工具，掌握它不容易，精通它更不容易，今后我要加倍努力学习，为实现四个现代化服务。"七六届毕业生何善强，在这次高考中获得了优秀成绩,招考老师对他的评价是:外语基本功扎实,思路清楚,文化知识全面。小何在红军中学读书时,是个红卫兵干部,各门功课成绩优良,是个德、智、体全面发展的"三好"学生。在"四害"横行的时候,批判所谓"智育第一"的妖风一次又一次地向他袭来,但是他认真学习马列著作和毛主席著作,心明眼亮。他从马克思、恩格斯、列宁的传记中和毛主席晚年刻苦学习外文的事迹中,得到启发和教育,深深地懂得外语对革命事业的作用,尽管"四人帮"散布"外语无用"等谬论,但小何却爱上了外语,对它发生了浓厚的兴趣。他收听外语广播讲座,学完了英语中级班,又参加进修班学习。进修班结束后,他又自学大学的外语教材,还经常将外文版的《北京周报》和其他报纸上的中文消息对照学习,不懂的地方就问老师,问家长。这次高考,小何终于获了得优秀的成绩。

(原载于《文汇报》1978 年 2 月 22 日)

叶丹昭为什么能够连跳三级?

清晨,欢送叶丹昭的阵阵腰鼓声打破了徐汇区向阳小学校园的宁静,敲得师生们心花怒放。

原来,四年级(1)班学生叶丹昭,在粉碎"四人帮"后,决心为实现四个现代化发奋学习,在不到一年时间里,学完了小学课程并继续学习初等代数、平面几何、外语等。经五十一中学考核,小叶取得了优良成绩:数学,九十二分;物理,九十分;外语,八十五分;语文,良。后由徐汇区红专学院及区教育局复核,并报请区委批准,同意叶丹昭跳三级升入五十一中学八〇届学习。

欢送队伍出了校门走在马路上,一路鼓声引出了一路赞扬声:

"小家伙连跳三级,是个人才啊。"

"看,棒棒的身子,一副结实相,定是全面发展的'三好'学生。"

一路鼓声也引出了一路疑问:

"这孩子的天赋特别聪明吗?"

"家里有专门教师辅导吧!……"

亲爱的同志啊,你们的疑问是合情合理的,可是,你们得到的回答,却是否定的。

叶丹昭今年十一岁,他的脑袋并不"特别灵",他的家庭是一个普通的双职工家庭。一年多前,他还很贪玩,学习也时松时紧,成绩一般。"不到一年"与"连跳三级",在他身上似乎联不到一块。可是,现在却联上了,这究竟是怎么回事呢? 古语说:"梅花香自苦寒来,宝剑锋从磨砺出。"还是让事实来告诉大家吧!

宝剑锋从磨砺出

叶丹昭爱动,也爱动脑筋。他会想各种各样的问题。当他知道地球是圆的之后,就琢磨着人为什么能站在地球上不掉下来,是不是地球也和磁铁一样,对人有吸引力呢? 当他到妈妈单位里看到电子计算机能预报天气,他又想开了:电子计算机能不能预报地震呢? 如果能把唐山地震发出的巨大能量用于社会主义建设,转害为益,该有多好啊! 他想问题时,连吃饭也心不在焉。有一次吃晚饭,他看见一架飞机飞过,就端着饭碗发起呆来了。"啪"的一声,饭碗掉在地上了。妈妈生气地说:"你怎么啦! 吃饭连碗也捧不住了!"妈妈责怪他。他却若无其事地仍旧楞楞地站着。原来,他的心早已跟着那架飞机飞到老远了。

"昭昭,你在想什么?"妈妈又大声地问道。

"噢,噢,我在想一个问题。"小叶被惊"醒"了过来,喃喃地说。

他告诉妈妈:"刚才,我看见一架飞机,我想,等将来航空事业发展了,天上的飞机、飞船像地上的汽车那么多,如果没有个空中指挥站,飞机和飞机不就要相撞吗? 那么怎么建设那些空中指挥站,又怎么使它们固定在空中,就像我们现在的交通岗亭一样呢?"

有些问题,父母和老师也回答不了,就引导他看有关的书籍。从书中他获得了很多闻所未闻的知识。他高兴极了,惊叹地说:"喔唷! 原来书里有那么多好东西!"

从此,他爱上了书,而且特别爱好科技书。《十万个为什么?》他一本接着一本全部看过了。《少年科学》他期期必读,一到手,就如饥似渴地读。他课间总爱看科技读物,或者在纸上画这画那,演算题目;有时一个人在操场上踱来踱去,想问题。他精力充沛,又爱用脑子,懂的东西也多,课堂上有限的知识已经不能够满足他了。班主任王永珍老师就同他的家长联系,适当地给他增加一些课外学习内容。从去年十月一日开始,王老师引导他系统地学习初等代数。学了代数,他觉得用代数的方法解算术应用题,使原来许多复杂的题目变得简易了。现在他每天早晨六点起床就自学和锻炼身体,中午收听英语广播,下午回家做代数、几何习题,晚饭之后继续自学到近十点钟。

叶丹昭变了,他得了一个自学的癖好。

去年寒假,他三舅爷爷从天津到上海来度假,他跟着三舅爷爷学英语,每天记三十个单词,学一课课文。他早也背,晚也背,走路也背,甚至睡梦中也在背。一天深夜,全家已经安睡,只有他叽哩咕噜地背着英语,妈妈被他吵醒了,唤着他的乳名:"昭昭,昭昭!"他半睡半醒,迷迷胡胡地说:"别吵我,别吵我,我正在考试呢!"妈妈用力地推醒他。他说:"好紧张哟,刚才三舅爷爷考我,我答不出,急得要命,就背起书来了!"

又一回,妈妈早晨上班前布置给他一批作业,许多题目他都做出来了,只剩一道证明比例的题目,他从早晨想到中午,从中午又想到晚上,直到深夜十点,还没有做出来。妈妈叫他睡觉了,怎么办?问一问妈妈吧。很快,他打消了这个念头。不!问爸爸、妈妈,是很省力的,但是,自学自学就是要自己学啊!不刻苦学习,怎么会有好成绩?想走捷径,会一事无成的。于是,他在书上做了个记号,准备明天一早起来再做。可是上了床,他怎么也睡不着,他的心被未证明的难题攫住了。他苦苦思索着,终于想出了一点道道。

他兴奋得马上披起衣服,开亮台灯,抓住灵感,推导证明。证明完了,他按捺不住心头的高兴,跑到床前,猛力地推着妈妈:"妈妈!妈妈!我证明出来了!我做出来了!"妈妈睁开惺忪的眼睛问:"什么东西做出来了?"他不好意思地说:"就是你早晨布置给我的一道证明比例的题目,我做出来了。"妈妈看了一下,他证明的过程完全正确,又高兴又心疼地说:"好孩子,快睡吧!"

叶丹昭学习入了迷,这样废寝忘食的事情还很多。有一次,爸爸给他讲伽利略的故事。他就在家里的竹杆上系上了长长短短的绳子,扣上同样重的塑料环,做起摆的实验来了。他在《少年科学》上看到浮力,就把弟弟的塑料玩具装在塑料袋里,先在空气中称,然后再放在水盆里称,发现果然轻了二两。一个星期天的上午,他在《少年科学》上看到介绍古代计时漏斗的故事,他的思维又在翩翩起舞了。他想圆柱形量杯的刻度间距是相等的,而计时漏斗是圆锥形的,它的刻度间距一定是不相等的。那漏斗上的刻度是怎样算出来的呢?他冥思苦想到中午,才根据圆锥的体积公式排出了一个二元二次方程式。只有一个方程式,二元二次方程是解不出来的,必须再立出一个二元方程式才行。可另一个方程式,就是想不出来。他画了一张又一张草图,根据已知条件列出了一个又一个式子,都不行。

"不会解不出来的,要不然古人是怎么算出来的呢?"他自言自语地鼓励自己,默默地念着叶副主席《攻关》的诗句。困难就在眼前,可是他一点也不气馁。

吃过晚饭,他振奋了精神,又开始研究了。他终于运用自己学过的相似三角形知识列出了另一个二元一次方程式,求出了方程的解,再用勾股弦定理求出了圆锥表面的刻度。

越学越不知足

人们会问,叶丹昭这个一心探求知识宝库的少年儿童,时时刻刻磨砺自己的原动力究竟是什么呢?

有一次,爸爸带他去看电影《甲午风云》。影片里邓世昌的音容笑貌,深深打动了他。他看着看着,仿佛置身在邓世昌所管带的致远号战舰上,袒着胸,捋着袖,操着炮,把仇恨的炮弹一下子倾倒在日本帝国主义的贼船上。可是,随着电影情节的变化,他却从兴奋到懊恼,再到忿恨。看到最后,邓世昌以身殉国了。他想,多好的人哪!全力以赴,英勇搏击,牺牲生命,换来的却是甲午海战的失败。他捏紧了小拳头,气得流出了眼泪。

这究竟是为什么啊!他难过极了。

他终于悟出了一个道理:旧制度的腐败、经济技术落后是要挨打的。在学习了新时期总任务的时候,邓世昌和致远号战舰重又浮现在他脑海里。他发誓:"一定要把祖国建设成为伟大的社会主义现代化强国!"他呼吸到了时代的气息,触到了时代的脉搏,意识到落在自己肩上的担子的份量。

又有一次,他与同学们一起参加一个与老科学家的见面会。聆听着老科学家们为早日实现四个现代化的豪言壮语,他情不自禁地谈了自己发奋学习的决心。会后,他一回家,就对妈妈说:"老科学家为祖国兴旺做了那么多事,还要从'零'开始,我懂得太少了,太少啦!"他一头钻到数学书里,妈妈怎么叫也不愿休息。他说:"我可得扎扎实实学点儿本事呐。"

新时期总任务的鼓舞,党和人民的期望,老科学家的楷模,一桩桩,一件件把他的心儿紧紧攥住了。不到一年时间里,他读了百来本科普读物,学完了初等代数、平面几何等基础课程。他遨游在知识的海洋里,贪婪地吮吸着新知识,越学越不知足。他感到自己近年来的所学所得只不过是登上了科学的一个小小土丘,跨上了通向科学顶峰之路的一个台阶。大自然敞开她那宽阔的胸膛,等待着年轻一代去揭开无穷的奥秘。他常常对人说:"我学得太少了,真太少了!"

跃向新的高度

叶丹昭刻苦自学取得了好成绩,向阳小学要他介绍经验,五十一中学召开全校师生大会把他迎进学校,大红花,大奖状,……小叶幼小的心灵经受得住赞扬、荣誉等等带来的考验吗?

有一天,叶丹昭的爸爸为他借来了《自然科学大事记》一书。他一看就爱不释手。那上面记载了多少发明家、科学家的事例啊。他贪婪地看完了它,还是舍不得放下,翻过来复过去,边看边思考。突然,他像哥伦布发现新大陆似地喊道:"妈妈,世界上获得诺贝尔奖金的有名科学家,大多是二、三十岁的人。看来,读书还是要趁小的时候用功啊!""当然罗,年纪轻,记忆力强,奋发有为呐!"妈妈见孩子开了窍,心里真高兴。

五月一日,北京电视台介绍湖南省十一岁的少年大学生刻苦学习的事儿,也把叶丹昭深深吸引住了。他望着电视里戴着红领巾的大学生,再低下头看看佩戴在自己胸前的红领巾,心潮起伏难以平静。他自言自语地说:"人家也是十一岁,已经学到了大学程度,我起步太慢了。"他不禁与那位少年大学生说起话来:"你能,我为什么不能?我要学你,赶你!"妈妈在旁一边听,一边点头。

现在,叶丹昭像跳高运动员那样,奋起一跃,跨过一个高度,就把横杆升向又一个高度。叶丹昭常常思考着:革命的青少年在革命的征途上只有起点,没有顶点,应当怎样冲破重重障碍不断跃向新的高度呢?

叶丹昭所思考的问题,不也是我们时代每一个青少年所需要认真思考的吗?

(原载于《文汇报》1978 年 5 月 14 日,此稿与徐子煜合作。)

任银生同学是怎样转变的

放学后，一群快乐的学生涌出昌化中学的大门。任银生和他的同学小徐，三步并着两步喜盈盈地往家走。

小徐刚跨进任银生家，就告诉小任母亲："银生妈妈，你家银生今天撤销处分了，老师还表扬了他呢。"

"是真的？你别骗我了，他不挨批评就蛮好了，那能有受表扬的份儿。"

"不信，你到学校去问老师。通告都贴出来了。"

"真的？"妈妈简直不相信自己的耳朵，又将信将疑地问了银生一句。

小任腼腆地"嗯！"了一声，就去做作业了。

孩子有转变，老师近来家访时也谈起过。但没想到竟在今天就被撤销了大过处分，母亲显得有些过分的激动，脸上的皱纹舒展了。她笑了。

这件事给小任一家和他家所在的仁义里委的干部、群众都带来了欢悦，也引起了母亲对往事的回忆。

在"四害"横行的时候，任银生受了毒害，不想读书，几乎是个文盲。后来，情况就更糟了，他交上了坏朋友，时常和一些流氓阿飞混在一起，抽香烟，穿奇装异服，留怪发型，上学不带书，上课瞎胡闹，回家又不做作业。老师同他谈心，他也听不进去。

粉碎"四人帮"以后，班主任程湘泉老师一天晚上来家访，想争取家长配合，共同教育他，不料，他非但不接受老师的教导，还蛮不讲理地打了老师两拳。

在"四人帮"横行的时候，学生打老师，是司空见惯的事，张春桥还居心险恶地说这是"勇敢行为"。但是，这一次情况不同了，任银生打老师，引起了一场轩然大波。群众都很气忿，纷纷说："这都是'四人帮'作的孽,好端端的青年叫他们教坏了。""一定要把这种歪风邪气煞住!"

任银生看见周围几十双指责的眼睛望着他,听到群众忿怒的谴责声,心慌胆怯起来了,拔脚就跑。

他一口气跑到昌化路桥上。他第一次意识到现在的社会风气变了,意识到群众谴责的力量。他无目的地徘徊在拱型水泥桥上,感到有一种无形的压力,开始后悔自己的错误举动。

"这下子老师一定恨死我了,眼看快要毕业了,老师大概要找机会报复我吧。"

"现在形势不同了,学生打老师,学校决不会不管,受处分是肯定了。"

"仁义里委是先进里委,出了这件丢人的事,群众也决不肯放过我的。"

"我的前途完了……"

想到这些,小任感到一阵阵后怕,同时交织着悔恨。

他伫立在桥上,呆呆地望着苏州河水,痴痴地想着:"祸已经闯了,今后怎么办呢?"他徘徊、思索了两个多小时,终于下定决心:回去承认错误!

晚上十点钟光景,任银生回来了。

母亲劈头就问:"今天老师上门家访,你为什么打老师?"

父亲也向他提出了一连串的责问:"现在'四人帮'被打倒了,那种'文盲'吃香、'流氓'威风的时代已经一去不复返了。青年人都在这大好形势下大干快上争上游,你却往那下坡路上越滑越远,你想过你的前途吗?"

"张铁生可耻的下场,就是最好的反面教材。"哥哥也批评他。

听着大家的批评,任银生又难过又害怕,他仿佛自己就站在一个悬崖陡壁上。虽然是大热天,他也不由地打了一个寒颤。

这时候,里弄党支部书记陆小英也来了,见到这情景,便因势利导地启发他说:"旧社会,穷人的孩子对读书连想也不敢想。现在你们有这样好的条件上学,你却不好好地学,还要打老师,你做得对吗?"

小任惭愧地摇了摇头,表示认错。

此刻,任银生脑子里翻腾得更厉害了,他想起了在办公室里,程老师和自己一起学习毛主席的教导,鼓励自己迎头赶上;

在教室里,程老师和自己谈心,指出自己的缺点,告诫我不要再和那些流氓阿飞混在一起;

放学以后,程老师热情帮助自己补习功课,手把手地教我做数学题;

一件件,一桩桩,像过电影一样出现在任银生的脑海里。

这一夜,小任难过极了,说什么也睡不着,翻来复去地想着怎样向老师检查错误。

可是,第二天当他看见程老师的时候,一颗心紧张得"扑咚,扑咚"地直跳。他想,老师一定是不肯原谅我的。他丧失了走向老师的勇气,甚至连看也不敢再看老师一眼。他慢慢地走开了,心里嘀咕着:"算了,我就用实际行动改正错误吧。"

数学课上,任银生正在聚精会神地听着程老师讲课。突然,他的目光无意地触及到了程老师的目光。他感到一阵脸红和剧烈地心跳,难为情地低下了头。

程老师也从这一瞬间的眼神中感到一种欣慰。他了解小任这个码头工人的儿子,本质还是好的,只是中了"四人帮"的毒,才误入歧途的。刚才分明是欠意的目光,后悔的眼神,悔过的表示。

一定要把任银生争夺过来的激情又在程老师的心头翻腾起来了。放学后,程老师把任银生叫到办公室谈话。程老师严肃地指出小任的错误行为震动了全校,影响极坏,性质十分严重。

"我错了。"小任沉痛地说着,又低下了头。

"认识了错误,这是个进步。"程老师肯定了这一点,接着又说:"但这还不够,还要拿出实际行动来改正错误。我们希望你从错误中找到教训,痛改前非,把坏事变成好事,从哪里跌下去,就从哪里爬起来。"

小任从程老师的话语里受到了鼓舞,慢慢地抬起头来,看了看程老师。

接着,程老师又和小任谈起了本世纪末我国实现四个现代化的美好前景。那时候小任该是个四十岁的壮年汉子了。程老师感慨地说:"如果你现在不好好学习,没有过硬的本领,将来拿什么为祖国的四个现代化服务啊!"

小任昨天还在黑暗中犹豫徬徨。今天,他在教师、家长和里弄干部的教育下,已经看到了光明,看到了自己今后应该走的道路。

几天后的一个夜晚,昌化中学和仁义里委向阳院联合召开了一个揭批"四人帮"破坏青少年教育罪行的大会。会上,任银生也忿怒控诉了"四人帮"对自己的毒害。他激动地说:"我一定要彻底批判'四人帮',肃清他们的流毒,好好学习,天天向上,做一个无产阶级革命事业的接班人。"

程老师、家长、里弄干部和群众第一次听到他说这样的话,心里真比吃了蜜还要甜。

此后,班主任程老师和张老师为小任的进步创造了不少条件。两位老师经过商量,调动了他的坐位,安排他同班上最好的学生同坐,可以经常得到好同学的帮助;他学习上有困难,放学后老师就将他留下进行个别辅导;里弄里出现了赌博现象,老师又及时地找他谈心,给他打"预防针";程老师还配了一把教室的钥匙交给他保管,鼓励他多做好人好事。

这钥匙虽小,却饱含着老师的信任和勉励。小任接过钥匙,手激动得发抖。他暗暗下了决心,决不辜负老师的殷切期望。

从此,他每天提早到校,打开教室的门,擦桌椅;放学后,等同学们都走了,他一扇一扇地把窗门关好。有时候,值日的同学忘记打扫,他又默默地把教室打扫干净。

老师在全班同学面前表扬了他的点滴进步。小任感到一阵心热,一股暖流暖遍全身。这表扬,对他来说,还是有生以来的头一回,怎能叫他不激动? 顿时,他觉得眼前的道路更宽阔了,更有奔头了。

从那以后,他再也不旷课逃学了,上课能专心听讲,听不懂的地方,下课再问老师和同学。作业也能按时完成了。回到家里,他总是和同学一起看书。有时还起早带晚地做功课。爸爸、妈妈看在眼里,乐在心上,说他简直换了一个人。

小任是怎样想的呢? 每当他同人谈起,总是悔恨莫及地说,"四害"横行的时候,读不读书一个样,反正总能毕业。现在可不同了,党中央提出择优录取的原则,学习不好,品行不好,就不能毕业。特别是学习了邓副主席在全国教育工作会议上的重要讲话,他产生了强烈的紧迫感:一定要把"四人帮"造成的损失夺回来!

就在他努力前进的时候,一些不三不四的人又时常出现在他的家门口,想拉拢他。里弄干部和退休工人就像看护婴儿一样,时时刻刻地护着他。

那天,一个穿着奇装异服的人又来到了任银生家门前,小声地叫着:"银生"。对门八十多岁的退休工人、居民组长江伯伯听见了,连忙赶来,一看是个流氓阿飞,便厉声责问道:"你来干什么?""银生现在改邪归正了,不许你再来勾引他。你也该好好改改,重新做人了。"那小流氓见小任不理他,只好灰溜溜地走了。

又一回,一伙不三不四的人来到小任家门口喊他,小任不睬他们,他们就要强拉他出去。江伯伯又走过来训斥他们,把他们赶走了。

驱逐了那些小流氓后,江伯伯又及时地同小任谈心,帮助他回顾总结了过去犯错误的教训,勉励他从思想上、感情上和那些人划清界线,争取更大的进步。

八十多岁的江伯伯,无私地关心着小任的进步,使小任非常感动。他想,我决不能辜负大家的一片盛情好意啊。

在老师、家长、里弄干部和退休工人的关怀下,小任顶住了外界的干扰,并能对一些后进的青年做些规劝工作。遇到个别坏家伙讽刺打击他时,他也能正确对待,勇敢地同他们说理。

现在,任银生不仅能够努力学习,遵守纪律,热爱劳动,关心集体,而且也很尊敬老师。在回收废钢铁的队伍里,他汗流浃背地踏着一辆黄鱼车,行进在桃浦往上海的公路上;在大扫除的人群中,他抢着最脏最累的活儿干;在搬砖头的劳动中,他看见五十多岁的张老师显得很累的样子,便尊敬地说:"张老师,你歇歇,我来。"

过去,他和流氓阿飞为伍,老师要他同这些人断绝来往,他总是忙不迭地为他们辩护。现在,他提高了觉悟,主动地向老师揭发了一些流氓在校外的罪恶行径,同他们彻底划清了界线。

昌化中学党支部根据小任的进步,在红五月里撤销了他的大过处分。

看着这张撤销处分的通告,泪水模糊了任银生的眼睛。他心潮起伏,思绪翻滚:党中央呵,您一举粉碎了"四人帮",挽救了革命,挽救了党,也挽救了我任银生啊!

(原载于《文汇报》1978 年 7 月 9 日)

注:此稿由时任文汇报教卫部主任周明初交给总编辑马达审定时,马达看了很满意,称赞这篇通讯写得好。即打电话问周明初:"任银生转变的稿子是王宝娣一个人采访完成的?"周明初回答:"是。"于是马达亲自为通讯作了标题:"任银生同学是怎样转变的",并高兴地告诉编辑署上:"本报记者王宝娣"的署名,以资鼓励。这也是文革后《文汇报》第一次为通讯作者署记者姓名的先例。在此之前,通讯只署"本报记者"或"本报通讯员",不冠记者姓名。

更好地关心改正了错误的青年

记者在控江新村采访三结合教育青少年的时候，控江新村派出所所长向记者提出了一个问题：

"已经改正了错误的青年该不该分配工作？"他还说："实际上，现在有不少单位还是用老眼光看待一些犯过错误的青年，只要看见材料里有曾经被拘留过或参加过专政机关的集训班，就不愿意接受他们了。至于曾被强劳和进过少教所的青年，那就更不用说了。"

据了解，这种情况不仅控江街道有，全市各区、各街道都有。有一个区举行中学生足球联赛，就不同意工读学校的中学生参加。卢湾区吉安路派出所的同志反映，从一九七四年以来，五年中，该街道没有安排过一名已经改正错误的青年参加工作，就连组织他们到工厂劳动锻炼，有些单位也拒不接受。有的青年自愿要求参加农场建设，也不批准。甚至连符合顶替条件的青年，有关单位也坚决不收。黄浦区牯岭街道有的确实改正了错误的青年，闲散在社会上好几年没有工作，迫不得已，自找门路到外地谋生，结果上当受骗。

为什么会出现上述种种情况呢？据说一是没有安排这些人的政策和条文，下面工作的同志觉得难办；二是有些领导和有关同志还心有余悸，怕负责任，怕弄不好会犯右倾错误；三是认为现在还有好些没有犯过错误的青年等待分配工作，这些人的就业就更没法考虑了；四是社会上一些人歧视他们，把他们看死了，因此分配到哪里，都不肯接受。长期来，这些青年的思想十分苦闷，为自己的前途忧虑。他们走访区、市有关部门，询问里弄干部：何时可以分配工作？得到的回答只是同情和安慰，不解决实际问题。久而久之，一些已经转变过来的青年看不到自己改正错误后的光明前途，思想又有反复，有的重新违法犯罪，有的甚至抱着"横竖横，坐班房"的态度，成为害群之马，带坏一批青少年；有的青年确实改正了错误，想重新做人，但是没有

173

出路,使他们感到前途无望,产生悲观厌世的思想。他们在无数次地悔恨之后,常常自问:今后怎么办?

是的,这些确实已经改正错误的青年,今后将怎么办呢?广大群众同情他们。这些青年原先也都是好端端的孩子,只是中了林彪、"四人帮"的毒害,才误入歧途的。现在经过各方面的教育帮助,已经悔悟,并且用实际行动改正了。金无足赤,人无完人。谁不犯错误呢,错了就改,改了就好嘛。记者认为对待确实改正了错误的青年,应该认真贯彻"惩前毖后,治病救人"的方针,给他们有悔过自新的机会,在工作的岗位上让他们经受锻炼和教育,重新做人。社会各行各业和有关劳动就业部门,既要从政治上严格要求他们,又要从生活上和工作上满腔热情地关心、帮助他们,创造更多的条件和机会,使他们看到确实改正错误以后的光明前途。俗话说:"浪子回头金不换"。这些青年今后的道路还很长,我们总不能抓住他们学生时代的某些错误,记人家一辈子"账"。那种把他们看死的观点,是不利于对后进青少年的教育的,只要他们确实已经改正了错误,我们就应该用发展的眼光看待他们,既往不咎,相信他们在今后的几十年里,能够为党、为人民作出贡献。

当然,目前要一下子把所有已经改正了错误的青年都安排工作,是有困难的。但是市、区有关部门必须重视研究这批青年的就业和出路问题,要有一个统一的考虑,可否按照择优录用的原则,根据他们的不同情况和表现,分期分批地进行安排。即使对目前尚不能安排工作的青年,也应将他们组织起来,学政治,学文化,参加公益活动,不要让他们闲散在社会上。社会各方面都要关心他们的成长,广开门路,为他们创造更多的就业机会,使他们早日走上工作岗位,把青春献给祖国的四个现代化建设。

(原载于《文汇报》1979 年 6 月 8 日)

雷锋精神育后人

——记建青中学学生学雷锋几个故事

在建青中学校门口的布告栏里,贴着一张大红纸写的表扬信,表扬该校李元庆等三位同学拾金不昧的事迹。

像这样的事在建青中学举不胜举。八年来,他们坚持开展"学雷锋,创三好"的活动,同学中新人新事层出不穷。下面记叙的是其中几个片断——

像雷锋那样关心别人

提起七五届学生蔡菊英帮助病残同学的事情,人们赞不绝口。开学的第一天,中一(1)班来了个残废的同学小房。她下肢瘫痪,不能行走,由几个原来小学里的同学帮助,费力地摇着一辆自制的小车来到学校。蔡菊英看到这种情景,心想:我应该学习雷锋同志,帮助小房克服困难。她对小房说:"我和你住得近,今后我送你上学、回家吧!"

这天放学时,小蔡就推起小车,把小房送回家。在小蔡的带动下,班里的小王、小李等女同学也和小蔡一起,经常帮助小房推车。

一个冬天的早晨,刺骨的北风,刮得人们脸颊生痛。伴着阵阵寒风,雨点迎面扑来。小房没带雨具,小蔡怕她淋着,就用左手撑伞给小房挡雨,右手拉着车身往前走,衣服被雨水淋湿了,手指冻得通红,但她全不在意。

蔡菊英和其他同学的关心,使小房深深感到集体的温暖。她想:"大家关心我,我也要关心集体,做一个身残志不残的人。"她看到教室脏了,就主动打扫卫生。小房双脚残废,不能站立,打扫时就坐在一条小板凳上,一步一步地移动。学期结束时,小蔡和小房都被评为"三好"学生。

不让一个同学掉队

一天下午放学后,新考进建青中学初一年级的桂萍同学,眼泪汪汪地喊住班主任老师说:"刘老师,我要求转学。"

"为什么?"刘老师被这突如其来的请求怔住了。

"我功课跟不上。"

原来,桂萍不适应新的学习环境,加上学习方法不大对头,虽然花了很大气力,人也瘦了,成绩却不见提高,心里很着急。

刘老师请来桂萍的父亲,同他商量说:"我看先不要转学,我们请同学们帮助桂萍一个时期,看看情况再说,怎么样?"

桂萍留下了,刘老师把帮助桂萍的任务交给了尹梅卿,又把桂萍的座位安排在小尹旁边,便于她俩相互帮助。

尹梅卿学习成绩优秀,为了帮助桂萍,下了很大功夫。放学后,小尹主动约小桂留在学校里一起做功课。小桂学习上碰到了困难,小尹不厌其烦地进行辅导。

桂萍的成绩赶上来了,在去年学校举行的一次初二物理竞赛中,她获得第二名。

桂萍从自己的进步中,深深体会到组织的温暖和集体的力量。她也把帮助其他同学看成是自己的责任。张永绚同学脚骨折后,在家里休养了两个多月。每个星期,小桂总要到小张家里去二、三次,帮她补习,使小张不仅跟上班里的学习进度,而且在期终考试时得到了较好的成绩。这件事老师和同学们都不知道,直到小张的家长打电话给老师,要求学校表扬桂萍时,才知道桂萍帮助同学补课的事。

自觉维护社会公德

一九七七年十月的一天中午,两位中年妇女来到建青中学党支部办公室,反映了建青中学一部分学生不买车票坐车从沪西体育场回来的事情。

学校领导和老师们认为,这反映了学校政治思想工作中的弱点,应该抓住这件事对学生进行新道德、新风尚教育。

第二天一早，学校召开了广播大会，讲了这件事。中午放学时，就有几十个同学向老师承认了错误。

老师又组织他们讨论：这件事错在哪里？这些同学难过极了。有的说："我们没有处理好个人与集体和国家的关系，暴露了我们思想上的个人主义。"有的说："逃票是破坏社会公德的错误行为。"他们认识了错误，并按规定补了票。

坏事变成了好事，同学们懂得了怎样做遵守秩序、维护社会公德的模范。一次，初三(6)班的同学小李在打扫教室时，不小心打碎了一块玻璃窗，谁也没有看见。但是小李想如果雷锋遇到这样的事将会怎样对待呢？想着，想着，他到总务处，赔偿了损坏玻璃的钱。

遵守革命纪律

一九七七年夏天，学校组织同学参加三夏劳动。中三(1)班同学到稻田耘稻。好些城里长大的姑娘都害怕蚂蟥，不敢下水田。小邹想到自己是班干部，鼓了鼓勇气，带头走了下去。可是，事有凑巧，一条一寸多长的蚂蟥粘在小邹的小腿上了，她用劲地拍了好几次，都未拍下来。小邹虽然心里很紧张，可头脑却很冷静。她想：同学们本来就怕蚂蟥，如果我一紧张，大惊小怪地叫出声来，就会影响大家的情绪，影响劳动纪律，影响生产。于是她忍耐着，一步一步向前耘着稻。这时，一位检查劳动质量的女社员看见了，赶忙用手捏住蚂蟥上端的尖头，用力地撕了下来。鲜血从小邹的腿上往下流，小邹没有吭一声。

营部表扬了小邹顾全大局，自觉遵守劳动纪律的事迹，教育了全体同学，进一步加强了大家的组织性、纪律性。

一天，中三(1)班正在田里抢收麦子，忽然间，狂风四起，瓢泼的大雨泻下来。一会儿，同学们的头发、衣服全都淋湿了，可是没有一个同学去避雨。他们在老师的指挥下，冒雨继续抢收。

经过三刻钟的奋战，六亩多地的麦子全部抢运到生产队的水泥场上垛好，用塑料布盖好了。社员群众看见浑身泥巴的学生在大雨中奔忙着，赞叹地说：这么好的学生，多年不见了，他们多像雷锋呵！

发扬"钉子"精神

近几个月,好消息接踵传到建青中学,人们奔走相告:"长宁区中学生数学竞赛第一名是建青中学的学生";"长宁区中学生物理竞赛第一名也是建青中学的学生";"高一理科(1)班的徐学萍同学获得了上海市中学生数理化竞赛化学一等奖";"高一理科(2)班徐家赛同学获得了上海市中学生数理化竞赛数学二等奖后,又获得了全国中学生数学竞赛三等奖。"

建青中学的师生心里十分明白,这些成绩的取得是同坚持学雷锋分不开的。

就拿获得全国数学竞赛三等奖的徐家赛同学来说,两年前,他的数学成绩还很一般,但是学校组织的与科学家见面会给了他深刻的教育,鼓起他学习的信心。

去年暑假,小徐订了一个自学数学的计划。整个暑假他每天都要自学十小时。一天晚上,小徐遇到了一道解析几何的难题,攻了几个小时,还没有做出。妈妈一觉醒来,看见台灯还亮着,催促他说:"家赛,早些睡吧,反正是暑假,明天再做吧。""不,我今天的自学计划还没有完成呢。"说着又埋头钻研起来了。

徐学萍同学初二从别的学校转学来时,由于教学进度不同,化学和平面几何一点也没有学过,但是他硬是挤出时间问老师、问同学,补上了脱下的课程。他不仅赶上了进度,而且上学期大考获得了同年级总分第一,今年又获得上海市中学生数理化竞赛化学第二名。

(原载于《文汇报》1979 年 7 月 11 日,此文与陶洪光合作。)

乐为祖国育英才

——记上海市育才中学校长段力佩

"光复中兴,定邦将卅哉,莫道人事沧桑。喜看前景多美,几十年来辛苦算什么?迫害算什么?须眉皆白又算什么?高歌桃李劫,引吭声铿锵。"育才中学校长段力佩在建国三十周年前夕,回顾自己五十年的教育生涯,感慨万千,赋下了《建国三十年抒怀》。

五十年的教育生涯,几经沧桑,又几经离乱,尝尽了人生悲欢离合的各种滋味,怎不叫人感慨万千?

段力佩出生于江苏金坛的一个知识分子家庭。父亲一生清贫办学。他少年时期就有志于像父亲那样做个清清白白的教书先生,使人知书明理。一九二九年秋,段力佩从江苏省立第一师范毕业后,就回家乡公立书院小学任教。

一九三九年春,他同共产党的外围组织有了接触。于是,在党的领导下,他来到了流浪儿童教养院对孤儿进行感化教育,使那些濒于死亡的孤儿恢复了孩童应有的天真,在他们的心上播下了打倒敌寇、光复祖国的种子。一九四一年,段力佩光荣地加入了中国共产党,他才真正懂得了教书教人,通过教育为党工作,为民主革命培养战士,为祖国培养人才。他鼓励学生为争取民主、自由而战,起来推翻蒋介石的统治,走解放的道路。学生在革命思想的熏陶下,走上街头,参加反饥饿、反内战的示威游行。

黎明前更黑暗。蒋介石反动当局企图封闭储能中学,逮捕了进步学生,段力佩挺身责问警察局反动警察:"你们凭什么逮捕我的学生?"

"他们上街游行。"

"游行有什么罪?反对内战有什么罪?爱国又有什么罪?"

一连串的问题责问得反动警察张口结舌。

反动派盯住段力佩了，他们要对他下毒手了。

党命令他离开储能中学，转移隐蔽。

钟山风雨起苍黄，百万雄师过大江。人民解放军的节节胜利，宣告了蒋家王朝的覆灭。上海解放了！段力佩淌着幸福的泪花迎接新中国的诞生。他代表党组织接管了辑椝中学（今市东中学），随后又被调到育才中学任校长。

学校回到了人民的手中，段力佩心中是多么高兴啊！他从一九二九年踏上教书的道路，历经忧患，饱尝辛酸。今天，站在学校的讲台上，为祖国为人民培养人才，怎能不高兴呢？

为了全身心地投入工作，他以校为家，全家就住在学校楼梯旁一间十平方米的盥洗室里。这样，他可以和教师朝夕相处，共同研究教学。他十分清楚，校长的职责就是合理地妥善地组织教学，不断提高教育质量，为国家培养更多的人才。从一九五三年开始，他就亲自兼课。他从实践中发现，强调了教师的主动性，学生的积极性却没有得到很好地发挥，课堂教学缺乏生动活泼的气氛。

一次，一位国外留学的育才毕业生来看段力佩，同他谈起教学改革的问题。这学生说："段校长，育才老师在教学上花了不少功夫，但我们这些学生在大学里的自学能力比其他中学毕业的学生差。"

"哦，你谈谈看，这是什么原因？"

"我以为育才的教学方法不够灵活，教师上课一讲到底，灌得多，让同学自己琢磨、思考得少，因此学生有依赖思想。"听到这诚恳的分析，段力佩高兴极了，连连说："对，对，对！你为我们找到了一个大毛病，我也这样想呀。"段力佩把这些意见认真地记在笔记本上，他决心探索新的教学方法。

段力佩像一个植物学家培育新苗一样，每天在课堂上仔细地考察、研究教学方法和教学效果，一有所得就立刻记下来，总结推广；有些教师不理解这些经验，他就组织公开课，用事实，用比较的方法，说服他们改进教学。

教改开始时，语文学科搞得比较好，学生成绩显著提高了，但数学教研组的有些教师有顾虑，起步慢，段力佩主动向数学教研组长提出要为初一(3)班上一堂数学课。消息传出后,许多老师都来听课,要看看他怎样改革数学教学。

上课了。段力佩用十分钟的时间讲了新课内容,然后让同学们讨论,通过讨论了解同学对新课掌握的情况,对他们不理解的地方再进行引导。离下课还有二十分钟时间,他拿出了事先拟好的十道题目给同学们做。到下课时,全班大部分同学都已完成,就连最差的学生也做出了六、七道题。

段力佩的示范课成功了,促进了数学教改工作。

一分耕耘,一分收获。一九六四年四月十一日《人民日报》发表社论,向全国推荐了育才中学"紧扣教材、边讲边练、新旧联系、因材施教"的先进经验。这年育才中学高考录取率达百分之九十以上;一九六五年育才中学初中毕业生百分之百考入高中。

"清溪浅水哗哗作响,浩浩长江无语东流。"段力佩决心以此为新的起点,坚定地迈开新步。

正当段力佩在继续探索、攀登的时候,文化大革命开始了,他受到了冲击。

一九六七年春节第一天下午,一群手持铁棍的人闯进了段力佩的住房,厉声喝道:"牛鬼蛇神段力佩去接受革命群众的教育。"这天,段力佩从下午二点一直被斗到晚上七点,回家后,连腿都直不起来了。

春节过后,段力佩被斗的次数越来越多了,二天一小斗,三天一大斗,连续不断。可段力佩怎么也想不通,搞教改,提高教育质量,多为国家培养人才,这错在那里?

一九六八年十二月,段力佩被关进"牛棚"。

"安能摧眉折腰事权贵,使我不得开心颜"。段力佩时常吟咏李白这两句诗,用来安慰自己,同时,也反省自己在育才的十几年里到底做过有害党的事没有。

往事的回忆,使段力佩不能平静。十七年里,段力佩同全校教师一起努力,为祖国培养了不少又红又专的人才:有的在医院当脑外科副主任;有的在大学当教研组主任;有的在工厂研究设计飞机;有的各科成绩都优秀，但毕业时响应党的号召，自动放弃上大学机会，奔赴边疆参加建设。

难道能说这些优秀的学生，是修正主义苗子吗？想着想着，段力佩露出了欣慰的笑容，他觉得自己十几年来的路是走得对的。他在一份所谓的检讨书上写道："我思考了很久，想了许多事情，还是不能承认我过去搞的是修正主义教育，不能承认育才经验是黑经验。"

段力佩没有屈服于"四人帮"的残酷迫害。他总是对同情他的人说："育才的教改是红的，不是黑的，只要走出'牛棚'，我还要照着做，好好为国家培养人才。"

这一天终于盼到了。

一九七六年十月，一个喜讯从北京如春风一样飞到上海：党中央一举粉碎了"四人帮"。

"党中央为我们清除了大敌，我们的党有救了，国家有救了。"在粉碎"四人帮"的头几天里，段力佩热泪盈眶，整天念叨着这几句话。他随着潮涌似的人群，从南京西路走到南京东路，又从延安东路游行到延安西路。眼泪流出来了，糊住了视线，他轻轻地拭一下，又快步前进。

一九七七年初，党正式为段力佩平反了。中共静安区委领导同志多次找段力佩谈话，征求他对工作的意见。不多久，七十高龄的段力佩又到区教育局上班了，他的一生是离不开党的教育事业的。

他准备重返育才中学。可是，一些老朋友、老同事对段力佩的行动不理解，对他说："你何苦呢？这么一把年纪，身体又不好。"

"一九六四年的育才教改就这样夭折了，你们甘心吗？"

"你也应该看看，现在的育才中学被破坏得不成样了，还提什么教改呀：这学校是弄不好了"。

"不要丧失信心么。越是破坏严重，就越要把它整治好！"

强烈的事业心一再催促着他重返育才。一九七七年四月，当段力佩再踏进育才校门时，他的心情是多么难受啊！沿教学大楼两边的路上，满地都是垃圾、纸屑；到各个教室转一转，教师上课又回到了教改前；学生不要学习文化知识的问题更严重。

怎样才能把育才整治好？段力佩长久地思考着这个问题。他深入到各教研组、年级组，找教师们谈。晚上，自己一个人又用心地探讨、触摸、理清着教师、学生的思想脉搏。他意识到，要把育才搞上去，现在关键的问题是要做好人的工作，消除人与人之间的隔阂，填平感情上的鸿沟，团结起来向前进。

学校有个语文教师，文化大革命中曾经反对过段力佩。段力佩到育才后，几次同她促膝谈心，使她放下了包袱。以后这位教师工作很努力，被评上了静安区先进教师。

段力佩又一鼓作气，从去年年初到年底，先后召开了六次全校大会，反复整顿校风、校纪，恢复日常教学秩序，使学校面貌一新。

段力佩为在新的条件下，完善和发展育才的教改经验忙碌着。一天上午，他到物理教研组听课，看到任课的物理教师虽然教得很努力，但学生听课积极性不高，效果不好。下课后，他和这个教师一起讨论教法，直到下午上课为止。

前年夏天，段力佩一条腿不幸摔断了，他躺在病床上，仍然放心不下学校的工作，把教师请到病房里一起研究学校的教改工作。

"诚心探索金矿的人，一定能发现锃亮的金子。"一天，段力佩去听奚老师的数学课，发现奚老师继承了老育才"紧扣教材、边讲边练"的原则，既充分利用原有教材的知识，又根据其不足，精心编织教材，适当穿插些应用知识；讲好后，又当场叫学生做几道基础题，发现问题，接着再讲。段力佩再了解到奚老师所教班级学生成绩也比较突出，就在全校推广奚老师的好方法。此外，段力佩在教学中还要求教师充分运用幻灯等电化教育手段，提高教学质量。

"放眼未来，前程灿烂"。年已古稀的段力佩胸怀壮志，要为祖国多育英才。他在《建国三十周年抒怀》中写道："四化急需人材，教研岂能稍息懈。抖擞精神勤实践：莫觑我年已老了，摆个擂台来、来、来。"

（原载于《文汇报》1979 年 10 月 2 日，此稿与施林兴合作。）

小画家胡晓舟在巴黎

不久前,荣获世界儿童画一等奖的胡晓舟从法国巴黎受奖回来,接连收到了四封英文书写的来信。两封来自塞浦路斯,两封是从联合国教科文组织寄来的。

胡晓舟不识英文,但迫切想知道信里的内容,他催着爸爸拆开来信。其中一封信特别吸引了他,那是一幅铅笔画,画面上是一个中国男孩右手友好地搭在一个外国女孩的肩膀上。男孩的上面用英文写着"胡"字,女孩的上面写着"柏娜约德"。

这幅充满友谊的画,勾起了晓舟对巴黎友谊的美好回忆——

胡晓舟在巴黎时,大家都夸奖他懂礼貌、讲友好,所以都喜欢跟他玩,特别是两个塞浦路斯姑娘,像姐姐一样,一有空就拉着他玩,拍照的时候也总是亲昵地搂着他。

晓舟的父亲胡铉培告诉我们,儿童们在巴黎集中画画的头一天,别的孩子都画了飞机、坦克之类的东西,唯有晓舟当众画了一幅燕子和小鸡的画,吸引了所有在场的人。负责指导作画的印度艺术家伊戈尔一再对我陪同人员说:"你们的小孩天赋条件很高,他无疑是这里画得最好,最有想象力的孩子。"联合国教科文组织新闻办公室主任看了晓舟的画之后,表示要将他最近的画挂在纪念国际儿童年大会会场上。其时,联合国正准备在巴黎举办中国画展,教科文组织选了胡晓舟十五幅画,放在画展显眼的地方展出。十月一日中午,中国画展开幕,获得世界儿童画一等奖的十名儿童都出席了,教科文组织总干事在开幕词中热情地提到了中国的小画家胡晓舟,还当场把晓舟举了起来,全场热烈鼓掌。晓舟落落大方,很有礼貌地对大家点头笑着。开幕式以后,许多外国朋友都抢着和晓舟合影,晓舟成了大家喜爱的新闻人物。

在巴黎的十三天中,晓舟的聪明、刻苦和懂礼貌,赢得了友谊。十名儿童在巴黎分成两个小组,晓舟参加了画图小组。这个小组的五位小朋友在巴黎用五天的时间集体创作了五幅画。一次,日本小朋友画了一只狮子,指导要晓舟在狮背上画只猴子,晓舟挥笔而成,猴子画得活灵活现,显得顽皮可爱,得到了指导的好评。他们在巴黎画画常常要持续到下午一、两点钟,教科文组织给孩子们送来了点心,有些孩子饥不可耐,大口大口地咀嚼起来,晓舟总是埋头画画,直到画好才肯吃点心。在集体画画的过程中,别的小朋友遇到了困难,晓舟总是热情地帮助他们。新加坡小朋友来巴黎之前从来没有画过水粉画,所以不知道怎样调配颜色。晓舟就热情地帮助他,用中蓝和白色相配,调出了这个小伙伴所需的湖蓝色。新加坡小朋友高兴极了,一下子和晓舟搂成了一团。去年十月四日,总干事夫人主持闭幕式,副总干事讲话,晓舟静静地听着。闭幕式后,胡晓舟很有礼貌地搀着总干事夫人,主动送她上车。上车前,总干事夫人很感动,热情地抱着晓舟,狂吻他的小脸蛋,赞不绝口。在场的外国朋友都说:"中国的胡晓舟了不起。"教科文组织一位摄影师说:他最喜欢晓舟,因为他这么小就懂得"友好",所以他给晓舟拍的照最多,临别的时候还单独将自己的照片签名赠送给晓舟留念。

十月五日,爸爸带晓舟到新闻办公室办理未了事宜,秘书处的许多人员围上来,要晓舟画画,晓舟当场用五彩圆珠笔画了青蛙与荷花,四座皆惊,纷纷说他名不虚传。新闻办公室新闻传播处处长德·维瓦对我陪同人员说:"这真不可思议,一个七岁的孩子画得这么好,拿笔时是这么镇定自若,就像是一个真正的画家。我以为从这个孩子的身上可以体现出有着几千年历史的中国文化精神。"新闻办公室主任还要求翻译告诉晓舟的家长,希望他们今后和联合国保持联系,他们很关心晓舟将来上中学、上大学,特别是晓舟是否会成为一名画家的情况。

胡晓舟已经回国了,他满载着祖国的荣誉和世界人民的友谊。联合国教科文组织已经将晓舟获奖的那幅画——《荡秋千》制成了一九八○年年历和总干事的贺年片,印刷着五国文字,赠送友人,它正在进一步增强着中国人民和各国人民的友谊。

(原载于《文汇报》1980 年 1 月 21 日)

要改善市区小学的办学条件

最近,许多读者来信反映,市区有些小学办学条件太差,影响教学和师生健康。卢湾区教育局小教科同志在来信中说,该区徐家汇路以北许多小学条件很差,无活动场地,教室又暗又小。有些校舍是屡修屡坏的危险房屋。来信还说,这学期开学后三周,该区前进小学、雁荡路小学、巨鹿路第三小学因校舍年久失修,就先后发生三起伤亡事故。

小学办学条件差的问题,在市中心人口密集的地区尤为突出。我们到卢湾、黄浦、南市以及北站附近的中心区域了解,有些学校原来不是校舍,而是住家房屋。以卢湾区来说,全区五十六所小学,分散在七十六处,解放前建造的房屋就有六十六处,占百分之八十。济南街道浏河路小学校舍是一幢老式石库门房子,该校有四百余名学生,十一间教室,都需开灯上课。其中三间无法开窗,不用改装即可作照相馆的暗房。有一个班级的教室仅十五平方米,坐了三十四名学生。顺昌路第一小学全校十间教室,均需开灯上课。每间教室平均面积为二十一平方米,有一个班级四十二名学生挤在一个教室里,教室通风又差,夏天闷热异常,学生发病率高。上学期期终复习,该班有二十七名学生发烧。由于教室又小又暗,学生患近视眼的比例很高。上学期结束前普查,该校学生患近视眼的占百分之三十五,个别班级高达百分之五十。

市中心区的小学不仅教室狭小,采光条件差,学生活动的场地也很少。黄浦区、卢湾区好些学校都没有操场,学生做操、上体育课都在马路上或天井、客堂里,既危险,又达不到规定的活动量。这些学校学生体锻的达标率普遍较低。黄浦区浙江中路小学左边是浙江电影院,对面是福州路菜场,又嘈杂,又腥臭难闻。马路上来往行人和车辆多,学生的广播操常常无法进行。顺昌路一小有四百二十多名学生,活动场地只有一间客堂和三十平方米的天井,课间数百名学生挤成一团,很难开展活动,经常发生撞伤事故。该校有个楼梯不足两尺宽,陡度达六十余度,仅能容一人上下,上下课时,老师不得不守在楼梯口值班保护。

市区还有一些小学与居民住家同在一幢房子里,彼此相互干扰。学生课间喧闹影响居民休息,居民收听广播影响学生上课。更有甚者,有些居民的咸鱼咸肉、湿淋淋的衣服就挂在教室里。有的教室里面有居民用的厕所,上课时,居民竟端着痰盂穿过教室。居民养的鸡、鸭、猫等也经常跑进教室,影响上课。

这些小学的教师、学生以及学生家长对上述情况很有意见,迫切要求有关部门改善办学条件。首先是各级领导要重视小学教育,要适当增加普教经费,有计划、有步骤地新建和修缮一些校舍。各区教育部门在对小学办学条件作全面调查的基础上,对一些不符合教学要求的学校要逐步调整,不得已非作教室不可的房屋,学生座位要酌量减少,改善采光、通风条件。对于一些危险校舍,有关房管、建筑部门要采取紧急措施修缮。其次,当前小学布局不甚合理,每所小学都从低年级到高年级,而校舍大小与条件又不尽相同,如将附近小学进行调整,把高年级和低年级分别集中起来,这样不仅使各校设备可以物尽其用,而且对开展教学研究工作,提高教学质量也有利。第三,一些小学与居民住家在同一幢房子里,应随着入学学生逐步减少,将一些不宜作校舍的小学合并。在当前调整校舍布局中,有关教育部门要把中、小学和幼儿园统一考虑,统筹安排。除了改善中学办学条件外,还可将部分中学校舍改办小学,改善小学办学条件。

(原载于《文汇报》1980 年 10 月 21 日)

学生为何爱上他的政治课？

——记中国中学教师吴仁之

中国中学教师吴仁之上政治课，学生们爱听。为什么？因为他讲课生动活泼，引人入胜。

一些新入学的高一学生上第一次政治课，就完全被吴仁之的讲课吸引了。这堂课讲的是辩证法与形而上学的三个根本区别。吴仁之在课堂上挂起了"瞎子摸象"、"刻舟求剑"、"愚人吃饼"三幅图。虽然学生们早就知道这三个寓言故事，但当吴仁之指着图问："象长得像根圆柱吗？"学生们止不住笑起来，异口同声地回答："不像！""那么像不像一堵墙呢？""也不像！"。吴仁之又问："为什么？"课堂上像炒熟的蚕豆一样，噼噼啪啪地爆开了。有的说："那还不简单，象明明长着四条腿，一个头，两只大耳朵，一条长鼻子……"也有的说："瞎子只摸到了象的一部分，没有看见象的整个形状。"吴仁之肯定了学生的回答，并加以归纳。他说："大家所以觉得可笑，是因为瞎子看不到象的全身，只摸到一个局部就下结论，犯了片面性的错误。"接着，他又和学生一起讨论了"刻舟求剑"和"愚人吃饼"的教训。随着他的讲解，黑板上出现了："形而上学的特点是片面的、静止的、孤立的"一行板书。下课了，同学们还在议论着吴老师讲的课。

有时吴仁之的课上得很严肃，可是学生们还是那样全神贯注，这又是为什么？吴仁之说："那就得看你讲的内容是否理论联系实际，紧扣学生思想，打动他们心弦。"在上高一年级辩证唯物主义常识的绪论课时，他想起一些学生在入学报到时说的话：考取重点中学，等于一只脚跨进了大学；上了中国中学，将来上大学希望茫渺。吴仁之针对学生思想，在上课时提出："考不取重点中学是不是我们脑子笨？中国中学能不能出高材生？要学习好，主要靠学校条件好，还是靠自己主观努力？"由于问题来自学生，触动了他们的思想，课堂里一下子活跃起来了。同学们七嘴八舌争论起来。有的说:"名师出高徒,学校好,老师水平高,当然是最主要的。"有的说:"条件好,自己不努力,也是白搭;条件差,自己要,肯下功夫,刻苦钻研,就不信上不去。"通过争辩,学生们初步懂得了外因与内因的辩证关系,调动了大家学习的积极性。

吴仁之总是开动脑筋,想方设法把课上得别开生面。他运用实物教具、挂图、小实验等讲清道理,使学生听得懂,记得牢。他讲的政治经济学中"垄断"这节课,就很受学生欢迎。课一开始,他对学生说:"今天我给你们讲一讲美国石油大王洛克菲勒发家的故事……"随着他绘声绘色地描述和列举数据,同学们仿佛看到了当年一个小职员洛克菲勒从投机农产品开始,变成了小资本家,又通过自由竞争,排挤、并吞了其他中小资本家的企业,一步一步爬上了石油大王的宝座,成了美国显赫的垄断财团的头子之一。随后,吴仁之在黑板上挂出了图表,按照图上的说明,进行归纳小结,使学生从具体到一般,理解了资本主义从自由竞争到垄断的发展规律。同学们都说:"吴老师的政治课生动、形象、容易听懂。"

教师给学生一杯水,自己必须要有一桶水。吴仁之的政治课所以上得卓有成效,是与他自身的知识广博分不开的。他自一九五九年高中毕业后留校当教师以来,坚持边工作、边自学。他博览群书,上至天文,下至地理,古今中外都有。他自学完了大学本科的主要课程。最近,他参加上海教育学院政治进修班的五门学科结业考试,全部成绩优秀:政治经济学资本主义部分得九十七分;哲学得九十七分;欧洲哲学史得九十九分;中国哲学史得一百分;自然辩证法得九十九分,荣获徐汇区进修教师考试成绩第一名。

功夫不负有心人,随着知识的不断丰富,吴仁之的政治课质量也愈来愈高了。他所教的高二学生,本学期期中考试(由徐汇区教师进修学院统一命题),平均成绩八十分。

(原载于《文汇报》1981 年 2 月 18 日)

教师世家

——记赵宪初一家三代从教的故事

　　一个秋天的夜晚,我来到上海市南洋模范中学校长赵宪初的家。在客堂的方桌上,我看见一本影集,顺手翻开,第一页上就是一张"全家福"。赵校长的老爱人见了,便热情地解释说:"今年暑假,大儿子、二女儿都从外地回来,一家人难得团聚,就在南模中学康乐亭前拍了这张照。"她又指着照片,一一向我介绍:"这是我的大女儿家瑜,现在在上海华东化工学院当教师;这是二女儿家瑞,在天津橡胶工业学校当教师;小儿子家镐和他的爱人陈钧渊,都是上海市五十一中学的教师;还有小女儿家瑛,在山东淄博市齐鲁石油化学工业公司橡胶厂当厂校教师……"交谈中,赵校长十分自豪地告诉我:"我的六个子女中,有四个当了教师,加上一个儿媳妇,全家共有六个教师。"我听了赞叹地说:"您的一家这么多人献身教育事业,真是个受人尊敬的教育世家!"

　　赵宪初校长今年已经七十四岁高龄了。他一九二八年从交通大学毕业后到南模中学任教,至今已经五十三个春秋。他对教育事业有着深厚的感情。他说:"不少人说当中学教师辛辛苦苦,忙忙碌碌,没有多大意思。我却不这样认为,我是终年辛辛,不觉苦苦,昼夜忙忙,不甘碌碌。尤其是看到自己的学生中出了不少人才,为祖国作出贡献,深深体会到辛勤耕耘后丰收的欢乐。"赵校长一直认为,中学阶段是一个人积累知识,发展智力,培养能力,形成世界观的重要时期。这个时期基础打得好坏,对人的一生将起深远的影响。解放后,有几次要调他到大学任教,他都放弃了。他说:"懂得了中学教育的意义,就会热爱自己的工作。"他安心留在南模,教了几十年数学,教出了一批又一批高材生,被同事们誉为"三角赵"。正是:"粉笔生涯半百秋,劲风催白少年头,冰霜砥砺著三角,桃李芬芳遍五洲。"这些年,他不仅教学成绩卓著,还著有《高中三角》、《怎样列方程解应用题》、《一元二次方程》、数理化自学丛书《代数》第一册等书。一九六三年,他被光荣地评为第一批特级教师(当时称超级教师)。

十年内乱,他遭受非人的迫害,苍老了许多,当他看到教育事业的破坏,学生荒废了学业,这位老校长真是痛苦极了。当时他还没有复职,也没有任课,但他等不及了,急急来到自己过去的学生、现在在南模当数学教师的周俊面前,同她悄悄地商量,订了个"合同":"你的班学生数学基础太差了,我和你一起教。"为了提高教学质量,他不顾自己已经七十高龄,深入到这个班级,把学生一个个找到跟前,和蔼地摸出一张张卡片,由浅入深地对每个学生进行测试。经过细致的调查,他像医生了解病人病情一样,了解了每个学生学习上的不足,然后夜以继日,伏案疾书。不知花了多少个日日夜夜,他终于编出了三十八套从小学整数运算开始的数学基础知识试排,共有六、七百道题目,针对各类学生的情况进行补课。一年后,这个班级各类学生的学习成绩都有了显著提高。后来,全校各年级都采用了这三十八套题目。

在父亲的影响下,他的几个孩子也都勤勤恳恳,踏踏实实,一心扑在教育事业上。就拿这次被评为优秀人民教师的赵家镐来说吧,粉碎"四人帮"后,他一直担任高中毕业班的数学教师,四、五年来,他几乎放弃了所有的节假日,放弃了很多娱乐活动。他利用假日备课,批改作业、试卷,或辅导同学,已习以为常。有一年年初四,他预先约好一些学习上有困难的学生来学校,而这天正下大雪,天冷路又滑。一些学生以为赵老师家离学校远,可能不会准时来校给他们辅导了,可是当他们踏进校门时,看见赵家镐老师早已到校,正在为他们扫清校内路上的积雪时,无不为之感动。

几年来,赵家镐没有请过一次假,脱过一节课,即使发高烧,也坚持带病上课。一九七九年,赵家镐在分校教高中毕业班时,每周给学生两次练习,他就得批二百二十多张卷子。如果批一张卷子用十分钟时间,一个星期光批卷子,他就得近四十个小时。为了节约时间,赵家镐常常以面包充饥,即使到总校去吃饭,也舍不得在路上步行十分钟,总是骑自行车,匆匆而去,匆匆而来。

多么好的教师呵,学生们称赞他是春蚕,他自己表示甘愿做一支蜡烛。他说:"我的一生也许没有什么成就,但我愿把光和热传递给学生,用自己的心血去点燃学生智慧的火花,让他们站在我的肩膀上去摘硕果。"由于他悉心教学,精心耕耘,他教的学生在一九七九年、八〇年和八一年高考中,数学都取得了较好的成绩。

告别时,赵宪初校长对我说:"我的一生很平凡,我的这个家也很普通,唯一可以聊以自慰的是,我们都很热爱教育工作。去年,我的大外孙也考取了华东师大物理系,他将成为我们家中第三代教师。"

（原载于《文汇报》1981 年 9 月 30 日）

让儿童张开想象的翅膀

——记思南路幼儿园李慰宜的绘画教学

当我们翻阅到李慰宜的事迹材料时,被她卓著的教学成果吸引住了:

一九七八年,胡晓舟获国际儿童年画展一等奖;吴叠峰作品入选国际儿童年画展。

一九七九年,吴叠峰获上海市儿童画展优秀奖。

一九八〇年,邱洁梅、叶文浩、曹蓓琳获上海市少年儿童画展优秀奖;沈全周获亚洲儿童画展入选奖。

一九八一年,吴叠峰获南斯拉夫儿童画展银质奖;周薏、盛羽的作品参加美国少年儿童画展……

为什么李慰宜在幼儿绘画教学上能取得这么好的成绩?她在教学上有什么独特之处?

我们访问了李慰宜,请她谈谈经验,她谦虚地说:"我只是在园领导和同志们的帮助下,在教学中多考虑一些儿童的特点、情趣罢了。"李慰宜是卢湾区思南路幼儿园的教养员,她从幼儿师范毕业后,二十五年的工作实践使她懂得,幼儿喜欢游戏,而游戏是点燃幼儿智慧火花的导火线。她改变了幼儿美术以单纯临摹为主的教法,从游戏入手,激发幼儿画画的兴趣。

吴叠峰小朋友原来有一点绘画基础,但是入园前,他接受不了爸爸对他单调的技巧训练,很害怕画画。在家里,爸爸把墨磨好,准备好纸笔,然后"央求"他画。可是,他的犟脾气一上来,闭着眼睛,捂着耳朵,怎么说也不肯下笔。吴叠峰来到李老师班上,李老师亲切地问他:"我们班小朋友都喜欢画画,你喜欢吗?"吴叠峰把头一摇:"不喜欢!""那你喜欢什么?""我喜欢玩,玩最开心了。""好!那就玩吧!"李慰宜把小朋友都带到花园里。春天的花园真美啊!草地青青的、软软的，真像一块大地毯，花儿都开了，红的、黄的、紫的，还有那么多好看的蝴蝶，它们都爱在花丛中跳舞，累了就在花朵上歇一歇。李老师带着小朋友在花园里拍蝴蝶，小叠峰高兴得满花园跑。他看见蝴蝶停在一朵红花上了，就轻轻地走过去想捉住它，可是刚走近，蝴蝶就飞了，小叠峰追得满头大汗也没抓着。回到教室里，李老师问大家："拍蝴蝶好玩吗？"小朋友都使劲地点头。"那么大家再想想，用什么办法能够拍到蝴蝶？"小朋友们七嘴八舌说开了，"我用帽子拍。""我在小棍子上绑个塑料袋拍。""吴叠峰，你的办法呢？"老师问。"我要穿一件花衣服，站在花园里，屏住气一动也不动。"小叠峰歪着脑袋，闭着眼睛，装出屏住呼吸的样子。"为什么呢？""蝴蝶就会把我当作花，停在我身上，我可以捉住它了。"这想法多么孩子气，又多么奇特！李老师便对大家说："现在大家把刚才想到的都画下来好吗？"这一下小朋友可来劲了，连最怕画画的吴叠峰也拿起了画笔。这次吴叠峰画了一个穿花衣服的小男孩，站在花丛中捉蝴蝶，这就是后来在法国巴黎展出的蜡笔画《我比花儿美》的第一稿。在李老师的悉心引导下，渐渐地吴叠峰对画画发生了浓厚的兴趣。

李慰宜还通过绘画发展幼儿智力，培养他们丰富的想象力和创造力。她常鼓励孩子们画画要动脑筋，不要画和别人一样的东西。一次画猫，很多小朋友画的猫尾巴都是垂着的，只有何斌达画的猫尾巴竖了起来，他说这是一只野猫。李老师表扬了他肯动脑筋，敢于创造，还把他的画贴在教室里。李慰宜说：僵化的教育只能埋没人才，鼓励孩子大胆想象，大胆创新，才能发展智力，培养能力。李慰宜还常常放弃星期天和节假日的休息，带孩子们参观画展和上海动物园，到公园和郊外写生，丰富他们的生活，培养他们的观察能力。

李慰宜用心血浇灌了一朵朵奇特的花，教师们祝贺她，家长们感谢她，孩子们更尊敬她。一九七九年她光荣地被评为卢湾区先进工作者；一九八〇年被评为上海市先进工作者；今年又被群众推选为优秀人民教师。

（原载于《文汇报》1981 年 10 月 6 日，与陈红合作。）

一份可供参考的答案

——育才中学是怎样提高教学
质量、减轻学生负担的

编者按： 本报开展"提高教学质量，减轻学生负担"问题讨论以来，收到全国各地七百多件来稿、来信，对中小学片面追求升学率、学生课业负担过重的问题，摆情况，作分析，提建议，引起了学校和社会各方面的关心和重视。育才中学解决这一问题的一些做法和意见，可供大家参考。他们丢掉了"片面追求升学率"的包袱，却得到了较高的升学率；他们减轻了学生负担，却提高了教学质量。事情就是这样"相反相成"地发展。这并非不可思议，因为他们创造的卓有成效的教学方法，正确处理教育工作中的诸种关系，都是以德、智、体全面发展的教育方针为依据，并遵循教育工作的客观规律。只要坚持从实际出发，按这个方向努力，是肯定可以收到效果的。当然，解决学生负担过重问题，还要教育行政部门加强领导，采取措施，改革弊端；学生家长和社会各方面也要密切配合。这些意见在讨论中讲得不少了，是切实行动的时候了。

本报"提高教学质量，减轻学生负担"的讨论开展以来，教育界和社会上的反响相当强烈。许多同志认为这场讨论很有必要，如果再不重视解决这个问题，就会贻害子孙后代。但反应也并不完全一样。有的说，学生负担过重的问题年年讲，年年解决不了；也有的说，这还不简单吗？少给学生布置课外作业就行了；还有的说，现在不少学生知识水平差，应该加重课业负担。这些说法，反映了一些同志对这个问题的认识很不一致。

有没有做到了既提高教学质量，又减轻了学生课业负担这样的学校呢？

有。上海市育才中学就是一个。

育才中学的学生除了每星期写一篇语文札记，做数理化单元小结以外，很少有其他课外作业。许多学生课余到阅览室看报刊杂志，每天晚上观看电视台的国际新闻节目。一般晚上九点钟左右便上床了。学生的负担减轻了，体质和知识质量怎么样呢？今年他们没有毕业生。去年育才中学四个理科班一百五十二名学生参加高考，一百四十八人考取了大学，其中一百名考进重点大学。考上中专的三人。一人因身体不好落选。今年六月份，该校对全校学生进行身高、体重、胸围、肺活量、脉搏五项形态机能测定，除胸围指数略低外，其他四项指数均超过全国平均数。"育才"丢掉片面追求升学率的包袱，反而得到了较高的升学率，保证了教学质量的提高。看来，"育才"为我们解决这个问题提供了一份可供参考的答案。

我们带着讨论中的几个问题，访问了"育才"的领导和教师。

全面考察学生　不搞以偏概全

我们首先提出："你们学校过去有没有片面追求升学率，加重学生负担的现象，你们对这个问题是怎样认识的？"

他们回答说：我们也走过弯路。有一个阶段，我们片面追求升学率的劲头也很足，作业像雪片往下发，学生处在"三无世界"中（无星期日、无文娱活动、无体育锻炼）。老校长段力佩对这种做法既反感又着急，他常说，教育工作是培养人的工作，要使学生全面发展，不能只追求升学率。在检查教育质量的过程中，我们也发现了许多问题。比如有个连跳二级进来的学生，学习成绩不错，但捏捏他的手臂，好像一根芦柴棒！还有的学生考分很高，进了大学之后，却缺乏分析和解决问题的能力，"高分低能"。还有的学生成绩门门优秀，思想品德却很差。这些情况能说是教育质量高吗？我们认为：一、衡量学生的质量，要坚持从德智体三方面来全面考察，不能以偏概全，以一俊遮百丑。二、给学生布置作业要适量，"多多"未必"益善"。

"那么，学生负担过重的现象究竟是怎样产生的呢？"我们又问。

他们说：原因是多方面的。从社会方面来说，目前中等教育结构改革的步子不快,就业问题又不能一下子全部解决,因此家长都希望子女上大学,而大学招生的名额有限,往往是"一张考卷定终身",因此考生之间竞争很激烈,"题海战术"也就应运而生。这是可以理解的。从学校方面来说,因为社会上看一所学校质量的优劣,往往看升学率高低,鉴于这种压力,加上教学又不得法,因而只有加重学生课业负担一法。从这些情况可以看出,造成学生负担过重的原因,涉及面比较广,不能苛责于学校、教师或家长,更不是学生的责任,而要从端正办学思想入手,在经济发展的基础上逐步改革高考制度等方面,来促进这个问题的妥善解决。

坚持精讲巧练　提高教学效果

"现在有的学校对在目前条件下解决这个问题缺乏信心,你们是怎么解决的呢?"我们问。

他们说:从学校的指导思想上说,一是要全面贯彻党的教育方针,不能片面追求升学率;二是要调查研究,按照教学规律组织教学;三是要充分调动学生的学习积极性,让学生做学习的主人。从改进教学方面来说,要正确处理教与学的辩证关系;正确处理好课内教学与课外作业的关系;正确处理好教学方法的改革和课程设置、课时、教材改革的关系。

教与学是教育过程中一对经常的、大量存在的矛盾,怎样处理好它们之间的关系呢? 我们是这样认识的:教育任务是通过教学手段来完成的,是通过指导学生"学"来达到"育"的目的。"教"是为了"学"。教师的一系列活动应该落实到"学"字上来。我们提出的"读读、议议、练练、讲讲"八字诀,就体现了这个思想。具体来说,"读读",是引导学生自己读书,养成学习习惯;"议议",是提倡学生自觉议论,主动探讨问题;"练练",是使学生将学到的知识应用到实践中去;"讲讲"是点拨、解惑,小结或总结。概括起来,读是基础,议是关键,练是应用,讲应贯穿于教学的始终。

正确处理好教与学的关系,用"读读、议议、练练、讲讲"的方法进行教学,教师就能及时了解学生的听课状态、接受能力和知识实际,加强教学的针对性。

在课内教学与课外作业的关系上,应该努力提高课堂教学的效率,在课堂里解决知识的难点;课外作业只是加强实践活动,进一步消化课堂内所学到的知识。我们常说要使学生"举一反三",但教师首先要在课堂教学中把"一"讲清楚,提高他们理解能力,这样就有助于学生在课外作业中反"三"。如果课堂教学效率很低,质量很差,把提高学生的理解能力寄托在课外多做作业上,那就本末倒置了,必然会既加重学生负担,又无法提高教学质量。

大胆改革教材　力求量少质高

教学方法的改革,能够促进教学质量的提高和减轻学生的负担,但如果课程设置不合理,课时安排不恰当,教材编排不科学,那么也不能更有效地提高教学质量,减轻学生负担。只有既改革教学方法,又调节课程、课时和教材,才能收到更好的效果。近年来,我们在把音乐、历史、地理、生物列入初一到高三的课程的同时,根据"量少质高"的原则,按照普遍性、反复性、联系性、主从性、系统性、兴趣性的要求,对教材进行了两次重大修改,这就大大减轻了因教材过深、过难而造成的学生负担过重问题。我们还废除了四十五分钟一刀切的上课制,代之以六十分钟和三十分钟转换的上课制,减少了学生的疲劳程度,也有助于学生的健康,使他们能够精力充沛地去完成适量的作业。

段力佩校长说得好,"提高教学质量,不在于多给学生布置作业。教育,教育,重点在育;教学,教学,重点在学。从学生的实际出发,通过教学改革,把教和学两方面的积极性都调动起来,何愁没有高质量呢。"

减轻课业负担　学生学得主动

事实也确实如此。因为"育才"改革了教学方法,又调整了课程设置、课时安排、教材选编,从整个教学体系上适应了学生学习循序渐进的要求,减轻了学生的负担,充分调动了学生的积极性。学生学得主动,学得活泼,不仅很好地完成了课内的学习任务,还学有余力,参加选修课的学习,成立了许多课外小组,仅高一年级就有"数学爱好者协会"、"物理读书会"、"化学兴趣小组"、"外语研究小组"、"学生课余艺术团"等课外活动组织。高二学生金子宣根据数学上"图论"的原理,解决了两道国际数学竞赛的难题;初一的学生自编了《大闹水晶宫》的小话剧和以孙悟空为主角的小说《东游记》;有的学生成了"生物迷",认真考察七星瓢虫与蚜虫间的搏斗,仔细做过短日照促使菊花改变开花期的实验。最近全市中学生智力竞赛,"育才"的学生获得了第二名……

记者采访结束时,"育才"的同志们说:"看了'提高教学质量,减轻学生负担'的讨论文章,觉得有启发,我们的教改实践也是初步的,有些矛盾也还没有解决好。学校要继续搞好教学改革,有关教育领导部门也要在各方支持下,加速对高考制度、中等教育结构的改革,只有上下结合才能有成效。文汇报对这个问题的讨论虽然结束了,但希望对这方面的宣传仍继续下去。"

走出"育才"校门的时候,记者感到育才中学实践中的一些体会,是有普遍指导意义的。我们希望有更多的学校按照党的教育方针来办学,以"育才"精神来办学,如果这样,中小学校的教学质量一定会提高,学生课业负担一定会减轻,大批德智体全面发展的人才一定会成批成批地培养出来。

(原载于《文汇报》1981年12月23日,与石俊升合作。)

注:此通讯见报后,编入中国民主促进会中央委员会编印出版的《文教学习资料一九八二年第一辑》P30—36页。

电视屏幕——第二块"黑板"

——记向阳小学四(1)班的社会信息课

向阳小学四年级(1)班每周有一节其他学校没有的课:社会信息课。

节日前,他们上了一堂信息课。一开始,女教师潘仁玲打开了录音机。随着磁带的转动,传出了世界杯女排赛中日比赛关键一局的实况录音。同学们都看过电视,一听录音便说:"女排!女排!"

"你们看了电视,听了广播,有什么感想?"教师问。全班四十七个学生"唰"地都举起了手。一位女学生说:"在电视屏幕上看到我国女排得了冠军,我家门外马上响起了庆贺的鞭炮声,弄堂里欢腾起来,我也激动得从凳子上跳了起来,笑得合不拢嘴,连声地喊:'中国胜利了!中国胜利了!'"有的同学说:"郎平姐姐的拳头那么硬,像个铁锤头,那是流了很多很多汗水才练出来的,我们应该向女排大姐姐学习。"

课后,记者问潘老师:"社会信息对小朋友的教育还真不小呢,你们怎么会想到开设信息课的?"潘老师说,这也是适应形势发展的需要。现在社会信息的传递越来越现代化,就拿电视屏幕来说吧,已经成了学生的第二块"黑板"。全班四十七个学生,四十四个学生家里有电视机,学生每天每人平均看电视半个多小时。各种社会信息向学生传来。由于他们缺乏分析鉴别能力,在受到积极教育的同时,也往往会受到一些消极影响。如一个男学生听了相声《婚姻介绍所》后,就似懂非懂地在同学中谈交女朋友的事。还有的学生看了电视片《加里森敢死队》,拿着小刀在教室里飞来飞去。有位小朋友在家里学飞刀,将刀子打在奶奶的眼镜上,把眼镜打碎了,气得家长不再让孩子看电视。

这是电视的罪过?不是。社会信息,尤其是电视信息,总的说来是积极的，有益的。它在培养学生的兴趣爱好、发展智力、丰富知识、陶冶高尚的道德情操方面，都起了积极的作用；对有些消极因素，要及时进行引导。向阳小学从一九八一年春天开始，在市教育局科研所和徐汇区教师进修学院的帮助下，每周增设了一节信息课。

他们在调查的基础上召开了家长会，向家长说明开设信息课的作用和目的，希望家长配合学校把社会信息组织到学校教育中来。学校每周发给学生一张电视节目单，根据"适合少年儿童年龄特点、内容健康向上、生动形象、富有知识性，有助于培养学生兴趣爱好，发展智力"等原则，在电视新闻、科技之窗、少儿节目、国际见闻、世界各地、祖国各地等有关节目内容上圈上红点，请家长创造条件让孩子观看；对一些不适合儿童年龄特点的内容或可能产生消极作用的内容，加以控制或不让学生看。他们还通过信息课进行交流，帮助学生分清是非，使积极的方面得到发扬、强化，消极的因素得到抵制、克服。学生很喜欢看电视片《姿三四郎》，但缺乏分析能力，看了以后在课间休息时，学着电视片里人物的样子，互相劈打，劈砖头、瓦片。教师就在信息课上让学生讨论影片中的人物，经过引导，同学们再不互相厮打、吵闹了。学生之间团结友爱、互相帮助、互相关心的事多起来了。一位学生看了电视片《花》以后，懂得了要做个诚实的孩子，便鼓起勇气把偷拿同学的一块橡皮还了出来。有的小朋友看了《小祖宗和小宝贝》的电视片后，在日记中写着："今后，我在家里一定要改正向家长发脾气、撒娇气的缺点，做尊敬家长的好孩子。"

在教师的引导下，各类社会信息不仅大大开阔了学生的眼界，也培养了他们的各种兴趣爱好。有一位学生说，过去看地图，总觉得长城就那么一点，看了"世界各地"电视片后，才看到了祖国长城的雄伟壮丽，体会到我国古代劳动人民的伟大。还有些学生说，过去我们只知道花好看，可以美化环境，看了电视才知道花还可以酿酒，可供食用、药用。另一位同学通过信息课的学习，对动植物发生了浓厚的兴趣，他看了《小狒狒历险记》、《捕兽记》以及《原野上的土堡》等书和有关动物、植物的科教影片，了解了不少热带丛林的知识，自己尝试写了《小兔狒狒热带丛林历险记》这篇童话。

（原载于《文汇报》1982 年 1 月 29 日）

注：此通讯被评为《文汇报》好稿，并写入文汇报 1982 年的总结，马达总编辑在华东新闻工作交流会上介绍了此稿的采访写作。

开发人才资源的人

——记闸北区牙防所党支书、所长刘仪琴

人们经常赞美开发地底资源的地质工程师,然而,可曾评价过一种特殊的资源开发——人才开发工作者的作用?

刘仪琴就是一个开发人才资源的人。是她,一个外形瘦弱而性格坚韧的五十年代初从医学院毕业的女医生,以战略的眼光,通过对人才资源的开发,使一个房屋破旧,医疗质量差的闸北区牙防所改变了面貌,跃入市牙防系统先进行列,多次被评为区卫生系统先进单位。

"我重知识,重技术,不照顾关系!"

刘仪琴重新担任闸北区牙防所党支部书记、所长时,面临的状况是令人失望的:全所的业务骨干只有几名从原联合诊所来的医生。百分之七十的青年中,除卫校毕业的医士、护士外,其余大都未受过正规医务训练。缺乏业务知识的,照样穿着白大褂,操起手术钳和电钻,给人治病。还曾发生过这样的事:一颗好牙给拔掉了,患牙却仍然留着。

作为牙防所的负责人,刘仪琴再也不能容忍这种状况继续下去。她宣布了整顿医务队伍的决定:"文革"期间当医生而不合格的,全部调离临床第一线,参加复训考试;医生队伍中的护士全部归队。

有三名中级医务人员考试不及格,即被降为初级医务人员,调离临床第一线,近十个以护代医的统统归队。

尽管有人不满,有人说情,但刘仪琴令行禁止,不徇私情。"情愿得罪医生,也不能得罪病人。""我重知识,重技术,不照顾关系!"

对没有经过系统业务训练的青年,只要好学上进,刘仪琴都不拘一格,大胆培养和使用。一九六七年高中毕业的小郭,进所时搞内务

203

工作,但他好学肯钻,刘仪琴便让他跟老医生学技术,并破例让他参加医士的复训考试。小郭考试取得优良成绩,刘仪琴便把他推上医疗第一线。

这一来,想混日子的人混不下去了,大家求知识、钻业务的劲被鼓起来了。刘仪琴指定专人负责全所青年医务人员的业务培训工作。近三年来,全所有百分之六十六的职工先后被选送外出进修或培训。

所里许多青年在各自的起点上前进了。有的主动要求补习文化,有的虚心向老医生学习医疗技术,护士归队后,提高了护理工作质量。去年市牙防系统护理质量检查中,该所名列前茅。

求才若渴,开发人才资源

刘仪琴求才若渴,四出寻找专业人才。她到区劳动局查阅待业人员登记册。在一个偶然的机会,她听说有位五十年代医学院口腔系毕业的女医生朱安华还在宝山路里弄加工组当工人,便高兴地去聘请。

可是,党的尊重知识,爱护人才的思想远没有为大家所接受,加上人们头脑中的种种偏见,给这种"自由恋爱"式的人事调动设置了重重障碍。里弄加工组的同志说,"我们生产任务忙,人手紧,不能随便把人放走。"街道办事处的工作人员又叹苦经:"朱安华操作熟练,她一走,要影响生产。"

那边不肯放,领导部门还不让收哩。刘仪琴刚做通了街道的工作,报告送到区有关部门,又搁浅了。她不厌其烦地在街道办事处和区有关部门之间来往奔忙,用了一年多时间,总算以借用试工的名义把朱安华调到所里。

有位中年医生去年二月从外地调到区卫生局等待分配,刘仪琴知道了,就盯住卫生局组织科不放,谁来当说客她也不松口。前前后后两个月,交道打过无其数,才把事情办妥。

通过刘仪琴的努力,闸北区牙防所职工队伍的业务素质明显提高。全所九十多人,医技人员占到百分之八十一,其中高级医务人员从三名增加到十四名,中级医务人员从二十一名增加到四十一名。

让他们把能量都发挥出来

一九七八年,刘仅琴把一个原来靠边的老医生陈庆辉一下子提拔为治疗科室负责人。当时,很多人感到突然。刘仅琴一边耐心地向党员说明,起用陈庆辉是落实党的知识分子政策,同时,用事实来说服大家,这样做是正确的。

一次,有个青年医生在为一牙病患者拔除上六牙时,失手把一个折断的牙根顶入上额窦。青年医生为了顾全自己面子,在毫无把握的情况下,想独自把它取出来。半个多小时过去了,那牙根就像热水瓶塞子掉进了瓶胆,看得见,取不出。患者疼得直冒冷汗。刘仅琴得悉后,立即让陈庆辉把那青年医生替下。

陈庆辉凭经验,向上额窦灌注生理盐水,借用液体压力,巧妙地把那个牙根取了出来。青年医生为之折服。在场的医务人员悬着的心放下了。刘仅琴抓住这一事例,因势利导对青年进行教育,要大家学习陈庆辉的技术,接受老医生的业务指导。她还经常在全所大会上宣读病人给陈庆辉的表扬信,宣传他的医疗成绩和全心全意为病人服务的先进思想。

刘仅琴对医疗质量把关很严,而对同志们思想上的问题和生活上的困难,却总是关怀备至,尽力帮助解决。她常说,作为党的干部,要善于和知识分子交朋友,要通过自己的工作,使他们感受到党的温暖,把能量都发挥出来。

中年医生、党员赵兴培原是医士出身的开业医生,虽然有较丰富的临床经验,但理论基础较差。刘仅琴就把自己的医学书籍借给他,还亲自同另一位医生一起为他补习理论课,使他通过了职称考试,由医士晋升为医师。考虑到赵兴培的家在常州农村,夫妻长期分居两地,刘仅琴就把牙防所仅有的一间七平方米的职工宿舍分配给他,使之夫妻团聚,他们充满感激之情。赵兴培担任牙防所分所负责人后,积极工作,勇挑担子。在改建牙防所房屋时,他带领所内二十多名医务人员,脱下白大褂,大干一年多,彻底改变了整个所简陋、破旧的面貌。去年他被评为区优秀党员。

像赵兴培那样，医技人员蕴藏的能量被激发出来了，他们在闸北区牙防所各得其所，各展其才。朱安华成了门诊中心负责人，她工作仔细，态度和蔼，深受病人欢迎，曾两次被评为所先进工作者。刚调来的一位中年医生在负责口外科工作中，发挥专长，扩大业务范围。他还协助所长，抓全所青年医务人员的业务学习和质量管理。

陈庆辉虽然年近六十，每天早上班，迟下班，星期日门诊或夜门诊缺人，他总是随叫随到。他应用了牙髓病治疗一次完成、冲力拔牙、残冠保留和粘结法等新技术，共带教所内外青年六十多名，先后三次被评为区卫生系统先进工作者，去年又被评为区先进工作者。他负责的治疗科室，曾荣获过市卫生系统先进集体称号。

（原载于《文汇报》1984 年 5 月 10 日，与肖宜合作。）

小字辈艺高挑大梁

——记昌平中学服装职业班学生

在十六铺举行的大型服装展销会上，一件洁白的烂花女礼服吸引了众多顾客。外宾、华侨、港客争着要购买它。

这是一件一九八五年最新款式的女礼服，设计新颖，制作精巧，层次丰富。如摘去披纱，新娘穿着刚好盖脚的礼服可以翩翩起舞。

要买这件礼服的人越来越多。一位港客几经交涉，未能如愿。他恳求服装研究所实验工厂领导：“不论你们开什么价，一定要请这位制作者再替我做一件。”

这件礼服的制作者是谁？参观人流中的顾利生老师比旁人更想知道。他努力挤进人群，一直挤到礼服的旁边，只见上面一张小牌上写着：“设计师宋福生，制作者张玉凤”。

“张玉凤！”顾利生差点喊了起来。他念着这个名字，激动起来了——这是他的学生——昌平中学服装职业班的学生！

随着人流继续向前，顾利生还看到昌平中学其他学生制作的展品：紫阳衫、短袖猎装、编蝠袖两件套，等等。

服装公司的同志也在人流中。他们握着顾老师的手祝贺说：“你们的学生不简单，大有希望呵。”顾老师笑着说：“这是我们两家联合办学的结果嘛！”

的确，这些青年巧手四年前对服装加工还一窍不通，是昌平中学和上海服装公司根据第三产业发展需要，从一九八〇年开始举办服装职业班后培养起来的。昌平中学的教师给他们上文化课；服装公司派出专业老师给他们上专业技术课；老师傅手把手教他们穿针、引线，练习各种针法，再教车工。他们从缝制简单的平脚裤开始，逐步学习做童装、女两用衫、男中山装，一直到每个人独立完成男、女毛料西装套装的裁剪、缝纫、熨烫等。第一届职业班八十位学生毕业时，每人设计制作一套服装,后来举办了一个毕业设计展览。八十个人的作品,各不相同,博得了服装行家的称赞。有的师傅说:"我们做了几十年衣服,只会做,不会裁。这些小家伙,文化高,技术全面,反应快,看一眼就能自己设计,自己制作,比我们老一辈强啊。"服装公司的同志也夸他们是"多功能的服装接班人"。市旅游局的同志来参观,觉得学生设计的服装款式新颖,制作质量好,一下子把八十套服装全部买了去,还留言:有多少要多少。

这一来,昌平中学名声大振。招工一开始,服装公司所属的服装厂、研究所都向公司争相要昌平的毕业生。第一届毕业生除少数升入本校服装设计中专班外,全部被分配在呢服装厂,其中百分之九十在关键工种工作,发挥着骨干作用。

服装厂的生产一般都是流水作业,因此有的工人做了十几年服装,做口袋的只会做口袋,装袖子的只会装袖子;而昌平的毕业生是全能的,无论分配在哪个工种上都能顶岗位派用场。学生满柏春分到第九服装厂,一年调动了三、四次工种,样样能胜任,受到领导表扬。七个同学分配到上海时装厂。这个厂生产的服装款式不断翻新,厂领导从七人中选拔一个到厂裁剪间,三人到样品间,专门制作工艺要求较高的生产样品。最近,服装二厂成立"创优大衣组",要做一批呢大衣评选创优质产品。全厂共挑选十余人参加这个组,昌平中学的毕业生竟占了五名。全厂上下,对这批职业班毕业的小青年刮目相看。

昌平中学的毕业生在服装厂、在社会上赢得了声誉,更鼓舞了学校的师生,他们努力办好服装职业班。去年,该校职业班第二届一百二十四名毕业生,有关单位信得过,全部免试招工录用。

(原载于《文汇报》1985 年 1 月 19 日)

南汇少年宫美术教师郭志明有创作才能,但他服从工作需要,默默地为辅导孩子作画献出青春,有近十幅青少年作品在国际上获奖,真是——

甘当无名英雄　着意培育新苗

一九八四年十月九日,第六届国际青少年画展上海地区授奖仪式在市少年宫举行。二十名上海获奖者中,有五名是南汇县少年宫美术教师郭志明指导的学生,其中有三名得了金牌。

当七岁的朱小晶和九岁的谈笑蓉上台领取金牌,芬兰艺术家将她们高高举起的时候,郭志明再也不能自制,泪水模糊了他的双眼。

孩子们的成绩,是对他的最高奖赏,也是对他常年累月作出牺牲的补偿。

郭志明是个有创作才能的人,他的作品曾在市画展和全国画展上展出,也参加过世界性画展,有的还被国家博物馆收藏。如果沿着这条路走下去,郭志明或许已经成了画家,那是一条前程似锦的道路。

可是,南汇县创建少年宫,需要有一位美术教师。郭志明服从组织需要,担任了县少年宫美术教师。他把所有的希望寄托在农家孩子身上,默默地为培育幼苗奉献出自己的青春年华。

教幼儿、少年学习画画,要有一颗像孩子一样的童稚之心。他和孩子一起玩,一起做游戏,然后让孩子设法用画把游戏表现出来。有时候他给孩子讲有趣的故事,再让孩子根据自己的想象,把故事中的内容画出来。朱小晶六岁时学画,不久就要参加世界比赛,郭志明在同她交谈中知道她最喜欢同奶奶一起喂鸡,又到她奶奶家看了养鸡的情形,启发她把美丽的公鸡、生蛋的母鸡和毛茸茸的小鸡画出来。小晶在画上画了奶奶和自己,又画上了公鸡和母鸡,可是毛茸茸的小鸡怎么也画不出来。正在她着急的时候,手中的毛笔无意落在宣纸上,留下一团墨迹,顿时化开了。小晶急得哭了起来。郭志明启发她说:"这不是小鸡吗？毛茸茸的呢。"郭志明的话使朱小晶开了窍,不禁破涕为笑,一口气画了许多小鸡。结果《奶奶喂鸡》这幅画在芬兰许文盖市第六届国际儿童画展上获得金牌奖。

孩子们的作品,每一幅都倾注着郭老师的心血。在辅导小朋友准备参加芬兰许文盖市第六届国际儿童绘画比赛的日子里,正值学校期终考试,小朋友白天没有空来少年宫活动,郭志明就挤出中午和晚上的时间上门辅导,给他们分析题意,启发他们把家乡最美的东西画出来。有的孩子画了《雨中的家乡》,有的画了《村边》、《江南水乡》、《我的故乡》,都获得了奖牌。

用心血浇灌的鲜花终于盛开了。一九七八年以来,郭志明先后辅导过二百五十多名青少年,他们的作品,有一百多幅在市儿童画展、全国青少年画展展出。这几年,南汇县儿童、少年在郭志明的指导下,有一百五十多幅画在芬兰、英国、美国、日本、苏联、智利及香港展出,并有近十幅在国际上得了奖。

(原载于《文汇报》1985 年 8 月 23 日)

注:此通讯见报后,郭志明被破格评为上海市特级教师。

应为培养电脑使用人才打好基础

日前,记者在一次计算机教育研讨会上获得这样一个信息:目前,我国有几万台计算机原封未动地躺在箱子里睡大觉,上海现有的计算机使用率也仅为百分之三十。原因之一是许多单位添置了这些现代化的设备,却缺少操作管理人员。据预测,上海"七五"期间,尚缺少几万名计算机使用人才,这就给中学计算机教育的培养目标提出了新的课题。

近年来,上海青少年计算机教育有了很快的发展。到目前为止,全市普教系统已拥有五千多台计算机,在两百多所学校和市、区少年宫、少科站建立了机房,开展计算机教育活动。仅一九八五年,本市就有四万六千多名中小学生接受计算机的启蒙教育。预计一九八八年,本市将在高中学生中普及计算机教育。

在计算机教育兴起的浪潮中,许多学校仿照国外早几年的做法,普遍开展了计算机语言和程序设计教学。但是,今天世界上中小学计算机教育的趋势已经有所改变:在一九八一年召开的世界计算机教育会议上,人们还公认应以程序设计和语言为主,但在去年召开的世界计算机教育会议上,则认为应该以使用为主了。在美国,现在计算机已经普及到家庭,几乎人人都使用计算机,而设计程序的人大约只有千分之一。事实上,绝大多数人并不需要掌握计算机程序设计和复杂的计算机语言,只要能够使用计算机软件就行了。据预测,到二〇〇〇年,上海的计算机软件将商品化,工厂的生产与管理、学校的教学、商业服务、办公室管理以及信息网络等都将实现电脑化,那时将要求全社会百分之五十的人都能利用信息,大多数的人都必须会使用计算机。因此,如不从现在起就把培养使用人才作为中小学计算机教育的主要任务,到那时就可能带来一系列问题。

许多计算机教育专家都认为,目前小学、初中、高中以至大学,都一概只教 BASIC 语言和程序设计,是一种极大浪费。计算机教育应该分层次,加强针对性。对于小学生和初中生,可以游戏为主,从中学习计算机的常识,为今后的学习打下基础;高中学生可以比较系统地学习 BASIC 语言和程序设计思想,编写一些简单的程序,了解计算机简单的工作原理,掌握计算机操作使用的基本知识,学会使用有关的系统软件。对于那些特别爱好计算机的学生,可以组织课外小组,确定一些专题或应用课题,进行程序设计。他们还建议,要尽快组织力量,按中小学不同阶段的教学要求,编写出有关的教材;抓好计算机教育的师资培训,提高计算机教育的质量;同时开展计算机辅助教育研究。

(原载于《文汇报》1986 年 2 月 28 日)

这名优异生何以"流"往美国

市西中学一优异生只因名次稍逊一筹而被上海某大学拒收,却被哈佛大学招去。这种只重考分不看真才实学的招生办法真该改一改

看了本报七月二十四日一版头条《复旦破格录取一批冒尖新生》的报道,感触颇深,不由使我们联想起前不久本市某重点大学在市西中学招收免试新生时发生的一件令人遗憾的事。

当时,市西中学向某大学推荐了黄薇和李昱文两位高三学生。某大学看了两位同学的材料,黄薇是全年级学习成绩第一的优等生,而李昱文的学习成绩记录不如黄薇,某大学招走了黄薇,李昱文落选了。

然而,李昱文是一个怎样的学生呢? 他是我国应邀参加美国瑞澳尔克海军上将基金会物理训练班的五名中学生之一。在去美国学习的两个月中,他克服了语言上的困难,在一系列学习、智力竞赛、撰写论文、实验操作活动中,以优异的成绩远远超过了美国各州选拔出来的五十名中学生,被誉为"中国大陆来的天才中学生"。回国后,美国哈佛大学、普林斯顿大学等四所美国著名高校都发信给他,进行问卷调查,并邀请其入学。当时,李昱文表示要在国内上大学,接受教育。

市西中学校长樊尚德得悉李昱文免试直升某重点大学落选的消息后,再次专程赶到某大学推荐,但某大学仍以"摆不平"为理由拒绝了李昱文直升。樊校长生气地说:"你们只看分数,不看能力,只要第一名,不是真正要人才呵。"但是在这种刻板的招生办法面前,樊校长无可奈何。

正当李昱文被某大学落选时,美国哈佛大学再次来函邀请他免试入学,并决定给他一万七千美元的奖学金。现在李昱文正在办理出国手续,九月份将赴美留学。

复旦大学破格录取大同中学前三名之外的张浩同学;哈佛大学不惜以高额奖学金,远隔重洋寻觅人才,不是很值得我们深思吗?

（原载于《文汇报》1986 年 7 月 27 日,与马联芳合作）

注:通讯刊出后,新华社记者郭礼华、刘军在征得王宝娣同意后,将此稿中关于李昱文的这段文字报道用于他们所写的《高校招生应该不拘一格》的通讯,载于《人民日报》1986 年 8 月 12 日第二版。

热烈喷涌的泉

——访"得得派"创始人陆继椿

上海华东师大一附中的语文教师陆继椿,近几年在全国中学语文界已经为人们所熟悉、所尊重。他继八五年荣获全国"五·一"劳动奖章以后,去年教师节又获得了全国教育系统劳动模范的光荣称号。

这些荣誉对四十八岁的陆继椿来说,是当之无愧的。前些日子我拜访他,他真诚地对我说:"这么崇高的荣誉使我深深体会到当一名人民教师的无上光荣,也感到做一名好教师的重大责任。"

陆老师从事语文教改已经八年了,他回忆说:长期来,我国的语文教学跟着政治运动转,教材庞杂无序,有些篇目在小学、初中以至高中的语文课本中反复出现,有些基础的内容却一直残缺不全,因此学生学习得益甚少。许多年来,他一直企望能编出一个语文教学的序来,探索一条语文教学科学化的道路,但是,由于历史的原因,一直未能实现。直到一九七八年夏天,华东师大校长刘佛年把实现中小学语文教学"一条龙"的实验课题交给了他,他才如愿以偿,开始了新的长征。

八年来,陆继椿在语文教改的处女地上辛勤地开拓着。他翻阅了我国五四以来近代国文教材,参考了叶圣陶、夏丏尊合编的《国文百八课》分类编排体系,查阅了美、法、日等国的大量语文教材,熔中西语文教材教法为一炉,进行阅读、思考、比较、分析、提炼,然后根据我国语言的需要和青少年学习的特点,探索中国语文教学科学化的道路。经过顽强地开拓,陆续椿终于设计了《分类集中分阶段进行语言训练》的教学体系,并三易其稿,自编了一套一百二十万字的六册初中语文教材,着重训练学生的记叙能力、论述能力和文言文阅读能力。在教学实践中,他又设计了一百零八个训练点,使学生一练有一得,得得相联系,形成一个循序渐进的教学系统。

一九七九年底,他在全国中学语文教学研究会上海成立会上,第一次系统地介绍了他的实验设想,引起了与会者的关注,被誉为"得得派"。以后不少语文杂志公开引用这个名称,得得派创始人陆继椿的大名便流传全国了。

"八年中,你遇到的最大的困难是什么?"我好奇地问。陆继椿说,这项实验得到了市、区、校领导和有关专家以及广大同行的支持、鼓励和帮助,研究成果得到了党和政府的重视,他个人的劳动也得到了社会的承认和尊重。但是万事开头难,一个新事物开始往往不为人们所理解,这也是正常的。他又想起了教改初期的一堂公开课——《多收了三五斗》的教学。他根据教学训练点的要求,课上重点讲了群像外貌描写和取例对话层次,旨在通过训练,让学生把握群像外貌描写和多层次对话的具体写法。这两节公开课在同行中引起了强烈反响,一说:"好得很!"一说"糟透了!"一时间褒贬不一。有人说,好端端的一篇文学名作,只讲了一顶破毡帽,一段对话,作品的完整性被教得破碎了;也有的直言不讳地对他的《分类集中分阶段进行语言训练》的教学体系提出了怀疑。这是他感到最难堪的。

但是,他告诉我,他对自己的科研从未动摇过。他坚信,"这是一条语文教学科学化的路"。他有充分的思想准备经受各种考验。有人说他"狂",他说,我只是不习惯那种"有则改之,无则加勉"的沉默,常常要与不同意见的对方作直率的答辩、切磋罢了,与其赢得外表的谦逊,不如求得内心的坦白;有人认为他唯我独尊,不肯随俗。他却说,人长着脑袋是为了思考,与其做随波逐流的水,不如当热烈喷涌的泉。正因为他具有这样的性格,所以在他专心致志搞实验,被人误解,而没有加上一级工资的时候,他毫无怨言,他心中的泉仍在热烈地喷涌着。他说:"一级工资没有提是件小事,我考虑的是事业,是大事。"

他执著地追求着,然而他的实验和一切实验一样,需要接受时间和实践的检验。记得前几年我问他,你担心不担心实验的效果?他十分自信地回答:"有能力是不怕考试的!"

216

当时,他的学生学的是他自编的实验教材,而学生升学考试却要考部编的统一教材,许多人为他捏着一把汗,似乎他的实验成败就在此一举了。他自己却不慌不忙,仍旧按照那一百零八个点在训练他的学生,他心中有底,语文教学无非是培养和提高学生的听、说、读、写能力,完成这一百零八个点的训练,师生定能稳操胜券。

记得,这个实验班刚进初中的第一次作文,有二十二人不及格,许多人连书也不会读。经过他三年的教学,全班四十五个学生中,每人写了一百五十多篇作文,百分之九十以上的学生记叙文、论述文写作和文言文阅读能力达到了教学要求,有三分之一的学生在报刊上发表了文章,两位学生还在市、区作文比赛中获奖。他说,我了解我的学生,也信任自己的学生。这也是我自信的依据。

不久,升学考试发榜,陆继椿所教的实验班,语文平均成绩八十四点五三分,比全区平均成绩高二十七点八七分;全班九十分以上的学生十一人,占全区语文考试高分学生的百分之十一点三,在全区名列前茅,特别是作文成绩在区里独占鳌首。

当我问他下一步有什么打算时?他不假思索地却又好似早已深思熟虑地说:"我编的那套教材已经在全国二十八个省、市、自治区七百多个班级试教,还有一千多个单位使用这套教材作为补充教材或参考研究,我们的教改实验已经形成了一支浩浩荡荡的队伍。我还要把实验继续下去,发展科研成果。"

在我和他握手告别时,他向我透露:他正在考虑高中阶段语文实验教材科学化问题。

我衷心地祝愿他,在新的实验中取得更大的成绩!

(原载于 1987 年 1 月 11 日《教师报》)

加强对"尖子"学生的思想教育

近几年，上海青少年科技创造发明活动一直走在各省、市前列，吸引了成千上万的中小学生，其中一批青少年创造发明的成果在全国各级各类竞赛中取得了优异成绩。但是，也发生了一些令人担忧的现象：一些青少年创造发明的佼佼者，缺乏常规的品德教育，思想素养不佳，不懂得文明礼貌，也有的骄傲自大，名利思想严重。

比如，有的中学生代表我国参加国际性中学生数学竞赛，当飞机抵达外国机场后，竟连自己的行李也不拿，眼看着带队的老数学家费力地为他们提行李。在广州的一次宴会上，一些天文知识竞赛优胜者不等宴会开始，就先将自己桌上的啤酒饮干了，进而又痛饮了邻桌的啤酒。兄弟省、市的代表看了不住地摇头，为他们不懂礼貌感到遗憾。

还有一位中学生，设计了一项航天飞机科学实验方案，他认为自己的方案完美无缺，肯定能在全国得一等奖。后来这个方案在全国竞赛中只得了二等奖，当美国专家宣读获奖名单时，他竟拒不起立领奖，造成了很坏的影响。

还有的学生醉心于名次，有一位中学生在市创造发明学校老师的精心辅导下，许多同学为他出谋献策完善了一项设计。获得成功后，区少科站和创造发明学校老师又积极为其申请专利。然而，当该生得知某工厂要投产时，就撇开了创造发明学校的老师、同学，单独与厂方洽谈，竟提出要么给他二万元人民币，要么送他出国留学。

据分析，发生上述情况的主要原因是，一个时期来，各方面忽视了对这些青少年科技发明者的思想政治工作，校内外科技活动往往把传授专业知识、争取成果放在首位，认为有了成果就有了一切。有关部门评定科技教师的成绩时，也只讲成果大小、得奖多少，并不考核他们如何做学生思想工作，久而久之，科技教师和辅导员也就很少过问学生思想成长了。另一个重要原因是,社会上"一切向钱看"的思想影响了青少年,使他们缺乏应有的觉悟。一部分家长把孩子的成果当作摇钱树,成功了,带着孩子四出奔走,不择手段地把成绩统统占为己有;失败了,则一蹶不振,使孩子不能辩证地对待成功和失败。

针对上述原因,我们认为加强对这些学生的思想政治工作已经不容忽视。这些青少年创造发明佼佼者正处在世界观逐步形成的关键阶段,切不可"一俊遮百丑",影响他们德、智、体全面发展。他们虽然取得创造发明的成果,但仍然是普通的中小学生,必须接受常规的道德教育和理想教育,这样才能成为大有希望的四化建设事业接班人。

(原载于《文汇报》1987 年 2 月 7 日,与兰云合作)

怎样教小学生＋－×÷

——中美数学教师交流经验

日前,在市科学会堂的一间大教室里,美国伊利诺斯州数学代表团的教师正在和上海数学教师围坐一起,热烈地研讨着小学数学教学改革问题。

一位中国女教师问:"听说美国一年级小学生学习数学是不做回家作业的,是吗?"

"是的。"一位身材高大的美国女教师说,在美国小学一年级学生的数学课实际上是游戏课,只要求学生通过玩具读数记数。教师经常抽出 300 以内的数字让学生认读。有时也结合实物,让学生口算10 以内的加减法。对大多数学生并不布置回家作业,只对少数尖子学生布置一些提高性的趣味题,让他们去思考钻研,激发他们更大的学习兴趣。

中国教师听了,有的频频点头,但也有人不甚理解。一位中国教师发问:"你们一年级的小朋友学得太浅,进入高年级后是否会更紧张些呢?"

一位美国教师说,美国一年级小学生除了识数、记数、会口算 10以内的加减法外,教师还要让他们在游戏中认识各种几何图形,让他们比较角的大小,从实物中留下印象,为今后三四年级学简单的几何知识打基础;他们还让孩子在纸做的正方体、长方体上用图画的形式画出 $\frac{1}{2}$、$\frac{1}{4}$ 等比例图,让孩子们接受分数的概念;还在一年级时教孩子识钟表上的时间,认识货币。

"对学习比较差的学生,教师采取什么办法呢?"一位教 4 年级数学的美国女教师不慌不忙地走上讲台,在黑板上出了一道 $4765 \div 23$的算术题,请一位中国男教师上去做,这位男教师先用直式分二步熟练地进行演算,然后把答案写在横式等号右端。美国女教师满意地说,"在美国通常也用这种方法计算。"接着她又请一位美国男教师用直式进行四步分解运算,得到同样的答案。女教师说,这是美国对迟钝儿童的一种教法。经过比较,中国教师觉得美国教师在因材施教方面确实动了不少脑筋,值得学习。接着,讲台上的美国女教师又针对小学生在做多位数乘法时,常会发生进位错误的现象,介绍了我国小学数学教材中所没有的直式相乘,个位、十位同时记数,然后斜格相加,使学生克服进位错误的好方法,对中国教师也很有启发。

　　虚心的求教,热烈的讨论,友好的交谈,时间很快在流逝,一个上午的交流研讨时间实在太短了,中美教师还有许多经验要交流,愿这种教学研讨经常化。

(原载于《文汇报》1987 年 3 月 30 日)

让孩子从小懂礼仪

——记吴淞区小学"心理和行为"养成教育

上课了，全国优秀班主任迟国芳老师走上讲台，微笑地问戴着绿领巾的一年级小学生："今天家里杀鸡，鸡腿给谁吃？"

40个小朋友唰地一下举起了手，争着回答："给我吃。""大的一只我吃，小的一只给爸爸吃。""我要吃两只。"

天真的孩子认为这是天经地义的事。迟老师脸上却掠过一丝愁云："小朋友，你们还不懂得怎样吃饭。今天迟老师就要教你们懂得吃饭的礼仪。"

迟老师请了班上3个课前经过培训的小学生分别扮演爸爸、妈妈和儿子，示范表演从准备吃饭开始：儿子轻手轻脚地在桌上放好碗筷，再请爸爸、妈妈先入坐，盛饭给父母，然后自己再入坐，并请爸爸、妈妈先吃。当自己先吃完以后，又彬彬有礼地请父母慢吃，并问爸爸妈妈："我可以到自己房间去看书吗？"

3个孩子做完小品后，迟老师请小朋友一一复述吃饭的经过，启发他们在吃饭时应该注意哪些礼仪，又请了几组小学生进行练习。一堂课，40个孩子基本掌握了吃饭的礼仪，懂得了专挑好菜吃、不肯帮助父母做事是没有教养的行为。

这是吴淞区在小学德育教育中开展的一项教育实验——小学生行为与心理养成教育的一堂公开课，受到了全国14个省市观摩代表的一致好评。

吴淞区自1986年以来，对全区小学生思想品德行为特点进行了多次调查，发现学生基础文明很不理想；思想品德教育存在"高、大、全"的弊病，与学生的认知和行为严重脱节。他们对全区500名学生进行情感、欲望、需要、性格和行为测定，从学生实际出发，学习借鉴了国内外儿童教育先进理论，提出小学生行为与心理养成教育的整体构想，按学生不同年龄和道德发展的不同阶段，从学生的基础文明、基本礼仪着手，确立勤俭、诚实、自信、文雅、果断、合群等 12 项基本教育内容，开展行为和心理训练，从小培养现代社会人所具备的品格素质。

经过不到一年的实践，几个小学实验班的学生基本上养成了文明、礼貌的习惯。课间倘若有一位同学趴在桌子上，其他同学就会关切地问："你不舒服吗？要我陪你到保健室去吗？"有些小朋友逢到咳嗽、打喷嚏，已懂得用手帕捂住嘴，侧身背着人。有一位家长高兴地告诉老师："我的孩子这半年越变越懂事了。过去我们带他到奶奶家去，他总是说：'这回奶奶给我啥东西呀？'现在带他去看奶奶，他总是问，'这次我们带些什么给奶奶呀？'"

（原载于《文汇报》1987 年 6 月 21 日）

洋娃娃学做中国人

昨天,仙霞宾馆迎来了一群来自美国、日本、加拿大、波兰的洋娃娃。这些7至10岁的洋娃娃在此举行了学做中国人的比赛,情趣盎然,逗人喜爱。

用中国筷子吃饭、挟菜,对中国人来说已经习以为常,而对外国人,特别是外国小朋友来说那就困难了。比赛的第一个项目就是用筷子挟草莓,几个洋娃娃举起筷子,手指不听使唤,明明对准草莓,可是挟到一半草莓却滑跑了。日本娃娃在这一点上占了便宜,一个5岁的日本小姑娘在不到30秒钟内挟完了盘中的21颗草莓,获得了这项比赛的满分。她的妈妈激动万分,情不自禁地欢呼起来。

然而,西方的洋娃娃也不甘示弱,决心后来居上。你看,在听中文捡中文字卡,对照字卡取下中国食物图片的比赛中,美国男孩大卫赛分就遥遥领先了。他在赛场上摆着赛跑准备的姿势,一听见主持人口报"黄鱼、带鱼、目鱼、蟹、虾"的中文名称时,如离弦之箭射了出去,一下子拿下了四张图片,获得单项冠军。

文静的加拿大小姑娘安雪枫,跑不过大卫等男孩,但是她并不气馁,她说:"不要紧,我也有长处,我两岁就来中国了,我说中国话流利,唱歌、写字、图画能赛过他们。"果然,她唱的一首中国歌,吐字清晰、准确,悦耳动听,得了比赛的最高分,接着她又画了一幅熊猫和枫树叶的图画,还写上了中国字:"中加友谊万岁!"赢得了人们热烈的掌声。主持比赛的阿姨问她这幅画的含义,她从容地说:"枫叶象征加拿大,熊猫代表中国,我的父亲是加拿大人,妈妈的故乡是中国,我希望中加友谊万岁! 我热爱加拿大,也热爱中国。"10岁的孩子说得这样头头是道,评委们经过讨论,一致给她打了10分。

初赛结束,许多洋娃娃的家长都激动不已,感谢上海市儿童营养基金会、上海对外文化交流协会、上海电视二台为孩子提供了这样好的学习竞赛条件。

（原载于《文汇报》1988 年 5 月 23 日）

梅龙镇酒家的"儿童餐厅"

离中午 11 时还差 5 分钟,只见七八个背着书包的"红领巾"嘻嘻哈哈地走进南京西路梅龙镇酒家。小孩子来大饭店做什么?我好奇地跟在他们后面。

小朋友熟门熟路地穿过地下室通道,来到了一个放着 5 张圆桌的餐厅。里面已经有几位小朋友在进午餐了。刚走进来的几个小学生,每人向服务员小杨叔叔领了一盆干切五香牛肉、一碗榨菜蛋汤和二两大米饭,也坐上了餐桌。

后面还有小朋友陆续进来,这时我才发现大多数孩子脖子上都挂着钥匙。服务员小杨告诉我,他们的父母都是双职工,家中又没有老人,孩子吃午饭成了难题,梅龙镇酒家为他们开设了儿童中午包饭,至今已经八年,前后共接待少年儿童 4320 人次。

"真没想到,你们这爿大饭店,也做这样的小生意,而且坚持 8 年,难能可贵呀!"我向梅龙镇酒家钱金龙副经理说。钱金龙回答:"这也算不上做生意,小朋友的每客饭菜才收 5 角钱,连本钱也不够,还要贴上人工管理服务,只不过是想为社会、为孩子尽些力罢了。"

此时,一位小朋友的母亲来找正在吃饭的儿子,她指着儿子盘中的牛肉对我说:"这在外面起码也要 2 元钱呐!"

我问几个正在吃饭的小学生:"你们平时吃些什么菜?"赵梁小朋友说:"鱼、鸡、荷包蛋、炒素、鳝丝乌笋、蘑菇炒肉片、豆腐虾仁",在他旁边的女学生周贤补充说:"还有龙凤肉、荤素什锦和新鲜蔬菜"。有个高年级的小学生已经是这里的老顾客,他告诉我,平时吃一菜一汤,逢到"六·一"儿童节加菜,两菜一汤,还有小点心呢!

(原载于《文汇报》1988 年 5 月 19 日)

敬礼！大上海的清洁卫士

今年夏季，上海持续高温，为多年罕见。盛夏酷暑，人们都喜欢在电扇的凉风吹拂下，吃上几块清热解暑的西瓜。可是，朋友，你可知道，许多环卫工人一看见西瓜，就条件反射地感到厌恶。

说起来，也难怪他们。上海市区每天的生活垃圾约 9 000 吨，每逢夏季，西瓜铺天盖地，瓜皮狼藉，生活垃圾便成倍增加，瓜皮在高温的催化下很快腐烂，发出令人掩鼻的恶臭，而我们的环卫工人却要在这热浪里，每日每时与腐臭的垃圾搏斗，难免产生厌恶之心。

上海每天有这么多生活垃圾，是怎样及时运离上海的呢？上海市环境卫生水上运输公司工会主席李建民在向市领导汇报时说，80％的生活垃圾是通过水上船只运往江苏、浙江和市郊农村的。今年夏季垃圾高峰的日子里，环卫工人日清理生活垃圾 11 000 吨，超过常量的一倍。许多环卫工人因此累倒了。

你看，公司调度室的同志从 5 月份就为寻找垃圾堆放点四出奔波了。据统计，全公司在大江南北奔波的有 2 000 多人次。调度室58 岁的孙留鸿和六个水运队的调运干部一起，冒着 38 摄氏度的高温，汗流浃背地在乡间的小路上跋涉，找村长、找乡长、找土地局、找环保局、找防疫站、找县长……直到签下同意堆放垃圾的合同才舒出了长长的一口气。这时，老孙才觉察到自己已经整整一天没有吃喝了，又渴又饿。有的干部在烈日的灼烤下，身上脱了一层皮，嘴上长起了火泡，几天几夜没有合眼，竟倒在垃圾堆旁睡着了。

运输垃圾船队的工人更是辛苦。记者在和他们同吃同住的日子里，亲眼目睹他们的工作，油然产生敬意。气象预报气温 37 摄氏度，船上的生活舱里气温就在 40 摄氏度以上，垃圾货舱里温度则在 60摄氏度以上，那腐烂发热的垃圾散发出阵阵恶臭，招来数不尽的苍蝇，赶也赶不走，停在船篷顶上黑压压的一片。有一次，船上职工打药水以后,将篷顶上的死苍蝇扫起来,足足有一斤多。不一会儿,又一群苍蝇嗡嗡飞来,又占据了死蝇曾经占据的顶篷,环卫工人只要一伸手就能抓一把。

运垃圾的船上设备十分简陋,没有电扇,没有冰箱,更谈不上空调,工人们长年吃着咸菜、榨菜和酱油汤。工人腹泻的很多,但是,为了保持上海之夏清洁的市容环境,他们几乎放弃病假,坚守岗位。水运六队48号驳船的驾驶员俞根芝一天腹泻十几次,就把马桶搬到方向盘前,坐在马桶上操纵,他说:"如果我躺倒了,就没有人开船,将影响数百吨垃圾的运输"。许多工人在近70摄氏度的垃圾舱里工作,热得喘不过气来,每挑一担垃圾就跳到河里凉一凉,降一下温,再挑。有人说,他们这样累死累活拼命干,大概奖金很高吧。环卫工人苦笑着告诉记者,6月份,他们的人均奖金才20元,比其他企业低得多。

环卫水上运输职工工资低,奖金少,福利条件差,劳动强度大,那么,他们到底图个啥呢?他们用朴实的语言回答:"上海是个国际大城市,为了祖国的荣誉,也为了上海人民的舒适生活,我们再苦也要坚持下去。"一天下午,一队6号轮拖队开往青浦,行驶到11号桥时,机轮发生故障,一时难以修复,工人就抛掉机轮,硬是把13只拖在后面的垃圾船一只只用人力撑到垃圾堆放点,10多里的水路,26个人足足撑了10个多小时。

7月9日,全市吞吐量最大的新开河垃圾码头告急,水运二队发出的船只已经超载垃圾800多吨,而黄浦、卢湾、南市的垃圾车还源源不断地将垃圾送往码头。"急需250吨船皮!"水运公司调度室向全市各垃圾码头发出呼叫调度。"三队没有船只","四队没有船只","五队也没有船只"。调度室不得不向近郊正在卸垃圾的船队下达命令:"卸完立即返航新开河码头装货!"一队五艘铁驳上的环卫工人已经几天几夜没有休息了,但他们接到命令,没有半句讨价还价,深夜两点,返回新开河码头装满垃圾后又启航了。

朋友!你可知道,正在您酣睡进入梦乡的时候,这些令人尊敬的环卫工人正在挥汗如雨地同高温、垃圾、臭气战斗吗?你可知道,在高温的七八两个月中,环卫水上运输工人有15 000人次放弃了休假。

新郎王成锁已经七个航次 20 多天没有回家，新娘不放心，赶来船队询问，又是责怪又是疼爱。共产党员周德维的老母亲在弥留之际，他这个独生儿子为了上海之夏的环境美，却坚守在垃圾船上，而未能在母亲的身旁尽最后的孝心。如果说，当年的志愿军和今天的老山英雄是最可爱的人，我以为那些默默无闻，不被市民注意的环卫工人，也是我们最可爱的人！

（原载于《文汇报》1988 年 9 月 6 日）

注：当记者提出要随船采访水上环卫工人的工作时，一开始却遭到了拒绝。市环卫水上运输公司的领导说："不行，不行！建国以来从来没有记者跟垃圾船随船采访，更何况你是个女记者，跟船采访肯定不行。"在记者的执意坚持，再三要求下，他们才同意由公司工会一位女干部陪同我上船采访。开始工人们称我"王记者"，随着我和他们同吃、同住，促膝谈心，我们成了无话不谈的好朋友。工人们谈他们恋爱难、结婚难、子女读书难、住房难等等问题，我一一记在笔记本上，我为他们的牺牲、无私奉献所感动，工人们改称我"王大姐"。回报社后，我写了这篇通讯载于《文汇报》，同时还写了《文汇情况反映》（即内参），反映水上环卫职工的种种困难，引起市委、市政府领导重视。后来在市领导关心下，在陆上建了水上环卫职工子弟小学，解决了孩子读书难；建了工房，缓解了职工住房困难；还提高了工人们水上工作津贴。当然记者也有了一大批水上环卫的知心朋友。89年春节，一群环卫工人来我家拜年，大家有说不完的心里话。

早茶飘香八方悦来
棋琴书画老而百乐

坐落在苏州河乌镇路桥北堍的闸北区老年活动中心，像个强大的磁场，吸引着上海四面八方的老年人。昨天，是中国人传统的中秋佳节，记者慕名前去饮早茶。

据说，这里的早茶5点钟开始，我们准时到达，已见几位老伯伯捷足先登，泡好茶在品尝了。我们边饮茶，边与第一位光临的徐春林老伯伯交谈。他告诉我们，他今年69岁，家住北新泾镇，每天早晨3点钟起床，乘车，4点多钟赶到闸北区老年活动中心饮茶，风雨无阻。

昨天，闸北区政府老龄委员会还给每位来饮早茶的老人赠送2只月饼，祝他们健康长寿！一位曾受小辈虐待的老太太，双手颤抖地接过月饼激动地说："政府关心我，这礼轻情谊重呵！"

6点多钟，活动中心已经高朋满座，开票的阿姨说，已经售出314客了。这些老人有乘公共汽车而来的，也有骑自行车的，驾摩托车的，还有些路近的步行而至；路远的则来自宝山大场乡、曹杨新村、天山新村、徐家汇、杨浦区。

记者无意中发现，有些茶客都手拿宣纸，穿过大厅到里间会议室饮茶。我们好奇地跟过去，一看，墙上挂满了老人创作的书画，原来是个"百乐书画社"，他们正带着自己的作品前来接受评头评足，互相取长补短呢。上海科技人才开发银行应用技术研究所的陈义经工程师，画了一幅气势磅礴的山水画，正摊在桌上请大家指点。上海市金属材料公司退休职工顾贵康，多才多艺，会唱京剧，精通日语，最近又学书画，虽然时间不长，颇有成绩。他带来新近创作的老虎、鲲鹏展翅、大象等国画，受到好评，他谦虚地说，我才72岁，在这里是个小弟弟，不但要老有所乐，还应当老有所为，活到老学到老呖。

8点半以后，早茶进入尾声，各活动室活跃起来，有的打扑克、麻将、弈棋，也有的进行花卉盆景栽培，还有打拳、做操。还是百乐书画社，社员们正在热烈地讨论开展义卖，为本市残疾青少年筹集基金，义务办残疾青少年书画教育……

（原载于《文汇报》1988 年 9 月 26 日）

乱、脏、差的死角

——本市外来人口调查见闻之一

最近,通过调查知道,上海除了有1 200万常住人口外,每天还有200万外来流动人口。这200万中有一半是在车站、码头、机场中转来去匆匆的客人;还有一半滞留上海,以建筑、经商、办厂、当保姆、从事手工业劳动或拾荒等为业的人。

这些暂(寄)住人口,比较集中地居住在本市市郊结合部。记者跟随有关街道、派出所的同志前去踏看,最直觉、最强烈的印象是:乱、脏、差。

当我们走进真如镇水塘街时,看见一位挺着大肚子的青年妇女站在一间猪圈改为住舍的门前,她的门前屋后全是烂菜、废铁、旧竹片、破塑料、坏皮鞋之类的垃圾。我们和她攀谈,知她是浙江黄岩来的,同来的有几十人,都住在水塘街,有的卖蔬菜,有的做豆腐、发豆芽,还有的杀猪卖肉,她隔壁的一家就是做豆腐的,那做豆腐时淌下的水,日复一日地积在洼地里,已经发黑,上面一层小虫子,散发出阵阵酸臭。

在水塘街145号底层的一间约30平方米的房间里,我们看见几个青年男女正在睡觉。一问才知道也是浙江来沪做生意的人。经了解,这间屋里共居住了3对青年夫妻和两个单身男青年,3对夫妻中有两对挂了帐子,还有一对连帐子也没有挂。我们问,这样混住在一起难为情否? 他们说,"有啥难为情,人多借房子钞票可以省一点。"民警记下了这件事,将要告诫房东,不允许这样出租房屋。这类事在外来人口居住地比比皆是。彭浦新村派出所的民警有一次发现一间三、四平方米的小屋里用木头树枝隔成上下两层,睡着十几个男女,有十四、五岁的姑娘,也有二、三十岁的男人。有些根本没有婚姻关系,性生活十分混乱。

傍晚，在中山路桥下，我们看见一个个拾荒者归来，把拾来的垃圾堆在桥下，那里简直成了一个垃圾的王国，黑乎乎的，苍蝇、蚊子飞来飞去，没有卫生设施，拾荒者随地大小便，如在他们家乡的荒野一般。他们用只旧铁桶，开个口当灶，用捡来的木头、竹片烧饭，黑烟、黑灰熏黑了桥墩。晚上他们席地而睡，常常好几个月不洗澡，头上、身上长了虱子和跳蚤，有的还生了疥疮。据宝山区炮台村去年年底统计，那里有五个村庄的外来人口已经超过常住人口，昔日的文明村、卫生村已经变成了垃圾村，人们称那里是"吉卜赛原始部落"。

这些外来人口住地"乱、脏、差"已经引起了有关方面的注意。去年以来，已进行过几次检查清理，但是他们本无户口，这里检查，往那里流，流来流去，把"乱、脏、差"随身携带着。看来，整治外来人口暂（寄）住地的环境，全市还得要有个统一的措施。

（原载于《文汇报》1988 年 11 月 30 日）

要富去拾荒　垃圾是银行

——本市外来人口调查见闻之二

　　如果你到市郊结合部彭浦、大场、吴淞、北新泾、真如走一走，会看见许许多多背着拾荒箩筐的外来者。别看他们蓬头垢面，衣衫褴褛，其中许多人却腰缠万贯。好些老婆婆手指上都戴着粗大的、黄灿灿的 24K 金戒指；年轻的媳妇和姑娘也有价值昂贵的耳环、项链，在旁观者看来，这些首饰似乎与他们背着的拾荒箩筐极不相称，而他们却不这样想，他们明白，一切豪华富贵都来自身后的箩筐。他们中流传着这样一个顺口溜："上海是天堂，垃圾是银行，发了财回家造洋房。"

　　这顺口溜揭示了近几年外来人员纷纷涌到上海拾荒的奥秘。这不，6 个山东沂蒙的小伙子结伴到上海来拾荒，白天外出拾垃圾，晚上就住在大桥下。有人介绍他们去上棉六厂做装卸工，他们干了两天不干了。每人每天才 3 块钱，还不如拾垃圾上算。他们告诉记者，拾荒一天至少 5 元钱，多的时候 10 块、20 块钱，统起来算，每月每人可得三四百元。上海的钱这么好赚，村里的人眼红了，一批又一批地来沪，拾荒者的队伍便日益壮大起来。

　　在彭浦地区，两位苏北来的拾荒老婆婆告诉记者，她们出来拾荒，储些钱为的是给儿子造房子、买家当。还有一个少妇说得更使你意想不到，她说，她头胎生了个女儿，还想生个儿子，现在已经怀孕，苏北实行计划生育，超计划多生一个小孩，要罚 2 000 元，因此她来上海拾荒，一避风头，二可以积累些钱，准备回去交罚款。真是令人啼笑皆非。

　　在上海，处处都能觅到宝，去年以来，一些外来者又开拓了收泔脚油和箍桶等职业。记者在真如的一条小河边采访了那些艋艒船上的箍桶匠。他们告诉我，用十几元钱收来一只破脚桶，拆开重新组合,刨光、油漆后,能卖到 60 元。我问:"一天翻新一只能行吗?"他脱口而出:"没问题,只要有旧货,两只、三只也行。"这不是每天有 100 多元收入吗?!

正因为如此,上海的外来人口的包袱就一天比一天沉重了,公安部门曾经采取过一些措施,可是见效不大。彭浦新村派出所的民警说,曾到有些外来户家乡的派出所去联系,希望他们共同配合做好这些人的遣送工作,但对方派出所的同志却说:他们在上海自己解决了生活,富起来了,很好嘛!

（原载于《文汇报》1988 年 12 月 1 日）

自由生育的"安乐窝"

——本市外来人口调查见闻之三

今年11月4日晚,记者随同真如镇派出所民警去检查暂(寄)住该地区一些外来户。夜晚,外来户家庭成员纷纷归来,人丁十分兴旺。我意外地发现,那些年轻的夫妇几乎都有二、三个小孩。在四才角17号房客的床上,我看见三个熟睡着的小男孩。30岁刚刚出头的房客主妇告诉我,她丈夫是河南永成县麻纺织厂的,长驻上海购货,这三个孩子是他们的儿子。大的7岁,老二5岁,最小的才5个月,还未报户口。听了她的一席话,我不解地问:你们那里讲不讲计划生育? 她说:"讲呀,可是,我们到上海,他们就管不着了,能生就生呗。"听她那口气,丝毫没有停止生育的意思。

彭浦新村金家木桥一位姓汪的老太太说,她的房子借给两户苏北来的人家。这两家头胎都生了女儿,想生儿子,因此妻子怀孕后就逃避到此,现在两家都如愿以偿,各抱了一个男孩,准备回苏北了。据了解,上海县某乡,来了40对外来夫妇在那里承包养鸭,超计划生育已达40胎,其中25位育龄妇女生2胎以上,最多的一位有5个孩子。1980年以后结婚的青年妇女中,有2人已生育4胎,2人生育8胎。

外来人员超计划生育的原因是原籍政府鞭长莫及,管不着他们,上海计划生育部门又无力管外来人员的计划生育问题,形成了一个空白地带,所以外来人员便把上海当作他们自由生育的王国。等到婴儿呱呱坠地,最严厉的惩罚也不过是罚款,而这些外来人员是不怕罚的。北新泾镇有个姓陈的拾荒者,据说已经积蓄一、二十万元,生了三个小孩,还想再生个儿子,里弄干部上门做工作,他却说:"要罚款? 我有钱,要罚随你们,但要生儿子得由我。"说着拿出挺括的一大叠钞票,弄得里弄干部哭笑不得。

对于如何控制外来人口超计划生育的问题,似乎还没有什么良策。记者走访公安部门户籍科,民警说,目前只管外来人口的登记,还来不及管他们生育的事;妇联和计划生育办公室的同志说,超计划生育是违反国策的,但我们的权限只管本市常住人口的计划生育工作,外来流动人员庞杂,我们管不了;而外来人员原籍的政府又管不着,形成了计划生育工作的一个大漏洞。如果再不堵塞,研究对策,切实采取措施加以控制,将后患无穷。

(原载于《文汇报》1988 年 12 月 3 日)

查处"安乐窝"制裁违法者

——本市外来人口调查见闻之四

去年 10 月 13 日夜至 14 日凌晨,百余人蜂拥进入市 102 工程队富锦路仓库,哄抢钢材和整箱的钢铁螺丝等;今年初,堆放在彭江中学的塑料桶,一夜之间被盗去 100 余只;与此同时庙行地区露天仓库被盗走铝材 22 锭;今年 8 月,民警在真如一家私宅捉住 8 名赌徒,桌面上赌注 3 500 元被当场没收;同时在两个卖蛋女的住地查出香烟 150 条和非法牟取的暴利 1 000 余元;10 月,北新泾镇派出所民警又在一个拾荒者的家中搜查出崭新的漆包线、铜丝、铜块 1 100 余斤……据调查,上述案件的作案人均为外来人员。

据统计,近几年外来人员在沪的违法犯罪率逐年上升。1984 年为 10.8%;1985 年为 11.3%;1986 年上升到 17.8%;1987 年 1 月至 9 月又上升到 19%;今年 1 月至 5 月,再激增至 25.7%,其中破获的外来人员重大刑案占全市重大刑案的 28.9%,情况是极为严重的。外来人员中的不法分子把上海当作冒险致富的乐园,不择手段地通过盗窃、拦抢、收赃、倒卖、诈骗以至谋财害命发横财。因此加强对外来人员的管理已经迫在眉睫。

去年以来,本市公安部门贯彻执行《上海市暂住人口管理规定》,加强对外来人员的管理,初步取得成效。过去不少外来的犯罪分子把租借的房屋当作"安乐窝"、"避风港",现在感到"安乐窝"不安乐,"避风港"也不安全了。自从贯彻《上海市暂住人口管理规定》以来,真如镇派出所已查处 13 个违法犯罪的黑窝,并协助兄弟省市捕获 3 名潜逃来沪隐居在真如出租私房中的潜逃犯,其中一名是由江西潜逃而来的盗窃 26 万元国库券的特大盗窃犯。彭浦新村派出所也取缔了一些流氓卖淫和赌博的窝子。

但是,这仅仅是开始,外来人员中的问题不少,加强对外来人口的管理是一项十分艰巨复杂的工作,还需要花大力气调查、研究,完善有关的政策和法纪。

（原载于《文汇报》1988 年 12 月 7 日）

《规定》已颁布关键在执行

——本市外来人口调查见闻之五

上海外来人口调查见闻已经在本报刊登了4篇,不少读者关切地问:"这组新闻透视了外来人口中存在的不少问题,难道至今没有管理他们的措施吗?"我在采访中,也向公安部门提出过同样的问题,有关同志告诉我,办法已经有了。今年6月17日上海市人民政府正式颁布了《上海市暂住人口管理规定》(简称《规定》),并从7月1日起实施。

北新泾镇派出所所长告诉我,贯彻《规定》以来,外来人员作案侦破率明显提高,该镇今年1月至8月外来人员作案侦破率比去年同期提高3倍。彭浦地区一个由10名外来人员组织的盗窃团伙,多年来在工地上盗窃,最近已被我公安人员伏击破获,不法分子在受审时哀叹:"上海贯彻《规定》,我们的日子难过了。"一个曾在原籍广东作案的犯罪分子来沪办理暂住手续时,派出所民警从他填的登记表和照片上发现疑点,立即与他原籍公安部门联系,将他逮捕归案,他深感法网恢恢,在上海难以寻找"安乐窝"了。

按照《规定》,凡在沪暂住3天以上的外来人员,都要向居住地公安派出所办理暂住登记,暂住时间拟超过三个月者须申请《暂住证》。凡集体单位、村委、生产队、私房出租户,一律要有公安派出所审核批准的《房屋出借安全许可证》,方能将房屋出租或借给外来暂住人口居住,对无身份证、无正当职业、无本地工商执照的外来暂住人员不得出借房屋。

去年以来,本市外来人口暂住较多的吴淞、彭浦、真如、洋泾、龙华、漕河泾、大场、周家桥、北新经等地区都对外来暂住人口进行了普遍调查,今年夏季又大张旗鼓地宣传了《规定》。

吴淞公安分局根据本地区外来人口盗窃露天仓库严重的情形,

成立了一个20人的反盗窃小组,组织工人纠察队、联防队配合工地进行午间和夜间巡逻,先后打击外来违法犯罪人员200多人。普陀区真如镇派出所建立了暂寄住人口管理办公室,组成镇、乡、村、块、条外来人员管理网络。由于严密了管理制度,最近,真如镇派出所捣毁了13个外来人员违法犯罪的黑窝,协助兄弟省市逮捕了两个特大盗窃犯和一名诈骗犯。彭浦新村派出所仅半个月就查出盗窃案20多起,收缴"拾荒者"盗窃的钢材1.5万多斤,一些拾荒者也感到边偷边拾、以偷为主的勾当已受到公安部门注意,加上拾荒的外来人员上海是不准暂住的,他们对今后向何处去的问题,已不能不考虑了。

(原载于《文汇报》1988年12月9日)

注:这组外来人口调查系列报道后,引起市政府重视,专门召开了这方面专题会议研究,进一步加强、补充完善了对外来人口的管理规定,管理工作比较规范化了。一度外来人口的遣送、犯罪率明显下降。之后其它报刊对外来人口的报道也纷纷见报,形成了一种文学思潮。中国民政部的报纸和杭州的有关杂志也摘登了我写的系列报道的内容。

科技与经济联姻为何一头热

最近，静安区科委、科协组织到 60 多家大专院校和科研单位的 580 项科技成果，举办了科技经济交易市场，向市区经济部门、企业单位发出 7 000 多张票，欢迎大家参加交易活动，结果只有 1/7 的人光顾交易市场。开幕当天，连静安区集管局系统企业单位去的人也寥寥无几。据说，在其他区举办的科技交易会上也有类似现象。去年年初有一个区举办科技交易会，许多外省、市的科技单位都热心赶来设摊交流，但上海工厂企业却毫无热情，交易会最后只签订了两份意向书。

为什么科技与经济联姻只是一头热？静安区区长韩士章分析说：这与企业领导人的短期行为密切有关。他说，从总体上说，企业领导人也承认科技是最先进的生产力，对企业的生产起着先导和促进作用，但就具体方面而论，企业的领导人对科技与经济的联姻又持怀疑的态度，怕担风险。尤其是企业实行承包后，厂长们多数只签订一至两年的承包合同，他们只希望兑现合同，很少考虑企业长远的发展规划。而科技转化为生产力需要有个研究——试产——生产的过程，有些企业的领导人觉得这是远水解不了近渴，缺乏兴趣。

然而，企业领导人对科技与经济的联姻也并不是完全没有热情，他们对于列入市级星火计划的科研项目还是很感兴趣的。因为星火计划的科研项目的研制有优惠政策，一旦研究成果投产可以免税，企业领导人认为，如果让星火计划的科研项目与经济部门联姻，那是包谈恋爱包成婚的。

可见科技与经济联姻的一头热，还有政策调节方面的因素。因为区级科技部门无权批准星火计划科研项目，所以区里举办的科技交易会就缺乏吸引力。据悉，本市有个区已经试行设立区级星火科技项目，考虑给予政策上的优惠，就加速了这些科研项目与经济的联姻。其他区是否可以在这方面也作些探索呢?

很多同志认为,企业生产不注入先进的科学技术,发展势必缓慢;而科学技术不与经济联姻,也是很大的浪费,因此有关方面应当为双方牵线搭桥。在优惠的政策尚未实现之前,看来可以向北京、天津学习,开辟"中关村"式的科技贸易一条街,沟通、交流科技部门与经济企业单位的供求信息,这可以为科技和经济联姻创造条件。

(原载于《文汇报》1989 年 2 月 15 日)

忘年交英语俱乐部

周一，是静安区图书馆的馆休日。但是，最近一个时期来，每逢星期一晚上，这个图书馆却热闹非常，整幢大楼灯火通明，充满欢声笑语。

夜幕尚未完全降临，人们就从四面八方赶来。男的、女的、老的、少的，络绎不绝。晚上7点钟光景，就来了一百多人。曾经见过面的，或初次见面的，见了面都说："Goodevening（晚上好）！"

原来，这里是个忘年交英语俱乐部。开始是由几位离休干部和退休英语教师办起来的，初创时只有几十人，现在已发展到固定会员260人。活动也由单一的英语交谈，发展到观看英语录像、听英语讲座、英语歌唱会、英语舞会、英语演讲比赛、英语游览、猜谜以及模拟英语记者招待会等。

除固定会员外，参加活动的还有大中小学学生、研究生、教授、医生、厂长、经理、工程师和工人。人们一群一群地自由结合自由交谈，说得纯正流利的，大家佩服，向他讨教；说得结结巴巴的，也没有人嘲笑，而会得到热情的帮助。那边正有一群人在用英语模拟开饭馆，活动已经接近尾声，主人问："大家吃饱了吗？"一位年轻人的回答引起了哄堂大笑。原来他把"Iamfull（我吃饱了）"说成"Iamfool（我是傻瓜）"。由于发音不准闹了笑话。80岁的英语退休教师卓润海立即帮助这个年轻人纠正了发音。短短的2小时，大家在俱乐部里过得很快活，也很有收获，所以俱乐部成员像滚雪球一样，越滚人越多。

俱乐部也吸引了外国朋友。每逢元旦、圣诞节，在本市工作的外籍教师、工程师、专家也乐意到这里来和中国的英语爱好者一起欢度佳节，大家一起唱英语歌，很快建立了友谊。丹中友协代表团来到上海，一下飞机，就由市外办陪同到了英语俱乐部，和会员们交谈了一个多小时，他们对上海有这样一个英语爱好者俱乐部赞不绝口。

俱乐部像一块肥沃的土壤，滋养了一批又一批英语爱好者，提高了他们的英语水平和英语口语会话能力。不少人已经出国留学深造或到国外工作，他们常在百忙中写信回来询问关心俱乐部的活动情况，有的人在信中写道："这次我顺利平安地到达目的地，我的英语发挥了不少作用，我太感谢俱乐部给我的帮助和锻炼了，希望俱乐部越办越兴旺。"一些中外合资企业慕名到俱乐部请求推荐英语翻译。最近，中美合资的太平洋陶瓷公司又通过俱乐部聘用了两位同志担任翻译，配合进口机器的调试工作，双方已签订合同，十分满意。

（原载于《文汇报》1989 年 8 月 4 日）

恰似一泓清泉　滋润病人心田

——记解放军八五医院
廉洁行医的模范事迹

在社会上吃请、受礼，乃至贪污受贿犹如一股污水流淌的时候，中国人民解放军85医院却喷涌出一股清泉，荡涤着污水，滋润着病人和家属的心田。

"你们的心比金子还珍贵"

去年4月，一位患喉癌的病人住进了85医院，手术前，病人的儿子给五官科副主任顾松源送去一封信，内装50元人民币。顾医生说什么也不肯收，病人家属急得满脸通红说："我母亲对手术有顾虑，如果你不收下，她就不肯开刀。"顾松源只好暂且"收下"了这50元。

老太太的手术很顺利，第三天就能进流汁，正当她躺在病床上庆幸事先送了50元钱的时候，顾医生来了，先是询问病情，宽慰了一番，接着掏出了老太太熟悉的信封，将50元钱如数退还。这回轮到病人说什么也不肯收了。她说："我感谢您还来不及呢，怎么能收回这50元，就算是我的一点心意吧。"顾医生耐心对病人和家属说："我们是人民的军医，给病人解除病痛是我们的职责，我们只能尽力把病治好，决不是为了任何好处，这钱是绝对不能收的。"

一位76岁的肝硬化病人张凤娣，消化道大出血，生命垂危，送到几家医院医治，都未见效，最后经85医院内二科精心治疗，病情好转了。为了感谢医生邹丽莉，病人多方打听到邹医生家中地址，叫女儿送去一只24K的金戒指。那时邹医生不在家，来客把金戒指悄悄留在邹家便走了。第二天邹丽莉一上班就向科领导作了汇报，随即将金戒指退还病人。病人感动地说："你们的心真比金子还珍贵。"

最高的奖赏是群众的鼓励

为什么 85 医院能在一些人向钱看的时候,保持清廉不动心? 该院的刊物《最高奖赏》发刊词为我们作了最好的回答。发刊词写着:最高的奖赏是群众的表扬与鼓励,它比金钱和物质更宝贵,更值得珍惜。

这就是 85 医院全体医务人员的为人标准,职业道德准则,也是医院几十年的光荣传统。

院长李克彬是 1940 年参军的老军医。他处处身先士卒,廉洁奉公。当有些医院开辟专家门诊时,有人问 85 医院搞不搞? 院长果断地回答:"不搞!"他说,专家门诊虽然可以创收,但有悖于全心全意为人民服务,我们不开专家门诊。当社会上风行拿回扣时,院长在全院大会上大声疾呼:"85 医院的职工不准拿回扣!"

在院领导的带动下,该院医务工作者严于律己,克己奉公。1987 年,全院收到表扬信 226 封,锦旗 16 面,镜匾 32 只。1988 年,据不完全统计,有 25 人拒收病人钱物。病人称赞他们是毫不利己专门利人的好军医。

"从你们身上看到了国家的希望"

在老一辈军医的影响下,85 医院新一代医务工作者茁壮成长,廉洁行医的传统代代相传。仅 1987 年,全院就有 100 位同志被评为优质服务"四有"军人,10 人立功,37 人受嘉奖。青年医生饶灵宁被评为上海市优秀青年医师、新长征突击手。青年护士陆晓芬先后 7 次受到嘉奖,1 次荣立三等功,2 次被评为优秀共产党员。一位曾经接受过饶灵宁医治的淮北农民,因感谢饶医生的精心治疗,带了些家乡土产给饶医生,饶灵宁在盛情难却的情况下,收下了礼物,随即从邮局给这位农民汇去了 50 元钱。当这位农民收到汇款时,全家感动极了,特地给饶医生写了封信说:"你是红军的后代,你的父辈为了人民的解放南征北战,出生入死,现在我们从你的身上,又看到了红军的精神,看到了国家的希望。"

(原载于《文汇报》1989 年 8 月 30 日)

两袖清风　一身正气

——上海市纪委干部为政清廉纪实

8月17日下午,市委书记、市长朱镕基前往市纪委机关看望纪检干部,听取工作汇报。朱镕基同志高度肯定和赞扬了纪检干部的工作,并当场送给他们一副对联:"两袖清风,一身正气",横批是"刚直不阿"

这副对联既是对上海市纪委干部的勉励,也是对上海纪检干部多年来工作的高度评价。

记得一次同市纪委常委瞿云宝交谈时,他告诉记者,现在市纪委的查案工作很忙,人手不够,虽然还有十几个空余的干部编制,但因为纪检工作清苦,人家都不大愿意来。据了解,一些从部队转业,或者从企业调到市纪委机关工作的同志,月收入都比原来减少了五六十元。

市纪委的干部奖金也很少。一天,记者在市纪委常委庄国清的办公室里,亲眼看见他签收一个季度的奖金,才40元。这大概是上海奖金最低的单位之一吧。庄国清同志和爱人,原来都在上海油脂二厂工作,在厂里时,他的工资比妻子高两级,他调到市纪委工作后,收入却比他爱人低了约两级,这一进一出就差了好几十元。市纪委干部的生活都很清苦,全机关108位干部,约有一半的同志中午都自带饭菜。盛暑酷夏,大家怕带来的饭菜馊坏,一到办公室就把饭盒、菜瓶子浸在凉水里。是市纪委机关没有食堂吗?不是,食堂就在机关大院里,只是大家想节约开支罢了。

现在,上海的大街小巷都挂着琳琅满目的时装,人们已经不大愿意自己裁制衣服了。可是,市纪委的不少同志还保持着自己裁制衣服的传统。日前,市纪委常委雷见辉穿着一身富春纺的夏装对记者说,这套衣裙是花12元买来布料请熟人裁做的,比买现成的套装便宜 10 元左右。

　　清贫的生活,磨炼了纪检干部富贵不淫、威武不屈的一身正气。市纪委书记张定鸿告诉我们,市纪委的常委和书记住房都没有超标准。副局级纪检员赵积善一家三代 5 口人至今还住在 25 平方米的屋子里,还有两位科级干部家中的住房人均还不到 3 平方米。要说关系,他们有不少掌权的熟人,走个门路是不难的,但是他们坚决不走邪道,宁愿年复一年的住在窄小的屋子里。

　　至于用公费装修住房、公费旅游这类事在市纪委机关干部身上是从未有过的。他们克己奉公,不占公家的便宜。按规定,局级干部上下班可以用小轿车接送,而杨青、瞿云宝两位年已花甲的正局级干部,上下班一直是骑自行车的,有时参加市里的会议,路不远,也骑自行车去。其他干部调查案件,也都乘公共汽车或骑自行车,很少动用小车。市纪委的干部外出工作,一般不在外单位吃饭,如果必须在外单位吃饭,也严格按照规定办。一次,市纪委常委孙卫国到某乡镇企业工作,对方虽按规定请大家吃午饭,但端上来的汤却是甲鱼汤,孙卫国不吃,请服务员端了下去。企业的同志敬佩地说,要是客人都能像纪检干部一样,我们企业也能节省不少开支。还有一次,市纪检干部参加了一个企业的活动,对方送给每人一套茶具,并且已经放在汽车上,纪检干部还是谢绝了。

　　市纪委干部过硬的地方岂止这些? 在承办案件时,他们常常承受着巨大的压力。涉及到高干子女或局级干部,凡有群众举报,他们敢于坚持原则,顶住压力,查清事实,绳之以党纪、国法,使人民看到了希望,振奋了党心民心。去年 10 月市纪委、市监察局联合调查组进驻嘉定,清查张大春、钮楚元、严永嘉等人以权谋私案,嘉定人民奔走相告:"这下子好了,市纪委调查组来了,嘉定有希望了。"调查组果然不负众望,发扬连续作战精神,基本查清钮楚元等人问题。现在,有的已受到法律制裁,有的受到党纪、政纪处分。

　　由于市纪委敢于碰硬,端正党风,惩治腐败,在人民群众和党员心目中赢得了威信。近两年,市纪委收到的举报信、举报电话以及来访一年比一年多,今年以来,又一个月比一个月多,仅今年 7 月就收到举报信访 500 多件次。市纪委肩负党和人民的期望,坚持原则,秉公办案。三室室主任郭戈说,做一名纪检干部为党的事业作出奉献是值得的,只要党理解我们,信任我们,我们就心甘情愿了。这些话说得多好,恐怕这就是纪检干部清贫自守,两袖清风,一身正气,刚直不阿的原动力了。

(原载于《文汇报》1989 年 9 月 7 日)

注:此稿受到朱镕基、吴邦国和市纪委领导表扬,被评为文汇报好稿。

日新月异话上海

——访市府顾问、老市长汪道涵

在建国 40 周年的前夕，记者走访了市政府顾问、老市长汪道涵，请他谈谈感想。他在市府大厦的办公室里接待了我。

74 岁的汪道涵同志满脸笑容，却又十分为难地问：你们的题目太大，叫我从何处谈起呢？我说，就从您熟悉的上海和怎样把上海建设成国内经济中心、西太平洋的国际城市说起吧。

老市长的思路一下子追溯到了 50 年前，他说，他的一生有三个阶段在上海。第一阶段是青年时代，他在上海读大学，那时候的旧上海是半封建半殖民地，十分贫穷落后，千疮百孔，奄奄一息；第二阶段是中年时代，1949 年上海解放，他作为共产党的代表参加接管上海和华东地区工矿企业、仓库物资；第三阶段，他 65 岁时，又回到上海，担任上海市长。

这位老市长十分动情地说："我对上海是有深厚感情的。"因为他是新旧上海的见证人。

汪道涵同志说，40 年来，上海在党的领导下，发生了翻天覆地的变化，这些成就是大家有目共睹的。这几天，你们的报纸、电台都报道了，我就不重复了。上海现在已经成为全国的经贸中心和工业基地，生产总值、商品供应都居全国前列，上海不再只是轻工业城市了，现在钢的年产量 850 万吨，而且已经建成金山石化、高桥石化以及吴泾化工，上海已经成为重工业、化学工业、机电工业、电子工业和轻工业城市，还在技术和人才方面，与全国各个省份的大多数城市都有着合作关系，对支援全国的发展起了重要的作用。当然，上海是个加工城市，她的发展也得到了全国的支持。

汪道涵同志越说越兴奋。他说，特别是党的十一届三中全会以后，上海进入了一个全新的阶段，从封闭走向改革开放，一方面进行城市改革，一方面进行全面振兴。现在上海不仅与全国各省、市都有经济联系，而且走向世界，已经成为国际性城市。上海在对内、对外的联系中发展了自己。他以上海变迁见证人的资格感慨地说，这些年，上海日新月异的进步是坚持党的领导，坚持社会主义，坚持一个中心两个基本点的结果。他很高兴地看到上海平息了动乱，重新恢复安定团结的局面。他说，安定团结对上海的建设和振兴太重要了。汪道涵同志十分体察民情，他告诉我们，上海虽然取得了巨大的成绩，但是欠账太多，现在上海还有 80 多万只马桶和 90 多万只煤球炉子，人们希望进一步改善生活，所以上海必须进一步发展生产，繁荣经济，在发展生产的基础上逐步提高人民的生活水平。他从椅子上站起来，在办公室里走了几步，若有所思地说：不过，现在发展生产，繁荣经济，更要强调自力更生、独立自主的精神，方能更大规模地与国际市场联系，如果放弃自力更生、独立自主的原则，没有基础工业和经济实力，是不利上海发展的。

最后，汪道涵同志还告诉我们，他现在的生活很有规律，早晨听新闻，读报纸，然后读些书，主要是读国际关系和政治经济方面的书，还安排一定时间同教授、学者们交谈国内、国际政治经济情况，研究切磋一些问题。近来，他正在研究上海城市开发，区域交通以及产业结构调整和进一步开放等问题。他表示晚年愿继续为振兴上海，使上海早日成为开放型，多功能，产业结构合理，有高度文化的国际城市，贡献自己的一份力量。

（原载于《文汇报》1989 年 9 月 28 日）

"我的心永远和祖国焊在一起"

——记全国劳模、上海电焊条总厂高工邓键

去年 6 月 3 日深夜 11 时 30 分,上海电焊条总厂高级工程师邓键在北京机场登上一架即将飞往伦敦的客机,去参加第 12 届国际热喷涂年会。

在异国他乡的日子里,48 岁的邓键每天都接触到当地报纸、电视里关于"中国事件"的蛊惑人心的宣传报道。他对祖国是了解的,他相信中国共产党和人民政府绝不会做对不起人民的事情。他身在异国,心系祖国,决定年会一结束就飞回祖国的怀抱。

他已经购买了 6 月 11 日回国的机票。10 日晚上,两个外国人赶来劝他:"你的护照签的是 3 个月,何必这么急赶回去?""有很多工作等着我去做,我得赶紧回去。"邓键朴实地回答。对方说:"中国现在局势这样乱,你为什么不看一看再作决定?"邓键警惕地对他们说:"我比你们更了解我的祖国,不需要再犹豫观望,我必须马上回到我的祖国去。"两个外国人无可奈何地摇摇头走了。

第二天,邓键毅然登上飞机,回到飘扬着五星红旗的祖国。他的同事觉得邓工这次出国回来得特别快。邓键却说:"我的心和祖国焊在一起,离不开呀!"

这是邓键的肺腑之言。他生在旧中国,长在红旗下,是党的乳汁哺育了他,他从小立下宏愿:"将所学的知识贡献给祖国,报答党和人民的培养!"

邓键 1966 年从北京钢铁学院毕业后,分配到只有 130 多人的上海有色金属焊接材料制造厂。他在艰苦的环境中奋斗,25 年来已经研究开发了 70 多种焊接材料,占我国列入样本的焊接材料的四分之一。

成功的道路并非坦直,而是充满了荆棘和曲折。记得 1972 年,邓键主持了石油牙轮钻头堆焊材料研究,经过一年的攻关,仿制美国

王牌产品高铬钴基合金获得成功,使用效果良好。在人们欢庆成功的时候,邓键却不安起来,他考虑到我国钴资源缺乏,仿制的路将越走越窄。若依靠进口,钴是稀有金属,价格昂贵,不符合中国的国情。他决心走一条中国自己的路。邓键根据自己所学的物理、化学知识,以及对多种焊材性能的研究比较,提出了"以铁代钴"的大胆设想。

这个设想一说出来,众人哗然,各种议论纷纷。性格内向的邓键没有同众人争辩,他和同事经过十几次试验,真的找到了一种铁基合金,但送到油田,大部分钻头未达到预定的寿命。他没有灰心,却从小部分轴承完好中看到了希望,又调整材料配方,试验了30多次,终于配制成功一种新型的铁基合金粉末,经鉴定,性能可与美国王牌产品媲美,使用寿命比美国产品延长三分之一,而成本只有钴基合金的十分之一。这项成果每年可为国家节约100万元。

邓键搞科研,开发新焊材已经如痴如醉。当他听说,我国每年用于更换磨损铁轨的钱就要几百万元之巨,心疼极了,连做梦也在想怎样研制出使磨损的铁轨起死回生的灵丹妙药。难得的星期日,他同妻子外出散步,也不由自主地走向铁路,蹲下去仔细地看铁轨接头和经常刹车地段磨损的情况,一琢磨就是半天。功夫不负有心人,1984年,他终于研制成功铁基自熔合金粉——轨铁粉。只要在铁轨磨损处喷焊上这种轨铁粉,铁道无须封闭,铁轨无须更换,就能整旧如新。据铁道部统计,这项发明成果每年为国家节约300万元,获得国家二等发明奖。

25年来,邓键一步一个脚印地努力奋进,留下了一串光辉的业绩:先后研制成70多种新焊接材料,多次填补国内、国际空白;获得10多项奖励,其中两项获国家二等、三等发明奖,8项获国防科委、部、市重大成果奖,还著了17万字的《钎焊》专著,已被列为高等院校专业教材,受到世界专家学者的好评。

在我国上天的导弹、卫星,下海的军舰、潜艇,以及油田的钻机,奔驰的列车和轨道上都有邓键亲手研制的新产品。党和人民根据他的贡献,给予他崇高的荣誉:1982年,他年仅40岁时就破格地晋升为高级工程师,成为当时上海最年轻的高工;1979年以来,他4次被评为上海市劳模,又连任第八届、第九届上海市人大代表,市第六届党代表,机电工业局优秀党员标兵;1988年被评为全国首届"讲理想、比贡献"优秀科技工作者,去年又被评为全国劳动模范。

面对着鲜花和荣誉,邓键还是那句老话:"我在祖国大有用武之地,我的心永远和祖国焊在一起。"

（原载于《文汇报》1990年1月31日）

留学为报国　奉献赤子心

——记上海计生科研所常务副所长赵白鸽

　　"振兴中华,是青年一代的历史使命。从这个意义上说,祖国太需要我们了,需要我们以主人翁而并非批评家的身份投入到国家建设中去。正是出于这个想法,我没有留在国外,而是回到了自己的祖国。"

　　——这不是 50 年代初期爱国知识分子返回祖国时说过的肺腑之言吗?

　　时间跨越了整整 40 年,在国内出现青年人"出国热"的时候,上海计划生育科学研究所常务副所长、青年知识分子赵白鸽却在今年市委召开的纪念中国共产党成立 69 周年座谈会上重新向党诉说了这番知心话,赢得满堂掌声。

　　赵白鸽今年 38 岁,经历过上山下乡、插队落户,做过农民、搬运工、售货员、干部,也经历过大学生、研究生、留学生的生活,并在英国剑桥大学获得博士学位。她在剑桥留学的 3 年中,曾到美国、英国、日本、西德、意大利、奥地利、匈牙利等国家访问和讲学,许多发达国家的大学、研究机构都很器重她的才华,要留她在那里工作,或攻读"博士后"。美国密西根大学至今还为她保留着攻读博士后的机会。

　　赵白鸽动心了没有呢?

　　坦率地说,她曾经动过心。那优越的工作条件,丰厚的物质待遇,舒适的生活环境以及每年 3 万美元的薪水,对小赵并非没有吸引力。但是,这位井冈山革命摇篮哺育的女儿最终还是战胜了物质的诱惑,回到了祖国的怀抱。

　　1989 年初春的一天,小赵伫立在美国西海岸旧金山金门大桥的桥头,思绪万千。春寒料峭,阵阵冷风吹得她头脑更加清醒。以往走过的 36 年路程,像电影一幕幕展现在她的脑海中。哟! 36 年中,有

18年是在求学，党和人民为培养自己成才，付出了25万元人民币。她仿佛又看见了工人们挥汗如雨地战斗在炉台前、工地上；又看见了农民们抗洪、抗旱奋力拚搏的情景。现在她有权利高呼"我成功了!"然而这成功仅仅是靠个人的聪明、才智、能干？不！她心里十分明白，这成功是由于党和国家的培育，是由于人民心血和汗水的浇灌。她思前想后，深深感到自己不能辜负祖国的培养，不能辜负那一双双期待着自己的眼睛……

最使她难忘的还是参观英国"威尔士民俗博物馆"。来访者对英国农民500年前用过的油灯、饭锅、锄头、猪圈和简易厕所惊讶不已。然而陈列中的一切，她在插队落户时也使用过，今日中国农村仍在使用。她也不会忘记纽约城区的高度物质文明。相比之下，中国与发达国家有很大的一段距离。

抱怨、叹息，无济于事；观望、等待，也不是上策。重要的是发奋图强。赵白鸽意识到了自己这一代青年知识分子的责任和使命。

当小赵把回国的决定告诉剑桥大学导师时，导师感到惋惜。赵白鸽在国外留学的3年中，完成了14篇论文，其中6篇参加国际学术交流，有关的内容被编入牛津科学出版社出版的《脑鸦片肽与生殖活动的调节》、《生物科学进展》两本书。这在博士生中是不可多得的。导师挽留赵白鸽在剑桥大学继续从事神经内分泌学研究，或到其他研究机构工作，扩大眼界，拓展思路。赵白鸽何尝不这样想呢？在她作出这个决定之前，就收到过美国和西德邀请她攻读博士后的信。她已经权衡过了。从个人考虑，留在国外继续深造有利；但从国家需要考虑，她应该及时回去报效祖国。导师问她："今后，你最大的愿望是什么呢？"赵白鸽回答说："我要把我的实验室办成一流水平，欢迎你们到我的实验室来工作。"

赵白鸽回国后，被安排在上海市计划生育科学研究所担任常务副所长。一年多来，她一方面带研究生，将自己在国外学习的技术和知识传授给青年同志，开辟了与生殖活动联系十分密切的下丘脑机能研究，并发表多篇论文；一方面运用科学的方法管理整顿研究所，在一年半的时间内同全所干部群众共同努力，中标夺取"国家计划生育药的重点实验室"的桂冠;世界卫生组织的延长资助;被批准加入世界人口基金会第三周期援华项目,得到国内外资助近 900 万元。最近该所又被世界卫生组织批准与澳大利亚墨尔本大学建立了合作关系,互派科技人员,促进科学发展。

在她的主持下,该所制订了 1990 年科学技术发展规划,这个规划已被国家有关部门采用,作为参考文件下发。

赵白鸽感慨地说,实践表明,中国是青年知识分子大有作为的广阔天地。

(原载于《文汇报》1990 年 7 月 20 日)

注:通讯见报后,赵白鸽所在单位从多份当日的《文汇报》上剪下通讯作为报先进的材料,赵白鸽被评为市优秀党员、市劳模、和市"三八"红旗手、市十佳妇女,一时传为美谈。

提高家庭教育水平至关重要

本市日前发生一起母亲掐死亲生儿子的惨案。原因是这家人家多房合一子,7年前喜得独苗孙子。孩子从小受到全家宠爱,十分顽劣,不听管教。有时他母亲实在看不下去,教育几句,祖父祖母就护短,孩子便不把母亲放在眼里,常与母亲对打,甚至将母亲手臂咬得伤痕累累。母亲认为孩子7岁就这样不听话,日后可能成为祸害,便起了杀子念头。

据公安部门反映,这样的案件在上海已不止一起,究其原因,大多是由家教不当引起的。因此,记者在采访时,脑海中就反复闪现一个问题:对这件惨案作深层的剖析,究竟谁是凶手?

掐死这7岁孩子的直接凶手无疑是他母亲,然而,使这个孩子变得让母亲忍无可忍,以至萌生杀机的原因,却是长辈过分的溺爱。

据黄浦区工读学校调查表明:该校52%的学生犯各种罪错均由于家庭溺爱所致。"溺爱型"家庭对孩子百依百顺,一味满足他们的不正当要求,甚至袒护包庇他们的错误行为,天真的孩子就逐步走向懒惰、贪婪、自私,最终走上犯罪道路。

造成溺爱的原因很多。家庭子女减少,可能造成家长对孩子的过分宠爱;家庭生活水平的提高,也可能使家长对孩子百依百顺,满足他们不恰当的物质欲望;还有一些家庭受封建思想影响,把男孩当作传宗接代的宝贝,形成了孩子在家中"小太阳"、"小皇帝"的特殊地位。

有些祖父、祖母虽然培养过出色的第二代,但对待第三代的孙子、孙女或外孙、外孙女则缺乏直接的教育责任感,对第三代一味宠爱。在这种情况下,作为孩子父母的"第二代",如果严加管教,怕得罪长辈,引起家庭矛盾,久而久之,便放弃了对孩子的教育。有这样的一个中年科学家,工作很有成就,经常出国进行学术交流,便把孩子托给爷爷、奶奶抚养。他以为父母既然培养了他,当然也会教育好他的儿子,后来他看到孩子已经沾染上不少坏习惯,便严加教育,祖父却加以袒护,结果起了反作用。

据市青少年保护部门反映,家庭溺爱对青少年成长造成的恶果,还没有引起社会公众的重视。本市虽然有多所师范大学,但没有"家庭教育系"和"家庭教育专业",更谈不上有家庭教育大学和专科学校了。不少家长生了孩子,却不知道怎样教育孩子,对孩子百依百顺,不知道溺爱会毁了孩子。有一对父母由于溺爱孩子,使孩子养成许多恶习,最后成了少年犯,进了少教所。现在,孩子经少教所教育有了转变,即将解教回家,这对父母竟写信给孩子说:"你要回家了,我们已替你买了新西装,还为你买了录像机。"他们并不想把孩子第二次引入歧途,原因仍然是不懂得教育,爱得不得法。

有关青少年保护方面的专家认为,改变这种状况的最好办法是创办家庭教育学校,或在师范大学、中等师范学校开设家庭教育系和家庭教育专业,培养家庭教育专门人才,提高家庭教育水平。他们还建议,老年大学也要增设老年人对第三代科学教育的课程,使老人和第二代共同做好对第三代的教育,克服对孩子的溺爱,化阻力为合力,变溺爱为慈爱。他们认为,有些街道、居委举办的家长学校,学员一般是后进学生的父母,这就有点局限,因为家庭教育不只是后进学生家庭需要,所有的家庭都需要。

（原载于《文汇报》1990 年 11 月 20 日）

心系用户　志在奉献

——记上海生资交易市场
优秀共产党员朱婉娟

　　朱婉娟,这位 43 岁的女共产党员,八年如一日,忘我地工作在生资交易市场机电产品服务岗位上。她廉洁奉公,一心为生产,热情为用户,树立了物资行业共产党员的光辉形象。

　　7 年前,朱婉娟刚开始搞机床经销业务时,交易市场经营的主要是乡镇企业的产品,机床品种不全,客户常常满怀希望而来,却扫兴而去,她心中不安,决心改变这种状况,走出市场大门去组织货源。她第一次去敲北京第一机床厂大门的时候,就吃了个闭门羹,她全不在乎,第二次、第三次、第四次又去,厂方被她的真诚感动了,说:"这位上海女同志真有一股韧劲。"终于拨给了生资交易市场一台铣床。过了一段时间,朱婉娟又去了。厂里的人认为她"真粘",想避开她。没想到小朱是带着那台铣床使用情况、与同类产品对比材料、改进建议等一套资料,专程来汇报的。她还把上海机床市场的供需情况,用户趋向,以及产品信息反馈给他们,厂长再一次被感动了。1986 年,该厂在全国建立销售网点时,把上海生产资料交易市场列入了首批 12 家之中。

　　八年来,朱婉娟几乎跑遍了全国,与 160 家机床厂建立了密切的伙伴关系,先后组织 3 000 多万元的机电设备货源,为本市及全国上千家生产单位提供装备,有力地支援了工业生产。

　　生产厂家有"朝南坐"的时候,也有产品滞销的时候,有一度,北京第一机床厂,五六十万元一台的龙门铣床压在厂里,资金周转发生了困难。小朱知道后,急人所急,骑着自行车,四出寻找客户。当她得知上海烟草机械厂技术改造想添一台龙门铣床时,她前前后后跑了十几趟,终于促成了这笔交易。事后,北京第一机床厂的同志感谢她，小朱却平淡地说："因为我是共产党员，我是在为党和国家工作。"

朱婉娟还不断钻研业务，更新知识，终于对目前国内 32 个大类的机电机床如数家珍。为了掌握好印刷机械的性能，她一连几个星期天，到闵行上海第二印刷机械厂学习，日积月累，她对一般通用机床的性能、构造、用途都已掌握了，对一些专用设备和新产品技术也了解它的来龙去脉。所以，小朱不仅会经销，会维修，还善于当参谋。上海第一塑料厂为生产出口创汇产品 630 克注塑成型机，想选购一台价值 200 万元的中心机床和一台 40 万美元的进口三座标测量器，配套使用。小朱知道后，马上跟踪下厂服务，实地了解情况，向该厂提出只需购买一台 T4680 三座标镗床即可代用，价值只需人民币 53.8 万元。经专家鉴定，这种镗床完全适用，为国家节约了外汇，为厂方节约了大笔资金。

小朱全心全意的服务，在全国机床行业有了名气，许多单位都要请她当顾问、当驻沪代表，一下子"身价百倍"。外地有家公司委任她为驻沪代表，月工资 300 元，她拒绝了；有家工厂请她联系业务，月工资要比她现在的工资高几倍，她也不动心。因为她解决了萧山某厂急需的磨床，该厂悄悄给她 2 000 元，被她退回去了。这几年，"关系户"送给她"礼品"、"回扣"数也数不清，但是她都拒绝或上交了。有人说她不开窍。她却说："我是个共产党员，理应遵守党的纪律。钻在铜钿眼里是没有意思的。"

朱婉娟用实际行动塑造了一个优秀共产党员的光辉形象。她1985 年、1987 年两次荣获上海市劳动模范称号；1986 年荣获全国五一劳动奖章；1987 年被评为国家物资局劳动模范；1989 年获得全国劳动模范和全国三八红旗手称号；1990 年被评为上海市工业系统标兵个人、市物资局优秀共产党员。

（原载于《文汇报》1991 年 6 月 25 日）

严格管理创一流 十度春秋赢美誉

——上海春秋旅游社在竞争中脱颖而出

由长宁区遵义街道 12 个待业青年创办的春秋国际旅游社，已经从国内走向国际，10 年来，每年营业收入平均以 70％的高速递增，去年创税利 130 万元，人均创利 1.6 万元。1988 年、1989 年连续两年在上海国内旅行社"三优"评比中获得第一名，是上海市文明单位。

据了解，目前上海共有 25 家旅行社，而民办的仅"春秋"一家，在国旅、中旅、青旅等大型旅行社林立的上海，"春秋"是怎么能在竞争中取胜的呢？该社总经理王正华告诉我：他们靠的是一流人品、一流服务和严格管理。

"春秋"硬件比不过人家，没有自己的车队、宾馆和设在国外的办事处，便力争软件不能比别人差。去年 4 月，该社导游刘国铭接受了一个由 10 位台胞组成的为期 50 天的旅游团全程陪同导游的任务。在广州接团时，台胞一见小刘不是他们点名要的那位导游，便有些不乐意，但小刘靠热情周到的服务、广博的导游知识，到了黄山，便使台胞脸上有了笑容，到了内蒙、西藏，台胞已把他当成好朋友；到了洛阳，已取得台胞的信任。10 位台胞交给他 4 500 元人民币，作为沿途的零星开支。到广州出境前，小刘取出帐册和余款 2 000 元退给台胞。台胞见小刘全程辛苦陪同，不拿小费，反倒退回 2 000 元，十分惊讶，坚决不肯收，还要加付给小刘小费。小刘再三说明"春秋"的规定和"春秋"导游应有的人品，并将途中两位台胞个人赠送给他的 3 000 元台币和 200 美元也退还给台胞。台胞十分感动、敬佩，赞誉"春秋"的精神，并当场决定第三次来大陆旅游，仍点名要小刘当导游。小刘说："谁来陪同要由社里安排，但你们放心，'春秋'的好多导游比我还要好。"

1988 年 6 月 27 日，"春秋"总经理王正华等 12 名领导、职员，前往上海外虹桥码头欢送日本川内市赴华友好访问团回国,突遇暴雨,码头上送行的人纷纷避雨,而 12 位"春秋"送行人员却站在暴雨中纹丝不动。日本访问团团员大为感动,大家重又拥到甲板上,在大雨中泪流满面地叫喊:"中日友谊万岁!"该团回日本后,将"雨中送行"的录像片在川内市议会大厅放映,从此,"春秋"在日本川内、鹿儿岛等地出了名,游客来华旅游大多要找"春秋"。

当然,"春秋"的职员并非个个都一尘不染。为了严明纪律,"春秋"的领导也曾挥泪斩"马谡"。原"春秋"业务部主任经营水平较高,是"春秋"创业的一员大将,但有一次代表"春秋"去江西谈业务却假公济私带上了父亲,后来又背着社领导擅自让他父亲冒充"春秋"业务代表、总顾问到贵阳、昆明、北京等地参加会议,接受款待。此事暴露后,社务会议决定将这位精明能干的业务主任除名,并通报全市旅游界。

"春秋"从 1981 年起,就建立了 TQC 质检组织,由质检科负责对导游的全过程进行全面质量回访,逐条打分统计,并建立旅游团质量服务档案和导游、工作人员的业务质量档案,并结合"春秋"质量奖惩条例进行奖罚,毫不留情,包括王正华本人也不例外。王正华在出访新加坡的时候,他的儿子当了两次赴普陀山旅游团的导游,他回国后立即批评儿子和有关部门:"不管是谁,未经专业培训,不得上岗带团"。他主动扣了自己当月奖金 100 元。

由于领导带头执行制度,"春秋"的制度不令而行。从 1984 年到 1990 年,"春秋"质检科共回访团队 1.6 万多批,家访游客 6.4 万多人次,根据客户的意见,不断完善制度,兴利除弊,提高服务质量。

（原载于《文汇报》1991 年 11 月 8 日）

苏州河畔黄金地　仓储何不变商场

日前,闸北区副区长陈克瀛同记者谈及准备打开苏州河沿岸部分仓库,使之成为繁荣的经济市场,这一设想使记者顿开茅塞。

据调查,苏州河沿岸的仓库,大多建于本世纪初,当时许多省市的物资都通过苏州河运沪,于是河两岸的仓库应运而建,驻苏州河福建路至乌镇路段的沿线仓库面积就有 11 万余平方米。然而近 10 年来的改革开放,使计划经济和市场调节相结合,加速了市场的流通,许多商业单位边销售边进货,仓储量大大减少。当记者来到一些仓库时,看见至少有 1/4 的库房空闲着。

商业储运公司的同志十分惋惜地对记者说:"用这么好的黄金地做仓库,太可惜了,我们储运公司是捧着金饭碗讨饭吃啊!"他们的感慨不无道理,这些仓库地处闹市中心,紧靠着繁华的南京路、北京路、西藏路,论地区级差,比市郊结合部高好几档,他们虽拥有 10 多万平方米的黄金地,却是个微利单位。

半个多世纪前,上海南京路商业区刚刚起步,这些仓库建在旁边,是因地制宜;半个多世纪以来,上海发生了翻天覆地的巨变,市区不断外移,北达宝山、南至闵行、西到真如、北新泾,早已不是旧上海的弹丸之地了,许多大厂都建在市郊结合部,就连铁路货运彭浦站也在北郊,因此,再要像几十年前那样,把工厂的产品和铁路上运来的货先送进苏州河边的仓库,再散发到外省市就很不适宜了,这不仅增加了市中心的交通拥挤,也给运输提货送货带来了困难。

市郊结合部有广阔的地方可以建仓库,而且外环线交通要比市中心畅通得多,若能把仓库移到那里,提运货就方便了,而且还可以利用地区级差,腾出市中心的仓库搞商场、旅馆、餐厅、办公楼,不仅经济效益好,社会效益也好。商业储运公司腾出了西藏路桥北塊 1 300 平方米库房租借给市财政局,办起了"上海财政证券公司"。证券公司的营业收入超过仓库堆货营业收入的数十倍乃至上百倍,商业储运公司也因此每年获得房租收入 72 万元,使市中心的寸金地实现了自身的价值。

当然,话得说回来,这并不是说,苏州河沿线仓库一概都不需要了,这还要从上海经济发展的实际出发,科学合理地规划。

陈克瀛副区长说,随着 1993 年苏州河合流污水治理工程的竣工,苏州河水变清,今后可望把苏州河畔建设成一个环境优美,商业繁荣的小外滩。

陈克瀛的这项设想得到了商业一局、闸北区财办、天潼路一条街建设指挥部以及九三学社同志们的支持,有关人士认为,打开苏州河沿岸仓库,使之成为繁荣的经济市场大有前途。

(原载于《文汇报》1992 年 2 月 11 日)

"香菇夫人"传艺法兰西

1989 年圣诞节,在法国罗纳阿尔卑斯大区的罗纳农委餐厅里,五六十位法国官员和农业专家品尝了法国大菜师傅用中国新鲜香菇烹制的四道法式菜,大家赞不绝口:真好吃!

法国是个食用蘑菇的大国,但很少生产香菇。这些让法国人啧啧称赞的新鲜香菇,是上海宝山区畜牧水产局副局长、高级农艺师蔡美英和她的助手孟林奎试种的。

1989 年 9 月上旬,蔡美英和孟林奎到达罗纳阿尔卑斯大区时,发现菇房是冷藏库改成的,没有光照,也不通风,完全不适合种香菇。他们向法方提出后,法国人耸耸肩,表示无法另行提供了。为了国家的荣誉,他们硬着头皮开始了试种工作。他们装上电灯代替光照,打开库门加强通风。但是 30 天过去了,板块上却长不出菌丝。蔡美英和助手分析原因,认为菌块是因为得不到足够的光照,吸收不到新鲜的空气,所以发不出菌丝。于是,他们用小推车将菌块轮番挪出菇房,推到 500 米外的里昂国立蔬菜试验站的玻璃暖房里接受光照,加强通风。几天后,菌块上长出菌丝,到 40 天,菌丝上又长出了褐色的小原基。当他们俯下身子凝视那一颗颗褐色的小圆珠时,紧锁了两星期的双眉终于舒展了。经过日夜看护管理,前后三批共收获了 130 公斤鲜香菇,超过了法方要求的 100 公斤指标。

今年 3 月,法国阿尔卑斯大区香菇专家代表团再次来沪,同宝山区洽谈进一步在法国办公司,发展香菇事业。被法国人称为"香菇夫人"的蔡美英日前再次赴法国海外省留尼旺岛传授种植香菇的技艺。

(原载于《文汇报》1992 年 3 月 19 日)

九十年代目标定能实现

——访参加市第六次党代会的老同志

中国共产党上海市第六次代表大会已经举行 4 天了。昨天傍晚,陈国栋、胡立教、夏征农、赵行志等一批老同志走出展览中心咖啡厅时,记者迎上前去,请他们谈谈感想和对上海未来的展望。他们乐意地接受了我的采访。

我们围着咖啡厅门外的圆桌坐下,亲切交谈起来。陈国栋同志说,展望未来,九十年代上海发展的宏伟目标是能够实现的。因为过去的 6 年,我们已经取得了很多成绩,有了很好的基础,今后会取得更大的成绩,上海的未来是很有希望的。我们的任务是要把上海建设成为国际经济、金融、贸易中心之一,目标很明确,任重道远,要求我们共同努力去实现这个宏伟的目标。

陈国栋同志说,我们老同志将一如既往地团结在江泽民同志为核心的党中央的周围,尊重上海市委的领导,支持市委的工作,力所能及地做好自己的工作,尽一个共产党员应尽的职责。他引用了古人的诗句"老骥伏枥,志在千里,烈士暮年,壮心不已,"来表达自己的情怀。

接着陈国栋同志的话题,胡立教同志也十分感慨地说,今年年初邓小平同志来上海时,他对小平同志说,他尊重上海市委的领导,第一不干预,第二支持。小平同志很赞同他的意见。胡立教同志说他今天仍然是这个态度,一如既往地尊重和支持上海市委的工作,不干预,不越位。他还说,上海的同志任重道远,有压力,也有动力。他说,上海现在的领导班子是可以信赖的,工作很有起色,即将选举产生的第六届市委会,一定能带领上海的党员和人民继续奋斗,不辜负小平同志的信任,把上海的工作做好,一年变个样,三年大变样。

夏征农同志对记者说,上海今后要进一步搞好社会的安定,繁荣经济,发展文化,促进党风进一步好转。胡立教同志赞同他的话,接着说,要把经济搞上去,还需要有政治保证和社会安定,精神文明不抓不行,我们上海要两手抓,两手硬,以精神文明建设保证经济建设的发展。

(原载于《文汇报》1992 年 12 月 19 日)

注:1992 年 12 月 19 日由上海老同志组成的上海市委顾问委员会撤销,作者在 12 月 18 日晚餐时,独家采访了市顾问委员会老同志,记录了这一历史时刻。

18 日上午,解放日报、电台、电视台、新民晚报记者要求采访市委顾问委员会老同志,均被婉言拒绝。我认为今日之新闻,就是以后的历史。于是我又通过夏征农、胡立教以及陈国栋的秘书再与陈国栋联系。国栋同志终于在晚上共进晚餐时同意我采访,写出这篇历史性专访,于 19 日上海市委顾问委员会撤销当天见报。国栋同志看了报纸,对秘书小田说:"写得好。全都是我的原话。这是上海的独家新闻。"胡立教、夏征农等老同志都说:"文汇报记者王宝娣不得了,能干,抢了这条独家新闻。"之后,立教同志又对市长徐匡迪说了这些话。

依依赤子心　融融一片情

——留学回国人员与家人欢度春节侧记

　　自从上海市人民政府发布鼓励出国留学人员来沪工作的若干规定后,上海对海外赤子敞开了"沪"门,热忱欢迎他们归来报效祖国,为振兴上海,开发浦东出力。两年来,已有数百名海外赤子来沪安家落户。

　　在爆竹声声除旧岁的时候,这些回国留学人员是怎样和家人一起欢度鸡年春节的呢?

　　大年三十夜,当我们来到交通大学数学系主任、副教授张伟江博士的家时,只见他和妻子、女儿正围着火锅吃团圆饭,品尝海鲜的美味呢。屋子里热气腾腾。我们问张伟江,这是不是他从美国留学回来的第一个春节? 他告诉我们是第二个春节。他说,他在美国留学5年,十分怀念故土,思念家人,真正体会到"每逢佳节倍思亲"的滋味。那时,每逢春节只能打电话给亲人贺年。他永远也不能忘记,有一年春节,他们夫妇在美国打电话给在上海读小学的女儿,孩子拿着话筒说不出话,只是哭,他们也很难过,于是决心回国。这个愿望终于实现了。回来后,交大分给他两间屋子,合家团聚,从此张伟江再不用心挂两头,一心一意扑在科研和工作上。近两年,他获得了两项国家自然科学基金和国家优秀年轻教师基金,与其他系结合,将校内留学回国的博士组织起来攻关,搞了6个科研项目,还与美、英、法三国开展科学交流合作。他虽然很忙,但觉得忙得很实在,很有劲,他认为回国工作大有用武之地。

　　从张伟江博士家出来,我们顺路又来到了住在武夷路上的孙常敏博士家。他的家很宽敞,煤卫俱全,是老式洋房,蜡地钢窗,装饰一新。孙常敏夫妇和一个上初中的儿子住着35.4平方米的房子,在上海算很挺刮了。孙常敏说,他在美国遇到上海人事局副局长陈勇福,只说了一句"给我房子，我就马上来上海"。没想到人事局领导回来马上落实此事，不久市人事局就和上海社科院为他落实了这套房子，他满意极了。回国后，社科院院长设宴欢迎他，各方面都为他创造条件，他动情地说，组织上这样关心我们留学回国人员，我们怎能不努力工作呢。

可能是与国内家人分离得太久太久了，回来后就更觉得亲热，更加分不开了。在日本留学11年的张再雄和邓可京夫妇，双双获得了博士学位，前年一起归来，虽然在康健新村分到了新房，但是一家三口从小年夜起就住回广灵二路的父母家去了，说是要过了年假才回自己的小家。一定要多陪陪70多岁的父母双亲，尽儿、媳的孝心。年三十，小夫妻俩忙了一桌饭菜慰劳父母亲。他们说，在国外十余年，思念好苦，现在有了补偿的机会，当然不能放过。

张再雄、邓可京同龄，今年都是35岁，张再雄现在中日合资企业当营业主任，搞管理工作；邓可京在华东师大生物系搞植物遗传。他们说，国家公派我们留学，把我们从高中毕业生培养成博士生，我们要以学到的知识为祖国服务，为上海的振兴服务。

（原载于《文汇报》1993年1月24日）

注：记者见闻刊出后，在1993年天津会议上，国家教委副主任滕腾表扬《文汇报》宣传留学生回国安居乐业的这篇稿子写得很好，有血有肉有情节。国家教委留学生司司长何晋秋在苏州会议上也肯定了《文汇报》这篇稿子写得好。

楼 中 情

——记宝山区宝林三村 30 号楼文明新风

编者按 读了《楼中情》这篇通讯,深为这幢楼房居民们的高尚情怀所感动。透过通讯中朴实无华的文字,这些看似平凡的事迹,却使人真切地看到了社会主义新型的人际关系,感受到人与人之间互谅互让、互助互爱,不是亲人胜似亲人的温馨与真情。

常言道,远亲不如近邻。邻居之间关系融洽,和睦相处,不仅可以减少许多后顾之忧,而且能够使职工在八小时工作之外有一个良好的休息、学习环境,从而身心愉快、精力充沛地投入第二天工作。从这个意义上说,精神文明也是财富。

宝林三村 30 号楼不是世外桃源,而是我们这个拥有 1 300 万市民的大都市的真实存在。这样的文明楼在上海也并不只此一处。事实表明,只要共产党员和干部带头,大家自觉地这样去做,每一幢居民楼都能成为文明楼。社会主义精神文明之花一定会开遍全市每个角落!

在商品经济大潮的冲击下,似乎一切都要有偿服务了。若想不花钱,就不容易办成事。

难道在我们这个社会里,人与人之间只剩下金钱关系了吗?

不,绝不。在我们日前采访的宝山区宝林三村 30 号这幢文明楼里,就听到了许多邻里之间互帮互爱的故事。整幢楼 23 户人家亲如一家,洋溢着我为人人,人人为我的文明新风。

一串钥匙的折射

在上海这个繁华的大都市里,一幢幢钢筋水泥构筑的公房拔地而起,而公房中一扇扇铁门又把每家每户的居室隔开。一幢楼里的邻居,同住几年,彼此还不相识,"鸡犬之声相闻,老死不相往来",是大都市的一个侧面。

然而,在宝林三村 30 号楼,我们看到了大都市的另一个侧面。被大家公认为大楼业余组长的陈凤英阿姨手里拿着几把邻居家的钥匙对记者说:"喏,这是 203 室的,这是 301 的,还有 601 的,503 的,303 的,他们有事外出就把钥匙交给我,大家信得过我陈凤英,我也要为大家负责任呵!"

陈凤英的责任可真不轻!记得 1991 年 8 月 14 日下午一时许,宝钢建筑维修公司党办主任邹多鹏和宣传科长周子伦来 30 号楼访问,发现底楼 101 室的门里往外溢水。陈凤英得悉后,赶紧掏出房主吴烨存放在她处的钥匙,打开了 101 室的大门:"啊!水漫金山啦!"原来小吴夫妻俩到杭州休养去了,因全自动洗衣机进水管与自来水龙头脱落,水流不止,家中已经涨起了约 10 公分的水,如再迟一步,冰箱等家用电器就要浸水损坏了。

"101 室漫水了,大家快出来帮忙呵!"在陈阿姨的招呼下,全楼当时在家的人都来"抗洪救灾"。起初,大家用脸盆往外舀水,水位下降后又蹲着或跪着用揩布吸水。502 室的乔仁玉一只手刚受过伤,就用另一只手干;403 室的贾法浪在家养病也来参加排水,清扫完毕才去医院吊盐水;103 室费文虎刚下班,也和妻子、儿子一起帮忙整理房间,擦干地板。

整整干了两个多小时。与大家一同排水的邹多鹏感慨地说:"都说 30 号楼好,今天给我们碰上了,真是百闻不如一见。"

一个业余党小组

30 号楼的精神文明之花所以长开不谢,是因为有陈凤英和她丈夫戴振海这样的热心人,有一个由 7 名共产党员组成的"业余党小组"起着模范带头作用。

当你走进宝林三村 30 号楼的大门,就会有一种特别整洁、舒适的感觉,墙壁粉刷得洁白,扶梯油漆一新,摸上去没有一点灰尘。门厅和走廊边醒目地挂着《居民公约》、《五好家庭条件》、《学习制度》、

《义务服务表》等镜框,以及荣获市、区和宝钢先进工作者的光荣榜,连孩子也在楼里办起了"苗苗文明园地",表扬好人好事。

这些好点子是谁出的?是楼里的共产党员听取居民的意见,在业余党小组会上提出来的。党小组长王连国带头拿来了油漆,并做了个医药箱;党员朱黎明带来了石灰,粉刷墙壁;谭长生负责出墙报……暗淡的楼道经过打扮,顿时明亮起来。

30 号楼不仅环境美,人心更美。全楼 23 户人家,家家都是双职工,都有孩子,但都没有退休的老人,然而,楼里的孩子没有一个脖子上挂钥匙的。孩子放学回来,家长还没有下班,他们就到 103 室共产党员袁明华家或者 302 室陈凤英家去做功课,饿了,渴了,就自己到厨房、冰箱里拿吃拿喝,就同在自己家里一样。如果有的家长有事,只要关照一声,邻居就会按时把小孩从托儿所、幼儿园接回来,甚至晚上带着孩子睡觉。因此,在这幢楼里,双职工不管加班、开会或是有事外出,都没有后顾之忧。

当我们采访袁明华时,她谦虚地说,我做的这些小事算不了什么,我待工在家,但我还是共产党员,我有空,帮助带带小囡,让上岗的同志安心工作是应该的。

袁明华话锋一转,谈到了共产党员朱黎明。她说,一个冬天的夜晚,她发"流火",浑身滚烫,腿又红又疼没处放。由于宝林三村是新建的新村,交通不便,到宝钢医院要走 40 分钟,她当时寸步难行,无奈家人只好跑上六楼敲民警朱黎明家的门,请他用摩托车送她去医院。小朱二话没说,从暖烘烘的被窝里爬起来,驾着摩托车将她送到了医院。她在医院吊盐水,小朱回家后躺在床上却睡不着觉。他想,小袁是一个女同志吊完盐水怎么回来呢?他再一次起床,深夜 12 时又来到了医院,准备接她回去,但医生说"病人烧还未退尽,还要再吊一瓶盐水。"第二天凌晨 2 时,小朱第三次去医院才把她接回来。

"那一夜,小朱根本就没有睡过觉。"袁明华动情地说。听说,在这幢大楼里,朱黎明的摩托车已成了救护车,楼里凡有急事,不论白天深夜,只要小朱在家,总是有求必应。他送过多少次病人,实在记不清。小朱的妻子汪丽红是宝山医院的护士,也是个热心人,楼里人小毛小病都是她给看的,她义务为楼里居民打针、吊盐水,像在医院里值班一样。

在共产党员的带动下,30号楼邻里之间助人为乐蔚然成风。楼里的水管爆裂了,马桶漏水了,电灯坏了,找王连国、戴振海、夏仁忠,保能修好。戴振海和陈凤英还包办了代收全楼水费、电费和煤气费的事。每次账单送来,都由他们先集中代缴,然后等职工晚上回来,再一家家上门收费。楼里好些人家搬来几年,还不知道付水电费的地方在哪里。

陈阿姨家最早装了电话,她马上把电话号码告诉大家,谁家有事都可以使用,私人电话变成了公用电话,她和老伴都成了义务传呼员。楼里的人都感激这对老夫妻,可是她的老伴说:"我们麻烦些,方便了大家,是很值得的。"陈阿姨说:"我身体不好,有多种毛病,能为大家的事多跑跑,对身体有好处。"

没见过这么好的邻居

30号楼有个传统,无论哪家新搬来,总会看到大门上贴着"30号楼欢迎您!"的大红纸。宝钢总厂保卫处吴亚明因暂时没有分到住房,借30号楼402室结婚,楼里的居民同样给新婚夫妇贴了欢迎的大红纸,小夫妻看了心里热呼呼的。当他们晚上吃完喜酒,客人前来闹新房时,发现楼道里3瓦小灯全都换上了100瓦的大灯泡,他们的心中又涌起了一阵热浪,感到这里的邻居真能体贴人。当这对新人走下轿车,为拍录像寻找电源时,底楼的邻居早为他们接通了电源,并准备了长长的电线,足够他们从一楼拉到4楼,这对小夫妻的心又热呼起来。前来闹新房的客人赞不绝口:"这里的邻居真好!""这些邻居的心比火还热!"

几个月后,这对夫妻在7村分到了新公房,30号楼7个"临时邻居"又帮助他们搬家,小吴的妻子小罗感动得流了泪,表示真舍不得离开这么好的邻居。陈阿姨和袁明华知道她已经怀孕,安慰说:"7村离这里不远,你生孩子时捎个信来,我们会来照料你的。"

为了表示感激之情,吴亚明后来特地送来几只灭火机,祝愿30

号楼居民岁岁平安。

住在 202 室的万莲英,听说记者来采访,下班后匆匆赶来告诉我这样一件事:前年,她哥哥万国喜患肝癌,已经到了晚期,因夫妻不和,他想住到妹妹家来,万莲英夫妻一口答应。万国喜来到 30 号楼,不仅受到妹妹、妹夫的照料,还得到全楼的关心。邻居们常来探望他,宽慰他。陈凤英还同他的单位联系,替他申请了补助。万国喜感动地说,你们这样关心我,这比吃补药都好呵!中秋节那天,楼里的邻居聚在陈凤英家吃团圆饭,大家也没有忘记客居在楼里的万国喜。在万国喜生命的最后阶段,有一天突然想吃馄饨,不巧他妹妹赶着要上班,说明天再做给他吃。陈凤英知道后,当天就做了一碗馄饨送去,并喂病人吃下,万国喜激动得热泪滚滚。他曾对他妹妹说:"我曾经感到世态炎凉,现在我改变了想法,30 号楼的居民温暖了我的心,我现在可以带着人间的温暖、真情满足地去了。"

万莲英说到这里,满屋子的人都流泪了。

多一分理解多一分宽容

宝林三村 30 号楼是不是没有一点矛盾呢?也不是。牙齿和舌头有时还会打架,何况是 23 户人家呢?但是,彼此的理解和宽容使矛盾化解了。去年 1 月,上海大冷,许多水龙头冰冻了。403 室拧开水龙头忘了关,家人上班后冰融了,水哗哗地流了整整一天,从 4 楼流到 3 楼,又从 3 楼渗到 2 楼。晚上下班回来,203 室壁橱里的衣物全都湿了,303 室两条羽绒被湿透了。但是这两家都没有吵闹,顾不得收拾自家的衣物,反而先跑到楼上帮助打扫。403 室贾法浪夫妇连声赔不是:"真对不起,实在对不起!"而 303 室王连国和 203 室王志伟几乎同声说:"这也怪不得你们,你们也是无意的。"这种在别处可能要吵架的事,在这里平和地解决了。他们对记者说:"人与人之间,多一分理解,多一分宽容,许多矛盾就好解决了。"

一年多以前,楼里有户居民,小俩口经常吵架闹离婚,楼里却没有一家看笑话的,都主动串门相劝。陈凤英曾苦口婆心劝了几十次。她常常一下夜班,顾不上睡觉,就去做他们的思想工作。从社会安定团结的大道理,说到家庭要和睦、要想到孩子等小道理,终于使这对小夫妻重归于好,至今他们感激地对人说,要不是这个文明楼的好邻居相劝,我们这个家早就散了,再不和好,不仅对不起孩子,也对不起楼里的邻居呵!

"这就是理解的结果。"街道的干部告诉我们,现在宝林三村 30 号楼是宝山区的文明楼,楼里的 23 户人家都是五好家庭。陈凤英和戴振海家庭是市五好家庭。

(原载于《文汇报》1993 年 5 月 3 日)

注:通讯发表第二天,5 月 4 日,时任宝山区委书记刘国胜批示:"《楼中情》感人至深,对 30 号楼的新风尚应作深入研究,认真总结推广其经验。"《楼中情》被评为文汇报好稿,获表扬奖。之后又被编入上海人民出版社出版的《新时期社区建设与管理》一书 P336 页—341 页;《楼中情》获得上海市首届党建新闻报刊类二等奖;被收入《文汇 60 年作品选》;被编入《上海新闻作品选 1992—1996》P68 页—74 页,文汇报高级记者、原副总编辑陆灏为此文写了点评:《楼中情》之所以吸引读者,因为它抓住了事物的本质,反映了时代精神。写的虽然都是生活中平凡小事,但都感人肺腑。生活中有金子,也有砂子,做新闻工作的人要善于使用手里的一枝笔,还要有砂里淘金的本领,要采到金子,就要学习,就要深入,抓住事物的本质,才能挖掘到写作的无尽宝藏。

医术精湛　医德可风

——记市卫生系统首届高尚
医德奖获得者汤耀卿

"上海电视台记者郭大康病危！住瑞金医院 ICU 病房"。

然而,郭大康又是幸运的,负责为他治疗的是瑞金医院外科 ICU 病房汤耀卿副主任医生。汤医生医德高尚,医术精湛,曾经使许多被医学上判了死刑的人起死回生。这次郭大康因胆石进入胆管,引起化浓性胆管炎,细菌进入血液,又引起败血症,送到医院时已经败血性休克。三个月过去了,汤医生和他的同事们硬是把大康的生命从死神手中夺了回来。日前,郭大康康复出院。

这正好被记者遇上了。记者在医院听到一连串关于汤耀卿廉洁行医的故事:今年 6 月 14 日,外科 ICU 病房收治了一位患急性坏死性胰腺炎的病人,病人先让单位领导出面给汤医生送上 2 000 元"放心钱",被汤医生婉言谢绝了;又让老爱人将钱送给汤医生,又被谢绝了。10 天后,这位病人病情恶化,不得不再次施行部分胰腺切除术,病人误认为这是"放心钱"没有送掉的缘故,于是几次拔掉嘴里的氧气管和手臂上的输液管,拒绝治疗。汤医生知道后,同病人亲切谈心,说明治病是医生的神圣职责,不需要送钱,医生收了钱就违背了医德。病人表示理解,但心里仍不踏实,硬逼着爱人将 2 000 元塞进汤医生的口袋。为了稳住病人的情绪,汤医生破例收下这 2 000 元钱,经过精心治疗和护理,病人终于康复了。最后,汤医生把 2 000 元交还给病人。

汤医生对病人事前送的"放心钱"不收,对病人和家属事后送的"感谢钱"也同样拒收。一位个体户的母亲病情恶化,抢救无效逝世了。他悄悄拿出一叠钱交给汤医生说"我们家属看到你日夜操劳组织抢救,很过意不去,请接受我们的一点心意。"汤医生坚决不肯收钱。

在汤医生带动下，外科 ICU 病房的医生、护士，人人都主动拒收病家钱物，成为一个信得过的廉洁行医的先进集体。汤耀卿医生也荣获上海市卫生系统首届高尚医德奖。

（原载于《文汇报》1993 年 12 月 10 日）

注：此稿《清风》月刊 1994 年 4 月刊转载，并被评为《清风》月刊 1994 年度好作品奖。题目改为《医术精湛　医德高尚》。

上海应建人才"期货"市场

近几年,上海人才市场发展迅速,从原来一区一县的人才交流发展到了全市性大型的人才交流活动;从不定期流动摊贩式的人才交流洽谈会发展到了固定的人才市场。特别是固定的市人才市场建立后,市人才服务中心信息库的信息成倍增加,利用率也大大提高。这都表明上海的人才市场已经走向成熟。

但是,记者发现,每逢举办人才市场,前往设摊招聘的单位很多,前去应聘洽谈的人也很多,人才市场热热闹闹,但供需双方达成意向的不多,真正流动成功的人更少,仅占应聘者的十分之一、二。究其原因,主要是随着人才市场逐步成熟,招聘单位招聘对象的层次逐渐提高,要求高层次、复合型、外向型的人才越来越多,而供方疲软,特别是金融保险、房地产开发经营、城建工程项目、涉外商务、涉外法律、高级财会、旅游、专业外语以及企业家等 9 类人才更加紧缺。因此招聘单位争夺人才大战的烽火一起再起,用人单位不惜一掷千金,或以高薪聘用,或以住房吸引,或以解决家属子女入沪、户口农转非为优惠,等等,使出浑身解数,争夺人才,简直到了"抢人"的地步。

由于目前人才市场上人才结构不合理,高级人才紧缺,因此,无论用人单位如何明码标价招聘,仍然难以满足需要,有些单位长年累月地在人才市场上设摊、登广告招聘,也无济于事。有关专家和权威人士分析认为,人才市场与其它市场一样,"现货"供给不足,应建立后备人才的"期货"市场,使人才培训市场与人才交流市场接轨。通过人才期货市场有目的、有针对性地培养人才交流市场上紧缺的人才。专家们建议:市人事局、市人才服务中心、市人才市场应与本市高校,特别是高校的成人教育部门联合,建立后备人才信息库,并发挥好用人单位与高校的桥梁作用,及时将人才市场上企事业用人单位对人才需求的信息传递给高等院校培养人才的部门。他们认为,目前市人才市场推出的会员制举措很可取,应进一步发展会员制单位,如能吸引1 000个大中型企业在人才市场周围,建立紧密的关系,由这些单位定期提供半年、一年或更长时间招聘、用人计划,再建立一个联结全市80所高校、市、区(县)人才市场以及企事业单位的人才信息储备网,并由此推算出社会对人才的需求总量,供教育单位参考,正确地引导教育单位有计划地培养高质量的紧缺人才。

现在的人才市场上,高级人才紧缺,中级人才和一般人才却过剩。不少专家们认为,建立人才期货市场后,可以对他们进行有针对性的加工培养。如现在的大学毕业生和相当数量的中级人才还不是企业所急需的紧缺人才,人才期货市场可以对他们进行有针对性的"后期加工",即进行涉外实务方面的培养,使他们达到高层次、复合型、外向型的要求。人才期货市场还可以通过其高校培训基地为百万下岗人员、希望转岗人员和待业者提供培训,使之成为"紧缺"人才;也可以为企事业单位在岗人员转化为本单位紧缺人才提供培训服务。如能在二、三年内,通过人才期货市场培养、造就万名高级紧缺人才,输送给各行各业,人才市场交流的成功率将大大提高,整个上海的情况也会大不一样。

（原载于《文汇报》1993年12月13日,1993年12月17日《人民日报》主办的市场报即在一版头条全文转载这篇文章;之后《行政与人事》杂志也转载此文,他们认为文章提出了人才交流中的一个重要问题。）

今日曹杨分外娇

1991 年中央电视台春节联欢晚会上，加拿大籍相声明星大山在表演中说："中国有个上海，上海有个曹杨新村。"

普陀区副区长莫德尧访日时，日本朋友也说："我知道上海有个曹杨新村，很了不起！"

蜚声中外的曹杨新村，是解放后上海第一任市长陈毅亲自选址批准建造的上海市第一个工人新村。

（一）

1951 年 5 月 21 日建立以来，曹杨新村已经从一个村发展到 9 个村，占地总面积约 5 平方公里，住宅建筑面积 150 万平方米，人口逾 12 万。1992 年 3 月，曹杨街道被市委、市政府命名为红旗集体，1993 年获得一级整洁街道称号，以及 15 项市、区先进称号。

曹杨新村布局合理，环境幽静。10 年前政府投资 220 万元改造了环绕新村的"龙须沟"，现在水清鱼跃，布满水草和睡莲。环浜两岸开发了 21 亩绿地，绿化覆盖率达 34％，居全市前茅。春夏之交，新村内树绿花红，环浜小桥流水和两侧"满园春色"、"青枫落羽"、"碧波亭"、"虹桥垂钓"、"兰溪登舟"、"秋桂飘香"、"松柏常青"、"傲雪咏梅"八景，使人仿佛进入了一个公园。据调查，这里的居民平均寿命比全市人均寿命高 2 至 3 岁，癌症发病率全市最低。

新村的居民住宅就镶嵌在这风景如画的绿荫丛中。第一批建造的黄墙、红瓦、绿窗的俄式洋房风韵不减当年，在它的周围又耸立起数以百计的五六层楼的新公房。

（二）

曹杨新村不仅环境美，市民的文明程度也较高。新村居民已经养成了不随地吐痰和乱扔瓜皮纸屑的好习惯。生活垃圾早已实行袋装化。在环浜两岸，人们能看见一些色彩鲜艳的小房子，那就是"垃圾房"。垃圾房下铺地砖，墙贴瓷砖，有水龙头、下水道，闻不到一点臭味。前年京、津、沪三市交流精神文明建设时，京、津代表同声称赞"堪称一绝"。一位老居民告诉记者，在过去的 40 年里，他家用破了20 顶蚊帐，近 5 年实行垃圾袋装化，大家再不用蚊帐了。

(三)

曹杨新村街道很注重居民楼组和家庭的文明建设。在市民文明学校、老年学校、家长学校，居民学习市民文明课本、家庭管理学，精神境界不断提高。原来曹杨五村有一户居民婆媳关系紧张，在学习《家庭管理学》"婆媳亲、全家和"一节时，婆婆受到启发，深感过去讲媳妇坏话不对，决心改掉这个缺点；媳妇通过学习，也学会了体贴婆婆，现在婆媳亲如母女，一家人和和美美。

4 村 186 号 5 室周阿根老伯伯身患重病，儿子早逝，媳妇带着一对儿女艰难度日，去年医院突然通知，要他那患心脏病的孙女立即手术，居委干部知道后，发动居民捐助。当居委干部把 1 400 元捐款交给周家媳妇时，她激动得泣不成声。现在周伯伯的孙女已经康复上学。

(四)

衣食丰裕的居民，对生活有了更高的追求。他们求新、求美、求乐、求知的愿望日益强烈。养花、插花成了大多数家庭的嗜好。5 年来，曹杨人每年举办花展，去年全街道有 5 000 户捧出自己的精品参展，吸引了 3 万多名观赏者。街道还成立了养花协会，曹杨的花展在区里获得集体优秀奖，花卉盆景在市级竞赛中也得了奖。老人在街道老年居民学校学习琴棋书画、保健、烹调等知识，陶冶情操，丰富生活，现在已有 3 000 多位老年人学习结业。近年来，曹杨新村街道建立了八大科普基地，仅去年就有 8 260 人次去科普基地学习新科学、新知识。

最有风采的要数那支名闻遐迩的老妈妈合唱队了。这支合唱队今年正好建队 30 周年，虽然人员不断更替，但水平却越唱越高了。她们不仅能用中国话表演歌舞，还会用英、法、日三种语言表演节目。一次，美国友谊大军演出团来曹杨新村参观，与老妈妈合唱队联欢，当他们听到老妈妈演唱美国乡村歌曲时，长久地拉着老妈妈的手说："你们唱得太好了，今天是我们访问中国最高兴的日子。"

　　据不完全统计，曹杨街道 40 多年来，已接待过 140 多个国家和地区的近 800 批外宾，计有 15 万多人次。他们对曹杨都留下了美好的印象。美国前总统卡特在上海访问时说："最令人愉快的是在曹杨新村的工人家中与主人交谈。"

（原载于《文汇报》1994 年 5 月 29 日）

学先进莫把先进拖累
华阳人也需众人关心

近来，新闻单位报道了华阳经验，上海市委要求 6.5 万个基层党组织向华阳学习，开展"凝聚力工程"建设。但是如何学？学什么？这是个很值得研究的问题。

记者在采访时获悉，两个月来，华阳的干部已经接待了多批来访者，应邀做了 100 多场报告，平均每天要讲两场。难怪有的同志说，现在当先进也当不起，一条街道出了名，要组织个接待班子，要设专人接待上门学习的人员，牵制了不少精力。长此下去，先进的就不能更先进。市委领导在昨天与"华阳人"座谈时特别强调指出，学先进不要搞流于形式的参观。华阳人关心人，我们也要关心华阳人，关心爱护这个先进典型，不使他们分散精力忙于接待，要使他们集中精力深入到群众中去，发展凝聚力工程的经验。

有关人士指出，华阳经验的精髓就是关心人。向华阳学习，也就是学习他们关心人。学习要力求神似，而不求形同。因为各地区、各部门、各单位的情况不同，人事各异，只能学其精神，举一反三，而不能将华阳的做法生搬硬套。现在有一种不好的现象，一个先进单位出现了，四方蜂拥上门取经，但不少人是听听激动，讲讲感动，回去却没有实际行动。这种形式主义的学习、参观，有什么好处呢？许多同志认为，现在学习华阳经验，关键是掌握它的精神实质，联系本地区、本部门、本单位的实际切切实实地去做，从我做起，从身边的小事做起，这样就一定能取得学习的实效。

（原载于《文汇报》1994 年 7 月 2 日）

凝聚人心　共图发展

——记宝山区淞南镇塘桥村党支部

今年年初，中央组织部领导同志在一份调查报告中提出了在新旧经济体制转换中，如何保持党组织的吸引力和群众的政治热情，解决好群众团结在党组织周围继续跟党走的问题。

本市宝山区淞南镇塘桥村党支部十年来带领群众加快发展、凝聚人心的实践，为解决这个问题提交了一份出色的答卷。

发展是硬道理

十年前，塘桥村是淞南镇（当时的淞南乡）7个村中最穷的一个村。1983年全村净利润3.7万元，年终劳均分配只有480元，除去口粮，村里没有现金，靠借款进行年终分配。当时村民人心思散思走，只要有一个招工名额，大家就争先恐后地想跳出农门，甚至争到夫妻反目，兄弟阋墙的地步，其源盖出于一个"穷"字。

是村民们没有觉悟，一心只向钱看吗？不能这样简单地责怪群众。1984年3月上任的党支部成员深感自己责任重大：为官一任，必须造福一方，一定要当好这个500多户1 900多人的大家，率领全村脱贫致富。

强烈的责任心促使村干部迎着困难上。村干部也是种田人，深知种田的艰苦。党支部第一件事就是推广农业机械化，带领全村党员和群众创立"农业车间"，办起了第一个村办农场。用企业管理的办法承包农业生产，减轻了农民种田的劳动强度，提高了劳动生产力。在大力发展农业的同时，村干部又带领大家发展村办企业，先后办起了塘桥五金厂、塘桥制镜厂、申江手表厂等6个村办企业。经过3年努力，塘桥村终于走出困境，跃入年净收入超百万元的富村行列。

集体经济发展了，农民的生活也普遍提高了，是小富即安，还是继续开拓？村党支部一班人又认真学习了《邓小平文选》，深刻领会"发展是硬道理"的精神实质，决心带领群众加快经济发展。于是，他们又做了三篇文章：一是对现有村办企业调整产品结构，关闭了3个当时效益尚可但发展前景一般的厂，积极与市属企业联姻，在不到一年的时间内新办了3个联营厂，开发了一批产品新、规模大、效益好的新项目。二是到湖南郴州和江苏淮阴、宜兴、常熟等地投资办起了两家联营厂，参与建造了一座三星级宾馆，在常熟市开发房地产，大大拓宽了发展路子。三是利用塘桥村靠近市中心的地理优势，1992年开始进行旧宅改造，吸引有关单位发展房地产业。

　　大发展带来了全村经济大飞跃，1993年全村130个职工创利润达1 056万元，比上年增长79.1％；年劳均收入达1.1万元，比上年增加4 500元。集体经济的发展壮大是增强党支部凝聚力的基础。如今，早年跳出农门的人，看到村里一片兴旺，都想回来工作；留在村里的人，谁也不想再离开这个富裕村了。

不占群众便宜，不让群众吃亏

　　俗话说，共患难易，同享荣华难。富裕后的塘桥村党员干部和群众的关系又如何呢？

　　1990年8月14日，村里遭受龙卷风袭击，41户人家房屋遭到破坏。党支部书记沈昌忠家的整个屋顶被狂风卷走了，岳母和女儿都受了伤。沈昌忠顾不得这个小家，只在屋顶上拉了块油布，就组织党支部成员和村干部投入了抢修群众房屋的战斗。他们抢修的第一户人家是五保户，接着又抢修了37户村民的房屋，直到群众房屋修理好了，才着手抢修3户党员家的房屋。沈昌忠的家受灾最严重，却在受灾后的第七天才开始修缮。对此，群众无不感动，称赞村里的党员都是好样的，称赞沈昌忠是好书记。就在这一年，沈昌忠被评为市优秀党务工作者，村党支部被评为区先进党支部，塘桥村也在1991年再次被评为市文明单位。

去年初夏,为了配合上海市旧区改造和市政配套工程建设,塘桥村决定进行旧宅改造,要在两个月内动迁 400 户人家。庄户人家对自家的宅基地和旧宅有着特别深厚的感情。近几年,村民富起来,新建的楼房林立,屋内装修也很讲究,眼看着两三代人辛苦积蓄建造的住宅就要拆迁,怎能不心痛?那些靠出租多余房屋获得可观收入的人家,也希望保留他们的"摇钱树"。老人围着自家的宅基,抓一把黄土,泪水夺眶而出。

旧宅动迁的矛盾、困难接踵而来。针对村民的思想,党支部及时召开党员会、村民组长会、户主会讲旧宅改造的意义和政策,还挨家挨户访问征求意见。党支部请市区专业人员给每户丈量旧宅面积,估算旧房价格,村干部一个也不插手。村党支部书记沈昌忠因女儿结婚刚把房屋装修一新,不到 3 个月就要拆了;党支部委员金桂琴家三上三下的新楼才落成两年,也要拆迁。这两个村干部的房子也同其他村民的房子一样折价,一样按人口和旧宅面积分配新房。群众看在眼里,心服口服,都说村干部办事公道,宁可自己吃亏,也不让群众吃亏。

当村民看到村干部请来设计院的工程师,听取村民意见 7 次,改了 4 次图纸,耗资 60 万元,最后形成适合各类村民要求的 8 种房屋结构式样时,不禁破涕为笑了。那些当初捧一把黄土流泪的老人,知道党支部连他们百年后的冥园也设计好了,也流下了感激的热泪。

党支部和村民委员会还投资为动迁村民建了近 5 000 平方米的临时房,因为不够用,又要求尚未动迁的东塘自然村的党员、干部每户接纳安置一户西塘的拆迁户。

400 户人家的动迁工作终于提前两天顺利完成了。在这个过程中,村党支部副书记、村主任沈茜兰东奔西走,脚踝两次骨折,因未能及时治疗,落下了行走不便的后遗症;党支部书记沈昌忠忙得吃了上顿顾不上吃下顿,胃病频频发作,但他晚上吊盐水,白天照样做工作,累倒住进了医院。村民说:"有这么好的党支部、这么好的干部,全心全意为我们服务,我们还有什么不满意呢!"

坚持不懈地为民办实事

村党支部书记沈昌忠深有感触地对我们说：基层党组织凝聚力从何而来？来源于关心人，了解人，坚持不懈地帮助群众办实事，取信于民。比如集体经济刚刚有所发展时，村里就把自来水安装到每家每户，解决了群众吃水难；农村里泥泞小道难行走，雨天一身泥，晴天一身灰，他们又把水泥道路修到每户家门口；群众买煤难，村里以优惠价向每户村民提供了液化气；村民上班后孩子吃饭难，村里办起了食堂，免费供应职工午餐；群众反映洗澡难，村里随即办起了浴室，每周免费为村民开放 3 天。为了防止偷盗，村里为每家每户办了家庭财产保险，还专门成立了护村队，昼夜值班巡逻；为了提高村民健康水平，又健全了合作医疗制度，每年免费为全村职工体检一次。每逢元旦、春节、国庆节、妇女节、教师节，党支部成员都分别慰问有关村民，勉励大家勤奋工作，多作贡献。随着物质生活的不断改善，村民对精神生活也有了更高的需求，村党支部又建造了舞厅和卡拉 OK 活动室，每年还举办一次全村职工运动会。近几年，村里还分批组织职工和退休职工举行看上海活动和外出旅游，让大家了解祖国改革开放的大好形势。

由于村党支部切切实实为村民们办实事，看得见，摸得着，村民们无不交口称赞共产党好！社会主义好！改革开放好！

（原载于《文汇报》1994 年 8 月 21 日）

注：此稿获上海市首届党建新闻报刊类提名奖。1995 年 2 月《清风》月刊转载，被评为 1995 年度《清风》月刊优秀作品奖。

上海滩上的"绿宝石"

——本市三个"全国文明住宅小区"巡礼

结束一天的劳作,你挤公交车或骑自行车,穿过喧闹的市中心区回到住宅区,在你面前展开的是一片静谧的园林、几条整洁的小道和一幢幢掩映于繁花绿树丛中的居民楼;你进入楼层,过道里没有任何堆物,窗口盆花盛开,邻里笑脸相迎……这时,你定然会感到一种令人满足的舒适和温馨。

也许,有人会问:"在上海,有这样的住宅小区?"

有! 这些小区,不仅环境宜人,而且人们的心灵也美,处处荡漾着精神文明的新风。不信,请随我们到普陀区的子长小区、浦东新区的竹园小区、杨浦区的延吉小区去领略一番吧,它们不仅是上海市文明小区,还是国家建设部评定的全国文明住宅小区哩!

美若公园的子长小区

深秋季节,我们来到上海西北角的子长小区,仿佛进入了一座美丽的公园,一阵阵丹桂余香扑鼻而来。它设计新颖独特,总体造型优美别致,布局合理,居民楼错落有致,外墙色调活泼,绿草如茵、花树竞秀,置身其中,如入画境。

整个小区占地 9.5 万多平方米,居住着 1951 户、5532 人,绿地的面积就占了 3.6 万平方米,覆盖率达 39%,人均拥有绿地 6.6 平方米。难怪一些从喧闹的市中心搬来的居民说,这里环境优美安静,住在花园式的公寓里,可以益寿延年哩! 他们对市中心"72 家房客"般的环境已毫不留恋了。

我们边走边看,不禁赞叹说:"子长小区 1987 年建成,至今无毁无损,保持着美丽的风貌,实在不容易!"

一语触发了甘泉路街道办事处副主任刘会勇心中的甜酸苦辣。

当年新村建成后，居民从四面八方陆续迁来，有些居民原住棚户危房，乱堆乱放已成习惯，加上小区建成初期未通煤气，居民烧煤炉，熏得楼道走廊一片乌黑；少数居民还在屋顶上、院子里搭起了违章建筑。随手采摘小区内的鲜花、垃圾从楼上任意抛下等行为也屡见不鲜。

街道领导意识到，不能再让这种不文明行为发展下去，必须对居民进行养成文明习惯的教育。他们一方面加强宣传，一方面组织居民参与整治。街道、居委干部还主动上门，爬上五楼、六楼，帮助一些居民把堆在公用部位的废物、垃圾一麻袋、一箩筐地从楼上抬下来处理掉，再请房管所将熏黑的楼道、扶梯粉刷一新。

拆除违章建筑阻力更大。街道、居委干部坚持说理教育，按文明小区环境规范的原则，坚决拆除。同时，也帮助一些住房困难，或无处放残疾车的居民解决实际困难。

那段时间居委和街道干部颇为辛苦，但仍坚持开展创建文明小区活动，终于取得了成效。现在小区内大人小孩都养成了文明习惯，人人都会保护绿化，中小学生还组成了"绿化近卫军"。有一次，第二居委一个小朋友在玩耍时，折断了一根小树枝，他难过极了，拿着5元钱到居委认错、赔偿。有些老伯伯、老妈妈早锻炼时，看见个别外来的老人用手臂敲树，或者吊树杆，他们就上前劝阻。由于人人参与保护，子长小区的绿化才四季长青，鲜花盛开。

人心更美的竹园小区

我们又来到浦东新区的竹园小区。这里有上百种花木，光竹子就有32个品种。一进小区的门，就看见陈从周先生在竹林前假山石上的题字："江南第一村"、"宁可食无肉，不可居无竹"。

竹园小区居民自豪地说，我们这里不仅环境美，人心更美。

真的，你如果有时间深入居民楼，三天三夜也听不完人们心灵美的感人故事，我们只能采集几则：

居住在潍坊路355弄13号501室的女主人霍美红因中风长期病假在家，住在她楼上的602室一家经常照顾她。一天，602室的张清迟迟还不见501室开门,就从窗子里看看动静,见霍美红发病了,在床上抽筋,急忙呼喊邻居,开门入室,对其进行人工呼吸,急送医院抢救,终于使霍美红脱离了危险,但医生要求病人每隔一天到医院作一次推拿、针灸。这要求对霍美红太困难了:丈夫每天要上班,女儿每天要到浦西上学。怎么办呢? 就在霍美红犯愁的时候,楼里的邻居向她伸出了援助的手。每逢推拿针灸的日子,602室的张清、401室的翁新民、203室的王志明、303室的王梦雄……轮流将她从楼上抬下来,再用轮椅车送到医院,然后再接回楼里,抬上5楼。一次、二次、三次……,大家一直坚持了3个多月。现在霍美红的病情终于好转了,在旁人的搀扶下,已经能够行走。提起这些,她说,邻里情真比海洋深。

335弄3支弄解除劳教的青年小沈,一次经过福山路,看见许多人在围观,也挤进去了。一看是一个小孩昏倒在地上,他立即抱起小孩朝潍坊地段医院奔。地段医院不能抢救,小沈又抱着小孩来到浦东中心医院,终于使小孩得救。后来,小孩的家长买了许多东西来酬谢小沈,小沈坚决不收。他诚恳地说:"我难道能见死不救?! 我原来是个失足青年,是党和国家的挽救,是居委干部和群众的帮助,才浪子回头,获得新生,居委还给我安排了工作,帮我组织了家庭,如果你一定要感谢,就感谢创建文明小区的人吧,是他们净化了我的灵魂,使我成为一个有用的人。"

由于企业深化改革,有些职工下岗待业。355弄4号401室陈震远老伯伯看在眼里急在心里。他想,自己有50年财务工作经验,为什么不把这些经验传授给待业的职工,为他们第二次就业创造条件。于是他办起了会计训练班,每周一、三、五晚上为大家义务上课。

335弄二支弄28号安装电子防盗门,每户要出170元,但楼里有五六户经济困难,楼里202室的刘耀文知情后赞助了1 000元,使楼里家家户户装上了防盗门……

在竹园小区20幢文明楼里,"你为我服务,我为你服务"已经蔚然成风。

服务周到的延吉小区

在环境优美的延吉小区，我们看到百货商店、中小学、医院、浴室、理发室、邮电所、银行、文化馆、图书馆、公园、娱乐总汇、健身房……应有尽有。居民生活中的各类需求，基本可以做到不出小区就能满足。

"这里的社区服务设施真不错！"我们由衷地赞叹。

"对于社区服务，我们强调树立大服务的观念，即要形成安全、环境、健康、物质生活和精神生活等各类保障体系。"延吉街道办事处主任陈丽龄介绍说。

延吉小区的"大服务"观念，将社区服务提到了一个新的高度。这是一个庞大的系统工程。仅环境和安全保障，就建立了清扫、养绿、垃圾箱看管、除害、治安执法、"看家网"、夜间巡逻队等10支队伍。关于健康保障，除医疗服务体系外，又建立了多支拳操队伍。不久前，小区举行了有数百人参加的大型健身操比赛，群众性体育活动几乎普及到每个楼组。这里居民的精神生活也丰富多采：千人歌咏比赛、家庭文化周、小区英语角、科技节、教师联谊会、家庭插花表演、烹饪比赛、青少年地画比赛……怪不得小区的居委干部每天都忙得不亦乐乎。

社区服务，重在于参与。延吉小区的许多居民，既是各类保障体系的受益者，又是奉献者。

六村19号316室的离休干部魏朝泉，是位志愿者。他用自己懂得的电工技术，热情为居民服务。谁家的电器、电灯坏了，他随叫随到。去年严冬的一天，夜间11点钟，他听到门外有人叫："魏伯伯，我家断电了！"老魏马上从暖和的被窝中抽身，穿好衣服前去修理。

三村退休教师沈训自告奋勇担当了老年活动室负责人，他配合形势精心布置活动室，还自费为大家订了《文汇报》等报纸。每年敬老节，他又召开老年人茶话会，请大家吃面条庆贺节日。

在延吉小区有一支300多人的志愿者队伍，像这样的热心人很多很多，而居委会干部则提出了"居民在我心中"的口号，时时、处处为居民着想。妇代主任桑月娟，为了上门帮助有特殊困难的老人及精神病患者解决理发难，特地学会了理发；82岁的美籍华人蔡正桃病故前，居委干部将他送进医院，以后又为他送终，料理丧事，当他在加拿大的儿子赶回上海后见一切操办完毕，泣不成声地说："该我们子女做的，你们都给做了！"

如今，小区的居民在夫妻关系、子女教育或下岗待业中遇到问题，常常找到居委会、党支部，向他们敞开心扉，请求帮助解决。居民把党支部、居委干部当作贴心人。

居住在文明小区的居民是幸运的，但文明小区是靠大家共同努力创建的。但愿有更多的人投入本市创建文明小区的活动中去，让更多的文明小区如一块块绿宝石镶嵌在上海的居住区中。

（原载于《文汇报》1994年11月28日，与张冠华合作。此稿获上海市委宣传部"抓窗口抓环境好新闻大赛"优秀奖。）

海峡两岸面对未来 共负统一祖国使命

——访复旦大学人文学院院长姜义华教授

　　上海复旦大学人文学院院长姜义华教授是上海市政协常委,也是上海社会科学学会联合会副主席和上海历史学会会长。他在1993年3月,应李登辉任会长的中华文化复兴运动总会邀请,曾在台湾访问两个半月,对台湾的政治、经济、文化有较多的了解。昨天,记者访问了姜教授,请他谈谈学习江泽民总书记春节前关于台湾问题重要讲话的感想。

　　姜义华教授首先向记者介绍了他在台湾的观感。他说,访台期间,他一方面看到了60年代后期以来,台湾的经济确实有了相当大的发展,社会富裕也达到了一定的水准,但是经济面临着从劳动密集型的生产结构向高新技术和资金密集型产业结构的转轨,而台湾产业结构的升级最为缺乏的是高新科技力量。台湾中央研究院的前院长吴大猷从北京回台后十分感慨地说:台湾的科技力量与大陆相比存在很大的差距。台湾主要是出口加工型产业,但近些年来,台湾对外贸易,特别是对日贸易中,赤字越来越大,这些赤字很大部分又是靠对大陆的贸易获得的赢余加以补偿的。姜教授认为,江泽民总书记8项主张中的第5条指出,面向21世纪世界经济发展,要大力发展两岸经济交流与合作,以利于两岸经济共同繁荣,造福整个中华民族,是很有针对性的,两岸经济相互促进,互补互利是两岸同胞的共同愿望。

　　姜义华教授还告诉记者,在访台期间,他对台湾的政治情形也有了比较真切的了解。随着台湾经济的崛起,台湾本土人的经济力量越来越大,经济力量的改变,也影响了政治力量的变化,台湾开放了党禁和报禁,国民党也逐步本土化了。由于近100年来,台湾几乎一直处在与大陆分离的状态,而外国霸权势力一直干涉中国的统一,因此我们对于制造"台独"的活动不能掉以轻心。对于台湾大多数的企业家和老百姓来说，中国越来越强大，对他们是有吸引力的，中国经济的发展，国际地位的不断提高，他们也可以扬眉吐气，同时给他们的发展提供了机会。因此他们盼望祖国统一，只有实现了祖国统一，台湾才可能同我们一道，共享伟大祖国在国际上的尊严与荣誉。但是，他们又有各种顾虑，怕不能保住自己的利益。江泽民总书记又在讲话中明确指出：两千一百万台湾同胞，不论是台湾省籍还是其他省籍，都是中国人，都是骨肉同胞、手足兄弟。要充分尊重台湾同胞的生活方式和当家做主的愿望，保护台湾同胞一切正当权益。并且主张不以政治分歧去影响、干扰两岸经济合作，提出在互惠互利的基础上，商谈并且签订保护台商投资权益的民间协议，同时要求党和政府各有关部门，包括驻外机构，要密切与台湾同胞的联系，倾听他们的意见和要求，关心照顾他们的利益，尽可能帮助他们解决困难。真可谓言真情切，同胞亲情，溢于言表，也体现了中国共产党人高举祖国统一大旗的博大胸怀。

姜义华教授说，大陆，台湾毕竟分离多年，难免存在种种隔膜，当务之急是要加强双方的沟通，尽释前嫌，不计过去的恩恩怨怨，面对21世纪，共同担负起中华民族的时代使命，早日实现祖国的统一，真正站在世界的前列，为祖国赢得更多的尊严，为世界的和平发展作出更大的贡献。姜教授认为，江泽民总书记的重要讲话为突破海峡两岸僵局，排除障碍提出了具体建议，都是切实可行的。只要在一个中国的前提下，什么问题都可以坐下来商谈，即使目前不谈具体问题，双方高层领导人互相往来，亲自走走看看也很好，尤其是尽快结束双方敌对状态非常重要。他认为，若是搞"台独"，台湾充其量是世界霸权者手中的一只棋子，难免再受欺辱，唯有实现祖国统一，台湾才能享有应有的尊严。李登辉先生希望在台湾历史上留下重要的地位，目前是最好的机遇，只要他能推进祖国统一大业的实现，他将不仅在台湾而且在整个中华民族的历史上写下重要的篇章。姜教授希望台湾国民党、新党，企业界、知识界、文化界所有有影响的人士都努力抓住这个最好的机会，为促进祖国的统一努力奋斗！他也希望民进党人士认清搞"台独"只会损害台湾人民的根本利益和长远利益,只有积极支持祖国统一,才能使台湾人民的利益和自主的权利获得可靠的保障。

(原载于《文汇报》1995年2月4日)

十二年殊荣为何丧失

——析六家"六连冠"市文明单位初评落榜

昨天,记者在采访中获悉,经过初评,本市有近 800 个单位有资格被评为 1993—1994 年度文明单位,比上届(第六届)658 家市文明单位增长 20.9%,说明近两年本市创建文明单位活动进一步深入人心,取得实效。

但是,本市原有的 39 家"六连冠"市文明单位中,有 8 家榜上无名。除了上海自来水公司南市水厂因上海自来水公司去年破格被评为市文明单位,涵盖了其所属的南市水厂;南汇县新场镇因与新场乡合并,地域扩大,自行结束原新场镇市文明单位,不再申报七连冠市文明单位外,其他六家落榜单位均有令人深思的原因。

华阳检测仪器有限公司合资后,党组织在企业中没有地位,创建水平下降;上海港客运服务总公司在上海抓"窗口"、抓环境的竞赛中,总体水平不高,经济效益和服务工作在交通系统均不占领先地位,不如机场和铁路上海站;上海手表七厂因领导班子调整,新班子"两手抓,两手都要硬"的意识不强,创建水平下降,在竞争中被同行另一家手表厂取代;上海儿童食品厂通过更改食品生产日期,弄虚作假将过期的儿童食品兜售给顾客,损害消费者利益,被新闻单位曝光;上海焦化总厂、上钢五厂均因反腐倡廉工作抓得不力,思想政治工作未到位,厂级干部、中层干部贪污受贿,职工违法犯罪。

从总体上看,这六家六连冠市文明单位落榜都存在共同的弱点,即两手抓,两手都硬的意识不强,思想政治工作不落实,在荣誉面前放松了企业管理和对干部职工的教育;个别单位在市场经济的竞争中向钱看,竟以劣质产品坑害消费者;个别干部经不起金钱诱惑走上犯罪道路,砸了市文明单位的牌子。

市文明单位是标志本市基层单位两个文明建设综合性成果的最

高荣誉称号,被评上的单位是全市的榜样和标兵,因此评比一定要坚持高标准,不能姑息迁就。上钢五厂党委痛定思痛,认真总结教训,制订整改措施,主动放弃申报市文明单位。他们说,我们唯一的办法是从头开始,重新争创市文明单位,争取下一届榜上有名。

保持了12年的荣誉毁于一旦,是痛苦和难堪的,但上钢五厂的态度是积极的。人们希望其他落榜单位也认真总结教训,从本单位实际出发制订整改措施,从头开始,重新争创。

(原载于《文汇报》1995年3月2日)

注:此稿系文汇报独家新闻。稿件经时任市委宣传部副部长尹继佐审,市委常委、市委宣传部长陈至立签"同意"刊发。稿件刊出后,在全市引起强烈反响。读者认为评选文明单位一定要坚持原则,合格的上榜,起到真正的榜样表率作用;不合格的下榜,很有警示作用,不搞鱼龙混杂,好得很。

警惕人才黑市

——有关专家呼吁有序管理

上海是人才荟萃之地,去年有 26 万人次进入人才市场交流,比上一年又增加了 30%。各类人才市场为人才流动牵线搭桥,发挥了积极作用。

但是,记者在人才市场也听到一些关于黑市人才市场的事,令人气愤。前不久,一家外省市企业与本市一家单位联手在上海劳务市场招聘出国劳务人员,收取了 40 多万元报名费和手续费,但没有输送一人出国。经公安部门检查,这两个单位根本没有在沪招聘出国劳务人员的资格。现在上当受骗者已纷纷向法院起诉,法院已经受理。

还有南方一家电视台来沪招聘节目主持人,吸引了两千多人前往报名,这家电视台撇开上海劳务市场,擅自收取 2 万多元报名费,只录取 5 人,试用两三个月后又全部退回,应聘者方知自己已上当受骗。

正规人才市场的场外交易也属骗人勾当。有些人在场外拿着一叠"人才招聘单"或"人才招聘信息"兜售,当你进入人才市场前,他们就塞给你一张要你填写,同时收取 2 至 3 元报名费,叫你静候"佳音"。一些求职心切的人往往就填表付款。其实,表格上的地址、电话和联系人黄小姐、蔡先生,都是假的。

更令人愤慨的是南方某些电脑公司不经上海人才市场审查、登记,就在上海登报招聘软件人才。应聘者看到广告许诺的优厚待遇,便在考场上交出自己的软件设计程序,但从此便石沉大海,杳无音信。有些电脑公司不断刊登招聘软件人员广告,却并未招聘一人,其实是在骗取应聘者的报名费和剽窃应聘者智力成果。

上海人才市场的领导告诫人们:要警惕黑市人才市场,谋职者切莫"病急乱投医"而上当受骗！他们希望求职者到政府批准的人才中介机构应聘求职，这样比较有保障，万一发生纠葛，也可以调解仲裁。

有关专家呼吁人才市场有序管理，凡招聘单位都必须经人事局和劳动局进行严格的资格审查，以杜绝非法的欺骗活动。《上海市人才交流服务机构管理暂行规定》已于今年1月1日起实施，本市各类人才交流服务机构均应按照《规定》，规范人才交流服务行为，同时严厉打击并取缔黑市人才市场。

（原载于《文汇报》1995年3月10日）

自强不息　苦学成才

——记上钢集团副总工程师王承学

　　新近担任了上钢(集团)公司副总工程师的王承学,在别人眼里是个一帆风顺的幸运儿,然而他自己最明白,他走的是一条自强不息的"三学"之路。

　　1976年,王承学从部队复员到上钢一厂当制砖工人时只有初中文化水平。年轻的王承学面对高温、粉末和高强度的体力劳动,萌生了要改善工作环境的想法。他对同伴说:"制砖房这样落后的设备工艺与现代化建设是不相适应的,必须运用现代科学技术尽快加以改变。"但是,改善工作条件,进行技术革新都需要科学文化知识。从此,在艰苦繁重的工作之余,他几乎将所有的时间都花在自学上,只用了两年多时间就学完了初、高中的全部课程。1978年,他以优良的成绩考取了厂职工大学。

　　在工大的三年里,王承学如饥似渴地汲取着知识的养料,读书、做作业到深夜是家常便饭,所有的零用钱都买了参考书,以致于后来结婚时,他竟拿不出一点积蓄来办个像样的仪式。三年后,他以优异成绩毕业,被分配到厂技术科工作。在新的工作实践中,王承学深深感到外语在技术引进和应用中的重要性。1982年起,他利用业余时间参加了"上海金属学会英语班"。每次挤公交车去上课往返要花近四个小时,每天东方欲晓他就起身背单词,晚上做完习题已是夜半更深。经过整整三年全业余的苦读,他的英语水平突飞猛进,成为冶金系统颇有名气的既精通业务又擅长英语的复合型科技人才。

　　王承学常说:"读书是学习,使用是更重要的学习。我不能把知识当作个人的摆设,我要把所学的知识全部奉献给企业,奉献给社会。"1987年,在上钢一厂与德国专家合建50万吨型钢工程项目中,王承学被委派担任翻译兼德国专家组秘书。由于他的英语翻译水平高和对业务的精通,德国专家团团长多次称赞他:"你比我从德国带来的秘书还强。"1988年,王承学被推荐参加冶金部赴津巴布韦钢铁公司专家组工作。在津工作期间,他一边为中国专家上英语专业课,一边与同伴承包了两个轧钢厂的改建工程,短期内就产生了显著效益。在开发浦东、振兴上海的热潮中,王承学敏锐地把目光投向新钢种的开发、推广和应用。他带领课题组成功地研制出市场急需的耐大气腐蚀钢材。如今,这种优质钢材制成的无缝钢管已用于杨浦大桥和东方明珠电视塔。

1993年,王承学被评为上海市首届"三学"状元。1994年,已是高级工程师的王承学圆满完成了上海工大的本科学业。王承学越学越感到还有许多新知识、新技术在召唤他。如今,在新的领导岗位上,他又刻苦自学企业管理、市场营销、金融财会等知识。他深深体会到,要干出一番事业,没有捷径可走,唯有学习,学习,再学习。

(原载于《文汇报》1996年9月17日,此稿与宋琤合作。)

西藏人民心中的好干部

——记工布江达人武部部长单杰

西藏工布江达县人武部部长单杰,出生在上海嘉定城厢镇一个工人家庭,他 17 岁参军离开大上海,戍边 28 年,他造福西藏人民,传播精神文明的故事,已成为一部藏家说唱的新史诗。

参军 11 年后,他回嘉定结婚,婚后便返回西藏。儿子早产,母亲、父亲久病辞世,均没有动摇单杰戍边的决心。他戍守西藏第 20 年的 1988 年,在沪休假的单杰,得知组织上拟安排他转业,并已在浦东落实了工作,但当他接到暂不转业、要求归队的电报后,立即告别泣咽的妻儿赶回了西藏,奉调来到全藏最贫困地区之一的工布江达县任人武部副部长,1990 年升任部长。1994 年,该人武部被成都军区树为"人武部全面建设先进单位"。

同时,单杰迈开双脚,跑遍全县 128 个行政村,推广优良冬麦品种,一举成功,平均亩产 225 公斤,比传统春麦两亩的收成还多。他还冒生命危险勘查当地特产资源,并跑银行担保贷款,促成了"中国西藏康达药业有限公司"的成立,将当地村民引上了另一条致富之路。1996 年 2 月,工布江达县提前一年摘掉了贫困县的帽子。他还资助一个失学中学生的家庭 2 800 多元,使这位学生成为该县解放 40 年来第一个大学生。在工布江达的 8 年工作中,单杰仅向藏族群众捐助自己的工资就达 8 000 多元。

今年 10 月 24 日,成都军区党委发出通令,号召全军区官兵向单杰学习。

"古老的西藏有条江,她的名字叫雅鲁藏布,工布江达有个人,他的名字叫玛米(军人)单杰,17 岁单杰离开大上海,28 载和藏族人民心连心……他做的好事比天上星星多,说他的故事比雅鲁藏布江水长。"——这是藏族说唱艺术家洛桑次仁说唱西藏工布江达县人民武装部部长单杰 28 年戍守边疆,造福西藏人民,传播精神文明故事中的一段。

如今这说唱已经成为一部藏家新史诗,在工布江达广为传颂。

今年 2 月,工布江达县县委、县政府受全县人民重托,上书中央军委、总政治部、成都军区,请求表彰这位"藏族人民心中的好部长"。今年 10 月 24 日,成都军区党委发出通令,号召全军区官兵向单杰学习。同日,军区司令员廖锡龙、政治委员张志坚签署命令,为单杰荣记一等功。

昨天,由成都军区组成的单杰事迹报告团一行已抵沪,明天将在市委党校大礼堂向上海军民作首场报告。

军人的岗位是祖国安排的

单杰出生在上海嘉定区城厢镇一个普通的工人家庭中,17 岁参军来到西藏。他在家书中如实地向父母报告了西藏寒风从春刮到冬,雪山四季不融化,"穷得连氧气都不够吃"的艰苦情景。可是家长没有溺爱这个最小的儿子,却在回信中谆谆教导他:当了兵,就是国家的人,要学习岳飞精忠报国,造福人民。

28 年过去了,单杰牢牢记着这条爱国爱民的家训,走过了 28 载无悔的征程。他自觉自愿地在部队这个革命大熔炉里锻炼,不久光荣地参加了中国共产党,之后又在 1 000 名赴藏的新兵中最早提了干。参军 11 年后,单杰与上海姑娘张丽华在嘉定故乡结为伉俪,但他仍留在西藏。

1980 年冬,他的儿子单培佳因早产落下了歪脖子病,妻子每周要坚持三天,每趟往返 40 分钟抱儿子到医院做推拿理疗。妻子也因担惊受怕患了严重的神经衰弱,不吃安眠药就无法入睡,体质每况愈下。可是单杰仍然留在西藏。

1985 年,单杰母亲癌病晚期,呼唤着想见儿子一面,他没有回来。半年后,他回到上海,跪倒在母亲的遗像前,流出男儿珍珠泪:"妈妈,儿子回来晚了,对不起您老人家啊!"

1991 年,80 岁的老父亲思儿归来,天天到汽车站去看,不幸被自行车撞倒,抢救过来后,落下了老年痴呆症。一直到父亲 1993 年去世,单杰仍然戍守西藏没有调回上海。

28年来,他有好几次机会可以调回上海,但他都放弃了。一次是他儿子出世不久,妻儿都患病,在部队的姐姐、姐夫想通过熟人将他从西藏调回成都。他没有同意。他说,这是非组织调动,如果我接受了,便吞下了军人对岗位"背叛"的苦果。第二次是他戍守西藏20年的1988年4月,上级征求他的意见,留西藏还是回上海。他权衡再三,还是决定留在西藏。

他觉得西藏比上海落后,就更需要内地人支援西藏,建设西藏,身为共产党员,理应留在西藏无私奉献。

第三次是1994年2月,他正在上海休假,西藏发来电报:"组织上拟安排你转业,请联系工作。"这份简短的电报给他和他的妻儿带来了无比的兴奋和喜悦。

可是这"喜讯"来得快,去得也快。紧接着上一份电报,西藏林芝军分区党委又传来了一份电报,上面写着:"因工作需要,组织上决定你暂不转业,请火速归队。"看了这份电报,单杰自己也感到有些突然,但很快又镇静了下来:"党的需要,组织的决定,我必须无条件服从!"

自己的问题好解决,只是向亲人解释却很难很难。那晚,他默默地做了一桌好菜,款待妻子、儿子,使她们感到有些异常,问:今天是什么好日子?妻子又看看屋里,他又买回了许多西藏才用得着的书籍和物品。最后,妻子终于发现了那份要他"火速归队"的电报。张丽华流泪了,连12岁的儿子也哭了。

单杰还是那句说过无数遍的话:"共产党员的工作岗位是党组织定的,军人的岗位是祖国安排的,军人的天职是服从,祖国需要我在西藏的岗位上站多久,我就在军人的哨位上站多久。"

深明大义的妻子理解了他。擦着泪为丈夫整理行装说:"放心回西藏干你的事业吧,最苦的日子我都挺过来了,现在我更不会拖你的后腿,分你的心。"

工布江达脱贫致富的功臣

1988年,上级调单杰到全西藏最贫困的18个县之一的工布江达县任人武部副部长,他无条件地赴任了。

1990年9月,单杰被提升为工布江达县人武部部长,他和政委拉巴次仁同心协力,全面建设武装部,抓军训、军风、军纪,积极开展民兵工作、征兵工作、双拥工作和两防工作,屡破大案要案,确保一方平安。1994年,工布江达县人武部被成都军区树为"人武部全面建设先进单位"。

在率领官兵们全面建设人武部的同时,单杰又不辞劳苦地迈开双脚,跑遍全县128个行政村,作全面深入地调查,心中勾勒出一幅工布江达县脱贫致富的蓝图。

调查中,单杰发现工布江达县所种的麦子,最长的麦穗只有4厘米,亩产还不到拉萨的一半。为此,他专门走访了拉萨市农科所。专家告诉他,有两个原因:一是工布江达县小麦用的是"近亲繁殖"的种子;二是播种时间在传统的春季。然而冬播小麦可多发枝,而且抗病能力强,因而产量也高。于是单杰一方面积极向县有关人员宣传种植冬小麦的优越性和可行性,一方面组织人力到拉萨、江孜、山南等地购买一批高产冬小麦种子进行试种,一举成功。当年试种冬小麦的亩产收了500多斤麦子,比种传统春小麦的两亩收的小麦还多。第二年在全县推广种冬小麦,平均亩产225公斤,接近了拉萨地区。

去年7月,国家民委、统战部组织民营企业家到西藏考察。辽宁康力生物有限公司的人发现工布江达县五灵脂、一枝蒿、红景天等药材资源丰富,提出与县联合研制专治风湿、类风湿病的特效药"雪山金罗汉",开发有广阔前景的高原药业。合作的前提是双方各筹措300万元启动资金,收购药材,建设生产线。

单杰认为这是一次发展好机遇。他跑了10多次银行,以人武部的名义作担保,为开发高原药物贷款360万元,促成县里与"康力"签定合同,成立了"中国西藏康达药业有限公司"。

然而,采集收购五灵脂比签约成立公司还要难。这种药材只能冬季采,药效才佳,而且这五灵脂又长在雪山的悬崖峭壁,曾有人为采此药材丧命。要一个冬天采足够可以批量生产的五灵脂,既危险又艰难。单杰对县领导说:"我先去试采。"

隆冬季节，大雪封冻了通往雪山的道路，单杰带着采集队徒步走向夏龙乡樟玛沟村。由于山高缺氧，单杰一步一喘，一喘一步，在攀越一道山梁时，他身体一软滚下了山。他被救醒，缓过气后问村民："你们这里有五灵脂，为什么不采下山去卖钱？县里正在大量收购五灵脂。"村长通过翻译听懂他的话后说："五灵脂多得很，不敢挖，太险，要死人。"

　　单杰说："你们带路，我们上去帮助你们采。"他集合起全村 33 名民兵，来到一处长有五灵脂的绝壁下。次旺参谋说："部长，我年轻，我先上。"单杰果断地说："不，我做过测绘工作，爬山比你有经验。"说着，他便将拴有铁钩的绳子奋力抛向绝壁，挂在一棵树上。旋即，他双手抓住绳子，双脚踏牢岩石，一步一步向绝壁攀去。绝壁上雪花飞扬，单杰的人影渐渐缩小；绝壁下，几十双眼睛渐渐睁大。如果此时钩脱绳断，他们的单部长就没有了。此时此刻，绝壁下的藏族同胞人人心里都明白：单部长是冒着生命危险给我们作示范，引导我们脱贫致富呵。

　　那一次，樟玛沟村人采到了 100 多公斤五灵脂，果真卖得了 1 000 多元。去年，樟玛沟村人仅采五灵脂，捡松茸，就人均增收 400 多元，全村有了 12 个"万元户"，人均年收入达到 1 561 元。

　　"单部长上雪山采五灵脂"的消息一传开，住在雪山下的群众都行动起来了。当年，全县收购五灵脂 3 000 多公斤，使县政府按时兑现了与康力的首期合同。今年 5 月，一个喜讯从北京传上雪山："雪山金罗汉"已通过国家卫生部鉴定，即将投放市场。初步预测今年试生产产值将达 2 000 万元，明年产值可达到一亿元，县财政每年可收入 600 万元。

　　工布江达真的脱贫了！

　　1996 年 2 月，西藏向全世界宣告：全区 18 个国定、区定的贫困县之一的工布江达县，第一个提前一年摘掉了贫困县的帽子。今年 5 月 19 日自治区召开庆功大会，区领导代表西藏人民，将象征着藏族最高礼节的洁白哈达献给了大功臣单杰。那天单杰的脖子上共佩挂了 17 条哈达，可见藏族同胞对单杰的敬和爱有多深。

爱藏胞胜过爱自己的亲人

爱是彼此的。藏族同胞对汉族干部单杰如此深厚的爱,是因为单杰曾给于他们深厚的情和爱而赢得的。

扎西哲布村被封闭在没有电灯的黑夜里,已有世纪之时了。为了结束扎西哲布村人世世代代靠酥油灯、松明火照明的历史,单杰拖着病体,说服县领导,说服县水电、邮电部门,协调县驻军力量,扛电杆、架电线,军民奋战7天,赶在国庆45周年那天,将电的光明送进扎西哲布村。

那天晚上,全村藏族同胞聚在电灯下放声歌唱,纵情跳舞:"是谁帮我们架电线,是谁为我们送光明,是那亲人共产党,是那亲人解放军……"单杰那晚也喝了一大碗青稞酒说:"一个共产党员,一个军人为人民干点事,图的不就是让人民说共产党好,说解放军好吗!"

工布江达县历史上第一个大学生卓玛,正是通过单杰这个共产党员来认识共产党的,她说:"单部长就是共产党的化身。"

卓玛家住在县城里。她13岁那年奶奶死了,不到2个月,爸爸也死了。患有严重高原心脏病的阿妈,用每月不到200元的工资,挑起了抚养3个子女的生活重担。1991年,卓玛高中毕业参加高考落榜,她十分渴望上大学,但家境困难,又急迫想为阿妈减轻负担,于是流着泪对阿妈说:"我们家读不起大学,我不读书了。"此事传到单杰耳朵里,他的心极不平静。他想,工布江达解放40年,还没有出一个大学生,卓玛是一个县民族教育的希望。于是单杰鼓励卓玛:"我资助你自学,一定要考上大学。"第二年,一边工作、一边自学的卓玛,终于考上了西藏大学艺术系。

在卓玛从自学高考到读完大学的4年里,单杰共资助了这个贫困的家庭2800多元。这部"明细帐"都清清楚楚地记在卓玛的心里。她满怀深情地说:"一次她阿妈心脏病突然发作,是单部长用自己的工资挽救了阿妈的生命,在阿妈住院的20天里,单部长又像亲儿子一样,天天到医院照顾阿妈。单部长家在上海,却在西藏一干就是20多年,我是工布江达人,更要回去为建设家乡出力,做人就是要做单部长那样的人。"

藏族同胞说,单部长做的好事比天上的星星多,数也数不清。在仲沙乡阿穷老阿妈家低矮的石屋里,单杰看到一贫如洗,贫病交加的一对老人,他将身上仅有的200余元倾囊掏出塞到了阿穷阿妈手里,转身出石屋告诉随行的同志:"明天下山把我那袋米送上来。"阿穷阿妈跟出去看见,单部长哭了。

据县人武部同志的粗略统计,单杰在工布江达工作8年中,仅向藏族群众捐助自己的工资就达8 000多元。而他们"统计"不到另一个事实,就是单杰答应为儿子买一部大一点的"电视机"的许诺,至今仍没有兑现。去年夏天上海酷暑,妻子怕热坏了孩子,写信让他寄钱给家里买台空调,他总是不得不编些理由支支吾吾搪塞妻子。因为单杰经常给藏族同胞捐款,不但没有存钱,抽屉里还放着一张4 000元的欠帐单。

要问单杰何苦如此对自己,对家人,他是不会说出什么豪言壮语的。但他在自己的工作笔记本上朴实地写道:"如果说,一个人爱别人是在升华境界,那么一个共产党员爱人民则是在履行职责。"这就是单杰一切言行的准则,他用对人民无限忠诚、无限热爱谱写了一曲共产党人全心全意为人民服务的新歌。

(原载于《文汇报》1996年11月26日,后编入上海市纪委、市委组织部、市委宣传部编辑,文汇出版社出版的《时代的先锋》一书P145页—151页。)

有骨气　不服输　创一流

——记上海建工集团一建
公司总工程师范庆国

在日前市委组织部、市委宣传部联合召开的表彰"共产党员敬业创业先锋"大会上，上海建工集团一建公司副经理、总工程师、共产党员范庆国的事迹深深地打动了与会的人，人们一致称赞他是个有骨气、不服输的中国人。

人们只知道坐落在浦东陆家嘴开发区的我国第一高楼金茂大厦目前已经完成封顶，殊不知为了建设这座88层的高楼，采用何种模板施工曾发生过激烈的争论。联合承包建设工程的外国专家一致认为采用德国模板施工万无一失；但我方兼任一公司金茂项目经理的范庆国向专家组提出了他精心研制的模板施工技术方案。有位法国专家不屑一顾地说："很难想象中国人的模板能升到88层楼顶端420米高度。"还预言："不出3个月，工程将处于停滞状态。"

范庆国心中十分清楚，按照自己的方案施工，风险的确很大，自己也要负很大的责任。但是采用德国模板施工，我们要多花400多万元。为了祖国的荣誉，为了人民的利益，范庆国甘冒这个风险。

几经交锋，业主和总承包部最后决定使用我方研制的模板系统。施工一开始，质量虽好，但进度太慢，一个月才升高二层。那位法国专家又说风凉话了。为此，范庆国夜以继日地研究对策，终于有了新的突破。去年10月，金茂大厦建设创出了一个月上升13层的国内施工新纪录。那位曾经持反对意见的法国专家，在事实面前认输了，握着范庆国的手说："我错怪你们了，你们的模板技术已经达到世界一流水平，我向你赔礼道歉！"

其实，范庆国的"不服输"，早在这之前已经让美国专家领教过了。那是1995年9月，金茂大厦即将浇捣13500平方米混凝土底板,美国专家要我们按他们的"先进"方案办。范庆国一看那方案,虽说很不错,但要租用几条万吨轮,从美国运水泥来,还要把大底板分成8次浇捣,搅拌过程中还要不断投入冰块降低水化热,防止产生裂缝。这将意味着巨额外汇让给美国人,施工的速度也要大打折扣。

范庆国又开始钻研了,不仅制定了缜密的施工方案,还做了个4米见方的试验块,一举成功。美国人不得不勉强同意范庆国的施工方案。结果,中国人只用了46个小时完成了13500方C50砼浇捣。经美国专家检测,质量完全合格。

金茂工地上的"老外"私下都说:"范庆国真是个不服输的中国人!"他们好奇地打听范庆国的学历、学位和称号。其实范庆国是个"老三届"。他从建筑工人做起,在工程第一线摸爬滚打了近30年,至今手中只有一张业余大学大专文凭。

自学成才的范庆国,在工程建设中,争第一,创一流是他的座右铭。1990年,他担任一公司参建南浦大桥现场指挥,成功地解决了重大技术难点之一的4根全现浇大跨度连续曲线箱梁施工,提前35天完成任务,使市建一公司成为大桥建设排头兵。在杨浦大桥西主塔建设过程中,范庆国不断优化方案,增加施工科技含量,先后组织实施"大体积砼承台浇捣外蓄内散法"、"导架式模板提升法"、"四合一吊装法"和"导管式振捣法"等一大批新技术、新工艺,创造了当时上海建筑4项新纪录。使杨浦大桥浦西主塔提前34天实现208米封顶目标,为杨浦大桥提前100天建成奠定了基础。

在重大工程建设中范庆国充分施展了自己的才能,2次被评为市建设功臣,获得"建设新上海十大明星"称号,被国务院授予政府特殊贡献津贴证书。最近又荣获上海市"共产党员敬业创业先锋"称号。

现年48岁的范庆国,这几年想得最多的是帮助青年人早日成才。他和市建一公司的领导一起大胆启用了一大批有发展潜能的年轻人。30岁刚出头的中专生孙喜坤担任了项目经理,进企业才3年的青年技术员吴永平担任了测量队队长,并在范庆国亲自带教下,把杨浦大桥主塔轴线垂直偏差控制在一万五千分之一。这项成果获得大桥指挥部和上海勘察院专家好评。这支青年测量队多次被评为市记功集体、新长征突击队。在金茂大厦建设中,范庆国又有意识安排大批青年知识分子任管理工作和条线负责人。平时他还经常安排一些大学毕业生外出考察,参加学术会议,让他们见世面,长知识。看着这些年轻人成长起来,范庆国心中无比喜悦,他认为,这比他个人的荣誉、地位重要得多,因为这是国家的希望,事业的希望。

(原载于《文汇报》1997 年 7 月 15 日)

一心为人民的好干部金长荣

1990年4月，普陀区人民代表大会上，全国教育系统先进工作者金长荣当选为副区长。从此，他挑起了分管全区教卫、文体、计划生育的工作担子。

当副区长与过去当教师、当校长毕竟不一样。他任数学教师的时候，走上讲台，是胸有成竹的，就是当校长的时候，他也将一所重点中学领导得井然有序，还获得了许许多多的奖状。而今，当上了副区长的他，不仅要领导教育系统的几十个学校，还要领导文化、卫生、体育系统的数百个单位，肩头的担子和责任是十分沉重的。

这不仅是他所熟悉的数学中的量变，而且还有许许多多他所不熟悉、不了解的工作性质质变。就说他曾经工作过的教育系统吧，过去他只面对一所曹杨中学，如今，他却面对着全区几十所学校，不仅有中学、小学，还有幼儿园；不仅有普通教育，还有职业教育、特殊教育。许许多多急待解决的事摆到了新上任的副区长金长荣的面前，还有许许多多难题也落到了他的身上。

对这些，金长荣不能推，也不能躲，只有鼓起勇气，勇敢地去面对。

他先从自己不太熟悉的职业教育这个薄弱环节入手。普陀区从1983年实施职业教育以来到他上任副区长，职业教育降到了最低谷，由于受到大环境的影响，偌大一个区，1990年招生只有600多人。他仔细研究了本区职业教育发展的状况，觉得职业教育的现状与本市及普陀区经济发展和城市建设的现状不相适应。他认为这不仅仅是教育局的事，对职业教育的规划、调整是政府的行为，因此，他请分管经济、财贸的两位副区长以及经济部门的领导一起来恳谈，从本区经济发展的现状，理顺职业教育发展的思路，再带领区劳动局、财政局、税务局、教育局的同志开展调查，到兄弟区学习取经，然后作出全区职业教育的规划,提请区府常务会专题讨论。在市政府和区委的支持下,普陀区的职业教育专业设置进行了全面调整,1991 年便有了较大的发展,那年夏季,普陀区职业教育招生数翻了 1 倍,达1 300 人。

当全区职业教育走出低谷之后,金长荣又深入抓了曹杨职业技术学校教改的典型,及时总结经验,召开现场会在全区推广。之后,曹杨职业技术学校被评为市重点职校,捧回了全市职业教育先进集体的奖状,并受到全国的表彰。

据说,金长荣在音乐方面并没有什么天赋,但他在工作上的钢琴却弹得十分娴熟。他一面抓职业教育,改变了面貌;一面又狠抓全区师资队伍建设,除了脱产和在职培训教师提高教育质量外,还从全区教育的全局出发,优化师资结构,合理调配使用人才。区教育局排出全区各校师资情况,对全区 249 名教师按需要在校际间交流。有的从较好的学校调进了较差的学校,有的从区内地处比较中心的学校调到了地处边缘的学校。一时间,人们思想波动,工作难度很大,金长荣和教育局的同志一方面大会动员、宣传,另一方面做深入细致的思想政治工作,阐明大义,要求大家顾全大局。在金长荣的坚决支持下,这项大调动,合理配置师资的改革终于得以顺利进行,有 243 人到位后均较好地发挥了作用,促进了全区教育质量的提高。

然而,相比而言更令人头痛的却是区中心医院。金长荣上任副区长之后,经常接到老百姓告这家医院的状,反映医院的医疗质量低下,服务态度生硬,人民代表在区人代会上也是一片指责声,何全刚区长在人代会工作报告时明确提出要改变中心医院的面貌。身为分管卫生的副区长,简直如坐针毡,寝食不安。

区委分管副书记张乾也对金长荣说,我们是全区 83 万人民的父母官,在我们的任期内,一定要改变区中心医院的面貌,使它真正成为全区 83 万人的医疗中心。

于是他们一不作,二不休,立即动手组织了一个调查组,沉到医院调研了整整 3 个月,发动群众,听取意见,终于找出了医院领导班子软弱无力,管理混乱等病症。区委、区政府调整加强了中心医院的领导班子,将区卫生局年仅 37 岁颇善管理的副局长徐文雄调去当院长,并且从医院的实际出发,进行一系列改革,还进一步与区政府各有关部门协调使中心医院的改革得到各方面的支持。

果然,半年下来,这家医院起死回生了,群众的批评信少了,还收到了两封表扬信。医院的大多数职工也觉得脸上有了光。

然而,改革的成果能否巩固是金长荣一直在思考的问题。他没有满足于现状,还是隔三差五地到中心医院去和新领导班子研究工作,听取意见,一刻也未敢掉以轻心。

不出他的所料,一些长期散漫惯了的人,总觉得徐文雄年轻了一些,当时的业务职称也不高,瞧不起他,总想寻找机会给新院长一点颜色看看。第一次发放奖金后,口腔科的一些人怠工,停止了门诊,放着病人不管了。医院办公室主任下去做工作,他们也不听。直到徐文雄到口腔科指出停诊是错误的,要按制度处理时,那些人才恢复了门诊。

第二天,区中心医院开了职工大会,通报了口腔科发生的事,各部门都讨论了这件事情的性质,明确了错在哪里,举一反三吸取教训。最后停诊的人员都写了检查,院部对 6 人作出了严肃处理,以正院风。

当徐文雄对我们谈及此事时,动情不已。他说:"我这么年轻,金(副)区长这么信任我,委以重任,我也常常怯阵,怕难以胜任,辜负了区委、区政府。但是金(副)区长就像我的兄长,每逢我为难的时候,都来关心我们,帮我们出思路、出点子,为我们撑腰,才使我们冲过了改革道路上的道道难关。"

的确,在金长荣的亲切关心、支持和帮助下,普陀区中心医院彻底改变了面貌,医疗质量和服务水平直线上升,从全市区级医院的倒数第 3 名跃居第一、第二名,真正成了全区 83 万人民的医疗服务中心。

普陀区是个经济不大发达的区,区财政的力量不强,因此不可能大量拨款建立新医院,而普陀区的人口众多,老年人又比较多,医疗设施与医疗需要的矛盾较大。这也是金长荣时常为之忧心的事。

一天，金长荣获悉一位日商有意在沪捐赠办一家老年医院的信息，顿时兴奋起来。他即将区卫生局、区外经委、计经委、区外办的领导找来，商量争取日商来普陀办医院的事。于是，大家分头去找市有关部门争取。

当他们回到区里再次碰头时，一些人听说市领导已考虑将此项目批给兄弟区时，都叹可惜，机会难得，不复再来，准备作罢。只有金长荣仍不甘心。他说，此事还有希望。大家问他希望何在？金长荣从容说来："市领导虽准备将此项目批给其他区，但外商意向究竟如何还不知啊，我们不争取，即无希望，若争取还是有希望的。"一席话，颇有道理，说得大家又动心了。

这一回金长荣为了全区人民又亲自和市各有关部门的领导与捐赠日商本人会面，详细介绍普陀区情况，并热情邀请日商前往曹杨地区实地踏勘。日商考虑到曹杨新村优美的环境，又是上海的第一个工人新村，且邻近普陀区中心医院，可借中心医院的技术力量，在征得市有关领导同意后，便欣然将捐赠的老年医院办在曹杨地区。真是事在人为，金长荣等吸引外资为普陀区老年人办了件大好事。1993年11月，这家老年医院动工。

由此事，金长荣得到启发，思路大开。他想，外资可以捐赠办医院，国内的大企业是否也可捐助办医院呢？经过他和同事们的再三努力，上海大众汽车公司捐赠了50万元，扩建利群医院，增设50张床位；与普陀区共同办了上海大众红十字护理医院，为临终的病人缓解痛苦。

说起普陀区体育馆二期工程——拳击馆能在短短的7个月内高速高质量建成，交付给东亚运动会比赛使用，普陀区的人民都知道是金长荣副区长为此立下了汗马功劳。

拳击馆建造涉及区体委和区教育局土地纠葛，是金长荣出面协调解决的；工程资金一时不足，缺口几百万元，也是金长荣去千方百计借贷的；按常规，这样的工程要2年时间才能完成，还是金长荣加紧与方方面面协调，从设计到消防设施都一一亲自过问，亲自协调，大大缩短了工期，创造了奇迹。

正当金长荣踌躇满志地同大家真抓实干的时候,上面传来一个消息说:"市里要调金长荣去任监察局副局长了。"

"老金副区长干得好好的,各方面工作刚刚有起色,怎么好让他走,我们不同意。"年长的区卫生局局长陈荣康脱口说出了大家的心里话。常年跟随区长的秘书小范更是口无遮拦地说:"监察局,清水衙门,我们老金又不是共产党员,去那里干什么,横竖是个得罪人的差事,真没劲!"还有些人七嘴八舌地议论着:"去监察局,当副局长,平调,既没有升官发财,还要减财,每月起码减少收入 200 元,没意思。"

金长荣自己听到这个消息也毫无思想准备。普陀区虽然比不上黄浦、静安、卢湾、虹口经济发达,但它在发展,充满着希望。再说这两年当副区长,自己也为它的发展、繁荣倾注了不少心血,面对这片热土,面对 83 万勤劳朴实的普陀人民,自己还真是依恋不舍呢。自己心中的普陀蓝图才刚刚实施了一小块,还有许许多多的事情要等待自己去做。从心里说,金长荣是不想,也不愿意离开普陀区的。

但是小道消息变成了大道消息,市委组织部终于找金长荣谈了。老金向市领导汇报了自己的思想,最终还是服从了组织的安排。

1992 年 12 月,金长荣走马上任市监察局副局长。

老金是个实心肠的人,说到做到。既然赴任,他就全身心地投入了这个角色,脚踏实地地从头学起,他拜老监察局副局长钱富兴为师,虚心学习;又深入到各区、县调查,向基层的监察干部请教。监察工作到底做些什么,怎样做? 1993 年监察工作的重点应该抓什么?等等。正当他心中对新工作有了些眉目的时候,1993 年 3 月市纪检与市监察合署办公了。这对他又是一次严峻的考验。纪检、监察合署办公,这意味着自己工作的机关是党的一个工作部门,自己是个党外人士,今后的工作将会有更大的难度。

面对这种特殊性和工作的难度,金长荣不是退缩,而是更加奋进。他坚信,只要自己的思想始终与党中央、与市委保持一致,工作一定能顺利进行。他列席市纪委常委会,从不缺席,总是认真地聆听党中央、中纪委、市委和市纪委对工作的要求,并能大胆直言,反映基层的实际情况,发表自己的意见。所以市纪委副书记、市监察委员会副主任韩坤林说:"我们有些党员同志面对复杂的纪检监察工作,有时也望而生畏,怯步不前。长荣同志却不然,他工作的劲头始终不衰,充满热情,作风深入,肯动脑筋,思路明晰,又能依靠基层干部、群众,勇于开拓,具有较强工作能力与协调能力,是个难得的党外布尔什维克。"

纪检监察合署办公以后,金长荣任市监察委员,分管纠风办工作,如果他不求进取,日子也蛮好过。因为他的前任在以往几年已经打过三大战役:抓小菜场短斤缺两;抓公用事业部门吃拿卡要,乱收费;抓执法部门随意执法,吃拿卡要。似乎纠风工作就是这些内容,年复一年,周而复始,已成定势。

然而,金长荣分管纠风工作以后,经常自问:为什么纠风工作年年纠,不正之风年年犯,总是纠不完?

经过大量的调查研究,他终于明白,那种战役式的纠风,年年检查,年年纠,甚至年年都要处罚一批,这是完全必要的,但仍然是滞后的、被动的,说到底是只治了标,未治本,所以屡纠屡犯。

怎样才能标本兼治呢? 金长荣又苦苦思索起来。他的脑子里似乎有永远思考不完的问题。国务院纠风办提出职业道德建设,使他顿开茅塞。他和纠风办的同志选择了市公安局、市公用事业局、市卫生局作为职业道德的试点单位,这三个局又分别确立了 18 个基层单位进行试点,总计约有 2.8 万人参加。这次试点,使上海的纠风工作在以往三大战役的基础上向前跨进了一大步,进入了纠风工作的一个新阶段,受到了国务院纠风办的肯定,金长荣代表上海纠风办在全国纠风工作会议上交流了经验,现在上海纠风办在探索纠建结合、标本兼治以及从体制、机制、法制三位一体抓纠风工作的做法得到国务院、中纪委领导同志的肯定。

但是,曾记得试点工作开始时,也是步履艰难的,多数单位都不愿意搞。当他们到市煤气公司试点时,人家一见面就打退堂鼓说:我们开展职业道德教育已经多年了,现在把教育改成建设,还不是老一套。再说,市政府要我们 1993 年新装煤气 20 万户,任务繁重,哪有时间搞试点。每遇到这种情况,金长荣不气馁,坚持以理服人。他说职业道德建设包括四个方面:职业道德教育、制定和完善职业道德规范、强化内部约束和外部监察机制、探索配套激励机制。职业道德教育只是其中的一个方面。况且职业道德建设还要与行业或企业的业务工作、管理工作相结合,与群众反映强烈的热点问题以及专项治理和深化改革相结合。在市公用事业局党政领导的支持下,煤气公司的领导决定接受职业道德建设试点。

金长荣常告诫纠风办的同志,纠风工作是一项群众参与的工作,不能光是纠风办单枪匹马地干,要依靠基层的领导,再通过他们发动群众,转化为群众的自觉行动,纠风工作才有生命力。金长荣不仅这么说,也是这么做,处处身体力行。他不仅到三个试点局,与局的领导商量纠风工作,还深入到试点单位,逐一商量落实职业道德建设的措施。煤气公司党委针对1993年6月5日电视台曝光该公司几名职工在中原小区幼儿园吃、拿、卡、要,以气谋私问题进行教育,引起全公司上下强烈震动,让大家从中吸取教训,懂得该做什么,不该做什么,收到很好的效果,并结合公司的等级服务员评选和双十佳先进工作者的评选建立了一系列职业道德规范和约束、监督、奖励机制。1993年底,市煤气公司完成了23.5万户煤气新装户工作,超额完成了市政府下达的20万户的任务,受到市委、市政府的表扬,受到市民的好评。煤气公司领导深有体会地说,抓了职业道德建设,促进了业务工作,现在不是要我搞,而是我要搞。公安开展职业道德建设试点后,交警纠正违章先敬礼,业务规范化达到95%。卫生系统在1992年万人问卷调查满意率是全市各行业倒数第一,1993年开展职业道德建设以后,行风好转,去年测试,满意率已达到90%,医务人员收"红包"、开大处方受到遏制,廉洁行医得到发扬。谢丽娟副市长在大会上说:这要感谢纠风办同志辛勤的工作,促进卫生系统摘掉了后进的帽子。

1994年,全国把治理党政机关乱收费作为工作的重点,特别是市委提出要刹住教育系统乱收费的现象。当金长荣在各区分管教卫的副区长会议上通报情况时,大家都是老相识,会还没开始就有人半开玩笑地说:"老金,过去你也做过分管的副区长,大家彼此彼此,个中的酸甜苦辣,你不是不知。现在你真是屁股指挥脑袋,当了监察干部,就拿教育开刀,重点整治我们了。"老金听了这些话,也不动火,还是以理服人,他向过去的同行、老朋友通报近两年公安、卫生、公用系统纠风动真格促进了行风好转的事实,还介绍了陕西省教育系统纠正乱收费取得的成绩,同时又摆了上海教育系统乱收费情况,以及人民群众举报的来信,使与会的副区长统一了对教育系统乱收费情况的严重性和危害性的认识,会后在工作中加强了这项工作的力度。

金长荣常对人说:我是从一个普通教师走上领导岗位的,我没有什么特别的长处和本领,只有两点是我始终牢记的:一条是实事求是,一条是依靠党,依靠群众。记得1993年9月,杨浦大桥即将通车的前夕,纠风办收到了群众的举报,说有关方面为了举行隆重的大桥通车庆典,计划集资500多万元,现在已经集资了260万元,向许多单位摊派要钱,属于乱收费。金长荣等同志接到举报,立即调查,弄清事实后向市纪委领导和市委领导汇报。市委书记吴邦国当即表态:马上停止集资,已经集的钱要退回去,并以此举一反三,不准再搞这样的乱收费。在市委领导的正确指示下,杨浦区委迅速妥善地处理了这件事,有关单位退回了全部集资款。

类似这样的事,金长荣上任监察工作一年半中已遇到多次,都是在各级党组织的支持下得以顺利解决的。他感慨地说,我虽然不是共产党员,但党是我的主心骨,没有党的正确领导,我是一事无成的。因此他处处以一个共产党员的标准要求自己,克己奉公,勤奋工作,廉洁自律。前不久,他夫人乳房生一肿块,几家医院初诊均为癌肿,但他忙于工作,筹备全国15个省市的纠风工作会议,直到妻子手术前,他没有请过一天假;一位日本朋友是他在普陀区工作时结识的,日前来沪经商,送给他一块手表,他主动交给了组织;他女儿结婚的新房分配在普陀区,如果婚宴安排在普陀区会方便得多,但老金经再三考虑,还是将喜庆宴席安排在静安区的一家饭店,没有告诉任何一位同事。他说如果婚宴放在普陀区,熟人多,难免走漏风声,会麻烦别人。事情虽小,但细微之处已足以看到金长荣严以律己的高贵品质。蝼蚁虽小可毁江堤，金长荣在纠风中时时提醒各级干部，对自己更要警钟长鸣，身先士卒，率先垂范。

（原载于1994年8月《清风》杂志，题为《做人民的好公仆》；之后编入《合作共事谱新篇》一书P71—80页，题目改为《一心为人民的好干部——金长荣》。）

为了祖国的进步

——记留美博士后冯进安
回国创办留学人员企业

世界上到处都有氧气,氧气无处不在。

氧气是人类赖以生存的根本,没有氧气,人就不能活下去。氧气也是动物赖以生存的根本,没有氧,动物将停止呼吸。氧气还是植物新陈代谢所必须的物质,没有氧气,植物也将枯萎。总之,在我们生活的这个世界上,到处都有氧,不能没有氧。

但是,有些地方却不能容纳氧,有些地方只需要一定量的氧,过量的氧又会给人们造成严重的灾祸。例如:遗体保存不能有氧,有了氧,遗体就无法长期保存;锅炉内不能有氧,有了氧,锅炉壁就要氧化变薄,甚至使锅炉爆炸;在矿井里,含氧有一定的比例,高于一定的比例,或者低于一定的比例,都可能造成生命财产的巨大损失……

总而言之,过量的氧,也会给人类造成巨大的灾难。

如何科学地利用氧,适当地控制氧,需要精密的测氧仪,而测氧量小于 0.1PBB 的测氧仪是我国多年未能攻克解决的难题。然而,需要用精密测氧仪的地方又实在太多,太多。

随着国家建设的发展,大中型城市都建了发电厂,发电厂高温高压,对锅炉除氧的要求也很高,原始的用人工测氧的化学变色法已经不能适应需要,取而代之的是进口的先进测氧仪,而每台锅炉测氧仪需一万多元美金。全国发电厂约有二、三千台锅炉,再加上工业锅炉有九十万台,如果都装上进口的测氧仪,要花好几亿美元!

还有矿井里需要测氧仪;药品封装得好需要测氧仪;使用麻醉剂需要测氧仪;空气分离纯气体提炼需要测氧仪;大规模集成电路的芯片需要除氧,也需要测氧仪;石油开采的地下管道需要测氧仪……

如果一切需要安装测氧仪的地方,我们都安装上进口的测氧仪,那将是一笔巨大的外汇投资。留美博士后冯进安看在眼里，痛在心里。他默默地告诫自己：我是中国人。我从小学到大学二年级的基础知识都是在国内学的，我要报效自己的祖国。

冯进安的父亲冯强生现在虽然定居美国，但也是一个热爱祖国的老知识分子，他听了儿子的设想，也很支持。他十分感慨地告诉冯进安，当年他结婚后生的第一个孩子取各冯祖安，第二个孩子取名冯国安，冯进安是第三个孩子，原打算生第四个孩子取名冯步安。若将孩子们名字中间的一个字连起来，乃是"祖国进步"，盼望祖国进步、繁荣、昌盛正是冯家两代人共同的心愿。于是父子俩一拍即合，潜心搞起了测氧仪研究。

冯进安白天在费城癌症研究中心搞蛋白质结构，晚上和节假日到图书馆、资料馆查阅关于测氧、除氧的资料，进行研究、设计。从此，他进入了没有娱乐活动，没有星期天和节假日的测氧仪研究世界，甚至连中国人的传统佳节——春节也赔上去了。

功夫不负有心人。冯进安终于研制成功第一台可以运用于锅炉的水中测氧仪，可以测出水中含有的十亿分之一的氧，比国家要求的锅炉中含氧小于 7PBB（即十亿分之七）标准精密。

实验成功了！冯进安最迫切的愿望就是让这一成果早日投入使用，为国家节省外汇。

1991 年，冯进安的成果通过了鉴定，获得了国家级新产品证书。

1993 年，由冯进安和父亲冯强生联合创办的留学人员企业——上海爱福斯分析仪器有限公司正式成立了。他们研制、生产的 OX11 型测氧仪也随之在国内诞生了。

现在，冯进安研究的测氧仪已经成功地应用在秦山核电站、南通华能电厂、上海石洞口电厂和上海的许多电厂中，尤其值得一提的是南通华能电厂的全套设备都是英国进口的，但是该厂试用下来，觉得冯进安研制的 OX11 型测氧仪比英国进口的测氧仪性能好，终于在货比货的情况下，换下了英国进口的测氧仪，用上了冯进安国产的测氧仪。客户说，进口的测氧仪一台要一万多美元，国产的只有 4 500 元人民币一台，只有进口的二十分之一的价钱，而且性能好，价廉物美,我们为啥不用?!

　　冯进安博士为祖国填补了一项空白,为祖国节约了大量的外汇,仅发电厂,全国就需要 2 000 多台测氧仪,将为国家节约 2 000 多万元美元,还有矿井、医药、集成电路等等,节省的外汇,目前尚无法计算。

　　冯进安并没有以此满足,他觉得测氧仪用途极广,不仅可以用在液体中,还可以用在空气中。在研究成功水中的测氧仪后,他又马不停蹄地研制了在空气中的测氧仪。现在他的 OX11 型测氧仪已经形成系列产品,共有 18 种,可以在液体中测氧,也可以在空气中测氧;可以测高氧,也可以测低氧。低氧的测试可以达到 0.01PPB(即千亿分之一),达到世界同类仪器最高的灵敏度。

　　小小的一台又一台测氧仪,饱含着出国留学赤子冯进安对祖国、对人民的一片深深的情。他心挂着矿井工人的生命安全,今年春节又埋头于他的实验室,决心研制一只如 BP 机大小,能随身携带的空气测氧仪,让每位矿工随时随地测知空气中含氧量,以保护自己的生命安全。

　　现在这种测氧仪的样品已经问世,不久便可以让矿井工人使用了。

　　冯进安常常说,我们的祖国地大,但人口众多,从平均值看,物未必博,特别是能源还应当合理使用,节约使用。因此,他又研制一种锅炉燃煤的测氧仪,让锅炉输入适当的氧,使煤完全燃烧,不至于浪费。他说,如果我国目前的 30 万只工业锅炉,用上他研制的测氧仪控制 5% 的热效益的浪费,每年便可节约 1 500 万吨煤,等于新增加了一座年开采 1 500 万吨的煤矿。冯进安心系祖国,爱国之心,报国之情溢于言表。笔者衷心祝愿他创办的留学人员企业越办越好。

　　　　　　　　　　(原载于 1997 年第 1 期《行政与人事》P25 页。)

钢铁浇铸的人

——记上钢一厂二炼钢
分厂连铸车间丁班浇钢组

去年第四季度上钢一厂二炼钢分厂连铸车间丁班浇钢组在扣除近一个月设备中修的时间后,11月、12月两个月生产了 6 000 多吨 100 方连铸小钢坯,超额完成计划产量 2 064 吨,增收产值 198 万余元,而且连铸小方坯质量从原来的 99.33%,提高到 99.86%,钢水收得率达 95.96%。产量、质量及钢水收得率均创历史最好记录。

这记录在连铸机组放了卫星,也震动了全厂上下。人们都在议论:"连铸丁班浇钢组真神了,2 个月做了 3 个月的生活,怎么会创这么好的成绩?"一些做了 30 年的老钢铁工人也折服了:"这帮小青年敢想敢干,真不简单,后生可畏呀!"

是的,真不简单。这个浇钢组总共才 14 个人,平均年龄还不足 30 岁。人人都有一股钢劲,个个争先,不肯示弱。甚至他们对自己驾驶的仿西德进口的连铸机组也一天比一天不满意了,总觉得它缺点很多,必须整治整治。去年 10 月,他们根据分厂的大修规划,提出了一系列合理化建议,其中有些得到了分厂合理化建议委员会和设备科的肯定和采纳。由分厂有关部门对设备进行中修改造。

不打无准备仗,是这个班组一贯的作风,设备中修前,班委们先统一思想,继而发动全组同志,开展了"我为设备中修献一计,优质高产多奉献"合理化建议主题活动。全组同志对连铸机组的运行环节排出"因果分析图",找出"洋机组"的缺陷和毛病,提出了各自工种岗位的整改意见,经过 2 次小组民主管理活动,14 位工人提出了 20 条建议和意见。

中修开始后,小组针对以往浇钢过程中,连铸小方坯横断面变型严重的情况,提出了"改造结晶器冷却功能"的大胆设想。他们分析了浇铸漏钢和钢坯断面变型的原因主要是水质差,结晶器喷水嘴常常被堵,致使喷水冷却不均匀,有的钢坯外表冷却不到一定的结晶厚度,坯壳过薄造成的。于是他们提出改进原结晶器 4 个横面和 8 个强冷冷喷嘴的要求。在二炼钢分厂有关方面的支持下,组员们一方面自备材料、工具,修复旧的冷却喷嘴;一方面和检修的工程技术人员一起,在结晶器足辊部位增加了角部冷却喷嘴,调整了横向喷嘴的位置,使坯壳横面的瞬间冷却速度加快,坯壳厚度增加。去年 11 月份,该组基本消除了穿液芯现象,消灭了漏钢和脱方事故,连铸小方坯的产量和质量都得到显著提高,受到型钢分厂用户的高度好评。

之后,在车间有关领导的帮助指导下,这个小组又运用关联因素,整改中间包包形,防止钢水结剎引起的停浇的现象。一个中间包按规定最多只能浇 10 炉钢,但是因为种种原因,中间包底部水口易损,常常浇不到 10 炉钢就要换中间包,如果中途换一个中间包,需要花不少时间。工人们痛惜这换包的时间。于是,小组 14 个人群策群力,预先再准备一只中间包,如果生产中途停浇,马上对接一个新的中间包,只需要几分钟就可以解决问题。他们提出:只要转炉炼钢不停,小组的浇钢就不停。这个小组的产量一高再高,连连打破记录,各项经济技术指标名列全国 12 台同类机座之首。与此同时,工人们付出的汗水和辛劳也在成倍地增加着,但是他们似乎并不在乎,他们说:我们钢铁工人就是由钢铁铸成的铮铮汉子,我们的工作就是为国家多浇钢,浇好钢。

记得去年年初的一个中班,生产中途发生漏钢事故。如不及时处理,不但影响本班组生产,还要影响下一班的生产,因此大家撬的撬,割的割,拉的拉,费了好几个小时,终于把废钢清除干净。这时已是夜里 10 点半了。屈指算算,这一班小组才浇了 5 炉钢,大家心情十分沉重,谁也不肯离开厂子回家,甚至没有一个人去吃夜宵和洗澡。大家一身油灰,一脸黑污,焦急地等待着工长、组长来开事故分析会,大家有许多话要说,有许多教训要总结,有许多许多建设性意见要提。

会上,大家各抒己见,一边分析事故原因,一边积极提出整改措施。工长刘根宝、组长赵明理提出，今后工前准备再增加一个项目，仔细检查拆洗结晶器足辊喷嘴，清除嘴眼杂质，防止堵塞，确保强冷喷水到位均匀。共产党员沈妙发和副组长陆善兴等也建议中间包在下面砌好吊上来，待水口吊到操作平台上，对准结晶器衔接口再砌再装，保证水口与结晶器衔接口对准吻合。还有的同志说，我们不仅要在硬件（机组）上下功夫，还要在软件（制度上）管理上加强防范。于是小组又着手制定了一系列克服事故夺高产的制度：规定和落实了配水工改善水质的运转要求；对中间包钢水液位，实行勤联系，勤观察、勤调节的"三勤"考核制度；抓好钢水温度、钢坯温度、冷却温度的"三温"调节管理责任制，全面落实上下道工序的巡回检查登记制度，创造提高连浇炉数的外围条件。

这些切合实际，很有价值的建议，后来都被小组和工段一一采纳了。大家越说越来劲，不知不觉，这个分析事故的会已经开到次日凌晨2点多钟，没有人表现出一丝一毫的倦怠。失败是成功之母。钢铁工人的英雄本质就是胜不骄，挫不馁，只要全组14个人一条心，什么困难也不能阻挡他们。

东方已经出现了鱼肚白。还是组长赵明理提醒大家，天快亮了，家里的人又要为我们担惊受怕了，大家还是去洗个澡，吃点东西，赶紧回家吧。

赵明理这个全厂两个文明的"十佳"标兵，话真灵验。待到工长刘根宝洗完澡，吃了早点，走出厂门时，他的老父亲已经急匆匆地朝厂子走来，劈头就问："怎么这么晚才下班？家里的人都快要为你急死了，我是乘早晨头班车赶来的。"儿子看着两眼充满血丝的父亲，惭愧地说："出了事故，大家总结教训。"父亲又赶紧问："伤了人没有？""没有"小刘摇着头告诉父亲。直到此刻，老父亲悬着的心才算放了下来。刘根宝的父亲原来也是上钢一厂的老工人，这个"老钢铁"，岂能不知道钢铁的利害。他们同辈人中邱才康事件给他的印象太深了。儿子接了他的班，而且当上了工长，他既骄傲，也无时不为儿子和他的那帮小弟兄牵肠挂肚。他每天都为年轻人的平安祈祷，为他们取得的每一个成绩祝福。

总结经验教训的目的是以利再战。大家提出整改意见,说说容易,真正干起来就不那么简单了。就拿每天浇钢前增加拆洗结晶器足辊喷嘴和水环喷嘴来说吧,既费时,又费力。那些喷嘴安装在二冷段纵横交错的设备和水环之中,每班拆洗,工人都要钻到浇钢操作平台下面的夹层中进行,那里面水滴滴嗒嗒,又脏、又闷、又潮,冬天尚好些,夏天里面就像个蒸笼,不干活,也要憋出一身汗来,若是钻进去拆洗喷嘴眼,不一会儿就汗如雨淋,闷得透不过气来。而且喷嘴安装在设备管道和水环之中,使用普通扳头,手勉强能伸进去,可每次只能旋转 180 度,拆洗一个喷嘴要花五六分钟。时间就是效益,时间就是产量,工人们既要避免漏钢、脱方,提高质量,还要抓紧分分秒秒,提高产量。工前准备时间延长,就意味着迟开浇,减少产量。工长刘根宝和组长赵明理等几个人急得吃不下饭,睡不好觉。人人都说刘根宝脑袋瓜子大,聪明,果然名不虚传。他坐立不安,在操作平台上踱来踱去,心里一直在问:怎么办? 怎么办? 忽然,他紧皱了几天的眉宇舒展了。狂喜地喊道:"有办法了。大家过来,看看这个办法行不行。"他兴奋地向伙伴们报告了自己的想法:用普通扳手拆洗喷嘴有困难,我们能不能自制一个长套筒扳头,用套筒咬住喷嘴,人在管道外面旋转,这样就不用把手弯到管道设备里去旋喷嘴了,用套筒板头可以连续旋转,既省力,又可以快多了。

　　伙伴们听了小刘的主意,一顿猛捶他那宽厚的肩膀,嘻戏地说:"鬼东西,怎么让你想出这个好主意的!"也有的欢呼跳跃起来,翘着大拇指喊"OK!""乌拉!"

　　说干就干。这是这帮年轻人的又一个显著特点。当天下了班,刘根宝率领一班小弟兄,乘上 52 路公共汽车,到宝通路终点站下车后,直奔虹江路废钢铁市场,自己掏钱,选购了合适的废套筒,回厂加工了一个 2 尺来长的圆钢条焊接成的长套筒扳头,使用后,效果很好。原来拆洗一只喷嘴的时间,现在可以拆洗几只喷嘴,效率大大提高了。去年,厂里规定 2 小时工前准备工作,丁班浇钢组只要 40 分钟就能完成了,可以提前 1 小时 20 分钟开浇。如果按照半小时一炉钢计算,就可以多浇 3 炉钢。他们的先进经验很快传遍了分厂,用长套筒扳头拆洗结晶器足辊喷嘴的办法也在其他浇钢班组得到了推广和应用。

改革给整个国家带来了蓬勃生机,对一个 14 个人组成的浇钢组也具有同等重要的意义,不断的改革,使丁班浇钢组在激烈的竞争中立于不败之地。去年第四季度,他们在产量、质量和钢水回收率方面刷新了 100 方小方连浇钢的历史记录,不仅增产 2 064 吨钢,增收产值 198 万元,还基本消灭了漏钢、脱方事故,比第三季度减少损失 10 万元,又使钢水收得率比第三季度提高 1.21%。就是这不显眼的 1.21%,一个季度就硬是从洋机组嘴里多挖出 165 吨优质钢,价值人民币 15.9 万元。仅去年第四季度,这个班组就增产节约 223 万余元,人均增产节约 16 万元,使整个班组从上钢一厂"特级班组"、冶金局"标杆班组"的阶梯上又攀登了一步,跨入了市总工会的"红旗班组"。

也许有人会说,丁班浇钢组绝大多数是年轻人,他们没有后顾之忧,一心扑在工作上,当然就成了先进。不对。这个浇钢组除了 4 人未结婚外,其他 10 人都已成家,而且上有老,下有小,家庭的拖累,家务负担都很重。可贵的是,他们都爱钢厂、爱班组胜过爱自己的家。就拿大包工陆东堡来说吧,结婚 4 年,儿子才 3 岁,常常发哮喘病。孩子住在南市外婆家,小陆来回路上要花去 3 个多小时,遇到儿子发病,他常常回家没有合上眼,紧急着又赶到厂里上班。他常说,大包工是浇钢的重头戏,马虎不得。记得去年元月 28 日丁班浇钢组上中班,刚开浇不久,小陆的妻子打来电话说,儿子又发哮喘了,看情势很危险,希望他早些回家。小陆在电话里虽然答应:"尽量争取早些回来。"便挂了电话。

当他回到操作台,看到喷涌的钢水,温度不稳定,或高或低,情势也很复杂。他全神贯注了,只注视着钢水的温度,根据钢水温度把握手中的开关棒,使液面始终控制在最佳状态。此刻他的心中只有钢水和浇钢,确保安全、确保质量、确保高产。他已经完全忘却了病危的儿子,忘记了浇钢以外的一切。

妻子打来的电话铃第二次响起,第三次响起,他只机械地回答:

"知道了,我现在离不开。"便挂上了电话

对方电话里,妻子的声音哽咽了,他也全然没有听出来。

就是这一天的中班,丁班浇钢组连续浇铸了 12 炉钢,创下了小方坯连铸班产最高记录。全组同志都明白创这个记录的难度,大家心里都清楚,陆东堡在其中立了头等大功。

当小陆下班赶到医院,早已过了探望病人的时间。他急中生智,混在上夜班的医生中走进病房。当他看见刚满周岁的儿子小手臂被夹板固定着输液,鼻子上接着氧气管,呼噜呼噜直喘,妻子在一旁不停地拭泪时,这个 7 尺的刚强男子汉也心酸了,泪水夺眶而出。对妻子说:"我对不起你们,你跟我受累了'。此时此刻的妻子已经没有半句怨言,只有眼泪。因为他们结合的时候,她就知道小陆的工作,也知道他很忙,顾不了家,早有了承担困难和压力的准备。不过今天儿子太危险了,她才忍不住去打扰他,希望丈夫能和她共分忧愁。

小陆也觉得自己分给妻儿的爱太少了。决定今夜守护在儿子身旁。小陆又度过了一个不眠之夜。但是,他第二天没有请事假,又去上班了。

像这样的事,在这个红旗班组已经举不胜举。就连进厂才 2 年的新工人朱明杰,今年才 20 岁,不久前还是个乳气未干的孩子,什么事都离不开爹娘,自从哥哥去参军,父母更把他视为宝贝疙瘩。可是,他在这个红旗班组里百炼成钢了,从不懂得浇钢,在师傅赵明理手把手的带教下,很快掌握了过硬的本领,成了一名浇钢的好把式,个人单产超过了有些老同志,受到车间的表扬。他家住在郊县,有时逢到中班,生产忙,他就不回家,在更衣室里的长凳上盖件棉袄睡觉,为的是争取更多的时间学习和钻研技术。青年工人耿海峰已经 30 岁,为了投入"百日夺钢赛"和争创红旗班组,曾经几次推迟婚期。

谁说年轻人没有后顾之忧,他们的生活也有波涛和激起的朵朵浪花,只不过他们能够正确对待罢了。据调查,班组 14 个人中,有八九个人有胃病、关节炎、腰酸背痛的毛病。冬天,一炉钢未浇完,买来的饭菜搁在一旁冰冷了,用开水泡泡吃。夏日,在 1 600 多度的钢包前,热得吃不下饭,光喝冷饮,久而久之,胃病就生起来了。盛夏,他们面对高温,汗流浃背,背后鼓风机吹着强劲的冷风降温,几乎人人都患了关节炎和腰酸背疼的毛病。老工人沈妙发是个老胃病,每顿只吃 2 两馒头,仍然坚持默默无闻的多奉献,班组里许多不是他干的活,他都抢着干。工长刘根宝和大包工陆东堡都有严重的胃病,发作的时候,吞几片胃疡平,喝几口热茶,再不行就把胃部贴在暖气管上烘一烘,继续工作。他们有理想,就是要为国家多浇钢。这理想高于一切,胜于一切。在为着理想而奋斗的过程中,他们已经把自己百炼成钢。

(原载于上海市委宣传部、市总工会合编的《红旗班组风采录》一书 273 页—280 页。)

图书在版编目(CIP)数据

一泓清泉 / 王宝娣著. —上海：文汇出版社，
2012.12
ISBN 978 - 7 - 5496 - 0722 - 8

Ⅰ.①—… Ⅱ.①王… Ⅲ.①新闻—作品集—中国—
当代 Ⅳ.①I253

中国版本图书馆 CIP 数据核字(2012)第 248048 号

一泓清泉
——王宝娣新闻作品选

作　者 / 王宝娣

责任编辑 / 熊　勇
封面装帧 / 张　晋

出版发行　文汇出版社
　　　　　上海市威海路 755 号
　　　　　(邮政编码 200041)
经　销 / 全国新华书店
照　排 / 南京展望文化发展有限公司
印刷装订 / 上海双宁印刷有限公司
版　次 / 2012 年 12 月第 1 版
印　次 / 2012 年 12 月第 1 次印刷
开　本 / 890×1240　1/32
字　数 / 300 千
印　张 / 11

ISBN 978 - 7 - 5496 - 0722 - 8
定　价 / 28.00 元